# La felicidad perfecta

books4pocket

Santa Montefiore

# La felicidad perfecta

Traducción de Isabel de Miquel

**EDICIONES URANO**
Argentina - Chile - Colombia - España
Estados Unidos - México - Perú - Uruguay - Venezuela

Título original: *The Perfect Happiness*
Editor original: Hodder & Stoughton, Londres
Traducción: Isabel de Miquel Serra

Copyright © 2010 by Santa Montefiore
All Rights Reserved
© de la traducción 2013 *by* Isabel de Miquel Serra
© 2013 *by* Ediciones Urano, S.A.U.
Aribau, 142, pral. – 08036 Barcelona
www.umbrieleditores.com
www.books4pocket.com

1ª edición en **books4pocket** noviembre 2015

Impreso por Novoprint, S.A.
Energía 53
Sant Andreu de la Barca (Barcelona)

Fotocomposición: Ediciones Urano, S.A.U.

ISBN: 978-84-15870-72-2
E-ISBN: 978-84-9944-491-8
Depósito legal: B-19.538-2015

Código Bic: FA
Código Bisac: FIC000000

Impreso en España – *Printed in Spain*

*A las chicas:*
*Amanda, Jane, Julie, Trilbey y Sam*

# Prólogo

El alma humana es un caleidoscopio formado por millones de diminutos espejos que reflejan un espectro de colores, dependiendo de cómo la luz incide sobre ellos. Tiene múltiples facetas y un potencial ilimitado, sin embargo, dentro de este intrincado palacio de espejos algunas superficies nunca tienen la oportunidad de brillar, pues permanecen en la oscuridad, ignoradas.

Quizá nunca alcancemos a atisbar nuestra capacidad de amar. Quiza nunca alcancemos la plenitud de nuestra floración. Pero algunas veces algo sucede en nuestras vidas que nos permite vislumbrar lo que podríamos llegar a ser si permitiéramos que la luz iluminara esas oscuras y secretas facetas de nuestra alma. Entonces comprendemos que tenemos alas y que siempre las hemos tenido.

*En busca de la felicidad perfecta*

# PRIMERA PARTE

## Deseo

# 1

Tu felicidad en la vida depende de la calidad de tus pensamientos.

*En busca de la felicidad perfecta*

**Londres**
**Septiembre de 2008**

En el lujoso cuarto de baño que Smallbone of Devizes le había diseñado, Angélica Lariviere se puso unas bragas reductoras y se contempló desde todos los ángulos en los espejos que recubrían tres paredes y la parte superior de los lavamanos gemelos. Sobre las pálidas repisas de mármol, las velas de Dyptique y las preciosas botellas de perfume aportaban un toque refinado. A Angélica le gustaban las cosas bonitas: el sol a través de una telaraña cubierta de rocío, la niebla sobre la quieta superficie del lago, el encanto anticuado de una araña de luces, los pájaros sobre el magnolio, el cielo estrellado, la luna llena, París, el perfume, las melancólicas notas de un chelo, la luz de las velas, la conmovedora melancolía de un brezal en invierno, la nieve. Como su imaginación era más exquisita que la realidad, vertía sus elaboradas ensoñaciones en libros de fantasía para niños, historias donde la vida no tenía límites y la belleza podía manifestarse a placer. Pero lo que más le gustaba era el amor, porque no hay nada más hermoso.

Se puso a meditar sobre el veloz paso del tiempo, y sus pensamientos la transportaron hasta aquel primer beso bajo una farola de la plaza de la Madeleine, en París. Olivier nunca volvería a besarla de aquella manera, y ella no volvería a sentir aquella sensación embriagadora, un revoloteo de mariposas en el estómago. No era que Olivier ya no la besara, pero el beso de un marido no es como el de un amante. La magia del primer encuentro no se puede repetir. El matrimonio, los niños y la vida en común habían reforzado los lazos de afecto, pero al mismo tiempo les habían arrebatado algo de magia. Estaban tan acostumbrados el uno al otro como dos hermanos. Recordando la belleza del primer beso, Angélica sintió un arrebato de nostalgia y de tristeza, porque nunca volvería a experimentar un amor tan intenso.

El pequeño Joe, de ocho años, apareció en pijama, recién salido del baño, con las mejillas arreboladas por el calor. Al ver a su madre, abrió los ojos de par en par con expresión de disgusto.

—¡Puaj! —exclamó—. ¡No irás a ponerte eso otra vez!

Angélica tomó su copa de vino y retorció entre los dedos un mechón de rubio cabello.

—Lo siento, cariño. Hoy necesito las bragas altas —le explicó mientras tomaba un sorbo helado de Sauvignon—. Tengo que elegir entre bragas altas o barriga, y ya he tomado la decisión.

—A papá tampoco le gustan.

—Es que a los hombres franceses les gusta la lencería bonita.

Recordó que tenía un cajón que ya no abría, repleto de exquisita lencería de Calvin Klein. Últimamente prefería las prendas de algodón de Marks & Spencer. Después de dos hijos y diez años de matrimonio ya no pretendía estar sexy; era una lástima. Se puso un vestido negro de Prada y, adoptando una pose coqueta, sonrió a su hijo.

—¿Mejor ahora?

—¡Bah!

Joe exhaló un profundo suspiro. Angélica se agachó para darle un beso.

—Hueles bien, mamá.

—Eso está mejor. Recuerda: si quieres tener éxito con las chicas, debes decirles que están guapas. Es un buen consejo para que un día te cases.

—No me casaré nunca. —Joe la abrazó y apoyó la cabeza en su hombro.

—Bueno, cambiarás de opinión cuando seas mayor.

—No, no cambiaré de opinión. Quiero quedarme contigo para siempre.

Los ojos de Angélica se humedecieron de emoción.

—Cariño, es lo más bonito que me has dicho nunca. Cómo voy a necesitar magia si te tengo a ti. Dame un abrazo de Joe Total. —Con una risita, Joe le dio un abrazo de oso—. ¡Me encanta!

—¿Puedo ver ahora *Aunt Bully*?

—Puedes.

Joe cogió el mando y subió a la cama de sus padres. Desde allí llamó a su hermana para que viera la tele con él. Al momento se oyeron los pasos apresurados de Isabel, de seis años.

Angélica volvió a mirarse al espejo y se limpió con los dedos una manchita de rímel. Este niño romperá muchos corazones, se dijo. Dio un paso atrás para apreciar su aspecto. Nada mal, gracias a las bragas reductoras. De hecho, casi parecía delgada. Llevada por un acceso de entusiasmo, entró en el vestidor diseñado a medida y buscó el cinturón *vintage* que había comprado en el mercadillo de Portobello: negro, con una bonita hebilla dorada en forma de mariposa. Se lo colocó delante del espejo, se puso los zapatos negros de tacón de aguja y contempló satisfecha la transformación.

Isabel y Joe parloteaban en la cama, y estallaban en risas con esa espontaneidad propia de los niños pequeños. Se abrió la puerta y entró Olivier con la despreocupación del que se sabe amo y señor de la casa.

—¡Apesta a perfume! —Encendió las luces—. Los niños deberían estar en la cama.

—Y están en la cama, en la nuestra. —Angélica soltó una carcajada—. Hola, cariño.

Olivier frunció el ceño y apagó las velas de un soplo, convencido de que su mujer se olvidaría de hacerlo.

—Te has servido una copa de vino. A mí no me iría nada mal una copa.

—¿Has tenido un mal día?

—Es un momento difícil. —Olivier deshizo el nudo de su corbata—. El ambiente en la City es deprimente. —Entró en el vestidor y colgó su chaqueta de una percha—. ¿Has pasado por la tintorería a recoger mis cosas? Esta noche quiero ponerme la chaqueta de Gucci.

Angélica se ruborizó.

—Disculpa. Me olvidé.

—*Merde!* A veces me pregunto qué tienes en esa cabeza llena de serrín.

—Pues hay todo un mundo aquí, aparte del serrín. —Se tocó la sien con un gesto gracioso para quitarle importancia al comentario—. ¡Me pagan por tener imaginación!

—Puedes acordarte de esas tramas de novelas juveniles de fantasía, pero no de recoger mi ropa de la tintorería. Hace meses que te pedí que pasaras a recoger mis pantalones por la sastrería y todavía no te has acordado. ¡Si tuvieras que hacer mi trabajo, nos encontraríamos en la ruina!

—Por eso precisamente no tengo tu trabajo. Escucha, lo siento.

—No te disculpes. Está claro que no soy lo primero para ti.

—Cariño, no te enfades, por favor. Hoy salimos a cenar, lo pasaremos bien. Te olvidarás de la City y de tu chaqueta de Gucci. —Se acercó a su marido por detrás y le abrazó—. Ya sabes que para mí eres lo primero.

—Entonces sé buena: prepárame una copa y mete a los niños en la cama. Las vacaciones de verano son demasiado largas, ¿cuándo vuelven al cole?

—El jueves.

—Ya era hora —dijo con un resoplido. Se quitó los pantalones y los colgó con cuidado. Era un hombre extremadamente ordenado—. Voy a darme una ducha.

—¿Qué tal estoy?

Olivier estaba quitando de su camisa los gemelos con escudo dorado. Levantó la vista hacia ella.

—¿Por qué te pones el cinturón?

—Está de moda, cariño.

—Pero ¿por qué quieres destacar la parte más ancha de tu anatomía?

Angélica se quedó sin habla.

—¿La parte más ancha de mi anatomía?

Olivier ahogó una carcajada y le estampó un beso en el cuello.

—Tú siempre estás guapa.

Dicho esto, se quitó la camisa y guardó los gemelos dentro de una caja de cuero que dejó encima del galán de noche. Olivier no era muy alto ni muy corpulento, pero Angélica decidió que era un hombre atractivo. Se mantenía en forma jugando partidos de tenis en el Queen's Club, y cuando alguno de los otros no podía jugar se iba a correr a Hyde Park. Era un galo típico, con el rostro enmarcado por un pelo oscuro y ondulado y una piel olivácea que no palidecía ni en invierno. Su larga nariz imprimía un aire aristocrático a sus facciones regulares, y sus ojos de un azul intenso contrastaban con las espesas pestañas. Pero lo primero que le atrajo de él fue su sonrisa un poco ladeada, aunque últimamente costaba mucho verlo sonreír. Olivier sabía vestir con el estilo de un auténtico parisino: ponía especial atención en los zapatos, siempre relucientes, y en los trajes, de corte impecable. No cabía duda de que le importaba la apariencia. Le gustaba tener buen aspecto —no escatimaba dinero en Turnbull & Asser o en Gucci— y quería que su esposa también estuviera elegante.

Consiguió acostar a los niños con ayuda de Sunny, la empleada del hogar, y le preparó un whisky con hielo a Olivier, que salió de la ducha oliendo a sándalo y ni siquiera se apercibió de que ella se había quitado el cinturón y lo había guardado en el cajón, no sin tristeza. Aunque Scarlet era una de sus mejores amigas, ya no tenía ganas de ir a la cena; se sentía como un saco de patatas.

Cuando cogía el bolso para marcharse, su móvil avisó de la llegada de un mensaje. «Ven por favor. Te necesito. Bsos. Kate.» Se le encogió el corazón. ¡Kate volvía a tener problemas! Miró la hora. Su amiga vivía en Thurloe Square, de camino a Chelsea, donde estaba la casa de Scarlet. Si se daba prisa podía llegar en taxi y encontrarse más tarde con Olivier en la cena.

Por supuesto, a su marido no le gustó la idea. Exhaló un suspiro de exasperación y exclamó, martilleando cada sílaba para enfatizar su enfado:

—¡Es la reina del drama! Y tú acudes como si fueras su dama de honor. ¿No te das cuenta de que necesita dramas para su papel de reina?

—Está histérica por algo, y es una mujer frágil.

—Siempre está histérica.

—No es culpa suya que Peter tenga una amante.

—Lo comprendo perfectamente. Si yo estuviera casado con Kate, también me buscaría una amante.

—Espero que esto no sea una amenaza.

—No es ninguna amenaza, ángel mío. Me gusta incluso el hecho de que seamos tan diferentes. Es bueno para mi espíritu. Yo soy materialista y tú eres etérea. —Satisfecho con su análisis, soltó una carcajada—. De acuerdo, nos encontraremos allí. Pero no llegues más tarde de las ocho y media. Diré que tienes que ocuparte de una crisis. ¡Y seguro que la otra dama de honor lo entenderá! —Se refería a Scarlet—. Pero no querrá que llegues tarde a la cena.

Cuando salía del dormitorio, Olivier la llamó con tono impaciente.

—¡Ángel mío, no creo que puedas pagar el taxi si no te llevas el monedero!

Volvió a entrar, recogió apresuradamente sus cosas y salió de casa. En Kensignton Church Street se echó el chal sobre los hombros y subió a un taxi. Era una noche fresca para septiembre. Anochecía más temprano y el cielo estaba cubierto de espesas nubes grises. Las hojas de los árboles empezaban a amarillear. Había comenzado el curso escolar, y en las calles se notaba el bullicio de los que habían vuelto de vacaciones. El tráfico también era más intenso, y frente a Kensington Palace se convertía casi en un atasco. Angélica se alegró de ir en la dirección opuesta.

El taxista interrumpió sus pensamientos con comentarios de fastidio acerca del mal tiempo y el verano tan lluvioso —otra vez— que habían sufrido en Londres.

—Es el calentamiento global —dijo pesaroso—, pero por lo menos Boris es el nuevo alcalde y está claro que Cameron barrerá a Brown, así que no todo está mal.

El taxi la dejó frente a la casa de Kate, una mansión independiente con un pequeño espacio ajardinado. La puerta, flanqueada por dos laureles que parecían guardar la entrada, estaba pintada de un rosa intenso. Del interior llegaba el sonido de voces y la música de *Mamma Mia*. Angélica pulsó el timbre y atisbó el interior, pero las cortinas eran demasiado gruesas. Se le ocurrió que tal vez el mensaje era antiguo y estaba a punto de interrumpir una fiesta.

La puerta se abrió finalmente y apareció Kate con una túnica estampada. Llevaba una botella de Chardonnay en una mano y un cigarrillo en la otra. Con el rostro enrojecido y surcado de lágrimas, el rímel corrido y el pelo castaño en punta tras el pañuelo de Hermès que se había anudado a modo de cinta, era la viva estampa de una niña con un enorme disgusto.

—Oh, gracias por venir. Eres una buena amiga.

Pero no era la única. Letizia y Candace estaban sentadas en el salón, y parecían tan sorprendidas como la propia Angélica.

Saludó a Letizia, que la envolvió en una nube de Fracas.

—¿Qué está pasando aquí? —le susurró entre dientes.

—No estoy segura, querida —respondió Letizia. Su acento italiano vestía cada palabra de un seductor ronroneo—. Sé lo mismo que tú.

—¿Dónde están los niños?

—Con la madre de Kate.

—¿Y Pete?

—En Moscú.

—Qué suerte tiene.

—*Esatto*, querida. A ningún hombre le gusta ver llorar a una mujer, en particular si llora por su causa.

—Te preparo una copa —ofreció Kate, que deambulaba con cierta torpeza por el salón.

Angélica se dejó caer en una butaca.

—Si llego a saber que estáis vosotras, no vengo. Olivier se pondrá furioso si llego tarde a la cena.

Candace levantó una ceja perfectamente depilada.

—¿Eso te parece grave? Yo tenía que estar en el teatro.

—Eres muy buena con ella —dijo Letizia.

—¡No, soy una gilipollas! —Candace era neoyorquina, y no se cortaba con el lenguaje—. Le he mandado un SMS a Harry diciéndole que nos veríamos en el intermedio. Se ha puesto tan furioso que no me ha contestado. Si sigo así, pedirá el divorcio.

—Está muy delgada, como si llevara semanas sin probar hidratos de carbono —dijo Letizia, dirigiendo sus ojos verdes hacia la entrada—. La verdad es que estoy un poco celosa.

—Es la tristeza —bromeó Candace—. Deberían venderla en las farmacias.

—¿Creéis que Pete la ha abandonado? —preguntó Angélica.

—¡Pues claro que no! Son incapaces de vivir el uno sin el otro. Y se hacen igual de infelices el uno al otro. —Candace contempló con impaciencia sus bonitas uñas pintadas de rosa—. ¿Qué estará haciendo ahí dentro? ¿Está pisando las uvas?

—Tengo la impresión de que será una noche muy larga —suspiró Letizia.

Kate apareció finalmente con la botella de vino.

—No encontraba el sacacorchos —explicó con una risita—. Os preguntaréis —añadió, tras dar una calada al cigarrillo— por qué estáis aquí.

—¿Acaso es tu cumpleaños y lo habíamos olvidado?

Letizia dirigió a Candace una mirada de reproche y palmeó el sofá, invitando a Kate a sentarse.

—¿Qué ha pasado? —preguntó con ternura.

Kate suspiró y tomó asiento. Candace le quitó la botella de las manos y la abrió.

—Creo que necesito una copa —dijo.

—Me he retrasado —anunció Kate.

—Cariño, todas vamos con retraso —dijo Candace.

—No me refiero a llegar tarde al teatro, quiero decir retraso de verdad. —Kate dirigió a sus amigas una mirada cargada de significado.

—Oh, te refieres a eso —dijo Candace—. ¡Pues menuda sorpresa! Pensaba que estabais a matar, y resulta que os habéis acercado mucho.

—¿Has hecho el test? —preguntó Angélica.

—No, y por eso os he invitado. Necesito apoyo moral para hacerlo.

—Entonces, ¿no te has hecho la prueba? —Angélica se sintió molesta. Si la prueba daba un resultado negativo, ¿qué sentido tenía que las hubiera arrastrado hasta allí?

—Vale, vas a tener un niño. ¿Qué tiene de malo? —preguntó Candace mientras se servía una copa de vino.

—Claro, otro niño os ayudará a acercaros el uno al otro. No hay nada más romántico, cariño —susurró Letizia, queriendo animarla.

Kate negó con la cabeza. Los ojos se le llenaron de lágrimas.

—En este caso no es así —dijo mordiéndose el labio inferior—. Si estoy embarazada, no sé quién es el padre.

—¿Me he perdido algo? —Candace estaba estupefacta.

—No eres la única que tiene esa sensación —comentó Angélica.

Las tres mujeres posaron su mirada en Kate.

—Tuve una relación de una sola noche. Fue una equivocación. Pete estaba con la Haggis, y yo estaba desesperada. Soy una idiota, miradme, estoy hecha un desastre. Y pensar que soy modelo. Nadie me daría trabajo, excepto esas horribles agencias.

—¿Con este aspecto? —bromeó con dulzura Candace—. Creo que tendrías suerte si consiguieras cualquier tipo de trabajo.

—Sólo fue una noche, y ahora me castigarán para el resto de mi vida.

—¿Quién es él?

—No puedo decíroslo. Me siento demasiado avergonzada.

Angélica entornó los ojos mientras repasaba mentalmente posibles candidatos. Letizia pasó el brazo sobre el flaco hombro de Kate y con un cariñoso abrazo la envolvió en una nube de perfume.

Candace miró su reloj.

—No quiero ser maleducada, pero Jeremy Irons no me esperará para empezar el segundo acto. ¿Podemos seguir, por favor?

—Lo siento, Candace, sé que has hecho un esfuerzo por mí. —Kate se incorporó, preparándose para el momento de la verdad.

—¿Tienes todo el equipo? —preguntó Letizia—. No hay mejor momento que el ahora.

Kate señaló cuatro cajas sobre una mesita auxiliar.

—Por si acaso…, ya sabéis.

—Claro, siempre dicen mentiras. —Candace se levantó para coger las cajas—. Vamos, Kate, tenemos que ir al baño.

Letizia fue a buscar un vaso a la cocina. Candace le entregó a Kate las cajas para el test de orina. Angélica la ayudó a subir las escaleras y la metió en el baño junto a su habitación.

—¡Adelante, Kate! Hazlo lo mejor que puedas —exclamó Candace. Acto seguido se lanzó sobre la gigantesca cama con molduras de madera y acarició el suave cubrecama afelpado—. Qué bonito.

—¿De quién será? —susurró Angélica.

—Parece Ralph Lauren —respondió Candace.

—No me refiero al cubrecama, sino al niño.

—Oh, vaya…

—¿De Robbie? —sugirió Letizia.

—¿Qué Robbie?

—¡Su entrenador personal!

—Oh, no. Es demasiado típico. De ser él, nos lo habría dicho. —Candace descartó la posibilidad con un gesto—. Tiene que ser alguien que todas conocemos. Uno de los nuestros.

Desde el cuarto de baño llegó la voz quejosa de Kate.

—¡No puedo hacer pipí! ¡Estoy muy nerviosa!

—Abre el grifo —sugirió Letizia.

—Si se trata de una falsa alarma, la mato —dijo Candace.

Angélica miró la hora.

—Si Olivier llega primero, no te hará falta. Son las ocho y media.

—¿Ya te sale?

Hubo una larga pausa, y finalmente un chillido.

—¡Ahora no puedo parar! ¡Ayudadme, el vaso es demasiado pequeño!

Las tres se limitaron a esperar, sin pronunciar palabra. Kate entreabrió la puerta y asomó la cabeza.

—¿Seguís ahí?

—Claro que seguimos aquí. ¡No tenemos nada más que hacer! —exclamó Candace.

—Bueno, dinos —pidió Letizia, nerviosa—. ¿Cuál es el resultado?

—No he hecho nada todavía. Estoy demasiado asustada. —Kate salió del baño con el vaso en la mano.

—¡Por Dios! Eso es demasiada información para mí. —Candace se tapó los ojos.

—Tenéis que hacer todas la prueba conmigo —insistió Kate, y entregó una caja a cada una.

—¡Es una locura! —A pesar de todo, Candace abrió su caja.

Letizia arrojó la suya vacía sobre la cama.

—Estoy segura de que el test saldrá negativo. ¿Cómo se sabe el resultado?

—Pero ¿de dónde sales? Tiene que aparecer una rayita azul —dijo Candace—. Y por favor, echa un vistazo por mí.

—Esto me trae recuerdos de años atrás. —Angélica contempló la varilla con nostalgia—. Ojalá hubiera tenido otro bebé.

—Puedes quedarte con el mío —gruñó Kate.

—No digas eso, cariño. A lo mejor ni siquiera estás embarazada. —Letizia era optimista por naturaleza.

—Venga, probemos ahora todas a la vez —propuso Angélica.

—Oh, Dios mío, ¿y no puedo hacerlo con los ojos cerrados? —preguntó Candace.

—Estás más nerviosa que yo misma —dijo Kate.

—Eso es imposible —respondió Candace.

Las cuatro mojaron las varillas en la orina de Kate.

—Voy a vomitar —gimió la anfitriona.

—¿Dices que vas a vomitar? ¡Pero si es tu orina! —protestó Candace con una mueca de disgusto.

Angélica extrajo su varilla y se quedó observando mientras la ventanita se teñía de azul. Una oleada de compasión inundó su pecho.

—Pero el niño es tuyo, Kate —dijo en voz baja.

Todas miraron sus resultados, y después miraron a la embarazada.

—¿Algún resultado negativo? —preguntó Letizia, esperanzada. Las demás dijeron que no con la cabeza. Kate se derrumbó sobre la cama.

—¡Mierda! ¿Qué voy a hacer ahora?

—¿Qué quieres hacer? —Letizia se sentó junto a ella y de nuevo le pasó el brazo por encima del hombro.

Kate se puso a llorar.

—No tenéis ni idea de lo mucho que he trabajado para tener esta tripa —exclamó—. Ahora no podré fumar ni un maldito cigarrillo ni beber un maldito vaso de vino. ¡Mejor sería que entrara en un convento!

—Ya es un poco tarde para eso —dijo Candace.

Kate posó la mano sobre su tripa.

—Si por lo menos estuviera segura de que es de Pete, no sería tan malo, ¿no? Pero ¿y si no es de Pete? Quiero decir..., se dará cuenta. Los hombres siempre lo saben, Los bebés siempre se parecen a sus padres, ¿no?

—No siempre —comentó Letizia.

—Oh, claro, siempre se parecen a sus papás. De esta forma no se los comen —soltó Candace.

Angélica pensó que iba a llegar muy tarde a la cena.

—No es preciso que tomes una decisión ahora mismo —propuso—. Puedes dejarlo reposar un par de días.

Kate contempló el vestido de Angélica con ojos llorosos e hinchados.

—Te iría bien un cinturón —dijo con un hipido.

—Me puse uno, y Olivier comentó que estaba resaltando la parte más ancha de mi anatomía.

La respuesta hizo que Kate se olvidara por un momento de sus problemas.

—¿En serio dijo eso?

—Espero que le cortaras las pelotas —dijo Candace.

—No, me quité el cinturón.

—¡Menuda bobalicona! ¿Qué eres, un felpudo? —Candace soltó una alegre risotada—. ¿Qué vamos a hacer contigo?

—Creo que necesito un cuerpo nuevo.

Letizia suspiró.

—No, querida, sólo necesitas un nuevo marido.

A trompicones, Kate se acercó a la cómoda y extrajo un cinturón de uno de los cajones. Se lo colocó a Angélica en la cintura.

—No discutas conmigo, soy peligrosa cuando voy bebida. Diga lo que diga Olivier, ésta no es tu parte más ancha. ¡Estás guapísima!

—Es cierto —asintió Letizia—. Olivier debería sentirse avergonzado. Y tú tendrías que haberte casado con un italiano, les encantan las mujeres con curvas.

—La parte más ancha de tu anatomía…, ¡menudo idiota! Tiene un ego tan ancho que apenas le cabe por la puerta.

Díselo cuando lo veas, a ver si le gusta. —Candace le dedicó una afectuosa sonrisa—. Los dejarás a todos con la boca abierta.

—Ahora que ya hemos arreglado este tema, volvamos a lo mío —sugirió Kate.

Candace la envolvió en un abrazo.

—Angélica tiene razón. Piénsalo un par de días. Llámame mañana temprano. Letizia te ayudará a acostarte.

—¿Os marcháis ya? —preguntó Kate con una vocecita asustada.

—Yo me quedo contigo. —Letizia dio un paso adelante, consciente de su deber.

Con un gesto, Candace le indicó a Angélica que se apresurara.

—Vamos, cariño, nos tenemos que ir.

Angélica abrazó a Kate, que parecía tan dolida como una niña pequeña en su primer día de internado.

—Te llamaré por la mañana… si sigo con vida.

—Muchas gracias a las dos por venir. Agradezco mucho vuestro apoyo.

Candace bajó a toda prisa las escaleras.

—¡Ya lo sé, y te aseguro que esperamos que nos lo premien en el cielo! Toneladas de bolsos de Birkin y de zapatos de Loubotin… en todos los colores.

Angélica soltó un suspiro en cuanto salieron a la calle.

—¡Menudo problema!

—Esta vez sí que es un problema —dijo—. ¿Adónde tienes que ir?

—A Cadogan Square.

—Te llevo.

Le hizo un gesto a su chófer, y el Mercedes de un negro brillante se acercó.

—Pero llegas tarde al teatro.

—Diré que me quedé en las filas de atrás. ¿Qué más da? De todas formas ya está furioso. Y la verdad es que ya he tenido suficiente teatro por una noche.

—¿Crees que está haciendo teatro?

—Toda su vida es una obra de teatro, bendita sea. Y la queremos mucho, ¿verdad?

Ya se habían subido al coche cuando se abrió la puerta de la casa de Kate y apareció Letizia agitando un bolso.

—Oh, Dios mío. Otra vez no —suspiró Angélica.

—Si no llevaras la cabeza sobre los hombros, te la irías dejando por todas partes —dijo Candace.

—Pareces Olivier.

—No, cariño. Olivier no piensa que tengas cabeza.

# 2

Buda dice que el dolor y el sufrimiento provienen del deseo, y que para librarnos del dolor hemos de cortar las cadenas del deseo.

*En busca de la felicidad perfecta*

La cena ya había empezado cuando Angélica llegó. Un joven vestido con una chaqueta larga y sin solapas, estilo Nehru, la acompañó a través del recibidor alumbrado con velas hasta el comedor, donde flotaba un olor a lirios y se oía el sonido de la charla y el tintineo de las copas. Los que la conocían la saludaron con la mano y le hicieron bromas acerca del retraso, pero Angélica no se atrevió a mirar directamente a Olivier; podía sentir cómo le clavaba una mirada furibunda desde el otro lado de la mesa. Enfundada en unos ajustados pantalones de cuero y calzada con unas brillantes botas de color negro, la anfitriona se mostró más comprensiva. Se levantó de la mesa en cuanto vio a Angélica y la abrazó efusivamente, envuelta en un cascabeleo de brazaletes y pulseras.

—Hola, preciosa. Kate me envió un SMS, pero no podía ausentarme de casa. —La voz de Scarlet se convirtió en un susurro—: ¿Está bien?

—Te lo contaré más tarde, es una larga historia. ¡Pero está viva!

—Bueno, ya es algo. Tienes aspecto de necesitar una copa.

—Ya he tomado una copa.

—Toma otra, estás blanca como el papel. Me ocuparé de que Olivier esté bien cuidado. ¡Cuando llegue el postre, estará suave como un guante!

—Gracias, Scarlet, porque ahora mismo no haría más que gruñir y protestar.

Olivier charlaba con la bellísima Caterina Tintello, y no había nada que le levantara tanto el ánimo como una mujer bonita.

—Bien, a tu derecha tienes al atractivo Jack Meyer, sudafricano. Dale a tu marido algo de qué preocuparse de verdad. Y al otro lado a mi ligeramente menos encantador marido.

—¡Oh, Scarlet, William es muy atractivo!

—Bueno, a mí me lo parece, pero Jack resulta atractivo para todo el mundo. Voy a presentaros.

Dicho esto, apoyó la mano sobre el hombro de Jack, que hablaba con su vecina de mesa, la vivaz Stash Helm. Jack se puso en pie educadamente y le dirigió una sonrisa contagiosa. Era alto y grande como un oso. Angélica se sintió reanimada ante aquel hombre de rostro ancho y cabello revuelto que la miraba con simpatía. Estrechó su mano sonriendo, y su cuerpo se relajó al instante.

—Jack, te presento a Angélica Lariviere. Jack es un gran conquistador —bromeó Scarlet—. Luego no digas que no te lo advertí.

Él no apartaba sus ojos de Angélica.

—Cuando el gato no está… —bromeó él. Tras sus gafas se advertía un brillo malicioso que a ella le pareció encantador.

—Si dejas a este perro atado en el porche, ladrará a todos los que pasen ante la casa —Scarlet soltó una carcajada.

—Algunos perros no pueden quedarse en el porche —dijo Angélica.

—Parece que sabes mucho de estos temas.

—Sabe mucho de todo. Angélica es escritora, ¡y de éxito, además! Y a Jack le encantan los libros. Por eso os he puesto juntos.

Scarlett volvió a su sitio, y Jack le acercó la silla a Angélica.

—Hueles a naranjas —dijo.

—¿Es demasiado fuerte?

—No, es delicioso.

Le encantaba su acento suave, de vocales breves y perfectamente pronunciadas. Le hacía sentir el calor del sol y el olor de la tierra fértil y rojiza.

Jack tomó asiento a su lado y la contempló con detenimiento.

—Parece como si ya te conociera —murmuró.

Angélica negó con un movimiento de cabeza y miró a lo lejos, intimidada por su mirada franca y directa.

—No creo —replicó.

—¿Seguro que no nos conocíamos?

—Estoy segura.

Jack soltó una carcajada y desplegó la servilleta sobre las rodillas.

—Es curioso, tengo la sensación de que te conozco. Quizá nos conocimos en una vida pasada.

Ella no tuvo ocasión de responder, porque William, a su izquierda, eligió ese momento para saludarla y tuvo que girarse para darle un beso, mientras Jack reanudaba su conversación con Stash.

—Tienes muy buen aspecto. —William contempló apreciativamente la luz que desprendía Angélica tras haber sido presentada a Jack.

—¿Dónde habéis pasado el verano?

William tenía esa flema y esa reserva tan características de los caballeros de la clase alta británica. Él y Scarlett estaban siempre presentes en la vida social de Londres, y Angélica hacía años que los conocía. Scarlett se había convertido en una de sus íntimas amigas, pero por mucho que apreciara a William, ahora sólo deseaba darse media vuelta para hablar con Jack.

De hecho, apenas prestaba atención a sus palabras, y estaba pendiente de todos los gestos de Jack. Cuando les retiraron los servicios, después del primer plato, sólo habían intercambiado unos comentarios acerca del vino y la comida, y sin embargo Angélica sentía que estaban solos en su pequeña isla, lejos del resto de los comensales, perfectamente consciente el uno del otro. Podía sentir el brazo de Jack junto a su cuerpo, y le resultaba extrañamente familiar. Se preguntó si él también era consciente de que se tocaban. Le oía hablar con su acento exótico, pero no sabía lo que decía porque tenía que estar pendiente de William y responder a sus palabras de forma convincente. Oyó la risa contagiosa de Jack y rió a su vez, fingiendo que le divertía lo que William acababa de comentar. El resultado fue que su anfitrión, poco habituado a hacer reír a la gente, se sintió muy animado.

Casi a desgana, William acabó por volverse hacia su otra vecina de mesa, Hester Berridge, una inglesa de amplio busto y tez sonrosada que se dedicaba a la cría de caballos en Suffolk, en tanto que su marido trabajaba en la Tate Gallery. Jack seguía en animada conversación con Stash. Angélica quedó un instante fuera de las conversaciones que tenían lugar a su alrededor. Se retrepó en el asiento y paladeó el vino mientras un emocionante sentimiento le cosquilleaba el estómago. Su marido continuaba inmerso en una profunda conversación con Caterina, y sus cabezas estaban tan próximas que casi se tocaban. En el rostro de Olivier se dibujaba una sonrisa pícara, la misma que le dirigía a ella años atrás, antes de casarse, antes de que sus conversaciones giraran en torno a temas domésticos. Vio que echaba la cabeza hacia atrás y soltaba una carcajada al tiempo que su compañera. A Angélica no le importó: Olivier siempre era mejor compañía después de un buen rato de flirteo.

Jack volvió a clavar su mirada en ella y la contempló intensamente, como si fuera la única mujer en la habitación con la que tuviera ganas de hablar.

—Así que ahora puedo hablar con la escritora —dijo. Tenía la piel curtida por el aire libre, y cuando sonreía se le formaban profundas líneas de expresión junto a los ojos y alrededor de la boca. Angélica sintió un cosquilleo en el vientre, una sensación que llevaba mucho tiempo sin experimentar—. ¿Y qué clase de libros escribes?

—Libros de fantasía para niños. Probablemente no sea tu lectura preferida, salvo que te gusten la brujería y los viajes en el tiempo.

—Claro que me gustan. Me gusta Tolkien y he leído todas las novelas de Harry Potter. Supongo que soy un niño grande.

—La mayoría de los hombres lo son. Lo único que cambia en ellos con la edad es el precio de sus juguetes. —Jack rió y las arrugas junto a los ojos se hicieron más profundas—. Son libros para entretenerse, nada más —agregó con modestia.

—Los libros para niños son mucho más difíciles de escribir que los de adultos.

—Supongo que soy demasiado fantasiosa para ajustarme a la realidad.

—¿Cuál es tu modelo de escritor?

—No quiero que parezca que me comparo con los grandes, pero supongo que aspiro a ser como Philip Pullman, lo mismo que un pintor aspiraría a pintar como Michelangelo.

—Es bueno apuntar alto. Y si te concentras en tu objetivo, seguro que lo consigues. Philip Pullman es un genio. Debes de tener una imaginación tremendamente fértil.

—Ni te imaginas cuánto —dijo Angélica con una carcajada—. A veces hasta yo me pierdo en ella.

—A mí también me gustaría perderme así. La vida real es casi siempre demasiado real.

—Oh, no creo que la fantasía sea un lugar para un hombre como tú.

—¿Por qué no?

—Es demasiado esponjosa. Para llegar tienes que nadar a través de una enorme barrera de algodón.

—Soy un buen nadador. —Se quedó mirándola abiertamente con una sonrisa—. ¿Con qué nombre firmas tus libros?

—Angélica Garner; es mi nombre de soltera.

—Buscaré tus libros. Necesito una buena lectura para mi viaje de regreso.

Angélica se ruborizó de placer.

—¿Y qué te gusta leer normalmente?

—¿Mientras estoy atado en el porche?

—Mientras estás en el porche.

—Leo muchas cosas a la vez. Tengo libros repartidos por todas las habitaciones de la casa. Me gustan las novelas de misterio, de aventura, de amor…

Angélica enarcó soprendida las cejas.

—¿De amor?

—Tengo un lado femenino muy desarrollado —dijo con cara inocente.

—Esto sí que me sorprende.

—¿Por qué? Un libro sin amor es como un desierto sin flores. —Ahora su mirada era más seria—. ¿Qué hay más importante en la vida que el amor? Es la esencia de todo, la razón por la que estamos aquí. Cuando nos vamos, es lo único que nos llevamos con nosotros.

La emoción contenida en sus palabras dejó a Angélica sorprendida.

—Bueno, estoy de acuerdo, por supuesto —dijo.

—Soy un escritor frustrado —confesó Jack tímidamente mientras jugueteaba con la cuchara—. Pero nunca me han publicado nada, y no es que no lo haya intentado.

—¿Qué escribes?

—Cosas muy malas, la verdad.

—No lo creo.

—Soy aprendiz de todo y maestro de nada.

—¿Y qué otras cosas haces, aparte de escribir?

—Cuando era joven, hubo un tiempo en que quería ser una estrella del pop —sabiendo que Angélica se reiría de él, hizo una mueca—. Llevaba el pelo largo y desgreñado y pantalones de cuero. Fumaba canutos y rasgueaba la guitarra. Ahora soy vinatero.

—Entonces no eres poeta. —Jack la miró inquisitivamente—. «Un libro sin amor es como un desierto sin flores.»

Él se rió y negó con la cabeza.

—Sólo soy un romántico incorregible.

Angélica se quedó observándolo mientras se servía más comida. Admiró la gracia leonina de su perfil, sus manos grandes y poderosas, su piel curtida —tan diferente del refinamiento europeo de Olivier— y deseó que la noche no acabara nunca.

—¿Tienes viñedos en Sudáfrica?

—¿Conoces Sudáfrica?

—No he estado nunca.

Jack pareció sorprendido.

—Entonces tienes que venir. Tengo un viñedo precioso en Franschhoek. Se llama Rosenbosch. Te encantaría. Podrías situar allí tu próxima novela.

—Necesito algo que me inspire, empiezo a cansarme de hacer siempre lo mismo. Estaba planteándome hacer algo un poco diferente.

—¿Qué es?

Angélica dudó si contestar. Olivier siempre se metía con su fascinación por el esoterismo, y no quería parecer una crédula.

—No sé si estoy preparada para hablar de esto —dijo torpemente.

—¿Es una historia de amor?

—No.

—¿Una novela policiaca?

—No.

—¿Erótica?

Angélica rió con gusto.

—Todavía no.

—Estoy decidido a averiguarlo. Soy escorpio, y cuando me propongo algo no hay quien me lo impida.

Sus ojos la atravesaron con un fuego tan intenso que Angélica tuvo que apartar la mirada.

—Ni siquiera estoy segura de que lo vaya a hacer, ni de qué manera. Olivier piensa que es una idea demasiado ambiciosa.

—No es un comentario muy alentador.

—Pero es sincero. Mi marido es muy sincero. —Bajó la mirada hacia su cinturón y metió la barriga.

—Pero tiene que estar orgulloso de que escribas.

—Claro que sí. —Pero incluso a ella le sonó a falso. La verdad era que Olivier no veía demasiado mérito en escribir para los niños. Angélica confiaba en que su nueva idea le demostraría lo equivocado que estaba.

—¿Tu marido es ese francés tan elegante que está al otro lado de la mesa? —Señaló a Olivier con un movimiento de cabeza.

—Es él.

—¿Y también es un perro que se queda en el porche?

—Creo que sí, aunque ladra mucho.

—Los perros necesitamos ladrar. Nos hace sentir machotes.

—Si les pones una correa larga, los perros no suelen ir más allá del borde del porche, siempre que tengan espacio suficiente para moverse. Olivier tiene un porche muy grande.

—Un hombre afortunado.

—Ya lo sé. Tiene el porche más amplio de Londres.

Jack frunció el entrecejo.

—No, quiero decir que tiene la suerte de estar casado con la chica más guapa de Londres.

Angélica rió y bajó la mirada.

—Scarlett tenía razón: eres un donjuán incorregible.

—En absoluto. Ladro más que muerdo. Pero eres muy guapa. —Angélica intentó restar importancia al comentario con un movimiento de cabeza que sacudió su melena, pero él continuó hablando sin apartar los ojos de ella—. Me gustan las mujeres sensuales, apasionadas, con un gran corazón.

—Como tu mujer —dijo Angela para picarle.

—Exactamente, como mi mujer —dijo, y en sus ojos se encendió una chispa de picardía. Angélica sonrió para sí, mirando su copa—. Entonces, ¿cuál es tu nuevo tema?

—No puedo hablar de eso contigo.

—Ahí es donde te equivocas. Soy la persona perfecta para hablar del tema, porque no me conoces. Y no te juzgaré, porque yo tampoco te conozco. De hecho, soy la única persona de aquí con la que puedes hablar del tema.

Le escanció vino en la copa ya vacía y se acomodó en la silla, esperando sus palabras.

—Eres muy insistente.

—Cuando sé lo que quiero.

—De acuerdo. —El vino la había vuelto atrevida—. No estoy segura de querer seguir escribiendo libros para niños que no son más que buenas historias de aventuras. Quiero explorar el auténtico significado de la vida, y tal vez conseguiré añadir otra capa de significado, una parábola, que sea tan útil para mí como para los lectores. Quiero encontrar esa felicidad que todos buscamos y que se nos escapa. —Jack iba a interrumpir, pero Angélica alzó la mano y continuó hablando a gran velocidad, aunque deseaba no haber empezado—. Antes de que te rías de mí, quiero añadir que he leído un montón de libros esotéricos y de autoayuda. Conozco todos los tópicos. Todos los conocemos. El secreto está en ponerlos en práctica de una forma que esté más de acuerdo con la realidad. No podemos convertirnos en ermitaños y meditar en una cueva aislada del mundo. Tiene que haber una forma de encontrar la paz celestial sin dejar de vivir en el mundo material. Sólo sé que en la vida tiene que haber algo más que lo que se ve a simple vista. Ya está, ya lo he dicho. Ahora puedes reírte de mí.

Jack esperó a que acabara de hablar y asintió muy serio.

—No me río. Probablemente sea la mejor idea que has tenido.

Se le iluminó el semblante. No esperaba un comentario tan elogioso.

—¿De verdad lo piensas?

—Por supuesto. Todos queremos ser felices.

—Pero hay tanta gente que se siente desgraciada.

—El secreto que buscas es el amor.

—Bueno, eso ya lo sé.

—Entonces no necesitas escribir el libro.

—No es tan sencillo. El amor puro, incondicional, es casi imposible.

—No, no lo es. Es el que sientes hacia tus hijos, ¿no?

—¿Sí? Me lo pregunto. Por supuesto que mataría y moriría por ellos, pero no estoy tan segura de que sea un amor completamente desprovisto de egoísmo. Yo los necesito, y ahí hay mucho de ego, ¿no? Quiero decir que tal vez sería mejor para ellos ir a un internado, pero no podría soportar separarme de ellos, de manera que irán a la escuela en Londres. Esto es un amor condicional, ¿no? Para alcanzar la verdadera felicidad hay que amar sin condiciones, y no me refiero solamente a tus propios hijos, sino a todo el mundo.

—Bien, ya veo que esto supone un problema. Yo encuentro que mucha gente es insoportable.

—¿Lo ves? Jesús sentía por todos un amor incondicional. Todos los grandes maestros y avatares han predicado un amor incondicional, sin reservas, absoluto. El amor que ama pase lo que pase…; algo imposible para los que no somos tan espirituales. —Le dirigió una sonrisa traviesa—. Yo, desde luego, no amo a Olivier sin condiciones.

Jack rió y dirigió una mirada al marido de Angélica, que conversaba animadamente con Scarlet al otro lado de la mesa.

—¿Cuáles son las condiciones?

—Son demasiadas para enumerarlas. No tenemos toda la noche.

—Lo que es una lástima. —Volvió la mirada hacia ella y bajó la voz—. El amor hacia tu marido depende de cómo te hace sentir él. Lo quieres con la condición de que te haga sentir viva, guapa y digna de amor. —A Angélica le sorprendió la sabiduría que encerraba su análisis. Olivier ni siquiera se dignaría hablar del tema—. Si tu marido deja de hacerte sentir bien contigo misma, dejarás de quererlo. Puede que no le abandones, pero la esencia de vuestro amor cambiará.

—Tienes mucha razón. Olivier tiene la capacidad de hacerme sentir bien o mal conmigo misma. Su amor puede herirme o darme ánimos. El amor incondicional significa quererle pase lo que pase, aunque él, por ejemplo, no me quisiera.

—El amor puro ama incluso la mano que lo ofende.

—Yo no podría amar así.

Jack se inclinó hacia ella con aire de complicidad, y Angélica sintió que su cuerpo se encendía como una ramita seca al calor de la llama.

—Creo que tu idea es magnífica.

—Eres muy amable.

—Tendrías que llamarte salvia\*, en lugar de Angélica.

Soltó una carcajada de sorpresa.

---

\* Juego de palabras intraducible. En inglés «salvia» es *sage*, que significa también «sabia». (*N. de la T.*)

—La mayoría de la gente ignora que la angélica es una planta.

—Soy un hombre del campo. Conozco las hierbas, las flores, los arbustos y los árboles de mis campos. Y también los pájaros. Soy un enamorado de la naturaleza. No puedo permanecer demasiado tiempo en la ciudad, porque el cemento me deprime.

—A mí también me gusta la naturaleza, pero no paso mucho tiempo al aire libre.

—Supongo que ir al parque no es lo mismo.

—No. Yo me crié en Norfolk. Mis padres siguen viviendo allí. Es un sitio precioso, cerca del estuario. En las playas hay cientos de aves.

—Ah, Norfolk, la capital británica de la observación de aves.

—¿Cómo lo sabes?

—Porque me gustan los pájaros y he estado en Norfolk. Recuerdo bandadas de gansos en invierno, aguiluchos laguneros, carboneros, avocetas, algunas grullas…

—¡Es increíble!

Jack sonrió, contento de haber sido capaz de impresionarla.

—¿A que tienen unos nombres preciosos?

—¿Los sabes reconocer a todos?

—Desde luego. Ya te he dicho que sé de pájaros.

—Pues la verdad es que sí.

—Ven a Sudáfrica. Allí tenemos todo tipo de aves exóticas, como el martín pescador malaquita, con su plumaje azul eléctrico, y la descarada abubilla, que se pasea por el jardín repitiendo su *pup, pup, pup*.

—¡Vaya!, eres una fuente de información. ¿Cómo es que sabes tantas cosas sobre la vida y la naturaleza?

—Cuando te gusta la naturaleza, te haces las grandes preguntas. Tienes siempre ante ti la muerte y la resurrección de los árboles y las flores, y te encuentras en grandes espacios abiertos y miras hacia el horizonte, te sientes insignificante, tiendes a pensar en tu propia mortalidad.

—¡Sacaré mis prismáticos del armario!

—Me alegro de haberte dado la idea.

Angélica bebió pensativa un sorbo de vino.

—Es cierto que me has dado ideas, Jack, y no solamente en el apartado de las aves. Voy a intentar dar a mis libros una mayor profundidad. Quiero buscar la felicidad perfecta.

—Espero que lo hagas. Y no lo digo sólo porque te encuentre atractiva. Muchas personas viven la vida como si estuvieran ciegas, de forma mecánica, como dices tú, sin preguntarse siquiera por el significado de la vida. Yo me lo pregunto cada día, te lo aseguro. —Su rostro se ensombreció, como si le hubiese asaltado una idea triste—. Todos vamos a morir, y antes de irme yo quisiera entender qué hago aquí. Quiero que mis últimos años de vida sean felices.

Apuró su copa de un trago, y un atento camarero se apresuró a llenársela de nuevo.

—Hablemos de algo más alegre. ¿Tienes hijos?

Y Jack le habló de las tres joyas de su corona: Lucy, Elizabeth y Sophie.

Apuesto a que saben cómo manejarte.

Jack recordó con una carcajada cómo lo engatusaban para que hiciera lo que ellas querían.

—Ahora ya son unas jovencitas. Incluso Lucy, que acaba de cumplir los quince, será pronto mayor de edad. Para un padre como yo resulta difícil. Quisiera envolverlas en algodones rosa para protegerlas y conservar su inocencia, y como he sido un granuja, recelo de todos los jóvenes que se acercan a ellas y les atribuyo las peores intenciones.

—Piensa el ladrón…

—Exacto. Duermo con una pistola bajo la almohada; pobres de los que pongan sus sucias manazas sobre mis hijas.

—Pero un día u otro ocurrirá, ya lo sabes.

—Oh, ya ha pasado. Elizabeth ha cumplido dieciocho años y tiene un novio en la Universidad de Stellenbosch University. Sophie tiene dieciséis, y cualquiera sabe en qué líos ha estado metida. En cuanto a Lucy, una belleza despampanante, sé por su mirada que ya es una mujer. Apostaría cualquier cosa a que ha probado el fruto del bien y del mal. Y no hay nada que yo pueda hacer…

—Traemos al mundo a los hijos, pero no nos pertenecen.

—Me resulta muy difícil aceptarlo.

—A todos nos cuesta. Los míos son pequeños todavía, pero para Olivier será difícil verlos crecer, especialmente en el caso de la niña.

—Nunca se te olvida cómo eran de pequeñas. Por más que se pinten y se vistan de mujer, siguen siendo las mismas por dentro. Y se creen que lo saben todo, no tienen ni idea de lo inocentes que son. Me gustaría poder ponerme al timón de sus vidas para sortear las minas.

Angélica sintió una oleada de ternura. También ella quería poder guiar a Joe y a Isabel entre los campos minados.

—Si encuentras el secreto de la felicidad, dímelo.

—Jack, tú serás la primera persona en saberlo.


Acabada la cena, Olivier se quedó sentado a la mesa con Caterina y algunos más. El resto de los invitados pasó a un salón contiguo con una chimenea donde ardía un buen fuego.

—¿No es un poco pronto para encender chimeneas? —preguntó Hester, y se dejó caer sobre el sofá.

Scarlet encendió un cigarrillo.

—Es el peor verano que se recuerda —comentó—. Acabo de pasar un mes en Italia y os aseguro que tengo frío. Vosotros los amantes de los caballos no sentís el frío.

—Es porque nos revolcamos en el heno —replicó Hester, con una ronca carcajada.

—¿De verdad lo hacéis?

—Mientras no asustemos a los caballos —respondió, y lanzó una mirada a su marido, que charlaba junto a la ventana con Stash.

Angélica se acercó a ellas y tomó asiento junto a Hester.

—¿No te mueres de calor con esos pantalones de cuero?

—Toca, estoy helada —dijo Scarlet, tendiéndole la mano—. ¡Tengo muy mala circulación!

—Deberías comer más. Estás tan delgada que no tienes protección contra el frío.

—¡Gracias por el cumplido! —Scarlet formó una «O» con los labios e hizo un anillo de humo.

—¡Yo estaría encantada de darte unos kilos!

—A nuestra edad, las mujeres tienen que elegir entre la cara y la figura —dijo Heather. Estaba claro que ella había elegido la cara.

—Eso dicen, pero si mi trasero engorda me siento tan desgraciada que se me pone una cara larga, así que siempre elijo la figura. Para la cara prefiero recurrir a un poco de cirugía estética. De hecho, me he puesto tanto botox que apenas consigo sonreír.

—Pues yo he sacrificado mi figura por omisión, pero esto no ha ayudado a mi cara —comentó Angélica. Acababa de comprobar que Jack estaba en la biblioteca charlando con William.

—Oh, pues a mí sí me encantaría tener un rostro como el tuyo, Angélica. —Scarlet, ante la chimenea, se calentaba el trasero—. A todas nos gustaría tener tu lozanía. El problema es que, por más que me maquille, no podré nunca borrar un pasado de excesos.

—No creo que tenga un aspecto tan sano.

—Ya lo creo. Pareces un campo de trigo dorado, o un panecillo recién sacado del horno. De hecho, me extraña que en Hovis* no te hayan descubierto para hacer un anuncio.

Hubo una carcajada general. Los ojos de Angélica se encontraron con los de Jack, que se había vuelto al oírlas reír. Le encantó comprobar que estaba pendiente de ella, era como recibir la deliciosa caricia del sol.

Llegó una bandeja con el té y el café. William y Jack se unieron al grupo frente a la chimenea. Angélica intentaba comportarse con naturalidad, pero sentía en todo el cuerpo un cosquilleo de placer que le resultaba poco familiar; como un fruto cuyo sabor hubiera olvidado mucho tiempo atrás.

Jack tenía una sonrisa contagiosa y una melena del color del heno húmedo que le caía desordenada sobre la frente; cuando se peinaba hacia atrás con la mano parecía un león. A Angélica le gustaba su rostro ancho, sus oscuras cejas, que se juntaban cuando fruncía el ceño, y el humor que brillaba en sus ojos almendrados. Con su presencia carismática parecía dominar la fiesta. Sus comentarios, más ingeniosos que los de nadie, hacían reír a todo el mundo.

—Jack, ¿por qué no tocas algo? Porque si tú no tocas, tocaré yo —preguntó Scarlet encendiendo otro cigarrillo. Tenía

---

* Hovis es una conocida panificadora en el Reino Unido. *(N. de la T.)*

una formación clásica, y nunca perdía la oportunidad de mostrar sus habilidades.

Él no necesitó que le insistieran.

—Si me traes un vaso de vino tinto, tocaré lo que quieras. —Tomó asiento frente al piano, en la biblioteca. Sobre el piano de media cola, un regalo de Scarlet a William, reposaban diversas fotos enmarcadas en plata y un jarrón con nardos. Si durante la cena Angélica se había sentido impresionada, lo estuvo mucho más cuando vio a Jack frente al piano. Empezó a tocar jazz con tanta seguridad y tanta gracia que el instrumento parecía una extensión de su enorme cuerpo. Movía los dedos ágilmente sobre las teclas, y se balanceaba al ritmo de la música. Luego accedió a las peticiones que le hacían, y cantaron todos juntos temas de los Beatles, Abba y Billy Joel. Angélica unió su voz a la de los demás, pero se ruborizaba cada vez que Jack la miraba, y rezaba interiormente para que no oyera su lamentable aportación al coro. En cualquier caso, Jack parecía sonreírle sólo a ella.

Cuando Olivier entró con Caterina en la biblioteca y anunció que era hora de irse a casa, Angélica se sintió decepcionada, pero no valía la pena discutir, porque cuando su marido tomaba una decisión resultaba inútil resistirse. Olivier mostró su impaciencia haciendo un brusco gesto con la cabeza y mirando con insistencia su reloj de pulsera.

Angélica se fue despidiendo de todos. Cuando le tocó el turno a Jack, éste le tomó la mano y la besó en las mejillas.

—Ven a Sudáfrica, y puede que encuentres el secreto que buscas cabalgando por la sabana.

—No te rindes nunca, ¿verdad?

—La vida es corta —respondió con una mirada de súplica.

Angélica rió y liberó la mano del apretón.

—Me ha encantado conocerte, y me ha gustado mucho oírte tocar el piano. No eres aprendiz de todo…, eres un maestro con la música. Tienes un don maravilloso.

Era evidente que a Jack le disgustaba su partida. Angélica se sintió halagada. Hacía mucho que no recibía tanta atención de parte de un hombre. Estaba deseando contárselo a Candace.

Olivier estaba de buen humor. No hizo mención alguna del retraso de Angélica ni preguntó por Kate, y por supuesto ella no aportó información alguna.

—Una noche fantástica —dijo mientras abría la portezuela del coche—. Las fiestas de Scarlet siempre están muy bien.

—Es la mejor. Convoca a gente que no se conoce y deja que se relacionen entre ellos. Es divertido, porque siempre hay gente nueva.

—¿Cómo es ese tipo sudafricano? Me pareció un poco pagado de sí mismo.

—Lo cierto es que es muy simpático.

—Seguro que sí. Supongo que es de esos individuos encantadores que tienen poca inteligencia. Imagino que a las chicas les va ese aspecto de tipo duro, a lo Clint Eastwood.

—Toca el piano muy bien. Tenías que haberte acercado.

—No sabía que te gustara cantar.

—Sí que me gusta, pero canto muy mal. ¿Cómo está Caterina?

Su marido sonrió con picardía.

—Caterina es una descarada —dijo.

A Angélica le alivió cambiar de tema. No quería hablar de Jack con su marido.

—Te has encontrado con la horma de tu zapato.

—Le gusta mucho coquetear. Su marido debería vigilarla un poco.

—Un poco de coqueteo no hace daño.

—Es diferente en el caso de un hombre.

—¿En qué sentido? —preguntó Angélica molesta.

—Hay una doble vara de medir, me temo. Para un marido, es humillante ver que su mujer está coqueteando.

—Oh, ¿y no es humillante para una mujer ver que su marido flirtea abiertamente?

—Es diferente.

—¿Por qué?

Olivier giró por Gloucester Road.

—Ya se sabe cómo son los chicos. En su caso no tiene importancia. He estado tonteando con Caterina, pero ella sabe perfectamente que te soy fiel. En cambio, si una mujer flirtea, el hombre da por supuesto que no es feliz con su marido y que está dispuesta a tener una aventura.

—¡Estás muy equivocado!

—¿Te ha molestado que tonteara con Caterina?

—En absoluto, pero es porque no soy posesiva. Confío en ti.

—Y haces bien.

—¿Me estás diciendo que no confiarías en mí?

—Así es —le puso la mano sobre la rodilla—. Si hubieras estado flirteando con otro hombre de la misma manera que yo he tonteado con Caterina, me sentiría hundido, aplastado como un grano de uva bajo tus pies.

—¡Qué ridiculez!

—No, hipocresía. Yo no soy como tú, soy muy posesivo, y tengo un corazón tierno. —Angélica soltó una carcajada—. El sudafricano, por supuesto, flirteó contigo. Me habría sorprendido que no lo hiciera, porque eres una mujer guapa. Pero ¿has concluido que era infeliz con su mujer?

—Por supuesto que no.

—Sin embargo, si tú hubieras flirteado, él habría sacado la impresión de que eres infeliz conmigo.

—No he tonteado con él —se apresuró a aclarar Angélica.

Al llegar al final de Kensington Church Street tuvieron que detenerse ante el semáforo.

—Nunca te acusaría de ello, ángel mío, pero no te imagines que no te estaba mirando.

Angélica estuvo en un tris de replicar que había estado demasiado ocupado mirando a Caterina, pero se mordió la lengua. Caterina le había hecho un favor.


Tuvieron suerte: encontraron aparcamiento a unos pocos metros de su casa, en Brunswick Gardens, bajo un cerezo que todavía no había empezado a amarillear. Angélica salió del coche y esperó a Olivier frente a la puerta de su casa. Pensó en Jack, en lo cerca que habían estado de provocar a su marido, y esbozó una sonrisa. Se dijo alegremente que no había nada malo en flirtear un poco. Se sentía más viva de lo que se había sentido en muchos años. Tal vez, el secreto de la felicidad estaba en vivir al límite. Pero ¿cómo hacer que ese sentimiento durara?

# 3

Si piensas de forma positiva, atraerás a tu vida cosas positivas.

*En busca de la felicidad perfecta*

Fueron los niños los que despertaron a Angélica a la mañana siguiente, cuando se metieron en su cama. Olivier se levantó pronto para ir al trabajo, encendió la luz y la despertó, pero luego Angélica volvió a dormirse y soñó que estaba entre los brazos de Jack, y que era allí donde quería estar. Regresaba a puerto tras una larga travesía y sólo anhelaba aquellos brazos protectores. Las voces de los niños sonaban muy lejanas, como los chillidos de las gaviotas en lo alto. Cuando las voces se convirtieron en agudos gritos, sin embargo, volvió a la realidad: Isabel y Joe se peleaban por el mando a distancia.

Todavía medio dormida, se hizo cargo de la situación y eligió para ellos *Tom y Jerry*, pero volvió de inmediato a apoyar la cabeza en la almohada para saborear los restos de su sueño. Sentirse atraída por alguien era una experiencia nueva para ella. Desde que conoció a Olivier, con veintipocos años, no había tenido ojos para nadie más. Cierto que podía ser un hombre exigente y difícil que esperaba ver atendidos todos sus caprichos, y se enfurruñaba como un niño mimado cuando no le hacían caso. Como todos los hombres de temperamento vivo y cambiante, podía aupar a Angélica a lo más alto, y también hacerle bajar de golpe, pero a ella siempre le había parecido irresistible. En todo este tiempo no había disminuido su atracción por él; su deseo no había muerto, aunque últimamente tenía pocas ocasiones de comprobarlo.

Pero Jack la había hecho sentirse atractiva de una forma en que a Olivier ya no le era posible. No hay nada tan poderoso como la primera chispa de deseo. Angélica había olvidado la fuerza magnética que puede ejercer otra persona, esa cuerda invisible que tira de ti cuando se encuentra en la misma habitación, la sensación de pérdida que sientes cuando está fuera de tu alcance, el cosquilleo en el estómago que hace que te olvides de comer o de dormir. Hacía décadas que Olivier no la hacía temblar de emoción. El encuentro con Jack había sido un soplo de viento que inflaba sus velas y las agitaba vigorosamente, recordándole que todavía era una mujer atractiva.

Cuando desayunó con los niños, tenía una melodía en los labios, se sentía ligera y con ganas de bailar. En cuanto sus hijos salieron al jardín para jugar y la dejaron con sus pensamientos, se sentó frente al periódico con una taza de té en las manos. Contempló la luz matinal que inundaba la cocina y se dijo que no importaba si no volvía a ver a Jack. Algo había cambiado en su interior, y ahora todo le parecía más luminoso.

A las nueve la sobresaltó el timbre del teléfono. Era Candace.

—Hola, Angélica, ¿has sobrevivido?

—Dios mío, estoy más viva que nunca.

—Así que discutisteis y luego hicisteis las paces de la forma más degenerada…

—No —exhaló un hondo suspiro—. Ayer noche me enamoré.

—Tengo la impresión de que no hablamos de Olivier.

—Tienes razón. No fue nada más que un inocente flirteo, pero Dios mío, hoy me siento fantástica.

—¿Quién era?

—Un amigo sudafricano de Scarlet y William.

—Parece interesante.

—Hacía años que no me gustaba nadie, había olvidado lo que se siente.

—¿Olivier se dio cuenta de algo?

—No, estaba demasiado ocupado tonteando con Caterina Tintello.

—Oh, esa bruja. ¡Pero si tontea con cualquiera que se le ponga por delante!

—Bueno, con él estaba encantada, desde luego. Captó toda su atención, de manera que pude tener a Jack para mí sola. ¡Qué atractivo es! Scarlet ya me lo había advertido, y tenía razón. Es un hombre peligroso, pero…

—¿Pero qué?

—No hay nada malo en un coqueteo sin importancia.

—Creo que Olivier se lo merecía después de ese comentario sobre el cinturón.

—No piensa antes de hablar. ¡Es tan francés!

—Bueno, cariño, me alegro de que hayas comprobado que todavía puedes gustar a los hombres. A Olivier no le vendrá mal; está demasiado seguro de tenerte. No digo que tengas que hacer nada drástico, pero un inocente flirteo de vez en cuando le recordará que tiene que jugar bien sus cartas si no quiere perderte.

—¿Qué tal te fue a ti? ¿Harry te ha perdonado?

—Le dije que vi toda la segunda parte desde las últimas filas. Afortunadamente oí a dos viejecitas hablando sobre la obra en el lavabo de mujeres, y no tuve más que repetir lo que habían dicho.

—¿Sabes algo de Kate?

—Sí, me llamó de madrugada, que Dios la perdone. ¡Yo dormía! —Soltó una carcajada—. Pete llega esta noche, de manera que no le queda más remedio que poner buena cara. Le propuse que quedáramos las cinco para comer mañana en Cipriani. Así nos consolaremos de la vuelta al cole de nuestros hijos. Ya sé que muchas madres tienen ganas de que acaben las vacaciones, pero yo me sentiré fatal. Es un momento que me horroriza.

—A lo mejor Kate acepta algún consejo.

—¿Esa cabezota? Oh, escuchará lo que le digas como si su vida dependiera de ello, pero en cuanto salgas por la puerta habrá olvidado tus sabios consejos y cometerá de nuevo los mismos errores. Mi perro me hace más caso que ella.

—¿Qué hará?

—Yo sólo sé lo que debería hacer.

—¿Y qué es?

—Interrumpir el embarazo.

—Ella nunca hará eso.

—Dios lo entendería.

—El suyo no.

—Es preferible a la alternativa. Si Pete descubre que el niño no es suyo, la dejará, y punto. No me gustaría tener que apoyar a Kate a lo largo de un divorcio. Además, no creo que sobreviviera a algo así, es demasiado frágil.

—¿Y si el bebé se parece a otro?

—Depende de quién sea ese otro.

—¿Tienes alguna idea?

—No, pero lo estoy pensando. ¿A quién tiene como paño de lágrimas?

—A mi marido, no, desde luego. Olivier no la soporta.

—¡Pero podría ser el marido de cualquiera!

—Voy a llamarla.

—Luego ven a comer a casa con los niños.


Angélica subió a su habitación para vestirse. Puso un CD y la voz ronca de Amy Winehouse inundó la habitación. La luz del sol entraba a raudales en el cuarto de baño y arrancaba destellos al mármol y a los espejos. Era uno de los pocos días soleados de un verano que había sido de los más grises. Sabía que debía empezar un nuevo libro, pero continuar en la misma línea no le inspiraba en absoluto. Tal vez debería dejar de escribir novelas, se dijo. Después de todo, cinco libros era un buen número, y habían funcionado bastante bien. No habían llegado a ser grandes éxitos, pero se habían vendido en todo el mundo, y con el último, que transcurría en Arizona, se abría camino en el mercado de Estados Unidos. Todavía quedaba uno más, previsto para el mes de marzo: *La serpiente de seda*. Su relaciones públicas quería que viajara a Australia para promocionarlo. Al parecer allí tenía muchos lectores. Se preguntó si debía abandonar ahora que estaba en un buen momento para dedicarse a comer con sus amigas y a preguntarse sobre el sentido de la vida. Al fin y al cabo, a Olivier no le gustaba que trabajara. En su opinión —y no la ocultaba—, Angélica era ante todo madre y esposa; la escritura era una mera afición. Pero ¿qué haría si dejaba de escribir? Candace ocupaba su tiempo con las organizaciones benéficas, Letizia colaboraba con *Vogue*, Scarlet llevaba su propia agencia de relaciones públicas, Bright Scarlet Communications, y Kate hacía de modelo, sobre todo para catálogos. Pero ella sólo era buena escribiendo. Decidió dejar de pensar por el momento: quería un día libre de dudas y problemas. Todavía con el recuerdo de Jack fresco en la memoria, se miró al espejo y vio una mujer atractiva y sensual, ¡con o sin bragas reductoras!

Se quitó el camisón y abrió el cajón de la ropa interior: braguitas y sujetadores de blonda Calvin Klein, perfectamente conjuntados y casi nuevos. Con un delicioso estremecimiento de culpa eligió un conjunto de color marfil. Estaba claro que ya no tenía la figura delgada y esbelta de su juventud, pero no cabía duda de que era Toda Una Mujer. Estaba tan entusiasmada que decidió apuntarse a las clases de Pilates de Candace en Notting Hill. Ya era hora de que hiciera algo, y las clases de David Higgins prometían resultados inmediatos. Candace, que tenía la suerte de ser alta y de contar con las largas piernas de un caballo de carreras, le aseguraba que su esbelta cintura y su vientre plano se debían a los ejercicios y cuidados de David. Angélica nunca sería tan alta como Candace, ni podría tener sus largas piernas, pero podía ponerse en forma y perder unos kilos. No por Olivier, ni siquiera por Jack, sino por ella misma. El guapo sudafricano le había dado la idea de ponerse en forma.

Se puso vaqueros y una blusa con estampado floreado de Paul & Joe, se calzó unas deportivas rosas y se dejó el pelo suelto de manera que los brillantes rizos le cayeran desordenadamente sobre los hombros. Al notar el tacto suave de la ropa interior sonrió para sí. Se sentía atrevida, como si se hubiera puesto las prendas especialmente para que Jack se las quitara. Antes de salir telefoneó a Kate. Ahora su voz sonaba mucho mejor, a pesar de la resaca.

—Candace también me ha invitado a comer, pero mi madre está a punto de traer a los niños y comeremos todos en casa. Tengo una idea que os contaré mañana en Cipriani. —Angélica confió en que se tratara de la identidad del Otro Hombre—. Gracias por venir ayer noche. Espero que no te trajera demasiados problemas con Olivier.

—No, no le importó —mintió Angélica.

—Sabe lo mucho que os necesito. No sé lo que haría sin mis amigas.

«Sin público no hay drama», se dijo con cinismo Angélica.

—Para eso están las amigas —dijo—, para recogerte cuando te caes.

—Esta vez me he dado un buen batacazo.

—Te recuperarás.

—En esta ocasión no estoy tan segura, en serio. Creo que lo he fastidiado todo.

—No digas eso. El cielo nos envía estas pruebas para hacernos más fuertes.

—¿Acaso me haría más fuerte perder a Pete… y a los niños?

—No vas a perder a nadie. Oye, acabas de decir que tenías un plan.

—Sí, tengo uno. —La voz de Kate sonaba más animada.

—Pues aférrate a esa idea hasta mañana, cuando podamos comentarla en compañía de un buen vino y una deliciosa comida, —dijo, olvidando que Kate no comía.

—De acuerdo, cielo. Te debo una.

Cuando colgó el teléfono, Angélica se preguntó qué las llevaba a todas a afanarse alrededor de Kate como abejas obreras con su reina. ¿Era su vulnerabilidad lo que las empujaba a cuidar de ella? ¿O era ese encanto que tan bien sabía utilizar? ¿Cómo se podía enseñar el arte de la felicidad —incluso el de la serenidad— a una persona como Kate?

Pasó toda la mañana en Harrods comprando zapatos para los niños y recogiendo los uniformes que había encargado en julio, y que había olvidado totalmente poco después. Cuando llegaba el mes de junio, las madres eficientes, como Candace y Letizia, ya habían equipado a sus hijos para el invierno y lo tenían todo bien doblado y etiquetado en el armario, listo para empezar el cole. Cuando la familia regresaba a Londres del sur de Francia o de los Hamptons, lo único que quedaba por hacer era pedir hora en la peluquería para cortarse el pelo. En cambio Angélica hacía encaje de bolillos para cumplir con todas las tareas de la vuelta al cole en la última semana de vacaciones, y tenía que arrastrar a los niños de un sitio a otro de la ciudad para comprar la larga lista de artículos que necesitaban. Y de cada tienda salían triunfantes con algún juguete que su madre no había sabido negarles. Cada año maldecía su falta de organización, pero cada año se repetían las mismas carreras de última hora.

Llegó a casa de Candace con retraso y con el maletero del coche lleno a rebosar de las relucientes bolsas verdes de Harrods. Candace vivía en Notting Hill, de calles anchas y arboladas, donde brillantes todoterrenos Mercedes y BMW esperaban aparcados entre Porsches y algún Aston Martin.

Los recibió en la puerta el gran danés plateado junto con una criada filipina en uniforme blanco y rosa. Los hijos de Candace corrieron emocionados al piso de arriba para jugar al escondite, y Joe e Isabel dejaron atrás a su madre para unirse a ellos. Encontró a Candace al teléfono en el impecable jardín. Estaba instalada en una tumbona, frente a una mesita con un vaso de zumo de frutas y un ejemplar del *Vogue* americano. Saludó con la mano a Angélica en cuanto la vio.

—¿Has visto qué día tan magnífico? —Con un gesto, apartó el espeso cabello que le caía sobre la cara y se colocó las gafas de sol Dior encima de la cabeza.

Angélica bajó los escalones que llevaban al jardín.

—Veo que lo estás aprovechando.

—Mañana lloverá.

Candace había heredado la piel suave y morena de su madre latina y los ojos verdes de su padre. La sorprendente combinación resaltaba sus delicadas facciones.

—Siéntate aquí conmigo. ¿Los niños tienen hambre?

—Han subido todos al piso de arriba.

—Estupendo, vamos a dejarles un rato. Bajarán cuando tengan hambre.

—Los míos comieron unas pastas en Harrods.

—¿Has podido hacer todo lo que tenías que hacer?

—Casi. —Angélica dejó caer el bolso sobre la hierba, sin importarle que el lápiz de labios saliera rodando, y tomó asiento con alivio en la tumbona junto a su amiga—. He hablado con Kate. Tiene un plan.

—Me pregunto en qué consistirá —comentó Candace con una risita incrédula—. No es que me muera de interés. ¿Te das cuenta de que nos esperan nueve meses de culebrón? —Bebió zumo por su pajita—. Y estamos en primera fila.

—¿Por qué le hacemos tanto caso? ¿Qué la hace tan absorbente?

—Porque sin sus pequeñas escenas nuestras vidas resul- sonrisa maliciosa—. ¿Por qué no organizas tú un pequeño lío?

—No hay líos en mi vida, gracias a Dios.

—Hasta ayer noche.

—Acabó el mismo día que empezaba.

—Esto significa que estás lista para una aventura.

—Oh, Candace, en serio. Has tomado demasiado el sol.

—No, sólo digo en voz alta lo que pienso.

—Pues deja de decir tonterías. ¿Te parece que tengo tiempo para una aventura?

—No me digas que estás demasiado ocupada. ¡Igual que JFK, Lloyd George y Clinton!

Angélica soltó una carcajada.

—¿Crees que arriesgaría todo lo que tengo por un capricho?

—Al parecer, ahí está precisamente la gracia, en la emoción, en el riesgo.

—Prefiero sentarme entre el público para observar cómo se descontrola la vida de Kate. No podría vivir así, resulta agotador.

—Te sorprendería saber cuántas mujeres tienen aventuras a nuestra edad. Tras diez años de matrimonio, están aburridas de la monotonía de su vida, y un día aparece un hombre atractivo y audaz que enciende una llama que creían extinguida para siempre.

—La llama que Olivier encendió hace años todavía arde bastante bien, te lo aseguro.

—Así lo espero. Pero ayer por la noche sentiste el estremecimiento de la atracción, ¿no?

—Pues sí, pero lo puedo dejar en este punto. No me importa si no lo vuelvo a ver nunca más.

—Pero en cualquier momento aparecerá otro Jack, porque estás receptiva. Apuesto a que ha habido muchos como Jack en los últimos diez años, lo que pasa es que no los veías. Esto no significa que no quieras a Olivier, sino que estás lista para un poco de emoción. Sólo te advierto que tengas cuidado.

—Parece como si hablaras por propia experiencia.

—Tengo el conocimiento, aunque no la experiencia. Me limito a observar lo que veo a mi alrededor. No sé qué tengo, pero la gente me explica sus confidencias. Mira, tú misma. Apuesto a que a Kate, a Letizia y a Scarlet no les has hablado sobre Jack.

—Tienes razón, no les he contado nada.

—Ya te lo dije, me hacen muchas confidencias. La cripta sagrada.

—Tú deberías ser la escritora.

—¿Cómo va el libro, por cierto?

—No he hecho nada.

Candace volvió a colocarse las gafas de sol sobre el puente de la nariz. Sus brillantes labios esbozaron una sonrisa.

—Sólo necesitas un poco de inspiración.


Aquella noche cenaron solos en la cocina. Angélica había preparado una sopa de verduras con fideos thai y jengibre, el plato preferido de Olivier, pero ni siquiera así consiguió animarle. Él le habló de su día en la City. El centro financiero de Londres estaba al borde del desastre, y Olivier temía que se perdieran miles de puestos de trabajo. Sobre el mundo de las finanzas pendía una amenaza, y él estaba en el ojo del huracán. Tenía mala cara y parecía agotado.

—Me duele la garganta —dijo con voz lastimera, como si fuera la peor tragedia—. Me empezó a doler esta mañana al levantarme.

—¿Has tomado algo?

Se encogió de hombros.

—Sólo una aspirina.

—Deberías hacer gárgaras con antiséptico.

—No soporto el sabor. Haré unas inhalaciones y dormiré en el cuarto de los invitados.

—No hace falta que duermas allí.

—Así, si no puedo dormir, veré la televisión.

—Toma un somnífero y te quedarás dormido.

—Pero por la mañana seguiré atontado. —Tomó una cucharada de sopa—. Esto me sienta muy bien.

—Qué bien.

—Estoy seguro de que me encontraré mejor por la mañana. Ahora no puedo permitirme quedarme un día en casa.

—Después de una buena noche de descanso estarás como nuevo.

—No lo sé…, estas cosas tienden a tomarse su tiempo.

Angélica recordaba ocasiones en que había seguido cuidando de los niños aunque tuviera un gripazo fenomenal. Sonrió para sus adentros. Los hombres habían luchado en batallas terribles a lo largo de la historia, pero una faringitis podía dejarlos indefensos.

Tras hacer sus inhalaciones y dejar la cocina oliendo a mentol, Olivier se retiró a la habitación de los invitados. Angélica se preparó un baño: encendió velas y perfumó el agua de la bañera con aceites esenciales. Recostada en la bañera, cerró los ojos y dejó que su mente vagara por donde quisiera, pero cuando apareció la imagen de Jack con los brazos abiertos, echó el freno a su imaginación. Era pronto cuando se metió en la cama, y no tenía ganas de leer: los libros de los demás le recordaban su actual incapacidad para imaginar una historia, así que puso un DVD de una vieja película, una de sus favoritas: *Enamorarse*, con Meryl Streep y Robert de Niro. La había visto incontables veces, pero todavía se le saltaban las lágrimas cuando al final los dos se encontraban en el tren.

Cuando apagó la luz, se quedó escuchando en la semioscuridad el zumbido distante del tráfico y el ocasional rugido de las motos que subían por Bayswater Road. Se sentía diminuta en la inmensa cama. Cuando sus hijos eran pequeños, se subían a la cama para acostarse a su lado. Recordaba sus suaves pisadas atravesando el rellano, y le encantaba dormir acurrucada contra sus cálidos cuerpecitos, escuchando el tranquilizador sonido de su respiración. Ahora los niños dormían profundamente al final del pasillo, y Olivier yacía en el piso de arriba, sumido en la autocompasión. Esta noche no había nadie que la abrazara, excepto en sueños.

# 4

Si sientes amor por ti, te abres a la posibilidad de
que alguien te ame.

*En busca de la felicidad perfecta*

Al día siguiente despertó pronto a los niños. Era el primer día
de vuelta al colegio, y se habían pasado las vacaciones acos-
tándose tarde y levantándose a las ocho, de manera que estaban profundamente dormidos. Tuvo que correr las cortinas,
acariciarles la cara y persuadirlos con mucha paciencia de que
tenían que levantarse. Sintió lástima por ellos al verlos tan
quietos en sus camas, acurrucados y calentitos bajo la manta,
sus blancas caritas hundidas en la almohada. Que te despertaran para ir al cole no era nada agradable, aunque se tratara
de la escuela más lujosa de Londres.

Isabel se dio la vuelta en la cama, guiñó los ojos ante la
luz grisácea que entraba por la ventana y se estiró como un
gato. Joe entró tambaleándose en el cuarto de baño y se detuvo frente al inodoro con los ojos entrecerrados, sin saber
muy bien hacia dónde apuntaba. Angélica se apresuró a po-

ner remedio para que no salpicara de pipí todo el cuarto de baño.

En cuanto se despertaron, los niños empezaron a corretear y a arrojarse almohadas llenos de emoción, mientras Angélica hacía lo posible para que se lavaran y se vistieran; tenían que presentarse ante sus nuevos profesores con buen aspecto. Lo que ella no imaginaba era que a sus hijos les preocupara cómo se vestía ella.

—Mami, no irás así para llevarnos al cole, ¿verdad?

Angélica echó un vistazo a los vaqueros de pata ancha y a las zapatillas de deporte que se había puesto.

—¿Qué tiene de malo lo que llevo?

—Las demás mamás irán guapas, y tú ni siquiera te has arreglado.

Se sintió avergonzada. No se había puesto unos vaqueros viejos, sino unos Hudson de lo más chic, y las zapatillas deportivas eran plateadas y completamente nuevas.

—¿Y tú qué piensas, Isabel?

—Quiero que te pongas tus zapatos altos.

Se refería a los Tory Burch de plataforma que le había traído Letizia de Estados Unidos.

—Bueno, si tanto os importa, me cambiaré.

—La madre de Zeus va muy guapa —dijo Joe.

Angélica no podía disentir. Que Jenna Eldrich era glamurosa lo sabía todo el mundo, aunque a ella le parecía un poco exagerada, una de esas mujeres que en pleno invierno van con un abrigo de piel auténtica, muchas joyas de oro, todas grandes, y unas enormes gafas de sol, aunque el día esté nublado.

—Es cierto que va elegante, Joe, pero yo nunca seré tan guay como ella, porque no tengo tiempo para perder la mañana peinándome en Richard Ward.

Pero Joe ya no la escuchaba, porque estaba concentrado en esconder sus Power Ranger favoritos en la mochila. Angélica aprovechó para cambiarse. Se puso unos vaqueros J. Brand, los zapatos de plataforma que le había pedido Isabel y una chaqueta Burberry de color kaki.

Esta vez Joe dio su aprobación.

—Así está mejor —dijo.

Para completar el conjunto, se puso una gargantilla dorada de Yves Saint Laurent, y se preguntó si sería la única madre a la que los hijos le dictaban lo que tenía que ponerse.

Ante las puertas del colegio se había desatado un auténtico caos. La calle estaba prácticamente bloqueada por relucientes automóviles con chófer. Había incluso un par de guardaespaldas con impresionantes dispositivos en la oreja que vigilaban mientras los padres —ellos, trajeados; ellas, de melena rubia, piernas largas y bronceadas, vestidas de Prada— saludaban a los amigos y charlaban de pie en la acera, incapaces de controlar el alboroto de los niños. El aire estaba cargado de perfume, y entre el griterío de voces se distinguía el irritado murmullo de un vecino que intentaba llegar a Kensington Gardens para pasear al perro.

Como Angélica vivía cerca de la escuela, fueron andando, saludando a los conocidos por el camino. Se encontraron con la directora del colegio, que comentó lo mucho que habían crecido los niños y lo rubios que estaban por el sol.

—Hemos pasado el verano en Provenza, con la familia de Olivier —aclaró Angélica.

Sonaba mucho más glamuroso de lo que había sido. Las mujeres de la familia de Olivier eran unas brujas gruñonas y perpetuamente insatisfechas que se dedicaban a hacer la vida imposible a los demás. El único que se salvaba era el padre, un hombre encantador y elegante, de anticuadas maneras y dotado de un fino sentido del humor. A Angélica la hacía reír, casi siempre a expensas de su esposa y de sus hijas.

En el vestíbulo tuvo la suerte de encontrarse con Candace, Letizia y Scarlet, quien tomó a Angélica del brazo con gesto teatral.

—Angélica, ¡tienes un admirador!

—Tiene muchos admiradores —apostilló Candace.

—Sí, pero éste está realmente loco por ella.

—¿Quién es? —preguntó Letizia.

—Un sudafricano endiabladamente guapo que senté a su lado en la mesa la otra noche en casa. No me di cuenta de que hubierais conectado tan bien.

Angélica enrojeció. Hizo un gesto con la cabeza, quitándole importancia al asunto.

—Era divertido.

—Bueno, él te encuentra guapísima. Me llamó para decirme que eres una mujer muy especial, muy poco común. ¡Bah! Como si no lo supiera.

—Supongo que sabe que está casada —dijo Letizia.

—Él también está casado, pero no por eso deja de flirtear como si fuera un hombre libre. —Soltó una risa ronca—. Ayer mismo me encontraba en Clapham para visitar a mi acupuntor y lo vi al final de la calle, llamando a una puerta. Parecía nervioso. Estuve a punto de decirle hola, pero como lo conozco y sé que es un granuja preferí dejarlo con sus asuntos.

—¿Sería una amante? —aventuró Candace.

—No me cabe la menor duda —aseguró Scarlet, y a Angélica le sorprendió sentir un espasmo de celos—. No es precisamente un modelo de comportamiento, pero es muy atractivo.

Angélica no pudo evitar corregirla.

—Conmigo se portó perfectamente. Sólo flirteó un poquito.

—Espero que Olivier se diera cuenta —comentó Scarlet—. No le iría mal tomar un poco de su propia medicina.

Las cuatro acompañaron a clase a sus respectivos hijos. Los más impecables eran los de Candace, que llevaban los uniformes perfectamente planchados, los zapatos brillantes y el cabello recién lavado y peinado. Llegado el momento de despedirse, Candace se agachó y los abrazó como si se separaran para un largo viaje en lugar de para un corto día en el cole.

—Odio tener que dejarlos —manifestó, con lágrimas en los ojos, cuando ya se encaminaban a la salida.

—Pero les encanta venir al cole —dijo Angélica.

—Oh, ya sé que a ellos les gusta, pero ¿y yo qué? A mí me destroza.

Era una afirmación tan absurda que a Angélica se le escapó la risa. Con sus uñas pulidas, su pulcro peinado y su bello rostro, Candace no tenía un aspecto en absoluto destrozado. Llevaba unos vaqueros ajustados y unos zapatos planos, y sobre la impecable camisa blanca lucía una chaqueta verde con estampado de cachemira. Su querido bolso Birkin casi eclipsaba el enorme anillo de diamantes que le había traído Harry de su último viaje a Hong Kong. Angélica dudaba de que los hijos de Candace se hubieran atrevido nunca a criticar su aspecto.

—En menos de siete horas volverás a tenerlos contigo —dijo.

—Ya lo sé, pero el primer día siempre se me hace difícil. Detesto lo vacía que se queda la casa. Sólo se oye a Florencia subiendo y bajando por las escaleras haciendo la limpieza, y el pobre *Ralph* se queda todo el día triste en su cesta porque no tiene a los niños para jugar. Gracias a Dios que hoy comemos en un sitio bonito. No creo que pudiera quedarme todo el día en casa mirando el reloj.

—Yo tengo que meterme en mi despacho —dijo Angélica, aunque se preguntó qué haría allí.

—Pues yo me voy de compras. ¡Que se fastidie la crisis financiera!

—Yo diría que es beneficioso para la crisis, precisamente. No hay necesidad de contribuir a la falta de dinero privando a las dependientas de su comisión.

—Me encanta que lo veas de esta manera. Pensaba pasarme por Harvey Nichols… ¿Te apetece dar una vuelta por la primera planta?

—Me gustaría, pero es mejor que intente trabajar un poco. Además, hace semanas que no miro mi correo electrónico.

Se abrieron paso entre la multitud de padres y salieron a la calle. Candace fue al encuentro de su chófer, que la esperaba fuera, se subió al coche y se despidió de Angélica agitando una mano enjoyada.

—¡Hasta dentro de un rato! —gritó, y ya estaba acercándose el móvil a la oreja.

Angélica emprendió el camino a su casa. Iba pensando en sus hijos y en cómo se adaptarían a sus nuevas clases cuando la llamaron desde el otro lado de la calle. Era Jenna Elrich. Se le encogió el corazón. Jenna tomó a su hijo de la mano y cruzó sin mirar. Un Range Rover tuvo que frenar de golpe para no atropellarla.

—¿Cómo estás?

—Muy bien —dijo Angélica. Mentalmente tomó nota del enorme sombrero y las gafas gigantes que le daban aspecto de insecto. Aunque su piel bronceada era del mismo tono que el bolso de Gucci, se adivinaba que había sido una belleza algo glacial.

—¿Cómo está Joe?

—Encantado de estar de vuelta.

—Zeus no quería venir al cole. He tenido que arrancarlo de la cama mientras gritaba: «*Mais, maman, je ne veux pas aller à l'école!*» ¿No es cierto, Zeus?

Angélica se sintió horrorizada por lo pretencioso del comentario. Sus hijos tenían un padre francés, pero a ella nunca se le ocurriría jactarse así de su bilingüismo.

—Oh, se le pasará en cuanto entre —comentó—. La señorita Emma es muy simpática.

—Yo estoy agotada. Hemos tenido un verano muy agitado. La casa de Mustique ya está acabada, pero las obras en el chalet de Gstaad van muy retrasadas. Ya le he dicho a John que si no está terminado para Navidad, no lo quiero. Para colmo, Jennifer se puso enferma y tuvo que volver a Londres, ¡de forma que he estado dos semanas en Biarritz sola con los niños, sin tata! ¡Imagínate qué horrible! He empezado a entrevistar a posibles tatas. Lo digo por si sabes de alguien…

—Estaré atenta.

—Bueno, será mejor que nos pongamos en marcha, o Zeus será el último niño en llegar, y eso no es una buena manera de empezar el curso. —Se quedó pensativa y añadió antes de irse—: Por cierto, te veo estupenda. Me encantaría ir así, con el pelo alborotado, como si estuviera recién levantada, pero por más que me esfuerce, yo siempre parezco arreglada.

Angélica se la quedó mirando mientras se alejaba, con su enorme abrigo y sus botas de cuero, y deseó de todo corazón que muriera de calor con la calefacción del colegio. *¡Aspecto descuidado! ¡Recién levantada!*, se repetía con indignación. *Si hay alguien a quien no puedo soportar es Jenna Elrich.*

Finalmente se sentó a su mesa de trabajo, mirando al jardín, en el despacho que tenía en la última planta, su pequeño santuario con las paredes pintadas de color claro, muebles estilo Nueva Inglaterra, plantas y estanterías llenas de libros. Allí podía meditar sin que nadie la molestara y soñar sin que nada la distrajera, y Olivier no podía quejarse de las velas encendidas ni de la música que ella elegía. Encendió el ordenador con un suspiro de satisfacción. Había estado todo un verano fuera, y agradecía estar de vuelta. Mientras el ordenador se ponía en marcha encendió una vela y el iPod.

Al principio le asustó ver que tenía setenta mensajes, pero tras echar un vistazo a la lista comprobó que la mayoría eran mensajes basura y podía eliminarlos rápidamente. Había un mensaje de su agente, Claudia Hemmingway, y otros dos de su editor en Nueva York. Escribió unas líneas de respuesta, se saltó las invitaciones de amigos a cenar e imprimió los correos más largos para leerlos con calma. De repente vio un nombre que le resultaba familiar: Jack Meyer, e hizo clic sobre él llena de curiosidad. ¿Cómo diablos la había encontrado?

Querida Salvia:

Espero que no te moleste que te escriba. He estado pensando en la idea (que me parece magnífica, por otra parte) que tienes para tu libro. Ahora estoy de vuelta en Rosenbosch. Es primavera, y en el aire flota un aroma a flores y a madera de alcanfor. Me maravilla esta época del año en que todo es nuevo y emocionante. Creo que tendrías que venir, te serviría de inspiración. Me gustó mucho nuestro encuentro en Londres y, por cierto, me encanta tu página web, aunque no hay suficientes fotografías de ti, y las que hay no hacen justicia a la mujer de carne y hueso.

De un perro convenientemente atado en el porche

Angélica se quedó contemplando el mensaje sin dar crédito a sus ojos. ¡Menudo bribón! Había buscado la página web para dar con ella. Sabía que estaba casada, pero a juzgar por sus aventuras en Clapham, le gustaba vivir rozando el peligro. Releyó el mensaje, deteniéndose en las mejores frases. Volvía a oír su voz grave, su acento cantarín. Esbozó una sonrisa. Podía imaginar su viñedo de Rosenbosch, entre árboles de alcanfor y plantas en flor, y vio a Jack echado en la hierba con unos prismáticos, observando a los pájaros.

¿Qué podía hacer? No responder resultaría una grosería. Después de todo, no había nada malo en intercambiar unos cuantos mensajes sin importancia, ¿no? ¿No sería presuntuoso deducir que quería acostarse con ella? Durante la cena él no se había sobrepasado ni ella le había animado a hacerlo. Comprobó la fecha del mensaje: era del día anterior. Sintió un delicioso estremecimiento de culpa al hacer clic sobre «Responder».

Querido perro atado en el porche:
Muchas gracias por tu mensaje. Me ha gustado saber de ti. Estoy sentada ante mi mesa de trabajo meditando sobre mi nueva idea, pero me siento poco inspirada, de manera que si se te ocurre alguna idea genial, envíamela. Cualquier ayuda me irá bien. Qué maravilla estar en pri-

mavera. Nosotros estamos entrando en el gris del otoño, ya sabes, y cada día será más deprimente. ¡Cuánto daría por disfrutar del sol y de los aromas a flores! Seguro que Rosenbosch es un lugar precioso. A Olivier y a mí nos encantaría conocerlo.

Esta última frase le hizo arrugar la nariz, y la borró rápidamente. Sonaba infantil mencionar a Olivier.

Seguro que Rosenbosch es un lugar precioso. Me encantaría ver el porche. Me imagino que debe ser tan grande como el de Olivier.
Salvia

Lo releyó unas cuantas veces para asegurarse de que no sonaba demasiado a flirteo. No quería que él pensara que quería seducirlo. Al ir a hacer clic sobre «Enviar» dudó un instante. Pero ¿qué había de malo en tener un ciberamigo? Pulsó el icono y contempló cómo el mensaje desaparecía de su pantalla. Por un instante sintió un ligero remordimiento.

Se imaginó a Jack en el momento de recibir el mensaje. ¿Respondería de inmediato? Se quedó un rato ante el monitor, esperando oír el pitido que anunciaba un nuevo mensaje, pero no pasó nada. Finalmente salió del programa de correo y abrió un nuevo documento de Word.

No hay nada más desconcertante que un documento en blanco cuando no se te ocurre nada, así que escribió el título: *En busca de la felicidad perfecta*, por Angélica Garner. Luego se dedicó a buscar una tipografía, y acabó eligiendo unas letras muy ornamentadas en color rosa. Toda la operación le llevó unos cuantos minutos, en los que no dejó de estar a la escucha de un nuevo mensaje.

Se dedicó a escribir todo lo que le venía a la mente acerca del gran tema de la vida. Luego cogió el teléfono y llamó a Candace. Su amiga estaba en el departamento McQueen de los almacenes Harvey Nichols.

—Me ha enviado un correo electrónico —dijo Angélica, sin más—. Me ha encontrado a través de mi página web.

—¡Oh, Dios mío! ¿Y qué te dice?

—Te lo leeré en voz alta.

—Espera, tengo que sentarme. ¡Un momento, un momento! Oh, lo que daría por una silla... ¿No tienen nada donde sentarse? ¿Y qué pasa con las personas mayores, o las impedidas, o con las que están locas, como yo? Vale, ya estoy sentada, puedes empezar.

Angélica le leyó el mensaje.

—Está loco por ti —sentenció.

—¿De verdad lo piensas?

—Por supuesto. No hay más que ver que se ha tomado el trabajo de buscarte.

—Sólo es un gesto de amistad.

—No seas inocente.

—Le he contestado.

—¡Estás loca!

—No hay nada malo en un poco de cibercharla. Después de todo, sería muy presuntuoso por mi parte suponer que quiere llevarme a la cama...

—No es una conclusión presuntuosa, es inteligente. Ya te lo dije: estás lista para una aventura.

—No voy a tener una aventura.

—Escucha, todas empiezan así: un poco de conversación, un poco de coqueteo, luego una comida...

—Vive en Sudáfrica.

—Pero estuvo en Londres. Créeme, Angélica, te invitará a comer. ¿Se lo dirías a Olivier?

—Claro.

—No, no se lo dirías. ¿Le dirás que te ha enviado un correo electrónico? Claro que no. Es vuestro pequeño secreto, y os resultará divertido mantenerlo así. Cada vez que Olivier se ponga gruñón, o se enfade, o lo que sea, tú recordarás tu pequeño secreto y sonreirás para tus adentros.

—¿Crees que no debería escribirle?

—No, sólo te hago una advertencia: mantente alejada de él. No le escribas nada que tu esposo no pueda leer; y sobre todo no le escribas nunca, pero nunca, cuando hayas bebido.

—Parece que sabes mucho de esto.

—Ya te lo dije. Me hacen muchas confidencias.

—Pues muy bien, doña confidencias. Si él me responde, te llamaré.

—Querida, no es cuestión de si responde, sino de cuándo lo hará.


Antes de salir para comer con las chicas, Angélica volvió a comprobar la bandeja del correo, pero sólo habían llegado mensajes basura que le ofrecían Viagra al mejor precio. Disfrutó de la caricia del sol, que ahora asomaba entre las nubes. Se preguntó si Jack también recibiría los rayos del sol sentado en su porche.


No fue la última en llegar a Cipriani. Candace, Letizia y Scarlet estaban hablando de Kate mientras saboreaban su cóctel Bellini.

Letizia le dio un beso.

—Cariño, hemos pedido un cóctel para ti.

Angélica saludó a Candace y a Scarlet con un beso.

—¿A que no sabéis con quién me he tropezado esta mañana?

—¿Con quién?

—Con la horrible Jenna Elrich. —Tomó asiento junto a Letizia y les explicó que Jenna había imitado a su hijo hablando en francés—. Era de lo más pretencioso —se lamentó.

—¿Pues sabes lo que tendrías que haberle dicho? —Candace carraspeó—: «Vaya, Jenna, qué gracia, porque hoy precisamente Isabel me ha dicho, nada más levantarse: "*Mamma, andiamo in scuola*", y luego ha intervenido Joe: "*Anch'io voglio andare a scuola*"» —hizo una mueca de satisfacción.

—*Brava!* —exclamó Letizia, encantada.

—Ahora eres tú la que se da aires —dijo Angélica entre risas.

—Bueno, tengo facilidad para los idiomas, qué le vamos a hacer.

Angélica se inclinó hacia sus amigas con gesto confidencial.

—¿Sabéis qué más me ha dicho? Que le gustaría llevar el pelo despeinado como yo, como si se acabara de levantar, pero que ella, haga lo que haga, siempre parece puesta y arreglada.

—Y operada —añadió Scarlet.

—¡Qué antipática! —exclamó Letizia.

—Yo la encuentro muy cómica —dijo Candace con una carcajada—. Es incapaz de decir una frase sin fanfarronear. Si habla de un hombre, resulta que le va detrás; si menciona a una mujer, seguro que está celosa de ella; y si te hace un cumplido, no tengas duda de que es una treta para dejarte en mal lugar después. Una noche vino a casa a cenar y alabó mi «curiosa cocina rústica».

—A mí me pone furiosa —gruñó Angélica.

—No te preocupes, cariño. Ella daría cualquier cosa por unos rizos vibrantes como los tuyos.

—No, lo que le gustaría de verdad es tener un matrimonio como el tuyo —dijo Candace—. Es muy desgraciada con su marido, ésa es la auténtica razón de su amargura.

—El año pasado me confesó que tenía cuarenta y bastantes, pero está claro que se le ha olvidado que me lo dijo, porque sigue hablando de los Temibles Cuarenta y pidiendo que le demos ideas para festejarlo.

—Pues corrígela —sugirió Candace—. Dile: «¡Pero, querida, si ya estás cerca de los Temibles Cincuenta!

—Su marido trabaja en Lehman's Brothers. No creo que lo celebre a lo grande —dijo Angélica.

—A lo mejor puede vender su amplia colección de zapatos y bolsos —comentó Letizia.

—Los Birkin son falsos, os lo aseguro. Y sé de lo que hablo —dijo Candace.

Apareció Kate con unas botas altas, un minivestido de punto y unas inmensas gafas de sol Chanel. Echó un vistazo a su alrededor, buscándolas, y las saludó agitando la mano con entusiasmo. Todo el mundo en el restaurante se volvió a mirarla; las mujeres, con envidia ante su cuerpo flexible y su bello rostro, y los hombres con un especial sentimiento de deseo. Consciente de haberse convertido en el centro de atención, Kate avanzó entre las mesas y los cuchicheos con los movimientos sinuosos de una serpiente.

—Lamento llegar tarde —dijo. Les envió besos con la mano—. Es una de esas mañanas terribles. —Se desplomó sobre la silla y dejó caer al suelo su bolso Anya—. Necesito una copa.

—Pensaba que no bebías… ahora —dijo Letizia.

—No debería, pero un pequeño Bellini no perjudicará al bebé. —Le dedicó al camarero una sonrisa tan radiante que hizo que el chico se ruborizara.

—Pete regresó anoche, ¿no? ¿Se lo has dicho? —preguntó Candace.

—No, estoy demasiado asustada.

—Y entonces, ¿cuál es tu gran idea? —preguntó Angélica.

—Voy a dejar que siga adelante.

—¿No vas a interrumpir el embarazo? —Candace estaba atónita.

—No puedo.

—Ahora mismo es un grupito de células.

—Ya lo sé, Candace, pero sigue siendo una vida. Siempre he estado en contra del aborto. Aquí dentro hay un bebé —dijo tocándose la tripa.

—Nadie lo diría —dijo Letizia.

—Tienes menos tripa que yo —apuntó Angélica.

—Pero no por mucho tiempo —le recordó Candace—. Angélica se unirá a mi clase de Pilates.

Scarlet le sonrió.

—Primero tienes que hacerte la pedicura. Ese tal David es muy atractivo.

—Créeme, cuando estás hecha un nudo y sudando como un cerdo, eso es lo que menos te importa.

—Tú no sudas, Candace, estoy segura —rió Letizia.

—Claro que no suda —intervino Scarlet—. Ella resplandece como una princesa de Park Avenue.

Cuando el camarero le trajo su Bellini, Kate tomó un sorbo y sonrió.

—Ahora estoy mejor. Mirad, estaba pensando que mi amante tiene el pelo y los ojos de un color similar a los de

Pete, así que con un poco de suerte, si no hay un funesto salto generacional, el bebé se parecerá a mi marido lo suficiente como para no levantar sospechas.

—Eso es muy optimista.

—Pero sucede muchas veces —dijo Scarlet—. Al parecer hay un alto porcentaje de niños en este país que no son hijos de sus padres.

—Creo que deberías decir la verdad —aconsejó Letizia.

—¿Y arriesgarse a perder a Pete? —preguntó Angélica.

—¿Vale la pena conservarlo? —dijo Candace—. ¿Cómo es tu amante?

—No es de los que se casan.

—¿Está casado?

Kate negó con la cabeza.

—No puedo deciros más. No le he hablado del bebé y no pienso decirle nada. Se siente un poco incómodo con este tema. Los dos hemos hecho borrón y cuenta nueva, como si no hubiera pasado nada.

Candace soltó un gruñido. Señaló la tripa de Kate con una uña perfectamente limada y pintada.

—Aquí hay alguien que dice que ocurrió algo.

Kate sonrió.

—Pero no contará nada.

—No. Todavía —dijo Angélica.


A las tres y media recogieron a los niños del colegio y formaron un corrillo para criticar a Jenna Elrich, que ladraba órdenes por el móvil a alguien de su servicio. En cuanto llegó a casa con los niños, Angélica subió a su despacho para comprobar el correo. Nunca había tenido tantas ganas de leer los mensajes. Con una sonrisa de emoción, abrió su correo elec-

trónico. Había dos mensajes: uno era de su agente, invitándo-
la a comer. El segundo era de Jack.

Querida Salvia:

Recibir tu mensaje es una de las cosas más emocio-
nantes que le pueden pasar a un pobre Perro Atado en el
Porche, solo y abandonado. Mientras lo leía, imaginaba
tu voz y tu risa, porque supongo que te has reído al escribir que mi porche es tan grande como el de Olivier. Si es
inteligente, Olivier no necesitará un porche más grande;
se quedará encantado a tu lado, aunque el porche llegue
solamente desde su hocico hasta su cola, que moverá alegremente (¡está casado contigo!). Estoy recopilando ideas
para ti. He echado una ojeada a mi vida y a mis experien-
cias, pero todavía no estoy listo. A lo mejor puedo entre-
gártelas cuando vengas a Sudáfrica, que espero que sea
pronto.

Perro Atado en el Porche

# 5

Persigue la belleza en todo, porque siempre está ahí
si te molestas en buscarla.
*En busca de la felicidad perfecta*

Se quedó mirando el mensaje de Jack con una maliciosa sonrisa en los labios y un cierto sentimiento de culpa. Sabía que
no debía darle esperanzas, pero era poco probable que volvieran a encontrarse. Sudáfrica quedaba muy lejos. Y aunque
Jack viniera a Londres, le sería prácticamente imposible encontrar una razón válida para comer con él, y no osaría hacerlo a espaldas de Olivier. Además, seguro que se encontra-
rían con algún conocido. Se entretuvo un rato pensando en
cómo podrían verse, pero era del todo imposible, una pura
fantasía.

Haciendo gala de un atrevimiento que no era propio de
ella, escribió la respuesta.

Querido Perro Atado en el Porche, me parece que la primera condición para ser feliz es la aceptación. ¿La causa

de nuestro descontento no es querer lo que no podemos tener? Salvia

Satisfecha, envió el mensaje. Esperó un rato la respuesta. Tenía que bajar al cuarto de juego de los niños para convencerles con ruegos, órdenes o sobornos de que hicieran los deberes, pero no quería alejarse del ordenador. Justo cuando estaba a punto de levantarse, sonó el teléfono. Era su agente, Claudia Hemmingway.

—¡Hola, Angélica! ¿Cómo va ese libro?

—Muy bien —mintió—. Acabo de empezarlo.

—Fantástico. Tengo ganas de leer el primer borrador.

—No corras tanto. No podré darte nada hasta después de Navidad.

—Bueno, si estás en ello no importa. Escucha, deberíamos comer juntas. Quiero comentarte un par de propuestas.

—¿Son interesantes?

—A mí me parece que sí. —Hubo un silencio—. No nos hemos visto en todo el verano. Digamos que ya es hora de que nos pongamos al día.

—Oh, cielos, otra vez intentarás convencerme de que viaje a Australia.

—Te prometí que no.

—No puedo dejar tanto tiempo a los niños, ya lo sabes.

—Y lo entiendo perfectamente, pero…

—Entiendo que piensas que sería muy bueno para mi carrera. Pero Olivier no lo considera una carrera.

—A juzgar por el dinero que ganas, habría que clasificarla como carrera.

—Habla tú con mi marido.

—Escucha, te prometo que no intentaré convencerte de que vayas a Australia. Podemos comer juntas y pensar en un plan de acción para los siguientes libros. ¿Cuándo te iría bien?

—¿Puede ser a finales de noviembre? Ya sé que falta mucho, pero no quiero distraerme ahora que estoy metida en faena. Así tendré tiempo de escribir algo.

—Estupendo. No quiero interrumpir tu flujo creativo.

Mientras Claudia buscaba un día en su agenda, Angélica oyó la campanilla que anunciaba la llegada de un nuevo mensaje. Apareció el nombre escrito en negrita: Jack Meyer.

—¿Qué te parece el jueves veinte de noviembre? —sugirió Claudia—. Podríamos ir a Sotheby's Café, que sé que te gusta… —No hubo respuesta—. Angélica, ¿estás ahí?

Con un esfuerzo, apartó la mirada de la pantalla.

—Sí, sí, estoy aquí. Lo siento, me ha distraído la llegada de un mensaje.

Hojeó rápidamente su agenda. Quería acabar cuanto antes la conversación para leer el correo electrónico de Jack.

—El veinte de noviembre. Ya lo he apuntado.

—Estupendo. Te dejo con tu escritura y con el mensaje.

Angélica colgó el teléfono y volvió la mirada a la pantalla del ordenador.

Querida y hermosa Salvia:

En mi caso, querer lo que no puedo tener me plantea un tremendo reto, y me hace feliz imaginar que puedo lograrlo. Es posible que la aceptación, en su forma más pura, sea la clave para una felicidad duradera. El problema es que en mi aceptación no hay pureza, sino frustración, rebelión y lucha. Si acepto las cosas tal como son, a lo mejor no alcanzo nunca mi auténtico potencial, ¿no? ¿Qué respondes a esto?

Perro Atado en el Porche

Angélica releyó el encabezado con un placer teñido de culpa: «Querida y hermosa Salvia»… Quedaba claro que no le preocupaba que su mujer leyera su correo. Lo que decía en el mensaje se refería a ella, al reto que planteaba. Aunque entendía que él la deseaba, y que de momento no estaba a su alcance, no se sentía en peligro. El correo electrónico confería a los mensajes una confortable distancia. No era como hablar por teléfono o verse cara a cara en un restaurante. El ordenador le permitía flirtear como nunca se habría atrevido a hacerlo en persona.

Era consciente de que con este juego le estaba dando esperanzas a Jack, y eso no era muy honesto. Debería detenerse antes de que aquello llegara demasiado lejos. Sin embargo, consiguió convencerse de que para él era también un juego, tanto como para ella. Seguro que tenía otras «amigas» a las que escribía mensajes; ¿qué importancia tenía una más?

Entonces, ¿qué podía responder a lo que decía sobre la aceptación? Se apoyó pensativa en el respaldo mientras mordisqueaba un lápiz. Jack hablaba de una felicidad temporal, un estado más de exaltación que de serena armonía y paz interior. La veía como un reto, y la idea de conquistarla le hacía feliz, pero una vez que la conquistara ya no habría reto, y la felicidad se alejaría de nuevo.

Dejó los dedos suspendidos sobre el teclado. No quería parecer demasiado interesada, y sabía que debería esperar unos días antes de responder al mensaje, pero la tentación era demasiado grande. Además, ¿no tenía derecho a un poco de inocente diversión?

Querido Perro Atado en el Porche:
       La felicidad de la que hablas es temporal. Imagínate a un perro en el porche. Si tira de la cuerda, ansioso por sa-

lir al jardín, sólo conseguirá frustrarse. Si corriera detrás de un conejo, sentiría el placer de la caza, pero luego su felicidad se esfumaría hasta el siguiente conejo. Si, por el contrario, acepta que tiene que quedarse en el porche, si disfruta de la brisa y del calor del sol y no se empeña en correr tras el conejo, entonces sentirá la pura satisfacción de la existencia.

Una Salvia un tanto confusa

Un grito la arrancó de sus meditaciones. Joe quería ver *Ben10*, pero Isabel le había quitado el mando a distancia para poner *High School Musical*. Angélica bajó corriendo.

—Nada de televisión hasta que no hayáis hecho los deberes. Joe, tú primero. Cuanto antes empieces, antes acabarás y podrás ver *Ben10*.

Mientras Sunny preparaba espaguetis a la boloñesa, Angélica se sentó frente a la mesa del comedor con Joe, que empezó a leer en voz alta. *La felicidad está en querer a mis hijos*, se dijo. Observó con atención el rostro serio y concentrado en la lectura de su hijo, y trató de imaginarse cómo sería de mayor: un hombre guapo como su padre, pero con la piel y los ojos claros igual que ella. Franco y abierto como el abuelo. Un ser humano único, como lo son todas las personas, cada una a su manera. Sus pensamientos la condujeron a Olivier. Sintió una punzada de remordimiento, aunque sabía que no había peligro de que leyera su correo, porque nunca entraba en su despacho. Su marido no podía imaginarse que ella tuviera un ciberamigo como Jack. Nadie se lo imaginaba.

Francés al fin y al cabo, Olivier tenía fama de que le gustaban las mujeres. De hecho, si no intentaba ligar con todas las chicas que se ponían a tiro, sus amigos deducían que estaba de mal humor o se encontraba mal. Y probablemente no se equivocaban. Eso no significaba que no amara a Angélica por encima de todo; simplemente necesitaba la inyección de adrenalina del flirteo, y también la confirmación de que seguía siendo atractivo a los cuarenta y ocho años. Pero ella, como era inglesa y no tenía un físico tan vistoso como su marido, se suponía que era un dechado de virtud.

Llevada por un impulso, estrechó a Joe entre sus brazos, saboreando el delicioso olor de su pelo y el suave tacto de su piel.

—Eres genial —exclamó.

Sus hijos todavía eran pequeños, pero pronto evitarían sus besos y abrazos, no querrían manifestaciones de afecto de su mamá. Angélica no tendría a nadie a quien abrazar, porque Olivier no estaba nunca en casa, y aunque estuviera, su pensamiento seguía en la oficina.

—¿Ya puedo ver *Ben10*?

—Vale, dile a Isabel que es su turno.

Cuando su hijo se marchó corriendo, Angélica se quedó meditando. *Mi felicidad depende de la salud de mis hijos,* pensó. *No es una felicidad duradera porque siempre está ensombrecida por el temor. Tengo miedo de cosas que a lo mejor no sucederán nunca. Es un gasto inútil de energía, pero no puedo evitarlo. Por cada momento de felicidad siento el temor de la pérdida. ¿Cómo podría vivir sin mis hijos? La felicidad son pequeños islotes en un mar de temor. ¿Por qué no puede ser el temor una isla en un mar de felicidad? ¿Por qué hemos de tener miedo? ¿Por qué no aceptamos las cosas tal como vienen y actuamos cuando sea necesario, sin más?* Interrumpió sus pensamientos con una sonrisa cuando Isabel entró sigilosamente en la habitación.

Cuando Olivier llegó de la oficina, los niños ya estaban acostados. Angélica había hecho la cena y había puesto la mesa en la cocina, con manteles, servilletas, copas de vino y una vela encendida. Él dejó el maletín en la mesa de la entrada.

—¡Qué romántico! —dijo.

—Estamos los dos solos. —Observó que su marido llevaba al cuello un pañuelo de seda con estampado de cachemira.

—Bien, porque estoy demasiado cansado para hablar con nadie salvo contigo. Y tengo la cabeza a punto de estallar.

—¿Has tomado algo para el dolor, aparte de la aspirina?

—Nada, aparte de Nuroten. Creo que haré otras inhalaciones antes de acostarme.

—Tómate algo para dormir.

—De acuerdo, y mañana iré tambaleándome al trabajo por la resaca.

—¿Qué tal el día?

—Terrible. Todo se está desmoronando. Esto es muy serio, Angélica.

—Ya lo sé. He leído la prensa.

Le sirvió un vaso de burdeos. Con un suspiro, Olivier se desplomó sobre la silla, tomó un sorbo y empezó a relajarse.

—Si te quitas la chaqueta y el pañuelo te haré un masaje en los hombros —le dijo ella.

Olivier aflojó el nudo del pañuelo.

—¿Qué pasa aquí? ¿Tienes una aventura acaso?

Ella notó que le ardían las mejillas.

—No seas tonto. Es que pareces muy tenso.

—Estoy tenso. —Angélica dejó la chaqueta y el pañuelo de Olivier sobre el respaldo de la silla y procedió a masajearle el cuello—. Es fantástico.

Notaba bajo los dedos los tensos músculos de su marido y fue aflojando los profundos nudos, deshaciéndolos poco a poco. Se sentía culpable a causa de sus mensajes secretos, y eso la llevó a comportarse como una *geisha*.

—Hacía años que no te daba un masaje.

Olivier se rió.

—Nunca me has dado masajes, ni siquiera cuando éramos novios. El del aceite era yo.

—Y el de las manos mágicas.

Angélica se sorprendió al sentir que la invadía una oleada de deseo.

—Pues siguen siendo mágicas, ¿sabes?

La tensión había dado paso a una necesidad física, una forma primaria de desahogo. Olivier cerró los ojos. Tomó a Angélica de las manos para traerla frente a él, separó la silla de la mesa y la sentó en su regazo.

—Quiero hacer el amor contigo —murmuró—. Tengo una mujer muy guapa y debería hacerle más caso.

—¡Pero te duele la garganta!

—Ya me encuentro mejor.

*Hipocondríaco*, pensó con afecto Angélica.

—¿Y los niños?

—Si nos preocupa que los niños entren de repente, no haremos nunca el amor.

Le tomó la cara entre las manos para besarla, dejando que la mata de pelo se derramara sobre su cara. Los labios de Olivier eran cálidos y sabían a vino; no cabía duda de que sabía besar, siempre había sido bueno besando. Tiró de la camisa para sacársela de los pantalones y deslizó los dedos por su espalda. Angélica notó cómo le desabrochaba el sujetador y luego le acariciaba voluptuosamente los pezones. Después de tanto tiempo sin hacer el amor, su cuerpo estaba ávido de caricias. Echó la cabeza hacia atrás para que Olivier la besara en el cuello. Notó el pinchazo de su barba. Consciente del peligro de que apareciera en cualquier momento uno de los niños, se quitó rápidamente los pantalones y las medias y volvió a sentarse sobre él. Con mano experta, lo ayudó a introducirse dentro de ella, y durante un rato se perdieron cada uno en su propio placer hasta que alcanzaron juntos la cúspide. Permanecieron así un rato más, con los miembros entrelazados y el pulso acelerado. Tras el torrente de adrenalina sintieron como si flotaran.

—Esto sí que ha sido espontáneo —dijo Angélica. Depositó un beso sobre la húmeda sien de Olivier, que sabía a sal.

—Es como si fuéramos jóvenes y volviéramos a estar enamorados. —Le revolvió el pelo—. Deberíamos hacer el amor más a menudo.

Ella se levantó y recogió su ropa.

—La vida está llena de ocupaciones —dijo.

—Deberíamos encontrar tiempo para las cosas importantes. Bueno, ¿qué hay para cenar?


Olivier se lanzó entusiasmado sobre las chuletas de cordero. Angélica se dijo que a veces parecía que la comida fuera su razón de existir. Una mala comida podía hacer que estuviera de mal humor toda la semana. Mientras él hablaba de sí mismo, ella iba comiendo y bebiendo el vino a pequeños sorbos. Él no le preguntó qué tal le había ido el día. Normalmente no se lo preguntaba, y la verdad era que no había mucho que decir, pero de repente le pareció grave esa falta de curiosidad.

—Lehman's Brothers se ha hundido, y les pasará lo mismo a otros bancos. Esto tendrá consecuencias para todos, incluso para nosotros.

—Ya lo sé. Voy con cuidado.

—Nada de caprichos innecesarios.

Angélica se pudo tensa.

—He dicho que voy con cuidado.

—Ya lo sé.

—Y aporto dinero.

—Lo sé, pero el mundo editorial también se verá afectado. La gente prescindirá de todo lo que no sea necesario, y eso incluye a los libros.

—Los niños seguirán necesitando lecturas.

—Pero los anticipos no serán tan elevados. Ya lo verás: todo el mundo se apretará el cinturón.

Al oír la palabra «cinturón», Angélica enarcó una ceja. Quería reprocharle a su marido el comentario, recordarle que no había querido que ella llevara uno.

—La City se recuperará, como siempre.

—Puede tardar años.

—Bueno, hasta entonces tendremos cuidado.

—Ya verás. Incluso las grandes consumidoras, como Kate y Candace, tendrán que poner freno a sus dispendios.

Angélica no podía imaginar a sus amigas privándose de alguna compra.

—¿Cómo están los niños? ¿Qué tal lo han pasado el primer día de colegio?

—Ha sido un día fantástico. Lo han pasado estupendamente.

—¿A quién has visto?

—A las de siempre: Scarlet, Letizia, Candace… Oh, y me encontré con la horrible Jenna Elrich.

—Pues a mí me parece muy sexy.

Angélica se quedó con la boca abierta.

—Por Dios, Olivier, ten un poco de gusto.

—Tiene estilo, me gusta cómo se arregla.

—Dices lo mismo que Joe —murmuró Angélica—. Supongo que para los no entendidos tiene *glamour*.

—Viste bien.

—Recargada como un árbol de Navidad.

—Y hablando de Navidad, supongo que pasaremos las fiestas con tu familia.

—Me gustan tan poco como a ti.

—Y luego visitaremos a mi familia en Francia.

—No sé cuál de las dos es peor.

—Oh, la tuya gana de calle. ¡No hay color! Pero en compensación me divierten mucho.

—Me alegro de que te diviertan, porque a mí me deprimen.

—Así que estas Navidades no gastes mucho en regalos. —Se secó los labios con la servilleta—. No es el mejor año para gastar, de manera que no te entusiasmes.

—Ya sé. Lo que cuenta es la intención.

—¡Si fuera la intención lo que contara, no recibirían ni un presente! Si mal no recuerdo, el año pasado te olvidaste de comprar regalos para mis hermanas, lo que demuestra lo poco que piensas en ellas.

—Pero si las encuentro encantadoras —dijo Angélica, hundiendo las mejillas.

Olivier la contempló con ojos entrecerrados, pero su boca se curvó en una media sonrisa.

Cuando acabaron de cenar, Olivier se retiró a su cuarto con una taza de té caliente con miel. Mientras se llenaba la bañera, puso las noticias, se desnudó y colgó su ropa en el armario. Frunció el ceño al ver las prendas de su mujer tiradas por el suelo junto con los juguetes Ben10 de Joe y unas toallas mojadas.

Angélica entró en el cuarto de los niños, que dormían profundamente, llenos de inocencia. Le tapó los hombros a Isabel con la manta y acarició la mejilla sonrosada de Joe. Luego oyó que Olivier cerraba el grifo y se metía en la bañera. La curiosidad fue más fuerte que ella: subió las escaleras para comprobar el correo una vez más antes de meterse en la cama. Si Olivier supiera que estaba a estas horas en su estudio lo encontraría muy raro, porque ella nunca trabajaba por las noches, y mucho menos leía el correo.

Pero tal como esperaba, había un nuevo mensaje de Jack.

Querida y hermosa Salvia:

Creo que el perro preferiría cortarse el cuello antes que afrontar una existencia sin conejos. Y además, ¿no depende todo del conejo? ¿Por qué no va a poder mantener interesado al perro? Me parece que deberías pensar en el conejo, y no considerarlo un mero divertimento para el perro. En cuanto al anhelo, forma parte del placer de la vida. Sin deseo no hay sueños —como escritora seguro que conoces la importancia de los sueños— y, sin sueños, ¿cómo alcanzaremos todo nuestro potencial? Que duermas bien, linda Salvia. Yo sigo en el porche, pero gracias a mis sueños soy un perro feliz.

PAP

Tal vez la City se derrumbaría sobre los hombros de su marido, tal vez tendría que gastar menos, y probablemente pasarían unas Navidades espantosas en compañía de sus excéntricos padres, pero Jack hacía que Angélica se sintiera deseada. Arrojaba un rayo de luz sobre una parte de sí misma que nadie más podía ver, y al calor de esa luz, una parte de su ser despertaba y renacía a la vida.

# 6

Con generosidad y cariño puedes repartir una felicidad que te será devuelta multiplicada por diez.
*En busca de la felicidad perfecta*

Aquella noche Olivier volvió a ocupar el cuarto de invitados.
Sola en la cama, Angélica empezó a escribir mentalmente su
respuesta a Jack. Ojalá Joe o Isabel pudieran hacerle compañía. Echaba de menos el calor de sus cuerpos y el suave sonido de su respiración. A Olivier no lo echaba de menos, porque
roncaba y olía a Vicks.

Cuando se despertó el sábado por la mañana descubrió
que su marido la había contagiado y que también tenía faringitis. Con un hondo suspiro, entró tambaleándose adormilada en el cuarto de baño y removió el botiquín en busca de un
antigripal. En lugar de gemir y gruñir como Olivier, trataría
sus síntomas con el medicamento apropiado y aguantaría
todo el día con el típico estoicismo británico. Se sirvió un vasito del líquido anaranjado y lo ingirió con una mueca de
desagrado.

Volvió al dormitorio y se acostó entre sus dos hijos, que habían ido a ver la tele a su cama. Tuvo que taparse la cabeza con la almohada para ahogar el sonido de *Bug's Life*, y se sintió irritada contra Olivier, que dormía plácidamente en el piso de arriba. La acusaba de corretear alrededor de Kate como si fuera su dama de compañía, pero esperaba de ella una devoción y un cuidado maternales.

Se habían conocido un verano en París, en una boda. Se pasaron la noche bailando en el patio adoquinado, bajo un cielo tachonado de estrellas. Como sabía lo mucho que a Angélica le gustaba leer, Olivier buscaba siempre nuevos libros para ella; tenía detalles que a menudo la sorprendían por su acierto. La había llevado a la ópera y al ballet, a una cena en Ivy, habían pasado románticos fines de semana en el Georges V e ido de vacaciones a la Riviera italiana... Cuando tenía que viajar al extranjero le compraba regalitos o le dejaba notas en la almohada donde le decía lo hermosa que era y lo mucho que la quería.

En alguna ocasión, sus notas habían sido más imaginativas: «Claridge's, 15.30, habitación 305». Se encontraron allí como dos desconocidos y estuvieron toda la tarde haciendo el amor, incluso cenaron en la habitación. Luego se casaron y tuvieron hijos, y Angélica se metamorfoseó en la madre de Olivier. Ya no la llevaba a cenar ni le preparaba sorpresas, sino que le explicaba sus dolores de garganta o de estómago, o de cualquier cosa que tuviera, y le pedía consejo sobre qué medicamento tomar. Sí, se había convertido en su madre. No era extraño que Jack la hubiera hecho sentirse atractiva; no había sido difícil hacer que se sintiera una mujer.

Era un día claro y luminoso. Angélica decidió llevar a sus hijos a Kensington Gardens. El buen tiempo había llenado el parque de niños con patinetes, personas que paseaban al perro, hacían jogging o montaban en bici por el paseo central. Le encantaba disfrutar del sol. Si por lo menos el verano hubiera sido así, pensó. Isabel y Joe salieron disparados hacia la zona de juegos dedicada a la princesa Diana y treparon como monos por el mástil del barco pirata. Ella se sentó en un banco a observarlos, maravillada de lo mucho que habían crecido durante el verano. Dirigió su pensamiento a Jack y al mensaje que iba a escribirle. Estaba tan ilusionada que se le curó el dolor de garganta.

Al llegar a casa encontró un mensaje de Olivier sobre la mesa de la cocina: «He ido a tomar un café. Vuelvo al mediodía. ¿Qué haremos para comer?» Se lo imaginó sentado en Starbucks, en High Street, mordisqueando un cruasán mientras leía el periódico, con la chaqueta puesta y el pañuelo anudado al cuello. Deseó tener la audacia de llevarse los niños a Birdworld y dejar que se las arreglara solo para comer, pero en lugar de eso dejó a sus hijos trepando al magnolio del jardín y subió a su despacho. En cuanto se sentó ante el ordenador, la irritación desapareció y dio paso a la emoción de su pequeño acto de desobediencia.

Querido Perro en el Porche:

¡Ya ves qué difícil resulta poner estas cosas en práctica!

Aparte de todo, y para darte algo más que morder, ¿acaso el sufrimiento no forma parte de la gran escuela de la vida? ¿No nos enseña a ser más sabios, más fuertes y más compasivos? Si la vida fuera una juerga libre de penas y de dolor, moriríamos sin haber aprendido nada.

En Londres hace un día precioso. Espero que también luzca el sol en tu porche y que los conejos estén a salvo en sus conejeras.

Un saludo de tu cada vez más confusa Salvia

Apagó el ordenador y salió al jardín con los niños. Se sentó a la mesa para verlos jugar y al poco rato llegó Olivier con la prensa. Como era de esperar, llevaba un pañuelo al cuello para subrayar su faringitis.

—He pasado una mala noche, y esta mañana me encontraba fatal. No podía estar acostado. Ahora que estoy levantado y he tomado un café me encuentro mucho mejor.

—Estaba pensando en llevar a los niños a Birdworld.

—Buena idea. Yo me quedaré en casa tranquilamente.

Angélica no mencionó que también a ella le dolía la garganta. A Olivier no le gustaba que le quitaran protagonismo cuando no se encontraba bien.

—Si nos vamos ahora mismo, podemos comer allí.

—¿Tengo algo para comer?

—Hay sopa en el congelador. Te irá bien para la garganta.

—¿A qué hora volveréis?

—No lo sé. Alrededor de las cuatro.

—De acuerdo —dijo un poco decepcionado.

—Puedes acompañarnos. La caminata te hará bien.

Se llevó la mano a la garganta.

—No. Prefiero descansar. Ya sabes cómo son mis dolores de garganta.

Se encogió de hombros manifestando pena por sí mismo.

—¿Por qué no ves una película? Necesitas darle a tu cuerpo la oportunidad de recuperarse. Te prepararé una tisana antes de marcharme.

Pareció halagado ante la aparente preocupación de su mujer.

—Quizás una cucharada de miel Manuka me irá bien.

Ni siquiera hizo el intento de dirigirse a la cocina.

—Buena idea —dijo Angélica haciéndose cargo de la situación—. Es excelente para las irritaciones de garganta.

En realidad, Angélica no quería ir sola con los niños. Le hubiera gustado que Candace la acompañara, pero su amiga pasaba todos los fines de semana en su casa de Gloucestershire. Y Kate y Letizia tenían algo más glamuroso que hacer. Entonces se le ocurrió una brillante idea. Le pediría a Scarlet que la acompañara. Era el tipo de mujer a la que le entusiasmaban los planes improvisados, y William, su marido, era muy indulgente.

Como era de esperar, a Scarlet le pareció una idea estupenda. Sugirió que fueran en su BMW, que tenía amplio espacio para dos adultos y cuatro niños.

Cuando llamó al timbre, Olivier salió a abrir la puerta y se la encontró en minifalda y con botas de ante de color marrón. Su ánimo decaído se recuperó ante la vista de los muslos bronceados de la mujer. Y por un momento Angélica pensó que quizá cambiaba de idea y las acompañaba.

—Estoy un poco pachucho —explicó debatiéndose entre el deseo de seguir viendo las piernas de Scarlet y su inclinación a enfurruñarse delante del televisor y a sentir lástima por sí mismo.

Fue Scarlet quien tomó la decisión por él.

—No quiero que contagies a mis hijos con ningún virus indeseable —dijo con firmeza—. Creo que lo mejor que puedes hacer es meterte en la cama.

Olivier vio cómo se alejaban en el coche, preguntándose qué iba a hacer toda la tarde sin tener a Angélica a su lado para cuidarlo. Le guardaba rencor por haberlo abandonado cuando estaba enfermo. Lo menos que podía haber hecho era haberle preparado algo más apetitoso para el almuerzo que una sopa. Se reanimó un poco al pensar en la cena, pues estaba convencido de que cocinaría algo más elaborado para compensarle por el abandono.

—Estás encantada de salir de casa, ¿no? —preguntó Scarlet ya camino de Birdworld.

—Parece un oso con dolor de cabeza.

—¡Más bien una oveja!

—Es verdad, cuando está enfermo es terrible. Me saca de quicio. Me irrita que no sepa cuidar de sí mismo, y al mismo tiempo me siento culpable porque no cuido de él como debiera.

—Todos los hombres son iguales, unos quejicas. William, cuando se encuentra mal, habla como su tata: «Creo que me iría bien ponerme en el pecho un poquito de Vicks, y tomar un vasito de miel y limón». Todo son diminutivos, y dicho con voz lastimera.

—¿Crees que la culpa es de sus madres? ¿Les pasará lo mismo a nuestros hijos porque los hemos mimado demasiado?

—Espero que no, pero me temo que sí. —Echó un vistazo a los niños, en el asiento de atrás. Los chicos jugaban con las Nintendo y las niñas hojeaban un libro de Isabel.

—No sé si a Olivier le molesta más que lo deje solo todo el día o que no le haya hecho la comida.

—¡Vaya! ¿Qué comerá?

—Sopa.

—Debería darte vergüenza, Angélica.

—Ya lo sé. No he tenido tiempo de llenar la nevera. Para esta noche habrá algo más sustancial, aunque tenga que encargar comida fuera. Pero ¿sabes lo que me preocupa?

—Que si tú estuvieras enferma él no te prepararía nada de comer.

—Exactamente. Todo es unidireccional. Soy yo la que tengo que hacer la compra, preparar la comida, llevar su chaqueta a la tintorería...; esto me recuerda que no he recogido su traje de Gucci, ¡mierda! —Exhaló un suspiro—. ¡Son tantas las cosas que hay que hacer, y tengo tan poco tiempo! He de pensar en todos los asuntos domésticos, y yo también tengo mi trabajo.

—William hace lo mismo. Me paso el día en la oficina, arreglándomelas como puedo con los clientes y los niños, pero cuando él llega a casa espera ver la cena servida, y no me refiero a sopa y ensalada. Así son los hombres, sobre todo los de mentalidad un poco a la antigua, como Olivier.

—Un francés como Olivier.

—Por lo menos, en la cama puedes disfrutar de ese acento francés, tan sexy.

*Cuando está en la cama*, pensó amargamente Angélica.


En cuanto llegaron al parque de Birdworld, en Farnham, los niños corrieron a la tienda y empezaron a coger los pájaros exóticos de peluche y a apretarlos para que piaran. Charlie, el hijo de Scarlet, se fue derecho al puesto de golosinas y su madre fue tras él. Con sus botas de tacón alto y sus inmensas gafas de sol provocó un verdadero revuelo. Todos se volvieron a mirarla. Charlie se quedó fuera masticando sus caramelos de goma mientras los demás corrían de una jaula a otra y daban de comer a los pájaros las semillas y los gusanos secos que sus madres habían adquirido en la entrada. Encantadas de verlos felices, Scarlet y Angélica iban tras ellos, charlando y disfrutando del sol.

—¡Qué buena idea, Angélica! —dijo Scarlet. No parecía importarle lo más mínimo que todo el mundo la mirara, incluso los pájaros.

—Es un plan cómodo. Ojalá tuviéramos una casa en el campo, como Candace.

—Una temporada alquilamos una casa cerca de Tetbury, pero ahora que hemos comprado una villa en Mustique ya no vale la pena. No podría llevar tantas casas.

—Estas Navidades me gustaría ir con los niños a un lugar cálido, pero Olivier ha decidido que nos quedemos y que pasemos un fin de semana largo en la Provenza con su horrible familia.

—Hace bien; la crisis va a empeorar, y él está en el ojo del huracán. Es una suerte que compráramos nuestra casa en Mustique antes de que las cosas se pusieran feas.

—En Navidades necesito sol, no soporto los días tan cortos. A las tres de la tarde ya es de noche.

—Podrías venir con nosotros a Mustique.

—Ojalá pudiéramos. Estuve mirando la posibilidad de alquilar una casa cerca de Ciudad del Cabo.

El rostro de Scarlet se iluminó.

—Oh, podrías visitar a tu amigo Jack Meyer.

Angélica forzó una carcajada.

—No es mi amigo.

—Pero le gustaría serlo.

—Ya debe de tener suficientes «amigas».

—Desde luego.

—¿Cómo es su mujer?

—Encantadora. También es sudafricana. Es una mujer inteligente, muy preparada, pero simpática. Se conocieron en Harvard.

—Suena un poco intimidante.

—¡Oh, no! Es tan natural y tan tranquila… Hace yoga y meditación.

—Bueno, estos temas ya me resultan más cercanos.

—Es un poco demasiado New Age para mi gusto, ya sabes, cristales, incienso, ¡y hasta ángeles! Pero es una santa. Jack estuvo muy enfermo hace unos años. Tuvo un cáncer.

Angélica se quedó parada.

—Qué horror. ¿Está bien ahora?

—Sí, totalmente recuperado. Se lo quitó de encima como si tal cosa, muy en su estilo. Era imposible sospechar que estuviera enfermo, salvo por el hecho de que perdió todo el pelo.

—Cielos, debió de ser terrible para él. Tiene un pelo precioso.

—Una de las melenas más bonitas que he visto. Ahora vuelve a ser el león desgreñado de siempre. Puede que sea un ligón incorregible, pero adora a Anna, su mujer. Le debe mucho. —En realidad, Angélica no quería oír cuánto amaba Jack a su mujer—. Creo que los hombres no son monógamos por naturaleza. Para la mayoría, la fidelidad representa un esfuerzo. Necesitan probar su musculatura de vez en cuando; saber que siguen siendo atractivos para las mujeres, y entonces se quedan contentos en su porche.

La referencia al porche hizo sonreír a Angélica.

—Estoy segura de que Jack se mantiene en su porche.

Scarlet esbozó una sonrisa traviesa.

—Yo no estoy tan segura. Algunos perros no pueden evitarlo, por mucho que quieran a sus mujeres. Lo llevan en la sangre. Son como los lobos o los zorros, no se les puede domesticar.

Comieron en la cafetería y se sentaron en unos banquitos para ver un espectáculo con búhos. Mientras los niños miraban fascinados las aves rapaces, Scarlet se escondió detrás de un árbol para telefonear. Angélica pensó en Jack enfermo de cáncer y se preguntó si fue esta dura prueba la que había inspirado sus reflexiones sobre la vida. Pasar por un cáncer podía cambiarte totalmente. Pero como él no había mencionado la enfermedad, decidió que ella tampoco diría nada, y se preguntó si ya habría respondido a su mensaje.

Volvieron a casa a las seis. Los dos niños, Charlie y Jack, se quedaron dormidos en el coche mientras las niñas escuchaban *High School Musical* y miraban en silencio por la ventanilla. La excursión los había agotado. Cuando llegaron a casa, Olivier apareció en la puerta, contempló complacido los suaves muslos de Scarlet y le preguntó a Angélica qué había para cenar.

—Filete. —Entró llevando en brazos a Joe, medio dormido, y le dijo adiós a Scarlet con la mano.

—¡Estupendo! Me muero de hambre.

—¿Cómo te encuentras?

—Así, así —respondió. Todavía llevaba el pañuelo anudado al cuello—. Creo que me tomaré otra bebida caliente.

Angélica sabía que le tocaba prepararla.

—A los niños les ha encantado Birdworld —dijo, un poco irritada porque su marido no había preguntado por sus hijos.

Cuando por fin consiguió subir a su despacho, después de acostar a los niños y prepararle una bebida caliente a Olivier, descubrió que no había llegado ningún mensaje de Jack. Para asegurarse, volvió a pulsar el botón de «Enviar y recibir», pero no había mensajes nuevos. Preocupada, se mordió el labio inferior. Quizá Jack hubiera salido aquel fin de semana. Nadie miraba su correo el sábado. Volvería a comprobarlo mañana, pero en realidad no tenía sentido esperar nada nuevo hasta el lunes.

Bajó a su dormitorio con la idea de darse un baño y lo encontró envuelto en una nube de eucaliptus. Olivier estaba sentado en una silla, con la cabeza cubierta por una toalla y la cara sobre un bol de agua caliente. Hacía inhalaciones de eucaliptus para descongestionarse.

Angélica puso los ojos en blanco.

*Mi caballero de la reluciente armadura. En ocasiones me gustaría sacar a este perro del porche de una patada.*

# 7

Los demás te tratan tal como tú les permites que te traten.

*En busca de la felicidad perfecta*

Angélica había quedado el lunes en la recepción de Ten Pilates, en Notting Hill, con Candace, quien, perfecta con su chándal de color beis, le dedicó al llegar una amplia sonrisa y dejó caer el móvil en su bolso Birkin de color chocolate.

—Te has puesto muy elegante para el gimnasio —le dijo Angélica.

—Esto no es un simple gimnasio, cariño, ¡es lo más selecto de la ciudad!

Angélica miró a las chicas altas y espigadas que salían de las clases dándose toquecitos en la cara y el cuello con la toalla. Vio entre ellas una cara conocida.

—Hola, guapísima —dijo Scarlett, casi sin aliento—. Ha sido durísimo. David estaba muy lanzado. —Se volvió hacia Candace—. ¿Le has hablado de los Diez de Higgins?

—¿Qué es eso? —preguntó Angélica nerviosa.

Candace se lo explicó.

—Es el sello de David. Cuenta hasta diez y crees que ya no puedes más, has hecho un minuto o así y el trasero te duele muchísimo. Pero cuando piensas que has acabado, cuenta otros diez. Lo hace siempre. No caigas en la trampa, porque siempre hay otros diez.

—De ahí lo de Ten Pilates —comentó Angélica, encantada de haberlo descubierto.

—No creo que se refiera a eso exactamente —dijo Scarlet—. Creo que más bien se llama así por los diez bancos de tortura que ves ante ti. —Pero al ver la cara de preocupación de Angélica quiso tranquilizarla—. No te preocupes. Como eres una principiante, te tratará bien. ¿Te has hecho la pedicura?

—¡No!

—Entonces no te quites los calcetines o pasarás vergüenza.

—Lo dice en broma —observó Candace—. Te aseguro que David no te mira los dedos de los pies. ¡Sólo le interesan los músculos!

Tras rellenar la hoja de ingreso y contestar a las preguntas sobre su estado de salud, Angélica entró con su amiga en la sala de ejercicios. Había diez camas Reformer colocadas en dos hileras frente a un espejo que cubría toda la pared. Candace dejó el bolso sobre el sofá y se recogió el pelo en una coleta.

—David, te presento a mi amiga Angélica Lariviere.

Un hombre ágil y flexible, con una espesa mata de pelo castaño oscuro, le tendió la mano sonriente.

—Encantado —dijo con acento australiano.

Angélica se sintió un poco desanimada. *¿Voy a tener que sudar y gemir delante de este Adonis?*

—¿Has hecho esto alguna vez?

Hizo un esfuerzo por ver en aquel chico guapo al instructor profesional que haría de ella una supermodelo.

—No, es la primera vez.

—Bueno, pues te explicaré cómo funcionan las Reformer.

*Gracias a Dios que no ha dicho «camas».* Se acercó con él a lo que parecía un banco de tortura, con cuerdas y muelles, e intentó concentrarse en lo que le explicaba para no decir ninguna tontería.

—¿Qué tal estás de forma física?

—No estoy en forma en absoluto. Dos niños, demasiados pasteles, todo el día sentada…, ya sabes.

—No importa, te pondremos en forma.

Angélica deseó haberse hecho la pedicura.

Candace se tumbó en la Reformer junto a ella.

—Si te pierdes, mírame —le dijo—. Dentro de poco lo harás sin pensar.

Levantó las piernas, pasó los pies por un aro y empezó el ejercicio intentando abrir las piernas.

—Bueno, ¿qué novedades tenemos en el tema de los correos electrónicos?

—Los mensajes van y vienen a toda velocidad.

—Estás loca, Angélica. ¿Adónde quieres llegar?

—A ninguna parte. Es sólo un juego.

—Tal vez, pero ten cuidado.

—Olivier me está volviendo loca últimamente, y esto me distrae.

—Se te puede escapar de las manos. ¿Ya te ha invitado a comer?

—Claro que no. Está en Sudáfrica.

—Luego no digas que no te avisé.

—Bueno, chicas.

David entró en la sala, ahora repleta de mujeres que hacían estiramientos. Subió el sonido de la música: Madonna cantaba *Hung Up* sobre la banda sonora de Abba.

—Vamos a empezar. Colocad un pie sobre la barra y empujad.

—La pierna ya me duele —gimió Angélica.

Candace realizaba el ejercicio sin ningún problema.

—Acuérdate de los Diez de Higgins. —Angélica ya empezaba a sudar—. Y por cierto, esto no es más que el calentamiento.

—Yo no puedo más. ¿Y dices que la clase dura una hora?

—Un poco menos. Pero piensa en el cuerpo que tendrás.

—Espero que valga la pena.

*Piensa en Jack. Hago esto por ti, Jack. Uno, dos, tres, cuatro…*

Al acabar la clase, Angélica apenas se tenía en pie, le temblaban las piernas y los músculos del abdomen le dolían incluso cuando no se movía. Nunca había trabajado tanto los músculos interiores de sus muslos.

—¿Qué tal te sientes? —En la sonrisa de David había un punto de picardía.

—Creo que preferiría dar a luz que volver a hacer esto.

—Si aguantas un par de semanas, tu cuerpo se adaptará y luego ya no lo encontrarás tan duro.

—¿Ni doloroso?

—Ni doloroso.

—Ha nacido en el siglo equivocado —dijo Candace—. Tenía que haber estado en la Torre de Londres, manejando el potro de tortura…, seguro que le habría gustado. —Tomó un trago de agua de su botella—. ¡Míralo! Se quedaría muy decepcionado si acabáramos la clase sin una gota de sudor.

—¡Eso es imposible!

—Volvemos porque eres el mejor, David —dijo Candace, y le dedicó un brindis con la botella.

—Si consiguiera tener tu aspecto, cielo, yo también volvería —dijo Angélica.

—Lo tendrás —la animó David.

—Por más ejercicios que haga, no tendré nunca unas piernas como las suyas —dijo Angélica contemplando a su amiga. Candace estaba guapa a pesar de la camiseta sudada.

—Todos somos diferentes —dijo él—. El caso es tener el mejor aspecto posible. Entonces, ¿quieres contratar más clases?

—Contrataré cincuenta, y que Dios me ayude —contestó.

—Una mujer con una misión. —Candace le dirigió una mirada cargada de intención—. ¿Quieres que te concierte también una cita en Richard Ward?

—No, si voy a parecerme a Jenna Elrich.

—Sólo Jenna se parece a Jenna, y será así toda la vida, la pobre.


Al llegar a casa, Angélica se preparó un baño caliente y colgó bajo el grifo un saquito de sales relajantes Elemis Muscles. El agua se tornó marrón y adquirió un olor tan medicinal como las inhalaciones de Karvol que se preparaba Olivier. Refrenó el impulso de comprobar su correo, no por falta de ganas, sino porque las piernas le dolían tanto que no estaba segura de poder subir hasta el estudio. Puso a Dolly Parton, encendió un par de velas y bajó la intensidad de las luces. Detestaba verse desnuda bajo la despiadada luz eléctrica. Se deslizó bajo el agua con un suspiro y apoyó la cabeza en la bañera. El agua caliente aliviaría sus doloridos músculos. A pesar de las molestias, la clase de Pilates la había animado. David tenía el don de saber motivar a sus clientas, y Angélica había salido de la clase decidida a ponerse en forma. Candace le había dicho que los resultados no se apreciaban hasta al cabo de tres semanas, pero ella ya empezaba a notarlos. Cerró los ojos. Le avergonzó comprobar que el rostro de Jack irrumpía continuamente en sus pensamientos como un tapón de champán, y un estremecimiento de placer recorrió su castigado abdomen al imaginar otro de sus ocurrentes mensajes.

Salió de la bañera y se secó lentamente. La espera haría más satisfactorio encontrar un mensaje. Se untó el cuerpo de crema —con unas gotas de aceite esencial de enebro, que ayuda a combatir la retención de líquidos— y se roció con Red Roses, de Jo Malone. Sintiéndose especialmente sensual, miró en su cajón de ropa interior de Calvin Klein y escogió un sujetador y unas braguitas de color rosa pálido. El hecho de llevar una exquisita lencería debajo de sus vaqueros y su camiseta le producía una emoción especial.

Angélica apenas se maquillaba. Tenía la piel lozana y las mejillas sonrosadas de una joven criada con el aire fresco del campo. Se aplicó un poco de rímel y un brillo de labios y ya estaba lista para leer su correo. Se iba emocionando mientras subía las escaleras, y no pudo evitar acelerar el paso, aunque le dolían las piernas. El ordenador tardó en arrancar, pero finalmente la pantalla se puso azul y aparecieron los iconos, ordenados en hileras. Hizo clic en el de correo y apareció la lista de nuevos mensajes. Les echó un rápido vistazo, pero no había ninguno de Jack entre ellos. Para asegurarse, pulsó «Enviar y recibir», pero apareció el signo de «No hay correo nuevo».

Le invadió el desánimo. No le quedaba más remedio que enfrentarse a la página en blanco de su próxima novela. Se preguntó si debía escribirle. ¿Tenía importancia que él no hubiera respondido a su último mensaje? ¿Era indispensable que un mensaje respondiera a otro, como en un partido de tenis? Incluso en el tenis, el oponente no siempre devolvía la pelota. En ocasiones no alcanzaba a darle, o enviaba la pelota a la red. Y esto era lo mismo que un partido de tenis: el objetivo no era ganar. Y ella no estaba jugando a hacerse la difícil…, no pretendía nada. Se trataba de una inocente amistad, y los amigos podían escribirse siempre que querían.

Pero entonces la asaltó la duda. Tal vez Jack ya se había aburrido. A lo mejor su mujer había descubierto su correspondencia y le había prohibido responder. O él se había marchado de viaje unos días y había olvidado su Blackberry. ¿Qué época del año era en Sudáfrica? Jack le dijo que era primavera; seguro que tenía trabajo en los viñedos. Dios mío, las posibilidades eran interminables. El caso era que él no había respondido, y punto. ¿Por qué se sentía tan decepcionada?

Abrió el documento titulado *En busca de la felicidad perfecta*, por Angélica Garner, y se quedó mirando la página en blanco con letras rosas. Estuvo así media hora sin escribir ni una palabra. Empezó a caer una lluvia finísima que el aire arrastraba como si fuera polvo. Céline Dion cantaba: «Estoy sola otra vez…, no quiero estar sola…» y Angélica se sintió vacía de ideas, como un pozo que se hubiera secado.

Cada vez que bajaba el cubo al pozo, volvía a sacarlo tan vacío como había entrado, y su agente esperaba otra novela de fantasía para niños, una trama de monstruos y de magia. Por supuesto, Angélica no sería nunca un Tolkien —carecía de la paciencia y del talento necesarios para escribir unas alegorías tan repletas de significado—, pero por lo general le gustaba dejar volar la imaginación y urdir nuevos mundos e historias. No obstante, ahora su creatividad estaba espesa como un puré de patatas.

Colocó los dedos sobre el teclado, y la página en blanco la miró retadora, desafiándola a mancillar su perfecta blancura. De repente le asaltó una idea. Una hechicera malvada y desgraciada se enamora de un hombre bueno y hace lo posible por enamorarlo a base de hechizos y pociones mágicas. Pero nada funciona, porque ningún hechizo tiene efecto en la gente bondadosa. Y como sólo un corazón puro podrá conquistar al hombre, la bruja tiene que aprender a ser buena. Con cada buena obra pierde algo de su maldad y se siente más feliz, y a medida que es menos desdichada también es menos malvada. Así inicia una búsqueda para encontrar el secreto de la felicidad.

Se sintió bastante complacida con la idea. De momento no era más que un esbozo, tendría que redondearlo y darle forma, pero por lo menos era un comienzo. Olvidando su buzón vacío, se dispuso a desarrollar su idea y a crear un mundo mágico con sus nombres y sus leyes, su lenguaje y sus costumbres.

Cuando se hicieron las tres de la tarde ya se había hecho una idea aproximada de su mundo fantástico. Feliz de haber empezado, guardó lo que había escrito y volvió a mirar su buzón. Seguía sin haber respuesta de Jack. Se encogió de hombros y se dijo que tal vez era mejor así.


Como llovía, cogió un paraguas para ir al colegio a recoger a los niños. Todo respiraba otoño. Las hojas de los árboles empezaban a ponerse pardas, el cielo estaba encapotado y el asfalto mojado relucía. Las únicas que parecían ajenas a todo eran las palomas, que daban alegres saltitos, tan contentas como si fuera un día de fiesta.

Las madres y las tatas esperaban a la entrada del colegio, algunas apiñadas bajo un paraguas y otras dentro de los coches aparcados en zona prohibida. Por encima del ronroneo de motores en marcha, oyó que la llamaban por su nombre. Candace agitó vigorosamente la mano por la ventanilla.

—Entra en el coche. —Angélica cruzó la calle—. Le ha dicho a Pete que está embarazada —susurró su amiga.

Miró por la ventanilla. En el asiento trasero, Kate y Letizia mantenían una animada conversación. El conductor miraba impasible hacia el frente, simulando no oír nada.

—¡Sube!

Se apretujó como pudo junto a Kate.

—¿No sospecha que no es suyo?

—¿Por qué tendría que sospechar? En nuestro matrimonio el que siempre tontea es él, no yo…, o por lo menos así es como él lo ve. Está loco de alegría, pero dice que tenemos que ir a un consejero matrimonial para estar bien cuando nazca el bebé. Un amigo le ha recomendado a una terapeuta llamada Betsy Pog.

—¡Bonito nombre! —Letizia soltó una risita.

Candace rió abiertamente.

—No necesitáis a ninguna consejera matrimonial. Lo único que necesitáis es que él tenga las manos quietas.

—En serio, creo que Betsy Pog nos irá muy bien. Dicen que es fantástica.

—Espero que lo sea de verdad —añadió Candace.

—Vamos a tener nuestra primera sesión. —Kate se estremeció, emocionada—. ¿Qué me pondré?

—¿Un cilicio? —sugirió Candace.

—Oh, yo pensaba más bien en algo en la línea de mi vestidito de Prada con mis zapatos Louboutin rojos.

—Bueno, así se verá que lo estás intentando —dijo Angélica.

—Yo nunca lo intento —aclaró Kate—. Lo mío es un estilo efervescente que brota sin esfuerzo.

—Mejor que aproveches para ponerte ese vestido mientras puedes —dijo Letizia.

—Dios mío, no me lo recuerdes. Cuando pienso en que tendré que ponerme de nuevo pantalones de embarazada y camisas anchas… ¡Qué horror!

—Querida, estar embarazada no es excusa para vestirse mal —le reprochó Letizia—. Cuando una mujer está más hermosa, es cuando espera un bebé.

—¡A veces eres tan italiana! —le recriminó Kate, que se deprimía sólo de pensar en los zapatos planos.

—¿Así que es de dominio público? —preguntó Candace.

—¿Se lo has dicho a tu madre? —añadió Angélica.

—Lo mismo iba a preguntarte yo —dijo Candace.

—No, todavía no he tenido mi primera ecografía. No digáis ni una palabra a nadie.

—¿Lo sabe tu amante? —le preguntó Candace con interés.

—No es mi amante.

—Pues lo que sea. ¿Lo sabe ya?

—No.

—¿No crees que se lo imaginará cuando sepa que estás embarazada?

—No se imaginará nada, os lo aseguro.

Candace enarcó una ceja.

—Esto es interesante. ¿Es un sacerdote?

—Mira, es algo que ya ha olvidado totalmente.

—Pero nosotras no —dijo Candace con una sonrisa.

—No os lo voy a decir —insistió Kate—. Y no porque no quiera, ya sabéis que lo comparto todo con vosotras tres.

Pero le prometí que no diría nada y tengo que mantener mi promesa.

—¿Por qué? ¿Acaso siempre las mantienes? —preguntó Candace. Todo el mundo sabía que Kate era una irresponsable.

—No, pero se lo debo, y si se supiera, las consecuencias serían demasiado terribles.

Angélica entrecerró los ojos.

—Así que le conocemos.

—La historia se complica —dijo Letizia—. No será uno de nuestros maridos, ¿verdad?

Kate soltó una carcajada.

—Tendríais que pagarme para que me acostara con uno de vuestros maridos.

—A mí me pasa lo mismo, cariño —bromeó Candace. Y levantó un dedo—. Creo que me merezco otro diamante.

La semana transcurrió sin noticias de Jack. Angélica continuó con sus clases de Pilates y sobrellevó con entereza sus agujetas. Se sumergió en el nuevo libro y trató de no sentir demasiada decepción ante la súbita desaparición de su admirador. Era inevitable que su correspondencia acabara en algún momento, y era inocente por su parte pensar que aquel flirteo iba a durar indefinidamente. Con toda seguridad estaría tonteando con otra mujer que hubiera conocido en otra cena…, alguna que estuviera dispuesta a llegar un poco más allá, como su «amiga» de Clapham. Pero había sido divertido, le había hecho sentirse viva. Angélica iba a recoger a los niños al colegio, escuchaba a Candace y a Scarlet, que mostraban su preocupación por los efectos que había tenido la crisis financiera sobre la recaudación de fondos y el gasto, y en general trataba de quitarle hierro al clima de pesimismo reinante. Y el miércoles, de repente, todo volvió a su lugar. Angélica recibió un cheque de Holanda en pago de derechos de autor y un mensaje de Jack:

Querida y hermosa Salvia:

Siento no haber contestado antes, pero he estado fuera. Creo que necesitamos encontrarnos en persona y hablar. Este perro está poniéndose nervioso en el porche y se pregunta si puede convencerte para que comas con él cuando vaya a Londres en octubre. No eres un conejo cualquiera.

PAP

*Oh, Dios mío, Dios mío, Dios mío. ¿Qué voy a hacer?* Deseaba más que nada en el mundo poder comer con él, pero ¿qué diría Olivier? Sabía exactamente lo que diría: «*Mais no, mon ange*». No. Había que evitarlo a toda costa. Pero no podía mentir, porque podrían descubrirla. No podrían irse lejos, más allá de los lugares que solía frecuentar, parecería mucho más sospechoso si llegaban a verlos. Tendrían que correr el riesgo de comer en un restaurante de Chelsea. *Pero ¿qué hago? ¡No quiero un lío con un hombre casado! En realidad, no es eso lo que quiero. Sólo quiero pasarlo bien. Quiero sentirme atractiva. Y él tampoco pretende liarse conmigo, estoy segura. Claro que no.*

Releyó el mensaje unas veinte veces. Tenía la cabeza clara y despejada y la mente le funcionaba a toda máquina. *Si le digo que no, pareceré maleducada y presuntuosa. Además, tengo ganas de verle. Voy a cumplir cuarenta años, creo que puedo hacer lo que me apetece. No le puedo decir nada a Olivier. Diré que voy a comer con el director de mi editorial, y así si me ven con un desconocido tendré una explicación. Olivier no ha visto nunca a mi editor, ni siquiera a mi agente… En realidad no conoce a nadie de mi trabajo. ¡Menudo pendejo!, como diría Candace. ¡Le está bien empleado!*

Querido Perro Atado en el Porche:
   Creo que podrías tirar un poco más de tu correa.

*Demasiado atrevido. ¿En qué estoy pensando? Me he vuelto loca.*

Querido Perro Atado en el Porche:
   Me encantaría comer contigo. Será estupendo volver a verte. ¿Adónde quieres que vayamos? Avísame cuando llegues y reservaré en…

*¡No! Esto es mostrar demasiado interés. Es propio de la típica mujer que lo quiere tener todo bien atado y empaquetado.*

Querido Perro Atado en el Porche:
   Me encantaría comer contigo. Octubre es un mes muy bueno para los perros. ¡Hay tantas hojas secas en el parque para escarbar! Creo que en realidad soy un conejo bastante normal. Y en cuanto a la comida, ¿lo dejo en tus manos?
   Una Salvia curiosa

Telefoneó a Candace nada más enviar el mensaje.
—Soy yo —dijo.
—Hola, cariño, ¿qué tal?
—Pídeme hora en Richard Ward para ahora mismo.

# 8

Si piensas y hablas teniendo en cuenta un Bien Superior, serás una persona afortunada.

*En busca de la felicidad perfecta*

Los mensajes se reanudaron. Jack llegaba el 13 de octubre y estaría cinco días en Londres. El 14, un martes, sería el día que comerían juntos. Quedaron en que él se encargaría de reservar algo más adelante y que se lo haría saber.

Dividida entre su deseo de ver a Jack y su lealtad como madre y esposa, Angélica estaba sumida en una absoluta confusión. Pasaba de la dicha al pánico, la cabeza le daba vueltas de tanto pensar y se había estropeado las uñas porque no paraba de mordérselas. Pasaba las noches en blanco, incapaz de conciliar el sueño, mientras el corazón le latía a toda velocidad, persiguiendo un hechizo equivocado.

Dejó de comer pasteles y empezó a entrenarse cuatro veces por semana en Ten Pilates. David ajustaba los muelles para que los ejercicios resultaran más difíciles, y Angélica descubrió que ya no sufría aquellas terribles agujetas después de cada sesión. Se pintó las uñas de los pies de color fucsia, y su figura cambió. Recuperó su cintura —ahora se podía poner con orgullo cualquier cinturón— y empezó a abrir a diario el cajón de la lencería de Calvin Klein. Sin embargo, Olivier estaba tan preocupado por los valores de la Bolsa de Londres que no se dio cuenta. No importaba. Las chicas sí que lo veían, y hasta Jenna Elrich tuvo para ella unas palabras amables.

—¡Estás estupenda! —le dijo un soleado día de otoño a la puerta del colegio. Esperaban a que salieran los niños, y Jenna había aprovechado que había refrescado para lucir su nueva capa Burberry y pantalones de pata de elefante de color púrpura. Llevaba anudado al cuello un fular de Hermès que hacía juego con el color de los pantalones. Calzaba unos Gucci de tacón que la hacían parecer más alta que Angélica, y unas inmensas gafas oscuras de Chanel le tapaban prácticamente toda la cara—. ¿Qué has estado haciendo? Has adelgazado muchísimo.

Esto era típico de Jenna. Tenía que insinuar que Angélica había alcanzado una talla de hipopótamo.

—Pilates.

Jenna la miró de arriba abajo.

—Estás irreconocible.

—No será tanto.

—En serio, casi no te reconozco. Estás fantástica. Estoy asombrada. ¿Es sólo el Pilates o hay algo más que no me has contado?

—Sexo —dijo Angélica llanamente—. Últimamente tengo una vida sexual muy activa.

En el rostro de Jenna se dibujó una mueca de compasión.

—Pobrecilla. Tienes que ir a la farmacia y pedir uno de esos repelentes de maridos.

Angélica soltó una carcajada ante lo absurdo de la sugerencia.

—¿A ti te funciona?

—¡Si existiera algo así! A mi marido le concedo un minuto. Le digo: «Cariño, tienes sesenta segundos. ¡Adelante!» Cierro los ojos y pienso en esos zapatos de Manolo Blahnik que quiero comprar o en el jersey tan mono que tienen en Ballantyne. «Vale, ya ha pasado el minuto. ¡Se acabó!»

—Parece que estás lista para un lío amoroso.

—Oh, no me faltan admiradores —se rió como si fuera absurdo pensar lo contrario—. Pero John se divorciaría de mí, y tal como están las cosas no creo que ahora mismo pudiera encontrar un hombre más rico.

—Entonces mejor que te quedes con él.

—Hasta que me diga que no puedo seguir comprando. En serio, si fuera una de esas esposas, no te quepa duda de que me buscaría un amante.

Cuando consiguió deshacerse de Jenna, Angélica se encontró a Scarlet, Candace y Letizia formando corrillo alrededor de Kate, que les estaba explicando el último consejo de Betsy Pog.

—Nos va muy bien. Cada día, durante el desayuno, tienes que decirle a tu pareja tres cosas que te gusten de ella, y luego hay que hacer lo mismo antes de irse a la cama.

—¿Encuentras tres cosas que decir a esas horas de la mañana? —preguntó Angélica.

—¿Puedes encontrar tres cosas... y punto? —añadió Candace.

—Es difícil, pero si no se me ocurre nada, me lo invento.

—Esto no está bien, cariño —dijo Letizia—. Debes intentarlo en serio.

—¿Y qué dice él sobre ti? —quiso saber Scarlet.

—Oh, es muy fácil. La lista es tan larga como el Misisipí —replicó Kate con una risita—. Creo que se está enamorando de mí otra vez. Luego tenemos que susurrar una palabra en el oído del otro, una sola palabra, mientras estamos en un lugar público.

—¿Qué tipo de palabra?

—Sexy, cachondo, guapo, machote…, algo así.

—¡Qué gracioso! —rió Scarlet—. ¿Y qué te susurra él?

—No puedo decirlo. Me da mucha vergüenza. —Se mordió el labio, pensativa. Finalmente cedió—. Lo cierto es que me excita. Se me acerca sigilosamente y me susurra al oído: «Sabrosa». Luego se va como si nada, y yo me quedo temblando de excitación.

—¡Oh, por favor! —gimió Candace.

—Hay muchos caminos que llevan a Roma. Además, debe de funcionar, porque estás llena de luz.

—Está loco por mí. Creo que mi embarazo le pone. Hace que se sienta viril.

—¡Qué poco se lo imagina! —dijo Candace.

Kate le lanzó una mirada asesina.

—El bebé es suyo, estoy segura. Sólo que me puse un poco dramática.

—¿Tú? No me digas —comentó Candace con una sonrisa—. Si tú nunca dramatizas.


El día antes de su comida con Jack, Angélica estaba sentada junto a Candace en el Metro Spa de Richard Ward, en la plaza Duke of York, bebiendo un té Earl Grey y esperando a que Thomas viniera a dar unos reflejos a su cabello. Mientras tanto, James, un guapo de estilo rudo y viril, estaba poniendo reflejos en los rizos oscuros de Candace. Al ser rubia natural, Angélica no pensó nunca que necesitara teñirse, pero Candace la convenció de que Thomas conseguiría realzar el color de su pelo sin que dejara de parecer natural.

—Thomas es un genio. Tapará tus pequeñas imperfecciones —dijo, mientras extendía la mano hacia la manicurista, sentada en un taburete a sus pies—. Y es tan discreto como yo. Sabe dónde está el cementerio de elefantes y se llevará ese conocimiento a la tumba. Créeme, ni el interrogador más experimentado puede romper su silencio.

El salón de belleza era inmenso: una habitación tras otra de espejos y lustrosas butacas de cuero negro; legiones de ayudantes vestidos con uniformes negros que lavaban cabezas y esperaban en posición de firmes junto a los técnicos, que eran muy guapos, estaban bronceados y se mostraban tan impasibles que inspiraban cierto temor; el aire olía a Kérastase.

Thomas apareció con paso tranquilo, seguido de una guapa ayudante de larga melena rubia.

—Tú debes de ser Angélica.

—Es ella —dijo Candace—, y harás que esté más guapa de lo que ya es.

—Oh, no digas tonterías —protestó Angélica, un poco incómoda.

Thomas examinó su pelo.

—Veo lo que necesitas. Tienes un pelo precioso, por cierto, espeso y sano. Y tienes suerte, porque es ondulado natural pero no rizado, un cruce entre la Farrah Fawcett de 1974, más o menos, y la Meg Ryan de *Cuando Harry encontró a Sally*. Déjalo en mis manos.

Angélica miró aterrorizada a Candace.

—Tranquilízate. Thomas sabe lo que te conviene. Relájate y disfruta. —Le lanzó una mirada a James a través del espejo—. Es una virgen, pero aprenderá a ser una viciosa de la peluquería como yo.

James soltó una carcajada.

—La palabra «viciosa» suena extraña viniendo de unos labios tan bonitos.

—Te sorprendería saber hasta dónde puedo llegar si es necesario —respondió Candace, mientras alargaba la otra mano hacia la manicurista—. Mi rostro angelical lleva a la gente a pensar que soy fácil de manejar, pero soy capaz de decir cosas muy duras para conseguir lo que quiero.


—Bien, Angélica, ¿así que estás decidida a comer con Jack?

—Piensas que estoy loca.

—¿Sabes qué? Creo que estás loca, pero también que tienes derecho a pasarlo bien. Pero ten mucho cuidado.

—Lo tendré.

—Vives muy bien. No lo estropees por una aventura, no vale la pena. Si pierdes la confianza de Olivier, nunca la recuperarás.

—No la perderé, Candace. No pretendo tener una aventura.

—Pocas mujeres lo pretenden al principio, pero una cosa lleva a la otra. Y normalmente todo empieza con una comida.

—Es un hombre agradable, y me gusta estar con él, pero no hay nada más. Lo prometo.

—No quiero tener que recogerte si te quedas hecha un guiñapo.

—No tendrás que recogerme. Es sólo una comida.

Candace miró la expresión de James a través del espejo. No mostraba la más mínima sorpresa. En siete años de trabajo en Richard Ward había visto y oído de todo.

Thomas regresó con boles de tinte y hojas de papel de estaño y empezó a recogerle el pelo en mechones. El altavoz dejaba oír la voz desgarrada de Duffy: «Te estoy pidiendo compasión, por qué no me dejas ir». Candace pasaba las páginas de la revista *In Style* con la mano libre.

—Bueno, ¿adónde te lleva?

—A Daphne's.

—Es un poco peligroso, ¿no?

—Es mejor que nos vean en un sitio normal que en un oscuro restaurante de Richmond.

—En eso tienes razón. ¿Qué le dirás a Olivier?

—Que tengo una comida con mi editor.

—Al que no conoce.

—Exacto.

—¿Si te encuentras con alguien conocido? ¿Cómo le presentarás?

—Como Jack.

Candace enarcó una ceja.

—Estás jugando con fuego.

—Lo sé.


Cuando Thomas acabó de ponerle los reflejos, Angélica siguió a una joven ayudante hasta una habitación repleta de lavacabezas y de butacas reclinables tan cómodas que parecían camas. De las paredes colgaban enormes pantallas de televisión sintonizadas con la CNN. Angélica se instaló en una butaca para que la chica le lavara la cabeza, le diera un masaje y le aplicara un tratamiento acondicionador de los mejores. Se reclinó y vació la mente de pensamientos.

—¿Estás viva? —Candace se inclinó sobre ella—. Oh, seguro que estás viva porque te oigo roncar.

Angélica se despertó sobresaltada.

—Dios mío, ¿me he dormido?

—Desde luego.

—¿De verdad estaba roncando?

—No, lo decía en broma. Cuando acabes, te presentaré a Robert. Es el que suele peinarme, pero hoy se dedicará a ti.

—No entiendo de dónde sacas el tiempo para hacer esto cada seis semanas.

—¿Cada seis semanas? Supongo que es una broma, querida. Vengo cada semana para que me laven el pelo y me peinen. Y no te olvides el bolso —se lo puso en el regazo—. Te lo habías dejado en la otra sala... ¡Ay, qué cabeza tengo!

Angélica siguió a Candace a través de dos salas repletas de clientas que leían revistas o comían mientras les hacían la pedicura, les cortaban o les secaban el pelo. Se sintió feliz de formar parte de aquel mundo elegante. Robert, un hombre de pelo gris pero con cara de niño y una sonrisa tímida, la esperaba.

—Toda tuya, Robert —dijo Candace, agitando una mano de uñas pulidas y recién pintadas—. Deberías hacerte la manicura.

Robert ya había puesto manos a la obra. Dividió la melena de Angélica en dos partes.

—Es demasiado tratamiento de belleza para mí. —Angélica contempló sus uñas. Las llevaba muy cortas—. No puedo salir convertida en una princesa de Park Avenue.

—Claro que no, cariño. Ese *look* está muy anticuado. El truco está en tener un aspecto perfecto sin que parezca que hayas hecho nada para poner de relieve todo tu *sex-appeal*.

—¿Quieres conservar tus rizos? —Robert tenía las tijeras en la mano.

—Quiero que parezca que acabo de levantarme... y estoy fantástica —respondió Angélica.

Acto seguido, se sumergió en la lectura del último *Vanity Fair*. Quería leer un artículo sobre Marilyn Monroe y no mirar a hurtadillas lo que estaba haciendo Robert con su pelo. Tenía un nudo en el estómago, no sabía si a causa de la comida con Jack o por el temor a acudir a la cita con un pelo horrendo. Durante las últimas semanas habían intercambiado muchos mensajes. Angélica no había ido demasiado lejos, aunque había dicho cosas que no se hubiera atrevido a decirle en persona… con su marido sentado al otro lado de la mesa. Ahora le preocupaba decepcionarle. Tal vez se viera más guapa a la luz de las velas, tal vez a la cruda luz del día no le parecería la mujer con la que había coqueteado por correo electrónico, tal vez se arrepintiera al verla…

Habló con su amiga sin apartar los ojos de la revista.

—¿Y si no le gusto?

Candace tuvo que alzar la voz para ahogar el ruido del secador.

—No importa. De todas maneras, no vas a tener una aventura con él.

—Eso es lo de menos. Quiero que me encuentre guapa.

—Si no le gustas, dejará de escribirte y ya está…, y sería lo mejor.

Echó una mirada a su amiga y puso cara de circunstancias.

—Oh, vaya.

—¿Qué pasa? —La taza de té casi se le cayó de las manos, y no se atrevía a mirarse en el espejo—. ¿Está mal?

—Mal, muy mal.

—¿Muy mal?

—Echa un vistazo.

Angélica se sintió mareada. Levantó la vista y todos sus temores se eclipsaron al ver su fantástico «despeinado».

—Dios mío. Es sensacional.

—¿Qué te parece?

—Robert, de verdad que eres un genio.

—Gracias. —Dio unos retoques al peinado con los dedos—. El color también está muy bien.

—Es estupendo. —Angélica estaba encantada—. Thomas ha hecho un trabajo excelente. Tengo que darle las gracias.

—Ahora es indudable que le gustarás…, por desgracia —dijo Candace, mirándola con aprobación.

—Espero que tengas razón. Quiero que me adore.

—Desde lejos.

—Desde lejos.

Candace apoyó la revista en el regazo.

—Creo que debería acompañarte.

—Nada de eso. —Se levantó de la butaca sintiéndose más segura de sí misma—. Tengo casi cuarenta años, es hora de que lo pase bien. El primer paso para ser feliz es hacerse unos reflejos y un buen corte de pelo. —Buscó en el monedero y sacó un billete arrugado—. Esto es para ti, Robert, por poner la primera piedra de mi templo interior de la felicidad.


A las tres y media fue a recoger a los niños. La única persona que no la felicitó por su peinado fue Jenna Elrich, que estaba demasiado ocupada dando gritos por su móvil como un sargento mayor. Pero Angélica vio que la miraba un par de veces, y que estaba verde de envidia. Letizia, Kate y Scarlet se quedaron impresionadas.

—Cualquiera diría que te dispones a tener una aventura —dijo Scarlet.

—Sólo puede decir algo así quien no la conozca —añadió Letizia.

—Su marido es francés, y espera que su mujer tenga buen aspecto —dijo Kate—. Betsy Pog me dijo que me vistiera para Pete, de modo que fui a Selfridges y me compré una montaña de ropa interior. A Pete le gusta la lencería de seda y encajes. Betsy dice que vale la pena ponérsela para que él me la pueda quitar.

—¿Hoy qué llevas puesto? —preguntó Angélica.

Kate se bajó los vaqueros para mostrar sus braguitas rojas de encaje.

—El sujetador es una monada —dijo.

—Preciosas —suspiró Letizia.

—Muy monas —dijo Scarlet—, pero lo que más me impresiona es tu tripa.

—¿Qué tripa? —exclamó Candace.

Kate levantó el jersey para mostrarles la barriga, todavía morena tras su verano en el Caribe, pero plana como una tabla.

—Está creciendo, de verdad —dijo dándose unas palmaditas.

—Eso lo dirás tú —dijo Angélica.

—¿Betsy Pog no te ha dicho que tienes que comer más? —preguntó Candace. Kate le dirigió una mirada de disgusto—. Debería decírtelo, porque ahí dentro hay un bebé muerto de hambre.

—Es pronto todavía.

—La pobre criatura no puede sobrevivir sin comida.

—Hablando de comida, no olvidéis la cena sorpresa para Art el próximo jueves. —Art, el mejor amigo de Kate, se había casado con Tod en una ceremonia gay—. No tiene la menor idea, lo que resulta sorprendente, porque ya conocéis mi escasa habilidad para guardar secretos.

—Es tu manera de ser —dijo Candace—. Lo que es una lástima.

Angélica regresó a casa y retomó sus tareas cotidianas: cuidarse de que los niños hicieran los deberes, la cena, el baño y el cuento antes de acostarse. Cada vez que pasaba ante un espejo se miraba con una mezcla de placer e inquietud que iba en aumento. ¿Cómo demonios se le ocurría salir a comer con Jack Meyer… sin decírselo a su marido? No se atrevía a pensar en lo que sucedería si la descubrieran. Candace tenía razón: estaba loca. Sin embargo, confiaba en controlar la situación y mantener su relación con Jack en un flirteo sin importancia. Lo último que quería era poner en peligro la existencia agradable que llevaba.

Olivier llegó pronto y la encontró sentada en la cama de Joe, con Isabel en el regazo, leyéndoles *Stone Soup*, su libro favorito para niños. Permaneció en la puerta, contemplando la escena iluminada por la tenue luz del dormitorio. Al instante se dio cuenta de que su mujer llevaba un nuevo peinado y apreció que estaba más esbelta. Angélica vio que la miraba con admiración y sonrió complacida.

Acabado el cuento, llevó a Isabel a su habitación y, al pasar junto a su marido, éste la tomó del brazo y la miró directamente a los ojos.

—Estás muy guapa, Angélica.

Con una intensa sensación de culpa, le dio a su hija un beso de buenas noches y la acostó. Le puso sobre el pecho al pato Splat para que lo abrazara. Luego acostó a su hijo y abrió los brazos para recibir el abrazo de Joe Total que tanto le gustaba. Joe la abrazó con fuerza. Olivier se acercó a los niños para darles un beso en la frente y charlar con ellos acerca de cómo habían pasado el día. Casi nunca llegaba a casa antes de que estuvieran dormidos.

En el dormitorio, la expresión de Olivier era la misma que tenía tiempo atrás cuando se citaban en el hotel Claridge.

Angélica se dio cuenta de lo irónico de la situación. Su marido se había quitado la chaqueta y la corbata y la contemplaba con admiración y deseo.

—Hoy estás diferente —le dijo entrecerrando los ojos.

—Me he hecho reflejos en el pelo.

—No es sólo eso. También estás más esbelta.

—Me di cuenta de que no querías que me pusiera cinturones.

Él pareció sorprendido.

—Entonces, ¿has hecho un esfuerzo por mí?

—¿Por qué no?

—Me siento halagado. Las mujeres no suelen ir al gimnasio por sus maridos.

—¿Qué estás insinuando? ¿Que tengo un amante?

Olivier descartó la idea con una carcajada.

—Por supuesto que no. Las mujeres van al gimnasio para competir con sus amigas.

—Ni siquiera puedo intentarlo. Son más altas y más delgadas que yo.

—Pero tienes *sex-appeal*, Angélica, es lo que me gusta de ti. Así que has hecho ejercicio por mí, ¿no?

—Sí —mintió. Incapaz de mirarle a la cara, hizo ademán de pasar junto a él, pero Olivier la tomó en sus brazos.

—¿Sólo porque te dije que no te pusieras aquel cinturón?

—Dijiste que la cintura era mi parte más ancha.

—¿Eso dije? —Parecía arrepentido—. ¿En serio?

—Eso dijiste.

—Lo siento. Fue una torpeza. Si te dolieron mis palabras, lo siento y te pido perdón. ¿Y qué ejercicio haces?

—Pilates. Me di cuenta de que me había abandonado un poco. Ya no quería ser voluptuosa —dijo, apretándole los hombros—. Sobre todo porque tú sigues estando en forma.

No quería acabar aparentando diez años más que mi atlético marido.

Olivier se rió, y Angélica recordó entonces por qué se había enamorado de él: estaba muy guapo cuando tenía alegría en la mirada.

—Quítate la ropa. —Olivier cerró la puerta—. Los niños seguirán durmiendo.

Angélica empezó a desabrocharse la blusa. Cuando él se dio la vuelta, vio la lencería y repasó el cuerpo de su mujer con la mirada.

—Estos dos últimos meses he ido por la vida como un sonámbulo —dijo frunciendo el ceño—. Todo por culpa de la City. Me gustan las mujeres guapas, pero duermo cada día con una bella mujer sin darme cuenta de la suerte que tengo. —Le pasó las manos por la cintura. Angélica se irguió para demostrarle lo esbelta y firme que estaba—. Pareces la jovencita que conocí hace años, pero con la madurez de una mujer. —Le acarició el estómago con la punta de los dedos—. Has trabajado muy duro.

—Me alegro de que te des cuenta.

—*Ma chérie*, lo importante no es el exterior, sino el interior. Sin embargo, ahora que veo que has recuperado tu figura, ¡permíteme que la aprecie!

Olivier la besó y pasó los dedos entre su pelo…, su nuevo peinado perfecto. Por un momento, Angélica temió que le estropeara el peinado y le apartó la mano. Pero ¿qué estaba haciendo? ¿Iba a acudir a una cita con Jack Meyer cuando por fin recuperaba la atención de su marido? Sintió la mordedura del remordimiento. Pero ya era demasiado tarde. Disfrutaría de la comida y luego empezaría a espaciar los mensajes. Jack había sido la inspiración para ponerse en forma, pero ahora que había conseguido que Olivier le hiciera caso, ya no le necesitaba.

# 9

Alcanza las estrellas con tus sueños y tus deseos.
*En busca de la felicidad perfecta*

A la mañana siguiente se encontró con Candace cuando regresaba de llevar a los niños al colegio. Su amiga, tan elegante como siempre, con una capa con estampado de cachemira, una chaqueta de *tweed* de Ralph Lauren, estrechos vaqueros azules y botas de cuero, hacía denodados esfuerzos por impedir que su gran danés gris olisqueara el trasero de un Jack Rusell que pasaba junto a ellos.

Angélica se acercó a ella.

—Está obsesionado con los perros pequeños —se lamentaba Candace—. ¡Basta, *Ralph*! —Se quitó las gafas de sol y examinó a su amiga con mirada implacable—. No irás así vestida para la comida, ¿verdad?

Angélica iba un poco desaliñada, con unos vaqueros holgados y zapatillas de deporte.

—No.

—Me alegra saberlo.

—Me asaltan las dudas. ¿Qué estoy haciendo, Candace?

—Tú sabrás.

—Olivier estuvo tan cariñoso anoche. Y de repente me di cuenta de que lo que deseaba era que me hiciera caso él, y no un desconocido.

—Ya lo sabía.

—Entonces, ¿qué hago? ¿Cancelo la cita?

—Ya es demasiado tarde.

—Me siento fatal. Le he estado animando. ¡Soy una calientabraguetas!

—Sí, pero aun así no puedes cancelar la cita.

—¡Qué estúpida he sido!

—Escucha, ve y pásatelo bien. Ahora tienes claras tus prioridades y no te meterás en líos.

—¿Y si me descubren?

—No te descubrirán. Es difícil que Olivier se presente en Daphne's a mediodía, ¿no?

—Espero que no…, salvo que le despidan. No le he dicho nada de la comida.

—¿Quieres tomar un café?

—Acompáñame a casa y me ayudas a elegir algo para ponerme.

—De acuerdo. Buscaremos algo elegante y discreto, pero nada de zapatillas deportivas, por favor. —Candace tiró de la correa—. *Ralph*, tú te quedas en el jardín de Angélica sin cazar ardillas.

En casa de Angélica, Sunny les preparó café y se lo llevó al dormitorio en una bandeja, mientras *Ralph* se quedaba en el jardín haciendo caso omiso de la prohibición de cazar ardillas. Candace se quitó la capa y empezó a inspeccionar el armario. Angélica puso su CD favorito de Dolly Parton y se quitó el suéter y los vaqueros.

—Vaya, sí que has adelgazado. Y me gusta tu conjunto de lencería. ¿Qué marca es?

—Calvin Klein.

—Muy bonito. ¿Qué le parece a Olivier?

Le dirigió a su amiga una tímida mirada.

—Digamos que lo ha redescubierto.

—Bueno, ya sois dos. —Sacó del armario una blusa floreada de Vanessa Bruno con cuello de lazo—. Esto es bonito. No te hagas el lazo, déjalo suelto. —Angélica se la puso—. Mejor que te pongas vaqueros, para que no parezca que tienes demasiado interés. Es una comida entre amigos, no una cita para tener una aventura. Ponte estos zapatos Rupert Sanderson; son preciosos y te hacen parecer más alta.

—Eso es algo que no puedo conseguir con el Pilates.

—Pero sí con estos zapatos. —Los sacó del armario y se los pasó—. ¿Dónde tienes aquellos vaqueros de Stella McCartney con esos bolsillitos tan monos delante?

Angélica se contempló en el espejo.

—Dios mío, cuando me arreglo un poco no me reconozco. Es como si fingiera ser otra persona.

—Cariño, estás muy guapa.

—Gracias a ti, Candace.

—No me importa nada llevarme el mérito. No quería que cayeras en ese viejo cliché de la escritora desaliñada. Los escritores no tienen por qué ir mal vestidos.

—¡Me encanta verme así! —Angélica levantó los brazos hacia el techo y soltó una carcajada.

—Y, por supuesto, Jack te importa una mierda.

—Me entristece pensar que ya no me importa. ¿Qué haré ahora para distraerme?

—Puedes ir de compras. Es menos peligroso.

—Ahora ya sé por qué vais tanto.

—Mi locura tiene una base.

Angélica miró a su amiga a los ojos.

—¿Alguna vez te ha tentado tener una aventura?

—No sería humana si no me viera tentada de vez en cuando, pero quiero a Harry, así que nada. ¿Y sabes una cosa? Si heredé algo bueno de mi madre fue su fortaleza. Nunca me ha costado decir que no y apartarme de las situaciones peligrosas. Tú tienes que aprender a hacer lo mismo. —Le lanzó la chaqueta—. Hoy será tu primera lección.


Aparcó el coche en Draycott Place. Le costó un poco encontrar sitio, y cuando lo encontró estaba tan nerviosa que su parachoques topó con el del Range Rover que tenía delante.

—Oh, Dios mío —exclamó. Rápidamente dio marcha atrás y salió del coche para comprobar si había pasado algo. Para su alivio, el Range Rover no tenía ni un rasguño. En cuanto a su propio coche, estaba tan lleno de señales de pasados golpes que no había manera de saber si presentaba una rascada nueva. Respirando profundamente para intentar calmarse, se dirigió con paso inseguro hacia el restaurante.

No quería llegar la primera. Miró el reloj y comprobó que llegaba cinco minutos tarde, como estaba mandado. Tomó una gran bocanada de aire, abrió la puerta y entró en el restaurante con la cabeza alta, simulando una seguridad que no sentía. En la mesa de recepción, pronunció su nombre en voz baja y muy despacio, como si se tratara de una pistola cargada. Mientras la conducían a la mesa miraba a su alrededor, aliviada de no ver a nadie conocido.

Lo vio en un rincón, leyendo el *Evening Standard*, y sus reparos se esfumaron. Era tan grande que la mesa parecía pequeña. Jack la oyó aproximarse y, con una amplia sonrisa, se puso de pie para saludarla.

—La salvia sabia —dijo.

Angélica se sintió pequeña a su lado, a pesar de los tacones. Al darle un beso olió el aroma cítrico de su colonia y sintió el roce delicioso de su mejilla. Era una sensación demasiado íntima, y tuvo que apartar la cara, ruborizada hasta las orejas. Con una risa nerviosa, tomó asiento.

—Así que el perro ha podido finalmente alejarse del porche.

—¡No esperarás que un perro como yo permanezca sentado mientras un precioso conejo corretea por el jardín!

Habló con tanta franqueza que Angélica sintió que la invadía de nuevo una oleada de deseo. *Pero ¿qué estoy haciendo?*, se preguntó con inquietud. *¡Pensaba que estaba fuera de peligro!*

Hizo un intento de restarle importancia a su comentario, como si no lo hubiera entendido.

—¿En serio? ¡Qué cosas dices!

Jack la miró con atención.

—Estás diferente.

—¿De verdad?

—Sí, tienes el pelo más claro. Me gusta. Estás muy guapa, Angélica.

—Ahora me haces pasar vergüenza.

—Bien. —Con una sonrisa, se inclinó hacia ella y la miró por encima de las gafas—. Cuando te ruborizas estás todavía más guapa.

Angélica intentó cambiar el rumbo de la conversación.

—¿Cuánto tiempo estarás en el Reino Unido? Quiero decir, ¿has venido por trabajo?

—Algo así.

—¿Tu mujer no suele acompañarte?

—Algunas veces, pero ahora está en casa con las niñas. No le gusta dejarlas. —Le dirigió una mirada maliciosa—. ¿Sabía Olivier que hoy comías conmigo?

—No, no tuve oportunidad de decírselo. —Ante la mirada burlona de Jack, no tuvo más remedio que reírse—. De acuerdo, era mentira. Sabía que me diría que no viniese, y quería comer contigo. Quiero decir que ¿por qué no? No hay nada malo en comer con un amigo, ¿no crees?

—Nada malo en absoluto.

—Pero era mejor no mencionarlo. Olivier es muy celoso, y no quiero que me corten las alas.

Jack se la quedó mirando tan largo rato que Angélica empezó a sentirse incómoda. Luego soltó una sonora carcajada.

—¡Ahora eres tú la que bromea!

—¿Por qué lo dices?

—Sabes tan bien como yo que no está bien, nada bien, comer con un hombre al que acabas de conocer. No es que sea malo en sí mismo, sino que a tu marido no le gustaría. Si no fuera así, se lo habrías dicho y él te habría deseado que lo pasaras bien.

—Entonces, el secreto de la felicidad está en no ser sincera —resumió Angélica.

—Estoy de acuerdo, pero eso sería una felicidad egoísta, no la felicidad pura que andas buscando.

—Vale, entonces estoy buscando mi propio placer de una forma egoísta.

—Brindaremos por eso. ¿Qué quieres beber?

—Una copa de vino blanco, por favor. —Necesitaba algo que le diera fuerzas.

—Elegiré una botella de un buen vino sudafricano.

El camarero trajo el vino pedido, y en cuanto pudo tomar un sorbo, Angélica se sintió mejor y empezó a relajarse. La conversación había derivado hacia temas más generales, y ya no se sentía como una pequeña presa ante un temible predador. Comentaron el menú, y Jack hizo una señal al camarero y pidió también para ella. Olivier solía hacer lo mismo cuando eran novios, pero ahora simplemente pedía para él.

—Bueno, ¿qué tal va el libro?

—No muy bien —respondió Angélica con una carcajada—. Es sorprendente la cantidad de tiempo que uno puede perder escribiendo su propio nombre.

—Por cierto, leí tu última novela.

A Jack le complació ver que la había sorprendido.

—¿Cuál?

—*Las cuevas de Cold Konard.*

—¿Qué te pareció?

—Me gustó, en serio. No podía dejarlo. Quería echarle un vistazo para poder decir que lo había leído, pero me quedé enganchado, en la segunda página, para ser precisos, cuando resulta que la cueva no es una cueva en absoluto. Luego me quedé fascinado con Mart. Aunque es un niño, me sentí identificado con él. Supongo que en el fondo todos somos niños, ¿no? Y esos Yarnies que se disfrazan como Enrods para engañar a Mart y hacer que confíe en ellos son horribles. Son el peor tipo de enemigo que se puede tener, y conozco a algunos así en mi país. Es una historia de magia, pero al mismo tiempo es muy real. De verdad, me encantó.

—Gracias.

—Olivier debería leerlo. Se quedaría asombrado del talento que tienes.

—Está demasiado ocupado.

—No es excusa. Siempre encuentras un momento. Probablemente está celoso de tu creatividad.

—Oh, no lo creo.

—Créeme. Se pasa horas en un banco, garabateando números, mientras tú estás en casa, escuchando música y dejándote arrastrar por tu imaginación. ¿No es fantástico? Apuesto a que envidia que ganes dinero haciendo algo que parece tan fácil y tan agradable.

—En realidad no es fácil, porque no estoy segura de que lo que llevo escrito hasta ahora sea bueno. No consigo tener una idea brillante, sólo ideas normales.

—Aun así.

—Casi estoy tentada de pedir un tiempo de asueto para recargar pilas.

—¿Para así poder trabajar la historia en profundidad, con todos sus significados?

—Sí.

—Acuérdate de Tolkien, por ejemplo. Con *Las cuevas de Cold Konard* casi lo consigues. No sería tan difícil añadir profundidad a la historia para que tuviera un significado espiritual y así llegar a los que quieren que las historias tengan un sentido.

—Me produce inquietud, nunca he hecho algo así. Sería más fácil continuar por el mismo camino.

—Pero sería bueno como reto. Si te aburres con tus libros, tus lectores se aburrirán también.

—Ya lo sé. Tengo que encontrar algo que me apasione.

—Eres una mujer capaz de grandes pasiones, Salvia. Esto se aprecia en tu libro, y es contagioso. Por eso engancha al lector. Incluso a un lector como yo, acostumbrado a leer mucho.

—¿Lo dices en serio? ¿No lo dices por decir?

—¿Porque me gustas? No. Compraré *La serpiente de seda*, aunque no nos veamos nunca más.

Angélica lo miró fijamente. La sola idea de no volver a verle le causaba algo cercano al dolor físico: una pena que le pesaba como una piedra en el estómago. No imaginaba que fuera a sentirse todavía tan atraída por él. Había confiado en que podría comer con él sin más, y que todo quedaría en un coqueteo sin consecuencias, pero Jack ejercía sobre ella una poderosa atracción, como una de esas melodías que te hipnotizan, que resuenan en lo más profundo de tu alma.

Tomó un sorbo de vino, y durante un largo rato ninguno de los dos habló. Cuando los camareros les trajeron el primer plato, Angélica levantó la vista para darles las gracias, y divisó una cara conocida al otro extremo del restaurante.

—Oh, Dios mío —dijo, encogiéndose.

Jack siguió su mirada.

—¿A quién has visto?

—Es Jenna Elrich, una Yarnie.

—¿La mujer con gafas de sol y un peinado ridículo?

—Esa misma. No te dejes engañar, es muy maliciosa.

—O es muy insegura o su marido le ha dejado un ojo morado.

—En realidad podría ser cualquiera de las dos cosas.

—No te puede ver.

—Oh, me verá. Es el tipo de mujer que puede avistar a alguien conocido a un kilómetro de distancia. Y se morirá por saber quién eres.

—Soy tu editor.

—Sí. —Comprendió que la mentira no se sostenía—. ¡No tienes aspecto de editor!

—No creo que se pueda generalizar. Me llamo Leighton Jones y soy tu editor de Sudáfrica. Si esa mujer se acerca, deja que hable yo.

Angélica soltó una carcajada.

—Estoy temblando de miedo. Es una chismosa terrible.

—Me gustaría darle algo para que pueda chismorrear.

—¿Y destrozar mi matrimonio?

Jack se puso serio.

—¿Quieres que vayamos a otro sitio? Si estás preocupada, nos marchamos.

—No, ahora no nos podemos ir, parecería raro. Finjamos que no la hemos visto. Si se acerca a nuestra mesa, tú eres mi editor en Johannesburgo y ya está. Cuantas más historias nos inventemos, más culpables pareceremos.

—Has pensado en todo.

—No conoces a mi marido. Es más celoso de lo que te imaginas.

—Deberías sentirte halagada.

—No es así como funciona. La posesividad es como una bola de hierro encadenada al tobillo. Te limita la libertad y te hace infeliz. El secreto de la felicidad es amar sin condiciones.

—Lo que sabemos que es imposible.

—Por lo menos lo podemos intentar.


Jenna Eldrich estaba sentada junto a la ventana con dos mujeres a las que Angélica no conocía. Tres de ellas eran buenos ejemplos de lo que pasa cuando hay demasiado botox y poca alegría de vivir. Picoteaban en sus platos y sorbían su agua con limón con la boca apretada en una triste mueca. Angélica se giró, pero sabía que Jenna la reconocería. Antes o después se acercaría a ellos tambaleándose sobre sus altos tacones para averiguar quién era Jack. No le importaría tanto si él no fuera tan endiabladamente guapo.

El vino que había escogido Jack era muy bueno. Angélica no acostumbraba a beber durante las comidas, sobre todo cuando conducía, pero como él le volvía a llenar el vaso cada vez que se vaciaba, cayó en un estado de agradable relajación y se olvidó totalmente de Jenna. Hablaron del amor y del secreto de la felicidad, y ella se sentía cada vez más atraída por el aura magnética de Jack, hasta que dejó de oír y de ver a las demás personas del restaurante. Estaban los dos totalmente inmersos en la discusión: Angélica percibía el entusiasmo en los ojos de Jack. Cuando llegó el café, ya habían identificado los principales obstáculos en el camino hacia la felicidad.

—Deberíamos escribir un libro —sugirió Jack—. Sería un *best seller*.

—Creo que tienes razón. Me siento muy inspirada.

—Yo podría ser tu mentor. Cuando quieras comentar algo, me llamas.

Angélica se encogió de hombros.

—No tengo tu número de teléfono —dijo, consciente de que estaba cruzando otra frontera.

—Dame tu teléfono.

Angélica rebuscó en su caótico bolso y sacó el móvil. Estaba dando un paso decisivo, el corazón le latía aceleradamente. Candace tenía razón: una comida no era sólo una comida. Jack tomó su móvil y empezó a introducir su número en la agenda. Sonriente, le devolvió el móvil: PAP.

—Perro Atado en el Porche —dijo Angélica, sonriendo a su vez.

—¡No! Perro Ante el Porche —corrigió él.

—Eres muy malo.

Jack abrió su móvil.

—Dime tu número de teléfono. —Cuando Angélica acabó de recitar los dígitos, le mostró lo que había escrito en la agenda—. Mira: Salvia. No hay nada malo en eso —dijo, guardándose el móvil en el bolsillo—. Bueno, ¿cuándo nos volveremos a ver?

Se quedó desconcertada.

—No sé. ¿No regresas a Rosenbosch?

—Vuelvo el viernes. —Bajó la voz—. Ni siquiera hemos tocado el tema del deseo.

Angélica se puso como la grana y clavó la mirada en su taza vacía. Recordó que Jack tenía una amante secreta en Clapham y se dijo que para él no era más que un juego.

—El deseo es un instinto animal que deberíamos evitar a toda costa.

—¿Por qué?

—Porque no dura.

—Pero es un buen lugar para empezar.

—Siempre que queramos hacer ese viaje.

—Yo ya estoy fuera del porche.

—Todavía tienes una correa.

—A veces el deseo es tan intenso que se descontrola y rompe la cuerda.

—No deberíamos dejar que se descontrolara. Deberíamos elevarnos por encima de nuestros instintos primarios y ceñirnos a pensamientos más elevados.

Jack rió con regocijo.

—¿A quién quieres engañar? Suenas como un libro de texto de mala calidad.

—Sé lo que está mal, nada más.

—No intentes analizarlo. Sé que yo también te gusto.

—No pienso confesar nada. Estoy casada —dijo. Pero el rubor de sus mejillas indicaba lo contrario.

—No importa si lo admites o no. Lo puedo notar, igual que un perro. Ya sé que está mal, pero no puedo evitar desearte. Y no es sólo porque seas guapa (hay muchas mujeres guapas en el mundo), es algo más. Tienes algo especial que ni siquiera puedo resumir en una palabra. Lo sentí desde el momento en que te conocí. Me dejó tan tocado que no me he recuperado. Supongo que debería alejarme de ti, pero no quiero.

—Vaya, Angélica, ¿tú por aquí?

Jenna estaba de pie junto a la mesa. Llevaba una camisa ablusada de mangas abombadas que debía de ser el último grito. En honor de Jack, se quitó las gafas oscuras y se las colocó sobre la cabeza.

Él le tendió la mano.

—Leighton Jones —dijo con frialdad.

—Encantada de conocerte —replicó Jenna con una sonrisita tímida—. Eres de Sudáfrica.

—De Johannesburgo.

—Una ciudad preciosa, y la gente es muy amable.

—Gracias.

—Bueno, Angélica, ¿cómo es que te encuentro comiendo con un extranjero tan atractivo?

—Es mi editor. ¡A que tengo suerte!

—Desde luego. ¿Sabes? Siempre he querido escribir un libro.

—Deberías intentarlo —dijo Jack—. Todo el mundo lleva un libro dentro.

—Oh, el mío sería un *best seller*. Mi vida está llena de historias increíbles, y he conocido a gente de lo más sorprendente.

—Entonces, ¿sería una autobiografía?

—*Un roman à clef* —dijo Jenna con un perfecto acento francés.

—Cuando lo escribas, avísame.

—¿Me das una tarjeta?

Aquella pregunta tan directa sorprendió a Angélica. Jenna extendió la mano, pero Jack se limitó a sonreír con cierta sorna.

—Primero escribe el libro, y cuando lo hayas acabado, me dices algo. Son muchos los que tienen ideas, pero muy pocos consiguen ponerlas por escrito en algo que se asemeje a un libro.

Jenna no estaba acostumbrada a que la rechazaran. Titubeó, pero enseguida recuperó su compostura.

—De acuerdo, eso haré. Encantada de conocerte. Te veo a la entrada del colegio, Angélica.

Jenna regresó a su sitio y Jack la siguió con la mirada, lo que ella probablemente adivinó, porque caminaba lentamente moviendo las caderas.

—Es una Yarnie bastante guapa —comentó cuando Jenna ya estaba lejos.

Angélica puso los ojos en blanco.

—Si es plato de tu gusto…

Jack soltó una risotada.

—En realidad no, pero he de reconocer que tiene bonitas piernas.

—¿Te alejarías del porche por ella?

—Le dedicaría únicamente una mirada soñolienta. —Se recostó en la silla y exhaló un suspiro—. De todas maneras, ya no estoy en el porche. Recuerda que yo sé distinguir a los Enrod de los Yarnies, y tú, mi querida Salvia, eres una Enrod de los pies a la cabeza.

Se quedaron hasta las tres. El restaurante estaba casi vacío, y los camareros iban de aquí para allá recogiendo las mesas y preparándolas para la cena. Angélica le recordó a Jack que los niños salían del colegio a las tres y media.

—Supongo que tengo que dejarte ir. —Hizo una seña al camarero para que le trajera la cuenta.

—Gracias por la comida.

—El placer ha sido mío.

—Espero que lo pases bien estos días en Londres.

—Lo pasaré bien si volvemos a vernos.

—Jack, no sé… —Los efectos del vino se habían disipado, y empezaba a recordar quién era—. Tengo una familia.

—Sólo te estoy pidiendo amistad. Me gustas.

—Tú también me gustas, pero esto no está bien.

—Escucha, he puesto mis cartas sobre la mesa, pero soy lo suficientemente hombre como para seguir tus reglas. Como habrás observado, sigo atado en el porche. Pero deja que ladre, es lo único que te pido.

Angélica se lo pensó un momento.

—De acuerdo, nos volveremos a ver. Me puedes llamar.

Jack la cogió de la mano y le sonrió. Angélica sintió que aquella sonrisa iluminaba hasta los rincones más recónditos de su ser. Se sintió transportada a lo más alto.

Tras pagar la factura, Jack salió con ella a la calle. Todavía hacía sol, pero las sombras alargadas que caían sobre el asfalto mojado les recordaban que ya había llegado el otoño.

De repente, ella se sintió incómoda.

—Bueno, tenemos que decirnos adiós.

—Hasta pronto, Salvia. —Apoyando la mano tras su cintura, Jack se inclinó para besarla y depositó en su mejilla un beso mucho más largo de lo normal. La determinación de Angélica se tambaleó. Aspiró con deleite el aroma cítrico de su colonia mezclado con el olor especiado de su piel.

—Vuelve al porche —le dijo suavemente, y se apartó de él.

Regresó al coche con la cabeza baja y los brazos cruzados sobre el pecho. Seguía pensando en él, y no se atrevía a volverse. Sólo cuando entró en el coche se sintió lo bastante segura como para comprobar que Jack se hubiera ido. Se quedó pensando frente al volante. Si la infidelidad se aplicaba también a los pensamientos, ya era culpable.

# 10

Sólo podemos ver la luz gracias a la oscuridad.
*En busca de la felicidad perfecta*

—¿Y bien? ¿Cómo te ha ido? —Candace esperaba a Angélica a la puerta del colegio—. ¡No hagas eso! —le gritó a *Ralph*, que volvía a tener el hocico enterrado en el trasero de un perro mucho más pequeño—. En serio, es horrible; no puedo llevarlo a ninguna parte.

Angélica iba a contarle en detalle su encuentro cuando su intención murió de repente, como cuando se arroja un cubo de agua sobre las brasas. Toda su animación quedó en nada bajo la temible mirada de su amiga. Candace era su confidente, y normalmente podía contarle cualquier cosa, pero no entendería ni aprobaría que traspasara tan alegremente los límites del contrato matrimonial. Por más que le habría gustado contárselo todo, sabía muy bien lo que diría Candace, y no quería que la riñera ni que la persuadiera de borrar de su agenda el teléfono de Jack.

—Fue una comida agradable —dijo sin comprometerse.

—¿Agradable? —Candace arrugó la nariz—. Una comida con el párroco es agradable.

—De acuerdo. Fue estupendo. Es tal como lo recordaba: guapo, atractivo, divertido, inteligente, gracioso, sensible…, y lo mejor de él es que me encuentra guapísima.

—Pero ¿qué? He oído un pero…

—Está casado, y yo también. No iremos más lejos.

—Me complace oír eso.

—No sé en qué estaría pensando. En realidad me sentía un poco incómoda allí sentada, como si fuera a tener una aventura.

—Bueno, te lo has pasado bien, has coqueteado. Ahora te sientes mejor en tu piel. Ve a casa y dale un abrazo a Olivier. No soy católica, pero unos avemarías no te harían ningún daño.

Angélica rió.

—Por lo menos me dio el empujón para ponerme en forma.

—Creía que había sido el comentario de Olivier acerca del cinturón.

—No, era mentira. Fue Jack.

—Bueno, puedes darle las gracias por eso, y Olivier nunca lo sabrá.

Desde el interior del bolso, el móvil emitió el pitido que anunciaba la llegada de un mensaje, y Angélica sintió el aguijón de la culpa al pensar emocionada que tenía el número de teléfono de Jack. Candace tuvo que retener a *Ralph* y pedirle disculpas a otra madre que apartaba enfadada a su terrier del gran danés. Al divisar a Kate, Letizia y Scarlet entre el tumulto de perfumes y modelos de Prada, Candace agitó la mano.

—¡Venid, chicas! —les gritó.

Mientras tanto, Angélica había sacado su móvil del fondo del bolso. Se ruborizó al leer el mensaje: **Me encantó nuestra comida, Salvia. ¿Te gustaría sacarme a pasear al parque mañana por la mañana? Bsos. PAP**

Candace la miró con curiosidad.

—¿De quién es el mensaje?

—Es Sunny. Quiere que recoja una cosa camino de casa. —Angélica cerró el móvil y lo metió de nuevo en el bolso. Le sorprendió lo rápida que era inventando mentiras.

Las tres amigas se unieron a ellas.

—Hola, chicas, les estaba hablando a Kate y Letizia de ese chico de Yorkshire que he contratado para enseñar a mis hijos a jugar al fútbol y al tenis en las vacaciones trimestrales. Si queréis, los vuestros podrían unirse —dijo Scarlet. Le parecía muy normal llevar pantalones ajustados de color negro y botas para recoger a sus hijos del colegio.

—¿Un chico-canguro? Me encanta la idea —dijo Candace.

—Sí, los entretendrá para que yo pueda estar libre.

—Me parece estupendo —intervino Kate—. Íbamos a irnos a la isla de Santa Lucía, pero ahora Pete tiene que viajar a Moscú, y la idea de tener yo sola a los niños, en mi estado, no me hace mucha gracia.

—Una gran idea, guapa. ¿Cómo lo has encontrado? ¿Podría estar libre para las vacaciones de Navidad? ¿Sabe esquiar? —preguntó Letizia.

—Es hijo de unos amigos, un chico estupendo. Es un gran seguidor del Manchester United y lo bastante guapo como para que no me canse de mirarle. No creo que sepa esquiar, Letizia, pero puedo averiguarlo.

—¿En serio, cariño? En Navidades me iría bien tener ayuda. María no tiene los papeles, de modo que no puede salir del país, lo que es un fastidio para nosotros. Un chico-canguro resolvería todos mis problemas.

—Pete y yo estamos pensando en renovar nuestros votos matrimoniales. —Kate siempre sabía convertirse en el centro de atención.

—¿No sería mejor que esperarais nueve meses? —apuntó Candace—. Lo digo por si el bebé se parece a otro.

—Eso no ocurrirá, el bebé es de Pete. Lo sé —se apresuró a replicar Kate—. Las madres sabemos esas cosas —añadió, como si fuera la única que hubiera experimentado la maternidad.

—¡Qué romántico! —Letizia exhaló un hondo suspiro—. Me encantan las bodas.

—Me pareció una buena excusa para comprarme una falda bonita. He pensado comprarme una de Vera Wang, y me gustaría que vosotras fuerais las damas de honor.

—Parece que la crisis financiera no ha llegado a Thurloe Square —observó Candace.

—Si vamos a proclamar el amor que nos tenemos, quiero que la ceremonia sea tan monumental como nuestros corazones.

—Entonces…, ¿en la catedral de Saint Paul? —preguntó Candace.

—No, ese lugar está maldito. Pensaba en un lugar con más *glamour* y que huela menos a realeza. Después de todo, nuestra primera boda se celebró en Cornwall…, que por cierto no es nada glamuroso.

—Entonces, ¿dónde lo celebraréis?

—¡En Isla Mauricio! —Kate aplaudió emocionada—. Quiero que los niños vayan de blanco, con vestidos vaporosos o pantalones anchos. ¿Os imagináis lo monos que estarán? Yo llevaré mi vestido de Vera Wang.

—Parece un anuncio de Estée Lauder —le susurró Candace a Angélica, que de nuevo prestaba atención a la conversación después de haberse perdido en fantasías de ella y Jack en el parque.

—Es justo lo que necesitamos —dijo—. Unas vacaciones en un lugar soleado.

—Había pensado hacerlo en junio, después de que haya nacido el bebé. Y volveremos bronceadas a Londres, listas para el verano.

—¿Pete está de acuerdo? —preguntó Candace.

—En estos momentos haría cualquier cosa por mí. Se siente muy macho y muy protector.

—Es una muy buena idea. No ocurre a menudo que una chica se case por segunda vez con el mismo hombre —dijo Angélica con entusiasmo.

—¿Sabéis lo que de verdad me gustaría? —Kate se mordisqueaba el pulgar—. ¿No os reiréis?

—¡No nos atreveríamos!

—Me gustaría llegar al altar montada en un precioso caballo blanco.

La miraron atónicas. Ni siquiera Candace supo qué decir. Kate las fue mirando de una en una, esperando que dijeran algo. Letizia iba a hacer un comentario, pero vaciló. Finalmente, fue Candace la primera en hablar.

—No lo dirás en serio.

—Lo digo en serio.

Letizia logró recobrar su entusiasmo.

—Me parece una idea fabulosa. Sólo tú podrías ponerla en práctica, querida.

—¿Y qué más? ¿Los niños irían detrás en un carro?

—No, descalzos, brincando y esparciendo flores y caracolas por la arena.

—Lo dices en broma —dijo Scarlet.

—No, no es broma —Kate parecía dolida—. Me pareció que sería muy romántico.

Candace se relajó y sonrió.

—¿Sabes qué, querida? Estoy contigo. Si eso es lo que quieres, adelante con ello. Es tu sueño. Sólo te pido que no nos hagas llevar blancos vestidos vaporosos y caracolas en el pelo, por favor.

—Bueno, pues yo pensaba… —empezó a decir Kate. Se interrumpió con una risita—. ¿Por quién me habéis tomado? ¿Os creíais que iba a daros la oportundad de eclipsarme en mi propia boda?


Isabel y Joe salieron corriendo por las grandes puertas del colegio y se lanzaron sobre su madre. Angélica los abrazó a los dos a la vez.

—¿Habéis tenido un buen día en el cole?

Los niños le contaron lo que habían hecho.

—¡Te olvidaste de mi bolsa de gimnasia! —le dijo Isabel en tono acusador.

—¿En serio?

—Muy mal, mamá. Tuve que quedarme fuera y leer un libro.

—Lo siento mucho, cariño. Pero si me dieran a elegir, yo preferiría mil veces el libro a la clase de gimnasia.

Dijo adiós con la mano a las chicas y emprendió el camino a casa cargada con las bolsas y las mochilas de los niños. Isabel y Joe iban delante, saltando sobre las líneas pintadas de la calle y colgándose de las farolas, y Angélica los seguía en un estado de ensoñación mientras revivía su encuentro con Jack y meditaba sobre cómo responder a su mensaje en el móvil.

Le encantaría dar un paseo con él por el parque, pero sabía que había muchas probabilidades de que se encontraran con alguien. Habían tenido suerte con la comida, a pesar de que Jenna los abordara, pero no quería correr más riesgos. Le dio tantas vueltas a aquel nudo gordiano que empezó a dolerle la cabeza: ¿cómo encontrarse con Jack sin poner en peligro su reputación y su matrimonio? ¿Cómo seguir viéndolo sin darle falsas esperanzas? ¿Cómo disfrutar de la relación manteniendo la distancia? ¿Cómo controlarse? Era innegable que se sentía muy atraída por él. Era un sentimiento que le recordaba los locos enamoramientos de su adolescencia. Pero esto era diferente, porque el sentimiento era mutuo, y saberse deseada le resultaba embriagador. Quería disfrutar de esa sensación, y no podía engañarse: estaba deslizándose por la resbaladiza senda del adulterio.

Llegaron a casa sin que Angélica hubiera encontrado una solución. Los niños se precipitaron a la cocina en busca de la caja de las galletas en cuanto Sunny abrió la puerta, y al rato el olor a pescado frito se elevó en el aire otoñal. Angélica recordó cuál era su sitio. Cerró la puerta y sintió la seguridad de encontrarse entre las cuatro paredes de su casa. Hizo caso omiso al móvil, que no paraba de sonar dentro del bolso, y para distraerse preparó la mesa del comedor para hacer los deberes con sus hijos.

Cuando los niños ya estaban bañados y tumbados sobre su cama para ver una vieja película de *Robin Hood*, Angélica se metió en el cuarto de baño, encendió las velas de Dyptique, atenuó las luces y puso una suave música de fondo. Sólo llevaba puesta su bonita lencería, y en el ambiente sensual de su santuario, decidió que le respondería sencillamente que quería verle otra vez antes de su regreso a Sudáfrica. ¿Qué mal había en ello? Dentro de una semana se habría ido, y ésta podía ser la última oportunidad de verle. Apoyada contra el lavamanos, escribió en su móvil: **Querido PAP, parque ok si buen tiempo. Bsos.**

Se metió en la bañera, sin muchas ganas de volver a salir y cambiarse. Tenía que encontrarse en Sotheby's con Olivier, y luego cenaban con unos amigos en Harry's Bar. Angélica no tenía ganas de acostarse tarde otra vez; habría preferido quedarse en casa viendo un viejo episodio de *Frasier*.

Como estaba más delgada, podía ponerse su falda favorita de Ralph Lauren, de color plateado, con un top gris perla. Se contempló satisfecha en el espejo y se dio unos toques en el pelo con los dedos. Ojalá Jack pudiera verla así vestida, mucho más guapa. ¿Qué se pondría para ir al parque? No se lo podía preguntar a Candace. Detestaba ocultarle algo a su amiga, y el aguijón de la culpa la hizo vacilar. Pero no quería que nadie le impidiera pasarlo bien ni le hiciera sentir remordimientos.

Les dio un beso a los niños y acarició sus suaves mejillas y su pelo, pero estaban tan inmersos en *Robin Hood* que apenas se dieron cuenta.

—Portaos bien con Sunny —les dijo, mientras se ponía sus zapatos plateados de tacón—. Eh, ¿estoy guapa?

Joe apartó los ojos de la tele y la contempló un momento. Angélica ensayó una pose de modelo.

—Guay —dijo al fin.

—¿Tan guay como la mamá de Zeus?

Su hijo sonrió.

—Mucho más.

—Tienes buen gusto, cariño.

Les dijo adiós con la mano. Joe volvió su atención a la tele, y Sunny subió para acostarlos. Angélica estaba deseando irse a la cama, pero cogió su bolso de mano y salió de la habitación con paso decidido.

En el taxi se quedó contemplando su móvil con la esperanza de que Jack le enviara otro mensaje. Cuando oyó el pitido, el corazón le dio un vuelco en el pecho, pero sufrió una desilusión al comprobar que era Olivier: no podría llegar a Sotheby's y la esperaría en Harry's Bar. A Angélica no le sorprendió, y tampoco le importaba. Mientras el taxi entraba en Bond Street, releyó el mensaje de Jack.

Una vez en Sotheby's, se lo pasó mejor de lo que esperaba. Estaban William y Scarlet —que llevaba unos pantalones de cuero negro superestrechos y una blusa transparente de Chanel— y un nutrido grupo de amigos. Todos la felicitaron por su aspecto, le preguntaron si había estado fuera o qué había hecho, y la marearon con tanta atención.

A las ocho y media tomó un taxi para ir a Harry's Bar. El club, un local de mesas pequeñas, luces tenues, plantas y cuadros y espejos en las paredes, estaba repleto de gente cenando. Sus amigos ya habían llegado, pero Olivier no estaba. Angélica tuvo que recorrer todo el restaurante, pasando entre las mesas, para saludarlos.

—Estás guapísima —le dijo Joel de Claire, el mejor amigo de Olivier—. Siéntate aquí, entre Antoine y Roberto —señaló una silla vacía en la cabecera—. Desde aquí ves a todo el que entra, y cuando llegue Olivier podrás mirarle con cara de perro.

—¡Angélica no pone cara de perro! —protestó Chantal, echándose sobre los hombros su ondulada melena castaña.

—¡Qué poco me conoces! —bromeó Angélica. Tuvo que pasar entre las sillas y la pared para llegar a su sitio. Antoine y Roberto se pusieron de pie para saludarla y ella les dio un beso. En cuanto se sentó, le llegó un mensaje, y mientras Antoine y Roberto charlaban, Angélica miró su móvil y descubrió asombrada que era un mensaje de Jack: «Levanta tus bonitos ojos y mira a tu izquierda». Le invadió la emoción y tuvo que reprimir una sonrisa. Echó un vistazo a través del hueco que había junto a Chantal, donde iba a sentarse Olivier, y allí, sentado de espalda a la pared, estaba Jack, guapo y moreno, con chaqueta y camisa blanca de cuello abierto. Llevaba peinada hacia atrás la espesa mata de cabello, y la luz se reflejaba en sus mechones rubios y los hacía brillar como si estuvieran húmedos. Parecía un lobo de mar que volviera de una travesía. Angélica se ruborizó de placer, y dio gracias por la luz tenue del local. Miró a la pareja de edad madura que estaba junto a Jack leyendo con atención el menú, y se preguntó quiénes serían. Cuando volvió la vista hacia él, vio que sonreía.

Su línea de visión se bloqueó de repente con la llegada de Olivier. Iba muy formal, con un traje de Gucci y una corbata seria, y se le veía muy pálido a la luz de las velas.

—¿Has tenido un mal día en la oficina? —le preguntó Joel en francés, y le dio una palmada en la espalda.

Olivier se desabrochó la chaqueta, tomó asiento y le lanzó un beso a Angélica con gesto agotado. Todos empezaron a hablar a la vez. El francés de Angélica no era demasiado bueno, y de todas formas ella no prestaba atención. Un pitido anunció la llegada de un nuevo mensaje: «Me aburro mucho. Ojalá pudiera sentarme contigo». Le respondió sin vacilar: «Están hablando en francés. Yo lo hablo muy mal». Se emocionó al leer el siguiente mensaje: «A las diez frente a los lavabos». Levantó la vista y se mordió el labio inferior: «Sí».

El resto de la cena transcurrió en una nebulosa. Cada vez que miraba a su marido, veía a Jack sentado al fondo. Un par de veces cruzaron las miradas, pero Angélica volvía la vista inmediatamente porque no quería que Olivier lo notara y se volviera para ver con quién estaba coqueteando. Antoine y Roberto, buenos amigos de su marido, eran encantadores y atractivos, pero tenían la mala costumbre de hablar entre ellos excluyéndola de su conversación. Ella ya estaba harta de oír hablar de la crisis financiera, pero para ellos, que trabajaban en la City, era un tema irresistible. Miró a Carla, la mujer de Antoine, a la que Joel tampoco hacía ningún caso, y puso los ojos en blanco. Miró el reloj y vio que eran las nueve y media. *Sólo queda media hora*, se dijo con impaciencia. Tomó un sorbito de vino. Estaba tan nerviosa que tenía un nudo en el estómago. Le pusieron delante un lenguado a la plancha, pero descubrió que no tenía hambre.

—¿No te parece que tendríais que dejar de hablar de vuestro trabajo en la oficina? —preguntó Chantal a su marido.

—Lo lamento —dijo Roberto con naturalidad—. Creo que aburrimos a las chicas.

—Les aburrirá escuchar, pero no se cansan de comprar —comentó bromeando Joel.

Veronica, su mujer, salió en defensa de las mujeres.

—No hay nada más aburrido que no comprar.

Roberto intervino con su cómico acento italiano.

—Querida, es más que aburrido, es un perfecto desastre. Os predigo una cosa: cuando los maridos sean incapaces de proveerles de dinero para gastar, las mujeres se buscarán un amante.

—Debes de considerarnos muy superficiales —dijo Angélica, un poco molesta.

—La mayoría de las mujeres lo son —continuó Roberto—. Siento decir que la gran mayoría de las mujeres se casan por dinero.

—Yo me casé con Antoine por sus genes —dijo Carla—. Tenía que eliminar del acervo genético la tremenda nariz de la familia de mi padre, y Antoine tiene la nariz de un dios griego.

Todos miraron hacia Antoine, que levantó obediente la barbilla.

—Yo me casé con Olivier porque es un buen amante —dijo Angélica, consciente de que estaba a punto de serle infiel.

Él se hinchó de orgullo.

—¿Qué queréis que os diga, chicos? —Se rió y el color volvió a sus mejillas—. Puede que pierda mi dinero, pero siempre seré un buen amante.

Angélica miró el reloj y depositó su servilleta sobre la mesa.

—Perdonadme un minuto —dijo.

Olivier le cogió la mano cuando pasó junto a él.

—¿Adónde vas?

—Al lavabo.

Él le tiró del brazo para que se agachara y le susurró al oído:

—Eres la más guapa del restaurante.

Angélica echó un vistazo a Carla, Chantal y Veronica. Ninguna de ellas destacaba por su belleza.

—No hay mucha competencia —le respondió. Se encaminó al lavabo procurando no mirar a Jack, que la vio levantarse y también dejó su servilleta sobre la mesa.

Trastabillando un poco a causa de los nervios, bajó las escaleras y se quedó esperando, con una mezcla de temor y de expectación que le aceleraba el pulso. Jack no tardó en aparecer. El encuentro en el restaurante los había vuelto locos de emoción.

—Los hados están de mi parte —dijo él.

Cuando la tomó entre sus brazos y le dio un beso en la mejilla, ella no hizo nada por apartarse, aunque la cabeza le daba vueltas.

—Menuda coincidencia, con todos los restaurantes que hay en Londres.

—Me gusta este local. Me recuerda mucho a mi disipada juventud.

—¿Cómo de disipada?

—No lo suficiente. —Su ardiente mirada parecía devorarla—. Entonces, ¿mañana nos vemos en el parque?

—Pero ¿no tenías trabajo?

—Claro, pero si se quiere se puede. En realidad, la reunión es por la tarde. ¿Por qué no paseamos junto al Serpentine? Un paseo matinal. Me gusta estar cerca del agua, es bueno para el alma.

Angélica se sentía envalentonada en presencia de Jack. Sabía que les quedaba poco tiempo.

—¿Por qué no? —respondió de inmediato.

—Traeré pan para los pájaros.

—Creía que los perros se comían a los pájaros.

—Yo soy un perro muy bondadoso, ya deberías saberlo. —Le dirigió una mirada cargada de intención.

—¿Y no cazas conejos?

—¿Y por qué iba a hacerlo cuando aquí tengo al conejo más delicioso? —Al levantar la vista vio que Veronica, Chantal y Carla bajaban por las escaleras—. Será mejor que me vaya. Tienes compañía. Nos vemos a las diez en el café junto al Serpentine.

Se esfumó antes de que Angélica pudiera contestarle.

—Hemos decidido dejarlos solos con sus asuntos —dijo Chantal.

—¡Qué aburridos son los hombres! —se lamentó Veronica.

—Vamos afuera. Necesito un pitillo —sugirió Carla—. Además, aquí dentro hace demasiado calor. Mira qué roja estás, Angélica.

Y sí que estaba sonrojada, pero no a causa del calor en el club. Esperó a que sus amigas salieran del baño y las acompañó a la calle, donde el aire de la noche refrescaría sus mejillas y la oscuridad ocultaría su deseo.

# 11

Ten fe y te sonreirá el éxito.
*En busca de la felicidad perfecta*

Arrebujada en su abrigo de Moschino, con las manos en los bolsillos, Angélica se dirigía hacia el parque. En el claro cielo otoñal, la dorada luz del sol encendía una hoguera de tonos rojos y naranjas en las copas de los árboles. El aire era fresco y estaba cargado de energía. El rugido lejano del tráfico se alternaba con el de las bandadas de palomas que levantaban el vuelo. Con la cabeza baja, Angélica dejaba que el pelo le cayera sobre la cara para ocultar su vergüenza. No podía negar sus intenciones. Iba a encontrarse con el hombre del que se estaba enamorando.

Al pensar en Olivier, en los niños y en la cómoda vida que llevaba, se mordió el labio inferior. No había hecho nada malo… todavía. Jack era sólo un amigo y su vida estaba todavía bajo control, entera. Angélica conocía las consecuencias de tener una aventura. Había visto en qué estado de ruina quedaban las vidas de amigos suyos después de pasar por la apisonadora de un divorcio. Ella no quería eso, no quería perder a Olivier.

Todavía estaba a tiempo de echarse atrás, pero era muy grande la atracción que sentía por Jack. ¿No era posible disfrutar de su compañía dejando el sexo a un lado? ¿No podía mirar desde lejos y soñar con otra vida sin tener que vivirla? Él vivía en Sudáfrica, y aunque le dolía que se marchara, también sentía alivio; la distancia la salvaría de sí misma.

Llegó al café junto al río un poco pronto y se sentó en un banco a mirar los patos. Sonrió al recordar que él había prometido traerles pan. A Angélica todavía le gustaba dar de comer a los patos con los niños, y estaba claro que a él también. Ese amor por la naturaleza era una de las cualidades de Jack. Olivier sólo veía pájaros cuando tenía una escopeta en las manos. Vio pasar a un corredor con la cara roja por el esfuerzo. En el aire frío, su aliento se convertía en vaho. Unas mamás jóvenes llegaron empujando a los niños en sus cochecitos y se sentaron al sol, alrededor de una mesa, para tomar café. Estaban ojerosas y parecían exhaustas. Angélica recordó las noches sin dormir y dio gracias porque sus hijos ya fueran mayores y no le despertaran por la noche.

Vio a Jack, que llegaba caminando a grandes zancadas entre los árboles, y se puso de pie para recibirlo. Cuando vio que la saludaba con la mano y le dedicaba una amplia sonrisa, se sintió de nuevo animada y llena de ilusión. Le devolvió el saludo, no sin antes mirar a su alrededor con disimulo por si alguien la veía.

—Me siento como una niña pequeña haciendo novillos —dijo.

Sin preocuparse por disimular, Jack la tomó entre sus brazos y le dio un beso en la mejilla. El simple roce de su piel resultó tan electrificante que Angélica se quedó sin respiración. En aquel breve instante se olvidó por completo de Olivier.

—Es que pareces una chiquilla que se ha saltado el colegio —dijo él riendo—. Tranquila.

—¿Has traído pan para los patos?

—Desde luego. —Metió la mano en el bolsillo de su abrigo y le pasó una bolsita de plástico llena de migas de pan. Angélica sacó un puñado de migas—. ¿Qué tal ayer noche?

—Aburrido. Sólo hablaban de la crisis financiera.

—Por poco me caigo de la silla cuando te vi entrar en el restaurante. Parecías un ángel plateado volando en medio de la oscuridad.

—No te vi al entrar.

—Yo sí te vi. Y gracias a Dios que existen teléfonos móviles, y gracias a ti por no seguir las reglas y dejar el tuyo conectado.

—Siempre lo dejo encendido y en silencio por si los niños me necesitan. Fue una coincidencia extraordinaria.

Arrojó unas migas al agua y contempló cómo los patos se acercaban presurosos a comérselas.

—No podía quitarte los ojos de encima. Y tampoco ahora puedo dejar de mirarte.

—Qué cosas dices.

—Siempre dices eso cuando te sientes cohibida. Es un mecanismo de defensa que resulta enternecedor.

—Lo que pasa es que no estoy acostumbrada a los cumplidos.

—Eso sí que no me lo creo.

—En serio, no estoy acostumbrada.

—Mira, me estoy conteniendo, pero si pudiera te inundaría de halagos.

El corazón de Angélica latía apresuradamente, como un pájaro preso en una trampa.

—Pensaba que íbamos a ser sólo amigos.

—Y lo somos, pero no prometí que no fuera a decir lo que pienso. —Le cogió la mano, y Angélica se estremeció—. Ya sabes lo que siento.

—Me sorprende que puedas hablar tan abiertamente de tus sentimientos. Por lo general, los hombres no hablan de lo que sienten, tienen un bozal —dijo apartando suavemente la mano.

—Puede que los ingleses sean así, pero no los sudafricanos. Yo he aprendido a decir lo que pienso porque puede que nunca tenga otra oportunidad. —Esparció las últimas migajas por el suelo, donde unas palomas bien alimentadas esperaban—. Vamos a caminar.

Tomaron el camino que rodeaba el lago. El sol, más alto en el cielo, espejeaba en el agua, arrancando destellos plateados. Angélica sintió su calor en el rostro.

—Es bonito, ¿verdad? —A regañadientes, metió las manos en los bolsillos para evitar que Jack le cogiera de la mano, y deseó que pudieran estar muy lejos de allí.

Jack inspiró muy hondo.

—Es precioso.

Caminaron en silencio, saboreando aquella preciosa mañana.

—Estoy loca, me parece —dijo Angélica al cabo de un rato.

—Ya lo sé. Tú estás casada y yo también. Lo que estamos haciendo es una locura, pero no lo puedo evitar. Si no puedo ser tu amante, me basta con ser tu amigo. —Sacudió la cabeza y soltó una carcajada ante su falta de sinceridad—. No, la verdad es que no me contento con ser tu amigo. Es-

toy loco por ti, y no dejo de pensar en hacer el amor contigo. No digas «qué cosas dices» ni simules que es broma,
porque no estoy bromeando. Me siento un hombre muy
desgraciado.

—Jack…, no… —Recordó la amante de Clapham, y se
preguntó si Scarlet se habría confundido.

—Escucha, soy muy mujeriego, lo admito. Pero esto es
más que una aventura, y aunque no te lo creas, es la primera vez que me pasa. Me estoy adentrando en terreno desconocido, y en la entrada hay un enorme letrero que dice:
PROHIBIDO. Pero si no aprovecho el momento, puede que no
tenga otra oportunidad. La vida es corta.

—Jack, tienes mujer e hijas. Podemos ser amigos. ¿No es
esto lo que te aconsejaría una salvia realmente sabia?

—Si esto es lo que puedes darme, no me queda más remedio que aceptarlo. Prefiero verte como amiga que no verte en absoluto. —Se agachó, cogió una piedra y la lanzó al
agua de manera que rebotara tres veces antes de hundir-
se—. Está mal que intente convencerte de darme algo más.
Vuelvo a Sudáfrica el viernes. Quisiera que pudieras acom-
pañarme.

—Sabes que es imposible.

—Te diría que vinieras con Olivier y los niños, pero no
soportaría veros juntos.

—Y yo nunca podría ir sola.

—De manera que sólo podemos caminar alrededor del
lago Serpentine. —Levantó la mirada hacia lo lejos—. ¿Por
qué he tenido que conocerte en esta etapa de mi vida?

—De habernos conocido quince años atrás, a lo mejor no
nos habríamos gustado.

Jack la miró a los ojos con profunda tristeza.

—Oh, tú siempre me habrías gustado.

Cambiaron de tema y comentaron la noche anterior. Angélica le hizo reír imitando a sus amigos y él le habló de las personas que le presentaría si fuera a Sudáfrica, gente bohemia y entretenida que no hablaba de finanzas, sino de libros, arte y películas.

—Aunque suene irónico, te llevarías muy bien con mi mujer.

—No creo que desee conocerla. Ahora no.

—No hemos hecho nada malo, salvo decirnos que sentimos atracción el uno por el otro.

—¡Eso sería suficiente para que a Olivier le diera un ataque de celos!

—Anna se encogería de hombros y no le daría más importancia.

—Supongo que ha visto demasiadas cosas.

—De hecho, es comprensiva. —A Angélica no le gustaba oír el nombre de Anna, ni ver la expresión de Jack cuando hablaba de ella—. Si yo no estuviera, creo que descubriríais que tenéis muchas cosas en común.

—Nunca lo averiguaremos —respondió secamente Angélica.

Jack sonrió. Podía ver sus celos como luces de colores que coronaban su cabeza.

—Me halaga que te importe.

—En realidad, no me importa. Puedes contarme todo lo que quieras de Anna. —Pero su voz sonó tensa incluso para ella.

—No es tan guapa como tú, pero tiene belleza interior. Hay muchas maneras de querer, y yo te mentiría si te dijera que no la quiero. A ti no te conozco lo bastante como para quererte, pero estoy enamorado de ti, y ahora mismo pienso más en ti que en cualquier otra persona.

—¿He de tomármelo como un cumplido?

—Sí. El hecho de que me sincere contigo te pone en un lugar especial frente a las otras mujeres que me han gustado. Es fácil decirle a una mujer que la quieres para obtener algo, pero eso no es amor, es deseo, atracción, lujuria o fascinación. Sólo empiezas a querer de verdad a una persona cuando ya no estás enamorado, cuando la quieres a pesar de sus defectos, o incluso debido a sus defectos.

—Bueno, supongo que eso es sinceridad. —Sus ánimos se vinieron abajo.

—Es el mejor cumplido que puedo hacerte.

—Entonces supongo que puedo decir que quiero a Olivier. No estoy segura de estar enamorada de él. Pero ¿no sería bonito poder sentir las dos cosas a un tiempo, la serena tranquilidad del amor y la emoción del enamoramiento? ¿Estás enamorado de Anna?

—No.

—Pero la quieres. Y no quieres hacerle daño, supongo.

—No, no quiero hacerle daño.

—¿No le dolería saber que estás, como dices, enamorándote de mí?

—Sí, creo que le dolería.

Se detuvo y se frotó la nuca mientras miraba a lo alto, buscando una respuesta en el cielo. Finalmente sacudió la cabeza y la miró pensativo. Parecía más viejo.

—Es complicado, Angélica. Me gustaría explicártelo, pero arruinaría la magia de nuestros encuentros. Ahora mismo sólo me importa estar contigo. Pronto me iré, y antes de partir quiero regalarme la vista mirándote. Ojalá nos hubiéramos conocido veinte años atrás.

—Yo era una veinteañera muy poco atractiva —replicó Angélica con una carcajada. Era un alivio abandonar el tema de sus cónyuges.

—No me lo creo en absoluto.

—Me habrías descartado enseguida y te habrías acercado a otra chica más mona. Conozco a los tipos como tú.

—Entonces, si como dice el karma «todo lo que haces te es devuelto», tú eres el castigo a mis años de irresponsable flirteo.

—No me gusta nada verme como un castigo.

—Conocer a una mujer con quien de verdad quieres estar y no poder estar con ella… es el peor castigo que puede darse.

—Supongo que un hombre como tú tiene mujeres de reserva en todos los puntos del planeta.

—No tengo a nadie de reserva ni quiero tenerlo. Si crees que esto es un juego para mí, te equivocas. Puede que empezara como un entretenimiento, pero se ha convertido en algo muy serio. —Metió las manos en los bolsillos—. No tenía planeado enamorarme, Salvia, sobre todo en esta etapa de mi vida.

Se sentaron en un banco bajo un castaño, y contemplaron cómo se movía el mundo a su alrededor. Angélica se preguntó cuántas de las parejas que se encontraban y se marchaban juntas serían ilícitas como ellos. Cuando llegó la hora de comer, no podían creer que ya hubieran pasado tres horas. Para prolongar la mañana, se metieron en un pequeño bar de Knightsbridge y tomaron un plato de ensalada y salmón ahumado. A Angélica ya no le preocupaba que los vieran. Comer con Jack le parecía lo más natural del mundo. Ya no miraba a su alrededor como una fugitiva, fijaba la vista en sus amables ojos castaños y escuchaba con atención todas sus palabras. Si alguien se hubiera molestado en mirarlos, habría pensado que eran amantes por el modo en que se miraban, indiferentes al resto del mundo, por la naturalidad con que él le tomaba la mano o jugueteaba con sus dedos, por el abandono con que se reían.

En poco tiempo regresarían a sus vidas separadas, aunque mientras estaban allí sentados les parecía imposible que cada uno tuviera su propia vida. Finalmente llegó el momento. Jack tenía que acudir a una cita y Angélica debía recoger a los niños del colegio. A medida que se acercaba el momento de la despedida, su conversación se fue espaciando. Él le cogió la mano y se inclinó hacia ella.

—Quiero volver a verte antes de irme.

—¿Crees que es sensato?

—Eso no importa. Si siempre somos sensatos, no tendremos el placer de equivocarnos.

—No sé, Jack.

—Sólo te pido una mañana. No finjas que estás escribiendo ahora. —Su sonrisa era muy persuasiva, y Angélica quería que la persuadieran—. ¿No te sientes inspirada?

—Tú me inspiras mucho, pero para otro tipo de escritura.

—Entonces escribe algo diferente. Haz caso a tus instintos.

—No me atrevo.

—¿Por qué?

—Porque Olivier se enterará.

—No, no se enterará. Pensará que es tu imaginación…, si es que lo lee.

—Pero es la ley de Murphy: éste será el primer libro mío que lea.

—Será el mejor libro que hayas escrito nunca.

—Supongo que querrás una dedicatoria, ¿no?

Jack rió entre dientes, pero Angélica creyó ver tristeza en sus ojos.

—No, sólo quiero verte otra vez antes de irme.

—Pero volverás, ¿verdad?

Se encogió de hombros.

—¿Quién sabe dónde nos lleva la vida? No quiero correr el riesgo. Por favor, Angélica, te prometo que no me abalanzaré sobre ti.

—Tal vez.

Al ver su sonrisa llena de picardía, Angélica se preguntó si habría imaginado la tristeza.

Al salir a la calle se separaron. Él subió a un taxi y ella se quedó mirando cómo le decía adiós por la ventanilla hasta que lo perdió de vista. Dio media vuelta y se encaminó a Kensington con el aroma de la colonia de Jack aún fresco en su piel.

Se había levantado un viento frío que azotaba los árboles y hacía caer las hojas como gotas de lluvia, y en el cielo habían aparecido gruesos nubarrones grises. La soleada mañana quedaba atrás, como un sueño. Había llovido mientras estaban en el bar, porque el aire olía a humedad y el pavimento estaba mojado. El otoño se llevaba la magia que habían vivido durante un breve instante. Ahora Jack ya no estaba y Angélica lo echaba de menos con cada fibra de su cuerpo. Lamentaba haberse mostrado remisa a verle una vez más antes de que partiera para Sudáfrica y quería enviarle un mensaje para asegurarle que tenía tantas ganas de verle como él a ella. Al acercarse al colegio, sin embargo, recordó dónde estaba y cuál era su papel.

Se acercó a sus amigas con pesar, porque no podía compartir con ellas su conflicto interior. Candace notó al momento que le pasaba algo.

—¿Estás bien, Angélica?

—No me pasa nada —respondió, subrayando su mensaje con un gesto—. Anoche salí, y estoy un poco cansada.

—No pareces cansada.

—Gracias al maquillaje.

Pero Candace no estaba convencida.

—Esta mañana no te he visto en Pilates.

—¡Dios mío! Lo olvidé totalmente.

—Te hemos echado de menos.

—Me estoy volviendo loca.

Su amiga le lanzó una mirada suspicaz.

—¿Y qué has estado haciendo?

—Intentando escribir mi libro.

—¿Cómo te va?

—Por fin he empezado con un esbozo de trama que parecía buena al principio, pero ahora, pensándolo mejor, me parece que está un poco anticuada.

—Bueno, por lo menos has empezado. Es más importante que escribas a que hagas ejercicio.

—Ya lo sé.

Candace alzó las cejas al ver que Jenna se acercaba con paso decidido.

—Dios mío, parece un gaucho. ¿Es que esta mujer no se quita nunca las gafas de sol?

Jenna las saludó con la mano.

—¡Hola! ¿No os parece que ha empezado a hacer frío?

En realidad, no parecía tener frío en absoluto, con su sombrero de *cowboy*, el poncho y las botas de montar.

—Ha hecho una mañana preciosa —dijo Angélica.

—Ya la he empezado —anunció Jenna con sonrisa triunfal.

—¿Has empezado qué? —preguntó Candace.

—Mi novela. ¿No te ha dicho nada Angélica? Estoy escribiendo una novela basada en mi vida.

—¡Guau! Será un *best seller* —aseguró Candace, rotunda.

—No me había dado cuenta de lo fácil que es escribir un libro. Siempre te imaginaba afanándote, Angélica, trabajando duro para entregar el libro a tiempo, pero resulta que es pan comido. —Soltó un pequeño bufido antes de añadir—: Por lo menos para mí.

—Bueno, no eres ninguna Tolstói —dijo Candace, que apenas podía contener la irritación.

—No, mi novela será más del estilo de Edith Warton.

—Me muero de ganas de leerla —dijo Angélica, intentando que no se le escapara la risa.

—La leerás, y podrás ponerme en contacto con ese guapísimo editor… ¿Cómo se llamaba? Leighton nosequé.

—Leighton —dijo Angélica ruborizándose. No recordaba el apellido que Jack había inventado. Se dirigió hacia Candace—: Jenna lo conoció en Daphne's. Estábamos comiendo allí.

La expresión perpleja de su amiga se convirtió en una sonrisa de complicidad.

—Oh, ya sé. Es guapísimo, desde luego. Lástima que sea gay.

—¿Es gay? —Jenna estaba horrorizada.

—Sí, va rompiendo corazones por dondequiera que pasa, pero sólo un hombre puede conquistarle.

—Dios mío, nunca lo hubiera dicho. —Jenna había palidecido.

Candace le dio un golpecito animoso en el hombro.

—Mucha suerte con tu libro. A todas nos gusta leer a Edith Warton.

Se abrieron los portalones del colegio y los niños fueron saliendo uno a uno para reunirse con sus madres y tatas. Jenna se abrió paso para colocarse al principio de la cola.

—No creo que veamos nunca ese libro —comentó Candace—. ¡Qué pena!

—Se me olvidó contarte que me la había encontrado.

—¿Y qué otra cosa se te olvidó contarme, Angélica? —La mirada de Candace era severa—. ¿Estás saliendo con él?

—¡No!

—¿Fue solamente una comida?

—Sí, ya te lo dije, sólo una comida. Pero estoy triste. La vida será un poco menos alegre sin sus mensajes para seguir adelante. Y la verdad es que me gusta.

—Es lo mejor, Angélica. Vives muy bien. —Candace no estaba satisfecha con la explicación—. Lo superarás.

—Claro, pero no sabes cuánto me gustaría volver a verle.

Esto último, por lo menos, era cierto.

# 12

No puedes controlar lo que ocurre en tu vida, pero puedes controlar tus reacciones.
*En busca de la felicidad perfecta*

Angélica llevó a sus hijos a casa de Letizia. Mientras los niños jugaban en el piso de arriba, ellas tomaban el té en el espacioso salón verde. Letizia tenía un aspecto de lo más elegante: llevaba unos pantalones grises de franela y un *top* de un gris pálido, y gracias a los Tod que calzaba parecía más alta.

—Me encanta la idea de un chico-canguro —comentó, mientras jugueteaba con la panoplia de collares de oro Van Cleef que le llegaban al ombligo—. ¡Quiero decir que María es terrible! Tiene que marcharse. No puedo soportar su rostro malhumorado cada mañana a la hora de desayunar, y sé que piensa que soy una tirana.

—Y es que eres una tirana, Letizia —dijo Angélica sonriente—, pero ella no es quién para juzgarte. Le pagas por hacer un trabajo, y por lo menos debería hacerlo con una sonrisa.

—La he malcriado, querida, ése es el problema. Al principio le daba todas las bolsas de chucherías que me regalaban en las fiestas, y por su cumpleaños le compré un regalo realmente generoso en Links. Ahora es como si me perdonara la vida.

—Todas tienen una fecha de caducidad.

—Pues para ella ya ha pasado, y está empezando a oler. —Agitó una mano bajo la nariz—. *Schifosa!* Me siento extraña en mi propia casa.

—Espera a ver qué tal es el chico-canguro de Scarlet. Si te gusta y si Scarlet no lo necesita para Navidad, llévatelo contigo.

—Es que es una idea estupenda, sobre todo para Alessandro. Es demasiado mayor para tener una tata, pero un chico que le enseñe a jugar a fútbol me parece ideal.

El móvil avisó con un pitido de la llegada de un mensaje, y Angélica supo instintivamente que era de Jack. Mientras Letizia seguía hablando, sacó el móvil del bolso y leyó el mensaje: «Me muero por verte, Salvia. ¿Cuándo puedo llamarte? PFP». Se mordisqueó el labio inferior, preguntándose a qué corresponderían las siglas. Letizia no percibió el rubor en sus mejillas y continuó hablando.

—¿Y qué piensas de la boda de Kate? Estoy emocionada. Es fantástico que ella y Pete hayan hecho las paces. De todas maneras yo no me fío de él, no me inspira confianza. Quiero decir, no lo entiendo. Está casado con una de las chicas más guapas de Londres y tiene que buscarse aventuras por ahí. Es repugnante y una falta de respeto para con Kate.

Angélica hubiera querido repetir el comentario de Olivier: que a pesar de su belleza, Kate era una neurótica y estaba un poco chiflada, y que probablemente era muy difícil vivir con ella. Sin embargo, se mordió la lengua, porque Letizia era de una lealtad feroz con sus amigas. Candace era la única con la que Angélica podía hablar claro.

—Esperemos que Pete ya no haga más tonterías —dijo.

—¿Acaso los tigres pierden sus rayas en la piel?

—Algunos sí.

—No creo que Pete sea uno de ellos. De todas formas será una boda estupenda. Nos alojaremos en el Saint Gerain…

—Y andaremos por ahí gráciles como mariposas, vestidas de blanco.

—Sí —rió Letizia—. ¡Con conchas en el pelo! *Madonna!*


Ya en casa, mientras los niños jugaban dentro de la bañera, Angélica se sentó en la tapa del inodoro y releyó el mensaje. No reaccionó ni siquiera cuando uno de los dinosaurios de Joe aterrizó con un golpetazo en la alfombrilla de la bañera. Escribió su respuesta: «No sufras. No me gusta pensar que estás triste. Llámame a las 8. Salvia». Otro dinosaurio cubierto de espuma aterrizó sobre la alfombrilla.

—¿Quieres ver la tele antes de acostarte? —preguntó enfadada.

—Sí, pero…

—Nada de peros, Joe. Deja de tirar cosas o te irás directamente a la cama.

Decidida a meterlos en la cama antes de las ocho, se arrodilló junto a la bañera para lavarles el pelo.

Joe se fue a ver *Scooby-Doo*, pero Isabel se sentó frente a su tocador de color rosa mientras Angélica le secaba el largo pelo castaño. Para distraerse, abría los cajones y jugaba con el equipo de maquillaje que había ido recolectando de su madre: restos de lápices de labios y sombras de ojos. Angélica contemplaba arrobada el reflejo de su hija en el espejo, y decidió que no haría nunca nada que pusiera en peligro la seguridad de su pequeño mundo.

Consiguió meterlos en la cama después de leerles un par de capítulos de *Desperaux*, que casi le gustaba más a ella que a los niños. El ritual continuaba con un beso en la frente y un abrazo Joe Total de su hijo antes de apagar las luces. Con un suspiro de alivio, regresó a su habitación y se tumbó en la cama con el móvil en la mano, esperando.

La llamada de Jack llegó a las ocho y cinco minutos. Cuando vio su nombre en la pantalla del móvil, el corazón le saltó de alegría.

—Hola —dijo con voz suave.

—Te echo de menos —respondió él con un suspiro.

—Yo también te echo de menos.

—Esto me hace sentir mejor.

—¿Qué quiere decir PFP?

Se oyó una carcajada.

—Significa Perro Fuera del Porche.

—Pues pronto estarás en él otra vez —dijo con ironía.

—No quiero pensar en volver a casa sin ti.

—Soy demasiado grande para que me lleves en la maleta.

—Si vinieras, compraría una lo bastante grande.

—No puede ser, Jack.

—Me encantaría enseñarte Rosenbosch. Está precioso en esta época del año. Es primavera, y todo es nuevo, fresco. Te llevaría a cabalgar por la llanura hasta las colinas cubiertas de bruma, y nos sentaríamos en lo alto. Cuando la bruma se hubiera disipado, te mostraría el valle. Es tan bonito que te quedarías sin aliento.

—Ya estoy sin aliento.

—¿Sabes montar a caballo?

—Me crié en el campo, y tenía obsesión por los ponis.

—Estupendo, tengo el caballo perfecto para ti. Un caballo castaño, tan manso y tranquilo que podrías cabalgar a galope tendido sin miedo a caerte o a que se desbocara.

—Me encantaría. Hace años que no corro contra el viento.

—Deja que te invite. Invéntate una excusa y yo me ocupo del vuelo.

—¿Cómo se lo explicarías a tu mujer?

—Diré que eres una amiga.

—Sería tonta si se tragara eso, y no creo que sea tonta.

—No es tonta, pero es tolerante.

—¿En serio no le importaría si me presentara allí y me quedara en tu casa?

Hubo un momento de silencio.

—En serio no creo que le importara. Escucha, yo me portaría bien. Respeto mucho a mi mujer. Sólo quiero tenerte cerca.

—Tendría que haber una muy buena razón para que Olivier me dejara ir. Hay asuntos prácticos que no tienes en cuenta. ¿Quién recogería a los niños del colegio? Para mí no es tan sencillo marcharme como para ti. Mis hijos tienen que hacer los deberes cada día, y salvo que a Olivier le despidieran, lo que espero que no ocurra, tendría que contratar a alguien para sustituirme. Y a mi marido no le gusta nada tener a extraños en casa.

—Entonces es imposible. —Lo dijo con voz tan triste que Angélica sintió lástima por él.

—Lo siento.

—Yo también. —Hubo una pausa durante la que Angélica le oía respirar. Luego volvió a hablar, más animado—. ¿Qué haces mañana por la noche?

—Kate organiza una fiesta para su amigo Art.

—¿Y tienes que ir?

—Desde luego.

—¿No puedes cancelarlo?

—Imposible.

—Diles que estás enferma y nos vamos a cenar.

—No puedo.

—¿Qué parte es la que no puedes hacer?

—Ninguna de las dos, Jack. No puedo mentir a mis amigas y no puedo cenar contigo. Sería una locura.

Hubo un silencio mientras Jack pensaba un plan.

—Nos podemos ver después de la fiesta.

—No sé…

—Escucha, me voy el viernes.

—Es demasiado arriesgado.

—¿Y el viernes por la mañana? Podemos ir otra vez a pasear al parque.

—Ya nos salió bien una vez. No puedo arriesgarme a repetirlo.

—Tengo que verte, Salvia. ¿Qué hay de malo en que dos amigos se vean por última vez?

En aquel momento oyó que se cerraba la puerta de entrada y se incorporó sobresaltada en la cama.

—Oh, Dios. Creo que ha llegado Olivier.

—Envíame un mensaje. Nos vemos mañana por la noche. Puedes salir pronto de la fiesta y nos encontramos en alguna parte, en un bar…

—Es arriesgado.

—Ya lo sé.

—Si me descubren…

—Londres es una ciudad muy grande.

—Si tú supieras… —Oyó que su marido subía por las escaleras—. Tengo que dejarte —susurró rápidamente. Jack colgó el teléfono sin decir adiós, y Angélica dijo en voz alta, para que su marido la oyera—: Tengo que dejarte mamá, ha llegado Olivier.

Su marido entró con rostro malhumorado. Arrojó la chaqueta sobre una silla y se aflojó el nudo de la corbata. Angélica se levantó de la cama.

—¿Qué hay para cenar?

—He pensado que podríamos pedir algo. ¿Qué te apetece?

—Comida china. Llama enseguida a Mr. Wing, tengo un hambre de lobo.

—¿Te apetece una copa de vino? Iba a servirme una.

—Sí. ¿Serás tan amable de traérmela aquí? He tenido un día terrible. Esto es muy duro. —Suspiró profundamente—. Espero que estés escribiendo tu libro, Angélica. Si me despiden, necesitaremos tus ingresos.

—¿Crees que te pueden despedir?

—No hay nada seguro.

—Dios mío, Olivier. Es terrible.

—Ya lo sé. Las cosas están muy mal.

—Pero a ti no te pasará nada, ¿no?

—¿No has oído lo que acabo de decirte? —le soltó impaciente.

—Sí, pero intento ser optimista.

—Pues no es el momento de ser optimistas. Si me despiden, tendremos problemas. Tus ingresos serán clave.

—Mi nuevo libro se publicará en primavera.

—Bien, esperemos que sea un éxito.

Cuando bajó las escaleras para encargar la cena y servir el vino, Angélica hervía de rabia. No podía imaginarse a Jack volviendo a casa de tan mal humor y pidiéndole que encargara la comida y sirviera el vino. Él admiraba sus libros, hasta había leído uno. Era más de lo que Olivier había hecho, pero en cambio tenía la desfachatez de decirle que ese trabajo, que él consideraba una tarea doméstica sin importancia, podía ser importante. Bueno, claro que era importante. Sus fans de todo el mundo lo sabían. Jack lo sabía. Y si Olivier se molestara en comprobar lo que percibía de derechos de autor, se daría cuenta de su importancia. Claro que en comparación con la abultada nómina de Olivier, los ingresos de Angélica no eran casi nada, gotas de lluvia sobre el mar.

Todavía furiosa, encargó la cena. Comieron en silencio en la mesa de la cocina.

—Gracias a Dios que hoy no salimos. Estoy destrozado —dijo Olivier.

Ni siquiera se había dado cuenta de que su mujer no había puesto la mesa ni encendido una vela.

Angélica ya no se sentía culpable por su relación con Jack. De hecho, le parecía que se merecía tener un flirteo. Si su marido no la valoraba, Jack sí. Y si la presionaban demasiado, encontraría el modo de irse a Sudáfrica. Frente al mal humor y el desánimo de Olivier, la perspectiva de un paseo a caballo por la llanura adquiría un atractivo irresistible.

—¿Vas a decir algo o te vas a quedar todo el rato en silencio y con mala cara?

—No hace falta que la pagues conmigo porque hayas tenido un mal día.

—¿No lees los periódicos? No se trata de un mal día. Las cosas se han puesto muy feas. Nos estamos metiendo de cabeza en una recesión, probablemente la peor que hemos tenido en los últimos cien años. Necesito tu apoyo, no tu condena.

—No te estoy condenando, Olivier, pero acabas de decir que mis libros son una especie de último recurso para los malos tiempos. Eso no me ha gustado.

—Pero sí agradezco que contemos con tus libros. Tal vez los necesitaremos. —Extendió salsa de ciruela sobre la tortita y la rellenó de trocitos de pato y de cebolla.

—Lo decías como si no tuvieran valor alguno. Por el tono en que lo has dicho, lo mismo podía dedicarme a tricotar patucos para los niños del barrio.

Olivier suspiró con resignación y puso la mano sobre la de su esposa.

—Yo nunca diría que lo que haces no vale nada. Vale muchísimo, no sólo para ti, espiritualmente, sino para nosotros económicamente. Lo único que digo es que tus libros pueden convertirse en nuestra única fuente de ingresos.

Angélica apartó la mano.

—No has leído ninguno.

—No, es cierto. —Dio un bocado a su tortita de pato laqueado. Su hostilidad pareció disiparse, y en su rostro apareció una sonrisa—. Los leeré.

—No te molestes. Estás demasiado ocupado.

Ya no le importaba si leía o no sus libros. De hecho, prefería que siguiera sin leerlos. Así podría seguir enfadada y tendría una justificación para buscar consuelo en Jack.

—Lamento que sea tan difícil vivir conmigo en estos momentos. Pregunta a cualquiera de tus amigas que tenga un marido banquero. Estamos en un momento muy complicado. Ni siquiera puedo decirte que te vayas de compras y te gastes un par de billetes de los grandes en Gucci. —Hizo un gesto de impotencia.

—De todas formas estoy demasiado ocupada con mi libro.

—Eso está muy bien. —Se preparó otra tortita—. Tendríamos que pedir esta comida más a menudo. Había olvidado cuánto me gustaba Mr. Wing.

Le envió un mensaje a Jack antes de meterse en la cama: «Nos veremos mañana por la noche a las once. Bsos. Salvia». Apenas lo había enviado cuando recibió la respuesta: «Te espero en un taxi al final de la calle. ¿Qué dirección?» PAP

Aunque su marido dormía junto a ella, aquella noche la distancia entre ellos era tan grande como Siberia. Acostada de lado, dándole la espalda, Angélica soñó que cabalgaba con Jack por la llanura sudafricana a lomos de una preciosa yegua castaña. Con Jack todo era romanticismo; sabía hablar de la vida, de sus sentimientos; le gustaba la naturaleza…, y sobre todo le gustaba ella. Con él, se sentía femenina y atractiva, misteriosa y adorada. Con Jack era una mujer diferente, una mujer que Olivier había olvidado. Y le gustaba mucho ser esa mujer.

La mañana siguiente fue distinta a todas las demás. Olivier se había marchado al trabajo y los niños se estaban arreglando para ir al cole. Sunny preparó el desayuno y Angélica se vistió en su habitación…, pero el ambiente había cambiado, el aire estaba cargado de posibilidades. Acompañó a sus hijos al cole y les dio un beso ante la puerta como cada día; tomó café con Candace, Letizia y Scarlet, y escuchó las explicaciones de Kate sobre los preparativos de la fiesta de Art: había llenado la casa con tantos globos plateados que no se veía el techo; había encargado un pastel en Jane Asher que «estaba para morirse»; el *catering* era de Mustard; había alquilado un karaoke para que todos los aspirantes a cantante pudieran hacer gala de su talento... Angélica iba de una cosa a otra con la sensación de que —fuera como fuera— su mundo cambiaría a las once de la noche. Se sentía como un pájaro que anticipa el terremoto.

Comió con Scarlet en Le Caprice, y luego recogió a los niños. Pasaron por el parque y dieron de comer a los patos en el estanque. Mientras ellos jugaban con los patos, Angélica se sentó en un banco y reflexionó sobre su vida y la bifurcación de caminos que tenía ante ella. No quería dejar a Olivier; le quería, a pesar de sus accesos de mal humor. Pero Jack había puesto una nota de emoción en su vida, la había conducido a unas alturas de las que se resistía a bajar.

Los niños estaban cansados y hambrientos, así que volvieron a casa, pasando por delante de Kensington Palace. Joe iba agachándose para acariciar a todos los perros que veía, Isabel se colgaba como un lorito de todas las barandillas. Sunny les dio la cena, y Angélica les ayudó con sus deberes en la mesa del comedor. El día transcurría de la forma acostumbrada, excepto en su mente, donde todo había cambiado.

Para la cena se puso un vestido *vintage* de color azul oscuro que Olivier le compró en París en su primer año de casados. Era un vestido que siempre le había gustado, pero sólo se lo podía poner ahora que estaba más delgada. La sombra de su marido se proyectó sobre el suelo del cuarto. Estaba de pie en la puerta, mirándola. Subió la intensidad de las luces y entró mientras se quitaba la chaqueta.

—Así que vas a salir.

—Sí, voy a la fiesta que Kate le ha preparado a Art.

—Oh, se me había olvidado. —La recorrió con la mirada—. Estás *très jolie*. Es una lástima que vayas a salir. Me gustaría quitarte el vestido —dijo con cara de pena.

—Me temo que no tenemos tiempo —replicó Angélica, esquivándole.

—Y también hueles bien.

—A naranjas.

—Me gusta. —La contempló embelesado, algo perdido.

—Gracias.

—No llegues tarde.

—¿Por qué? ¿Me vas a echar de menos? —La pregunta sonó más cortante de lo que pretendía.

—Claro, me gusta estar contigo. —La miró con ojos entrecerrados—. ¿No estarás enfadada conmigo por la otra noche?

—Claro que no.

—Hace siglos que no te veo.

—Me viste ayer noche.

—Eso no cuenta. Deberíamos pasar más tiempo juntos.

—Claro. —Cogió su bolsito de noche y se atusó el pelo.

—Me entristece que estés tan atractiva y no sea por mí.

—No es culpa mía que no quieras venir. Aunque aún estás a tiempo.

Lo vio titubear, y por un momento temió que cambiara de idea y la acompañara a la fiesta.

—No, estoy cansado. Pero no tardes.

—Durará toda la noche, Olivier. Ya sabes cómo son las noches de karaoke de Kate.

—¡Karaoke! No pienso ir para oír cómo unos cuantos gritones desafinan cantando una canción de YMCA. —Rió sin ganas—. Salgamos mañana a cenar los dos solos.

—No, mañana estaré cansada.

—Pensé que te gustaría que saliéramos los dos a cenar.

—Me gustaría, pero mañana no.

Olivier se tumbó en la cama y cruzó los pies.

—¿Qué hay para cenar?


Angélica llegó a casa de Kate cuando Scarlet y William llamaban al timbre.

—¿Y Olivier? —preguntó él.

—No ha querido venir. Detesta el karaoke.

—Yo también. En cuanto empiece, creo que será el momento de marcharme —añadió.

—Y será cuando la fiesta comience a ser divertida —comentó Scarlet con una risita. William le dio un suave codazo.

Los invitados esperaban a que llegaran Art y Tod. El efecto de los globos plateados era magnífico, y todo estaba lleno de velas que se reflejaban en los inmensos espejos de encima de la chimenea. Los camareros iban de un lado a otro con bandejas de cócteles y champán. Angélica cogió una copa. Candace y Letizia ya estaban allí, y todos los maridos, excepto Olivier, pero a ella no le importó en lo más mínimo. Sólo podía pensar en que dieran las once.

Por fin llegó la pareja. Tod abrió la puerta, y en la cara de Art se pintaron la sorpresa y el placer. Recorrió con la mirada a todos los presentes hasta posarse sobre Kate.

—¡Qué mala eres! —exclamó. La tomó entre sus brazos y, como era tan menuda, la levantó del suelo, susurrándole al oído—: Te quiero, te quiero, te quiero.

Kate levantó la copa.

—¡Feliz cumpleaños! —Y todos los presentes levantaron la copa a su vez.

—¡Que empiece la fiesta! —gritó Tod y, como por arte de magia, las luces aumentaron de intensidad y la música resonó en toda la casa.

# 13

Vive el presente porque es todo lo que hay.
*En busca de la felicidad perfecta*

—Angélica, querida, tienes un aspecto arrebatador —le dijo Art, agachándose para hablar con ella.

Medía más de metro noventa y era un hombre guapo, de rasgos finos y porte aristocrático. El lustroso pelo castaño le caía un poco sobre la cara, y en sus ojos grises brillaba una mirada inteligente. Se inclinó para besarla y ella aspiró el aroma picante de su colonia.

—Feliz cumpleaños, Art.

—¿Qué colonia es? Huele de maravilla —inquirió Candace—. ¡Aunque es un poco fuerte!

—Secreto de Estado —respondió Art—. No quiero que vayáis todas oliendo como yo.

—No parece que tengas cincuenta años —terció Angélica.

—No menciones esa cifra, por favor. Duele mucho. Eres tan mayor como te sientes.

—O tan mayor como la mujer que está tu lado —dijo Angélica con una risita—. Mi padre siempre decía eso.

—En mi caso no es así. Tod está más cerca de los sesenta, pero no digáis que os lo he dicho.

—Esta vez Kate ha tirado la casa por la ventana —comentó Candace, echando una mirada a su alrededor.

—Es que me quiere —dijo él.

—Todas te queremos, Art —insistió Candace.

En realidad, era imposible no adorarlo.

—Vosotras dos seríais capaces de convertir a un gay en hetero. Será mejor que me vaya o me meteré en líos. Todo tiene su precio. —Dicho esto, se alejó.

—¿No es un cielo? —preguntó Candace.

—¡Un hombre encantador!

—¿No te parece que…? —puso cara de esfuerzo, como intentando conjurar una imagen mental difícil de imaginar.

—¿Qué?

—Puede que sea nuestro hombre misterioso.

—¿Te refieres a Art y a Kate?

—Exacto.

—En absoluto. Art está loco por Tod y es gay. De todas formas, Kate se ha convencido a sí misma de que el padre es Pete.

—A lo mejor tiene razón. Lo sabremos si cuando nazca no se parece en nada a él.

—Apuesto a que tampoco se parece a Art.

—Venga, circulemos un poco. Seguro que el padre está entre los presentes.

Dieron una vuelta por la sala, y mientras Candace escrutaba a cada varón con ojos de águila, Angélica miraba el reloj. Los minutos pasaban lentamente, y en ocasiones miraba el reloj y parecía que el tiempo se había detenido. Estaba tan nerviosa que se sentía mareada y no podía concentrarse en lo que le decían. Se le olvidaban los nombres, y metía la pata más de lo acostumbrado, pero se limitaba a levantar la copa alegremente y a culpar al champán de su torpeza, y como era tan simpática, en general los convencía.

La cena era un bufé, pero Angélica se sentía demasiado nerviosa para comer. Se sirvió un poco de ensalada y se sentó en el sofá con Candace y Letizia. Mientras tanto, Kate mariposeaba por el salón con un vestido corto que apenas le tapaba el trasero. Todavía no tenía tripa, y sus amigas se preguntaron si estaría embarazada de verdad.

—No me extrañaría que se lo hubiera inventado todo —dijo Candace—. Así podría representarnos la tragedia de perder al bebé.

—Lo único que pasa es que está muy delgada —comentó Angélica—. A mí se me notaba la tripa incluso antes de estar preñada.

—Ya debería notársele la tripa, especialmente porque es su tercer hijo. Pero tiene el vientre plano —observó Candace, que al ver que Kate le daba una rápida calada al cigarrillo de Art preguntó—: ¿Fumaría si estuviera embarazada de verdad?

—No creo que se lo haya inventado —dijo Letizia—. Todas vimos que estaba histérica la otra noche, ¿recordáis? Y vimos el resultado positivo del test.

—Es cierto, eso no lo puedes fingir —sentenció Angélica.

—Tampoco ha dejado de beber. Diría más, creo que está un poco achispada —comentó Candace.

—Si el niño es como su madre, tendrá una salud de peón irlandés —dijo Angélica riendo.

—Es un misterio para mí. ¿Dónde está Pete, por cierto?

—Con Olivier, probablemente. Ambos detestan este tipo de fiestas.

—Pete está en Rusia —aclaró Letizia—. Pero tenéis razón: detesta el karaoke y no le tiene simpatía a Art, aunque no entiendo por qué. A todo el mundo le cae bien Art.

—Es que Art se lleva muy bien con las mujeres —dijo Candace—. Los hombres heterosexuales no están cómodos con él. Les pone nerviosos porque es muy guapo. Es una verdadera lástima para las mujeres que los hombres más guapos sean gais.

*No todos*, se dijo Angélica, echando una ojeada a su reloj de pulsera.

Al poco rato empezó el karaoke. William y otros maridos que no soportaban oír cómo la gente desafinaba, se marcharon, y Kate fue la primera en salir a escena con «It's a Heartache», de Bonnie Tyler. Le siguieron Scarlet y Tod con una versión a dos voces de «I Got You Babe». Pero Angélica se negó en redondo a salir a escena, a pesar de que estaba animada por el champán y por la expectativa de esfumarse en mitad de la noche para ver a Jack. Prefirió sentarse en el sofá y reírse con el espectáculo de sus amigos haciendo el tonto.

Cuando volvió a mirar el reloj, eran las once en punto. Palideció, el estómago se le cayó a los pies y el tiempo pareció detenerse. Había estado esperando este momento y ahora se echaba para atrás, como un poni que se detiene ante una valla demasiado alta. Llevada por un agudo sentimiento de fatalidad que la había perseguido todo el día, apuró el champán y desapareció sin decir nada a nadie. Recogió el abrigo de manos de una camarera y se arrebujó para salir al frío de la noche. El cielo estaba tachonado de estrellas y el aire era limpio y cortante. Un taxi la esperaba al final de la calle, con los faros encendidos.

Se dirigió rápidamente hacia él, oyendo el taconeo de sus pasos sobre el pavimento. A través de la ventanilla trasera del coche vio la silueta de Jack recortada a la luz de la farola, y su corazón se hinchó como uno de los globos de la fiesta. En cuanto llegó al taxi, la portezuela se abrió para recibirla. Angélica miró hacia atrás para asegurarse de que no la veían. Esta vez Jack no pidió permiso: la estrechó entre sus brazos y la besó con avidez en los labios. A Angélica no le sorprendió ni le importó que hubiera roto su promesa: besarle le parecía lo más natural del mundo.

El viejo taxista miró a través del retrovisor y esbozó una sonrisa. Si escribiera todo lo que ocurría en el asiento trasero de su taxi, podría publicar un *best seller*. Lo malo era que apenas conseguía escribir una lista de la compra, y mucho menos un libro entero. Moviendo la cabeza con pesar, arrancó.

Angélica notó la boca cálida y suave de Jack y el roce áspero de su barbilla. La abrazaba con la fuerza de un hombre que se resistía a dejarla ir. Sintió el calor de sus manos recorriendo su cuerpo por debajo del abrigo, y deseó ardientemente que tocara su piel, que la acariciara hasta los lugares más recónditos y oscuros. Se olvidó de sí misma. Cuando Jack la besó en el cuello y en la garganta, un temblor exquisito recorrió su cuerpo. Apretada contra él, dejó oír un hondo gemido.

El taxi continuó su recorrido deteniéndose en los semáforos mientras Jack y Angélica, estrechamente abrazados, saboreaban el momento, conscientes de que al día siguiente un avión se lo llevaría a él al otro lado del mundo. Cuando llegaron a Cadogan Gardens número 11, Jack abrió la portezuela y se bajó del taxi. La vista del hotel y el aire fresco de la noche devolvieron a Angélica a la realidad. Aterrada, se echó para atrás en el asiento.

—No puedo… —balbuceó.

Jack se inclinó y le tendió la mano, pero ella negó con la cabeza y miró hacia otro lado llena de vergüenza.

—Sabes que no puedo.

Él le dijo algo al taxista que Angélica no oyó, porque le pitaban los oídos. Por un momento pensó horrorizada que le había dicho que la llevara a casa y que se marcharía enfadado, pero no fue así. Jack subió al coche y, tomándola de nuevo en sus brazos, depositó un beso en su sien y le acarició la mejilla con la nariz.

—No pasa nada —dijo con voz cariñosa—. No debería haberlo hecho, pero no pude resistirme. Perdóname. —Angélica se apoyó contra él, aliviada de que no se hubiera enfadado—. Cuando no estoy contigo, tengo buenas intenciones, pero en cuanto te veo sólo pienso en llevarte a la cama y hacerte el amor.

Ella alzó la cara.

—No puedo volver a la cama oliendo a ti. ¿Qué diría Olivier si volviera de madrugada? Normalmente estoy en la cama a las once de la noche.

—No tienes que explicarme nada. Te llevo a casa, pero no antes de besarte otra vez. Taxista, siga conduciendo, a cualquier sitio que usted quiera.

Mientras el taxi recorría Bayswater y Notting Hill, Jack y Angélica siguieron entrelazados en el asiento trasero, besándose y acariciándose como dos jóvenes enamorados. Era pasada la medianoche cuando recorrieron con un traqueteo Kensington Church Street y entraron en Brunswick Gardens.

—Es el momento del adiós, Salvia.

Angélica apoyó la mejilla contra la mano de Jack. Todo había sido tan rápido: unos pocos encuentros, unos cuantos mensajes y ahora un corto paseo en taxi. Sin embargo, desde el primer momento era como si se conocieran de toda la vida. Él recorrió sus rasgos con tristeza, como si fuera la última vez que la veía y quisiera grabar su imagen en la memoria. Era una mirada tan llena de sentimiento que Angélica se sintió conmovida y depositó un beso en la palma de su mano.

—Ya te estoy echando de menos —murmuró Jack—. Deja que me aprenda de memoria tus facciones.

Angélica tuvo que contener las lágrimas.

—Vuelve pronto —le susurró.

—Tienes que venir a Sudáfrica. Te llevaré a Lowry's Pass, y beberemos vino mientras contemplamos la puesta de sol. No hay un lugar más romántico. Te abrazaré hasta que el último rayo de luz desaparezca tras las colinas.

—Oh, Jack, ojalá… —Notaba un nudo en la garganta.

—Prométeme que vendrás.

—No puedo.

—Pues finge que sí. Quiero oírtelo decir.

Angélica vio la súplica en su mirada.

—De acuerdo. Iré. Te lo prometo.

Las facciones de Jack se relajaron.

—Entonces te espero allí.

Tomó el rostro de Angélica en sus manos y la besó por última vez. Ella salió del taxi y, aprovechando la luz de una farola, se alisó un poco el abrigo y recobró la compostura. Jack hubiera querido acompañarla hasta la puerta, pero era demasiado arriesgado, de manera que se quedó mirándola mientras ella atravesaba rápidamente la calle y se alejaba con la cabeza agachada y los brazos cruzados sobre el pecho para protegerse del frío. Su figura se fue haciendo cada vez más pequeña, como si la oscuridad se la fuera tragando. Al llegar a su casa, Angélica se volvió, le miró y le hizo una tímida señal de adiós. Jack no tuvo más remedio que decirle al taxista que le llevara al hotel.

Angélica se quedó mirando hasta que el taxi se perdió de vista. Se tomó unos minutos antes de entrar para peinarse con los dedos y secarse las lágrimas. Por fin, con un hondo suspiro, abrió la puerta y entró en casa. Debería haberse sentido culpable, pero sólo estaba triste. La luz de la realidad redujo su sueño a cenizas y le recordó, una vez más, cuál era su lugar.

Se quitó el abrigo, dio un par de patadas al aire para desprenderse de los zapatos de tacón y subió descalza a la habitación. Olivier estaba en la cama mirando la tele. Era medianoche, la había esperado despierto. En cuanto vio a Angélica, supo que le pasaba algo y se incorporó de un salto.

—¿Estás bien?

—No me pasa nada, sólo estoy agotada.

—Parece como si hubieras llorado.

Forzó una carcajada.

—Supongo que he llorado de risa con esos terribles cantantes de karaoke.

Se metió en el cuarto de baño y cerró la puerta. Al desnudarse se miró con satisfacción en el espejo, como si no fuera ella, sino otra mujer capaz de intrigas y engaños. No le importaba si Olivier encontraba extraño que se duchara a esas horas de la noche: necesitaba lavar su culpa. Le dolía que Jack se marchara al día siguiente, pero era lo mejor. Había estado jugando con fuego, y por poco quemaba a toda su familia. Se puso un gorro de baño y cerró los ojos bajo la ducha, vaciando su mente. Tanta emoción era un peso demasiado grande. Escuchó el ruido del agua cayendo sobre su cuerpo como una lluvia cálida y reparadora que limpiaba su piel.

Olivier durmió apretado contra ella, con un brazo protector sobre su vientre. Al notar la respiración de su marido en la espalda, Angélica recordó aquellos lejanos días en que atesoraba cada minuto con Olivier, cada muestra de su amor. Ahora sólo deseaba que fuera Jack. Dejando volar su imaginación, le vio cabalgando junto a ella a través de la llanura, con esa sonrisa socarrona que le robaba el corazón.

Finalmente se durmió… y entró en un mundo donde sólo estaban ellos dos.

Cuando se despertó por la mañana, Olivier ya se había marchado. No había encendido la luz como era habitual, esta vez había entrado sigilosamente en el baño y se había vestido sin hacer ruido. Se dio cuenta de la hora que era cuando los niños se subieron a su cama y encendieron la tele. Abrió un ojo y echó un vistazo al despertador: las ocho menos cuarto. Se sentó de un brinco en la cama, apagó la tele y mandó a los niños abajo, con Sunny. Luego se arrastró hasta el armario, sacó unos vaqueros y un suéter y se tomó un café mientras sus hijos engullían el desayuno todo lo deprisa que podían.

Cuando llegaron al colegio, la puerta principal ya estaba cerrada. Angélica tuvo que llamar al timbre del colegio y disculparse por el retraso. Su palidez y sus ojos enrojecidos demostraban a las claras que se había quedado dormida. Se despidió con un beso de los niños, y mientras los veía correr por el pasillo se preguntó si se habría acordado de ponerle a Joe su equipo de juegos y a Isabel su bolsa de ballet. Caminaba de vuelta a casa cuando sonó el móvil. Al ver que no era Jack, sino Candace, se sintió desilusionada.

—Buenos días —canturreó alegre su amiga.

—Hola, Candace.

—No pareces muy contenta.

—Tengo resaca —mintió Angélica—. Esta mañana apenas podía levantarme.

—No te vi marchar. ¿A qué hora te fuiste?

—Sobre las once y media. No quería interrumpir la fiesta.

—En realidad, hubo bastante desenfreno al final. Art nos enseñó su trasero.

—¿Se volvió loco?

—No te miento. Fue divertidísimo. Se bajó los pantalones y nos mostró el trasero.

—¿Por qué?

—Interpretó la gran final totalmente borracho. Sólo quedábamos unos pocos. Pero ¿sabes qué?

—¿Qué?

—Tiene en el trasero una marca de nacimiento que parece una fresa.

—¿En serio?

—Muy grande, se ve a simple vista. Dice que su padre también tiene una exactamente en el mismo sitio. ¿No te parece raro?

—Muy raro. —Intentó disimular, pero tenía el ánimo por los suelos.

—Me parece que deberías volver a la cama.

—A lo mejor me acuesto, sí.

—Hoy no intentes escribir. ¿Sabes lo que necesitas?

—No, ¿qué?

—Una comida con las chicas. Kate ya ha telefoneado, sufre el choque con la realidad. Alessandro ha estado vomitando esta noche, de manera que Letizia no ha pegado ojo. Scarlet ha anunciado que se quedará todo el día en cama, pero las demás podríamos ir a Bellini y chismorrear un poco.

—Y acostarnos pronto.

—Eso digo yo.

Soplaba un viento frío y se acercaban unos nubarrones que anunciaban lluvia. Angélica iba camino de su casa con la cabeza baja y las manos en los bolsillos. Se preguntó qué estaría haciendo Jack, si ya estaría en el aeropuerto. A lo mejor ya estaba volando. Los momentos robados de la pasada noche sólo habían empeorado las cosas, y en lugar de sentirse burbujeante de emoción se sentía apagada y sola. La vida sin Jack se extendía ante ella larga y melancólica como el invierno. Antes de conocerle estaba contenta con lo que tenía, pero ahora le faltaba algo. Había probado el fruto prohibido, y a su lado los demás alimentos le parecían insípidos.

Cuando llegó a casa, encontró a Sunny en el recibidor, tiesa como un alambre.

—¿Pasa algo? —preguntó asombrada. El aire olía a verano.

—Vino un hombre —explicó Sunny.

—¿Qué hombre?

—Un hombre con una camioneta. —Y añadió, señalando el comedor—: Trajo todo esto.

Angélica se quedó boquiabierta de asombro. La habitación estaba repleta de rosas rojas. Había tantos jarrones llenos que apenas se veía la mesa.

—¿Dejó una nota?

Sunny negó con la cabeza.

—Nada. Las dejó aquí y se marchó.

El móvil empezó a vibrar en su bolso.

—Está bien, Sunny. Creo que ya sé de quién son.

No olvidaré nunca la noche de ayer. Tu amantísimo perro. Me temo que el porche ya no esté en mi campo de visión.

Angélica se ruborizó.

—Oh, Sunny, ¿qué voy a hacer con todas estas flores?

—Las distribuiremos por la casa.

*¿Qué pensará Olivier?*, se preguntó Angélica.

—Me llevaré tres ramos al restaurante. El resto ponlos donde puedas. Mi padrino está lleno de sorpresas.

*¿Por qué iba mi padrino a regalarme flores, y en tal cantidad? ¡Piensa!*

Mientras Sunny distribuía las rosas, Angélica llamó a Jack.

Al oír su voz se sintió transportada a la noche anterior y volvió a sentirse cerca de él. De fondo se oían los sonidos metálicos del aeropuerto. Estaba a punto de embarcar.

—Eres terrible. ¿Cómo se te ocurre llenarme la casa de rosas? —le dijo con ternura.

—Me alegra que las hayas recibido.

—¡El comedor está a rebosar!

—Espero que no te cree problemas.

—Ni siquiera se dará cuenta. Tiene toda su atención puesta en el trabajo. ¿Cómo las has conseguido tan rápido?

—Soborné a un amigo para que fuera al mercado de las flores con la camioneta y la llenara de rosas.

—Eso es tener recursos.

—Me debía un favor.

—Debía de ser importante para que accediera a levantarse tan temprano.

—Lo era. —Hubo una pausa—. Quería demostrarte lo mucho que significas para mí.

—Lo sé. —El amor es como el juego de la oca: en un momento dado te caes al pozo y luego con otra tirada subes a lo más alto.

—No olvidaré nunca nuestra noche en el taxi.

—No era lo que tenía pensado.

—Yo tampoco. Iba a portarme bien.

—Me alegro de que no lo hicieras.

—Yo también. Me llevaré conmigo este recuerdo, y las noches en que me sienta solo podré revivirlo una y otra vez y me acordaré de la guapísima chica inglesa que he dejado en Londres.

—Ojalá no tuvieras que irte.

—Me gustaría que me acompañaras.

—Imposible.

—Ya lo sé. Sueños imposibles. Ahora tienes que ponerte a escribir tu libro.

—No sé de qué escribir.

—Claro que sí. Escribe sobre nosotros.

—Lo mío no es la novela para adultos.

—Es el momento ideal para empezar. Dijiste que querías comenzar algo diferente.

—No me gustan los finales tristes.

—Entonces invéntate un final feliz.

—No sé cómo.

—Piénsalo. Eres novelista.

—Las novelas no siempre acaban bien. Mira las grandes historias de amor: *Lo que el viento se llevó*, *Ana Karenina*, *Romeo y Julieta*... No acaban bien. —Hubo un silencio tan largo que por un momento pensó que se había cortado la comunicación—. ¿Estás ahí?

—Sigo aquí —dijo al fin, pero su voz era otra. Ahora parecía tan triste como lo había estado ella por la mañana—.

Inventa un final feliz para nosotros, Angélica. No sé cómo lo puedes hacer, pero hazlo por mí. Me temo que en realidad no hay final feliz para nosotros.

Al oír eso se le hizo un nudo en la garganta.

—Mientras sigamos siendo amigos, creo que podré soportarlo.

—Te escribiré mensajes. Ya me dirás cuándo puedo llamarte.

—Por las mañanas —respondió sin dudar—. Después de que haya dejado a los niños en el colegio. Estaré en mi despacho, intentando pensar un final feliz.


Cuando colgó el teléfono, se metió en su cuarto y cerró la puerta. Se dejó caer con un gemido sobre la cama y sollozó con la cara hundida en la almohada. Sabía que era ridículo llorar por un hombre al que apenas conocía, pero era como si su marcha hubiera dejado la ciudad sin aire. Ya no se podía respirar.

# 14

Sólo cuando está oscuro puedes apreciar la luz.
*En busca de la felicidad perfecta*

Se dirigió al West End con tres jarrones de rosas en el asiento trasero del coche. Aparcó en Abemarle Street y se encaminó hacia el restaurante Wolseley, situado en la antigua sala de exposición y venta de coches de Piccadilly. Era un local espléndido que evocaba la grandeza de la Italia renacentista, con sus techos altos, sus arcos labrados y su elegante escalinata.

El restaurante bullía de actividad. Lo más florido de Londres parecía encontrarse en aquel precioso local de paredes amarillas y suelos de baldosas blancas y negras. Al buscar a las chicas entre aquel mar de rostros, Angélica reconoció a algunos amigos. Jason, en el mostrador de entrada, colgó el teléfono y la llamó por su nombre, pero ella divisó a Candace, que le agitaba una mano enjoyada desde la mesa redonda del centro.

—¡Aquí estás!

—Tienes aspecto de sentirte igual que yo —dijo Kate, al ver sus ojeras y su expresión de cansancio.

—Pues será mejor que te sientas estupenda o me marcharé ahora mismo —bromeó Angélica.

—Admitámoslo, estamos hechas polvo —dijo Candace.

—¡Pero ni se os ocurra decirme que tengo mal aspecto! —Kate apuró su Bellini—. Es un remedio para la resaca. —Levantó su copa vacía en dirección al camarero—. Otro para mí y uno para mi amiga.

—¡Cuando lleguemos al postre el bebé estará bailando *break-dance*! —protestó Candace.

—Es casi todo zumo de melocotón —se defendió Kate—. Además, he leído en alguna parte que el champán es bueno para el niño.

—¿Dónde has leído eso? ¿En la revista *Hello*?

—No, en una más intelectual, como *Vogue*.

Letizia la secundó.

—Es sorprendente cuántas pequeñas joyas puedes encontrar en las revistas. La mayoría son mías, por supuesto, aunque me apresuro a añadir que ésta no.

—Oh, por favor, no digáis tonterías —dijo Candace poniendo los ojos en blanco—. Si el champán es bueno para el bebé, me como mi Birkin.

—¿Aquel de piel de lagarto que parece tan duro? —preguntó Kate.

—Me atreveré a decir que el de cocodrilo, que es totalmente indigesto, además de carísimo.

—Imagínate lo que saldría en una limpieza de colon —dijo Kate.

—Estoy segura de que han visto cosas peores —dijo Angélica.

—Por ejemplo, el salami que te comiste en tu fiesta de los veintiún años —sugirió Letizia.

—Oh, por favor. Estoy leyendo el menú —exclamó Candace, abanicándose con la mano.

—Querida, ayer noche fue fantástico —dijo Letizia—. No me imaginaba que podía gustarme el karaoke, pero lo hice bastante bien.

—Fuiste una auténtica sorpresa, Letizia. Cuando interpretaste «Stand by your man» con esa voz ronca y ese acento italiano casi me pongo a llorar —dijo Kate.

—¿Con lágrimas de tristeza? —preguntó Candace.

—No, porque pensé ésa soy yo. Podía haberle dado la patada a Pete, pero elegí reconquistarle. Me quedé con él. Yo soy esa canción.

—Y después de semejante batalla sentimental mereces una medalla —dijo Candace, con una sonrisa irónica.

—Creo que todas merecemos medallas —comentó Angélica—. Yo quiero mucho a mi marido, pero a veces se pone muy difícil.

—No hay nadie tan exigente como Olivier —corroboró Candace.

—¡Pero es que es tan guapo! —exclamó Kate con entusiasmo—. No me importaría despertarme a su lado cada mañana.

—Pues adelante —rió Angélica.

Candace enarcó una ceja con expresión pensativa.

—Lo importante de un hombre no es su aspecto —dijo Letizia—. A nuestra edad tenemos la cara que nos merecemos.

—Por eso yo conservo mi belleza —dijo Kate con una risita—. Porque soy una bellísima persona.

—Y tienes una cara bellísima, querida —aseguró Letizia.

—Cuando la puede mover —le susurró Candace a Angélica.

—¿Qué harás para el cumpleaños de Olivier? Es la semana próxima, ¿no? —preguntó Kate.

Y tenía razón, claro.

—¿Cómo demonios sabes la fecha de su cumpleaños?

—Tengo una memoria muy curiosa cuando se trata de nombres de niños o de fechas de cumpleaños. Nunca se me han olvidado.

—¿Y cuándo es el mío? —preguntó Candace, rápida como una flecha.

—Después de una copa de champán no estoy en mi mejor forma, pero si no recuerdo mal, eres Virgo.

Candace mostró su sorpresa.

—Has dado en el clavo, pero en realidad no es difícil: soy una típica Virgo.

—El cumpleaños de Letizia es el veinticuatro de junio: una Cáncer hogareña. El de Angélica es el seis de marzo: una típica Piscis idealista. El de Scarlet es el veintiuno de agosto: totalmente Leo, y tú, Candace, cumples años a finales de septiembre.

—El veinte, para ser exactos. Me has dejado impresionada. Me admira que recuerdes cualquier cosa de otra persona.

—Bueno, pues yo había olvidado totalmente el cumpleaños de Olivier —dijo Angélica—. Ni siquiera he comprado un regalo.

—Reserva una mesa en el Ivy y dile que la reservaste hace mucho —le sugirió Letizia—. Una sorpresa. Si quieres, nos escondemos bajo la mesa y salimos cuando aparezcáis.

—Oh, creo que está demasiado estresado y absorto en el trabajo para acordarse siquiera de que cumple años. Si no fuera por su amantísima madre, que le llamará de madrugada, creo que sería un día como cualquier otro.

—El aniversario de Pete es a principios de diciembre, y quiero llevarle a Roma el fin de semana. Le encanta la ópera.

—Y a ti te aburre a morir —dijo Candace.

—Eso no importa. Es su cumpleaños.

—Me sorprende, Kate. Es muy generoso de tu parte.

—También puedo mostrarme generosa. —Kate sonrió con picardía—. Después de todo, él se está mostrando muy generoso conmigo.

—Venga, suéltalo ya. ¿Qué te ha comprado?

El camarero trajo los Bellinis y Kate probó un sorbito, tomándose su tiempo para responder.

—Me está dedicando mucho de su tiempo —dijo con énfasis.

—¿No de su cartera?

—Oh, cualquiera puede comprarle regalos a una chica, pero no todos los hombres son buenos amantes.

—Esto me interesa —dijo Candace, inclinándose sobre la mesa—. Explícate.

—Me ha despertado dos veces en mitad de la noche para besarme ¡ahí abajo!

Las chicas se miraron asombradas.

—¿Lo dices en serio?

—¿Y no preferirías dormir? —preguntó Letizia, que necesitaba dormir por lo menos ocho horas cada noche.

—No me despierto del todo, en realidad, pero puedo tener un orgasmo sin abrir los ojos siquiera —dijo con expresión soñadora, y un poco achispada.

—¿Y qué obtiene él a cambio? —preguntó Candace.

—El placer de dar —dijo Kate en tono mojigato.

—¡Creo que el que merece una medalla es él!

Después de semejante revelación, todas se sumergieron en los menús. Por más que estaba con sus mejores amigas en uno de los restaurantes con más *glamour* de Londres y que tenía el comedor de su casa rebosante de flores, Angélica estaba desanimada. Antes de que Jack viniera, había tenido la ilusión de la espera, y durante su estancia en Londres, la ilusión de verle, pero ahora ya no podía esperar ni ilusionarse por nada. En su futuro no había nada, salvo un tentador espejismo hecho de deseos imposibles.

—Angélica, estás muy callada —le dijo Letizia con una cariñosa sonrisa.

—Es difícil meter baza cuando Kate está en plena forma —comentó Candace.

—En realidad, no estoy en plena forma —replicó Kate—, aunque no se nota, claro. Tómate otro Bellini, Angélica. Yo también me he quedado sin ánimos después de mi fiesta.

—Te refieres a la fiesta de Art —le corrigió Candace.

—Lo que sea. Pero todos esos preparativos, una noche maravillosa y, puf…, ya ha pasado.

—Estoy cansada, pero no me puedo quejar. Fue una fiesta magnífica —dijo Angélica con una débil sonrisa. Estaba al borde de las lágrimas—. Os he traído un gran jarrón de rosas a cada una —dijo para cambiar de tema—. Mi padrino me ha llenado la casa de flores.

—Qué padrino más amable —dijo Letizia.

Pero Candace no parecía convencida.

—¿Y por qué te envía flores tu padrino?

—Es un poco excéntrico. Hace diez años que no se acuerda de felicitarme en mi cumpleaños y dijo que las flores eran para compensarme.

—Estamos encantadas de llevárnoslas a casa —dijo Kate—. Le diré a Pete que son de un admirador secreto.

—¿No es llevar la broma demasiado lejos? —preguntó Candace. Pero era a Angélica a quien miraba.

—Oh, eso ya pasó. Además, nunca fue un admirador y nunca lo será.

—Bueno, eso reduce el abanico de posibilidades.

—Fue un absurdo error, Candace. Y te agradecería que no tocaras más el tema ahora que voy a renovar mis votos con Pete. La próxima semana tengo mi primera cita en Vera Wang, y Christian Louboutin me hará unos zapatos especiales.

—¿Necesitas zapatos para la playa? —preguntó Candace.

—Una chica siempre necesita zapatos, dondequiera que esté —replicó Kate cortante.

—Supongo que serán sandalias —dijo Angélica para concretar.

—¿Zapatos planos? ¡No, Dios mío! —exclamó Kate—. No quiero que Candace me pase una cabeza en el día de mi boda.

—Pues imagínate cómo te sentirías si fueras siempre la más bajita. — Angélica tomó un sorbo de su Bellini. Empezaba a sentirse mejor.

—Las cosas buenas se venden en frasco pequeño —la tranquilizó Letizia—. No creo que ni Gaitano sepa cuánto mido de verdad. Y yo tampoco lo sé, porque es como si los tacones formaran parte de mí.

—Bueno, pues yo quiero sobresalir por encima de todas, especialmente de Candace. Así me siento un poco superior —dijo Kate con una sonrisa.

—No es la altura lo que te tiene que preocupar de Candace, querida —dijo Letizia—. Es su lengua.

—Alguien tiene que poneros vuestros bonitos pies en el suelo —dijo Candace—. Así que rosas, ¿eh, querida? Qué padrino más amable.

Y por la mirada que le dirigió su amiga, Angélica comprendió que la había descubierto.

Después de la comida, llevó a las chicas al coche y les entregó a cada una un ramo de rosas.

—*Madonna!* ¡Son preciosas! —Letizia enterró la cara entre las flores.

—Toda la casa huele a rosas —dijo Angélica—. Le guardaré un ramo a Scarlet.

—¿Qué dirá Olivier? —preguntó Candace con voz suave.

—Ahora que os he dado algunas, no creo que lo note siquiera.

Pero no se atrevía a mirar a la cara a su amiga, que era inteligente y había adivinado lo ocurrido. Candace tomó su ramo, le dio un beso y se fue en taxi con Letizia y Kate, que estaba muerta de frío porque llevaba las piernas desnudas. Angélica sintió una punzada de culpa al verlas partir.

Aquella tarde no vio a Candace a la salida del colegio. Como era viernes, estaba lleno de todoterrenos aparcados en doble fila o buscando aparcamiento con los maleteros cargados para el fin de semana en el campo. Jenna Elrich apareció barriendo el suelo con su larga capa ribeteada de piel y el brillante pelo recogido en una coleta.

—Estoy tan estresada —le confió a Angélica—. Esta tarde tengo que ir a París para asistir mañana a un concierto en honor de los Sarkozy, y el vestido que pensaba llevar se ha perdido en el canal de la Mancha.

—¿Cómo que se ha perdido?

—El equipaje que envié no ha llegado.

—¿Adónde lo enviaste?

—Al Georges Cinq, por supuesto. Dios sabe lo que me podré poner.

Angélica no tenía ganas de oír sus absurdas lamentaciones.

—Oh, seguro que encuentras alguna falda vieja en tus armarios.

—Ése es el problema. ¡Todas están pasadas de moda!

—No me digas.

—Así es. Carla Bruni irá de Chanel, eso seguro. Tendré que dejar a los niños con mi madre e ir de compras.

—¡Qué horror!

—Detesto ir de compras.

—Lo disimulas bien.

—Que una vaya elegante no significa que le guste el proceso. Odio tener que correr de una tienda a otra, así que he llamado a Selfridges Personal Shopping. Supongo que ellos me encontrarán algo, ¿no te parece?

—¿Quieres decir que te irán trayendo cosas mientras te tomas una copa de champán?

—Así es.

Angélica hizo ademán de marcharse.

—Espero que encuentres algo que ponerte y disfrutes del concierto. Suena muy glamuroso.

—No, es un aburrimiento. Y detesto viajar.

—Pero creo que el tren es bastante cómodo.

—¿El tren? No, por Dios. Iré con NetJet, pero aun así…

—Un avión es un avión —dijo Angélica, aunque sabía perfectamente que los aviones de NetJet eran como lujosos apartamentos con alas.

—Debo darme prisa. Que pases un buen fin de semana. —Salió disparada sobre sus altos tacones, dejando tras ella una vaharada de Dior.

Angélica llamó a sus hijos.

—Vamos a pasar un fin de semana estupendo —dijo, dándole la mano a Joe.

—¿Qué haremos?

—Nada —respondió ella con una sonrisa—. Absolutamente nada.


Tal como había predicho Angélica, Olivier no hizo comentario alguno sobre las flores. Estaba acostumbrado a que su mujer llenara la casa de rosas blancas y supuso que en esta ocasión había ido un poco más lejos y las había comprado rojas. La City era un lugar muy aséptico, y resultaba alentador volver a su cálida casa, llena de música y color. Por lo general, le disgustaban las velas aromáticas y las apagaba en cuanto entraba en la habitación, pero ahora les había tomado un aprecio que les sorprendió a los dos. La crisis financiera estaba provocando cambios tan rápidos en el mundo que Olivier se aferraba a lo que no cambiaba nunca: su hogar, con ramos de flores, velas aromáticas y la música de Dolly Parton.


Aquella noche, mientras Olivier estaba sentado en su estudio mirando el noticiario y charlando por teléfono con unos amigos, Angélica reflexionó sobre su matrimonio. Olivier la quería. Era natural que, después de tantos años casados, se hubieran acostumbrado el uno al otro, pero no le cabía duda de que su marido la quería. El amor de Jack era diferente, era un amor alimentado por el deseo y el encanto de lo prohibido. Angélica le profesaba a Olivier un amor profundo y familiar que quedaba enterrado en lo cotidiano, pero sus sentimientos hacia Jack se nutrían de otras cosas y la hacían sentirse una mujer. Era como si estuviera dividida en dos: la mujer que conocía Olivier y la que conocía Jack. Y si se encontraran, no se reconocerían la una a la otra.

# SEGUNDA PARTE

# Experiencia

# 15

La oscuridad sirve a la luz; es nuestra principal maestra.

*En busca de la felicidad perfecta*

En las vacaciones de mitad de trimestre nevó. El campo quedó cubierto por una gruesa capa blanca, como la capa azucarada de un pastel de Navidad. Angélica se había llevado a Joe y a Isabel a casa de Candace en Gloucester para pasar allí un par de días. Olivier se quedó en Londres intentando salir a flote en medio de la debacle de las cotizaciones en la City. Mientras los niños hacían muñecos de nieve y se bañaban en la piscina cubierta, las dos amigas charlaban y tomaban el té acurrucadas frente a la chimenea… Candace no hizo mención alguna de Jack ni de las rosas, aunque el atractivo sudafricano estaba presente continuamente entre ellas dos. Angélica era consciente de que la había descubierto —su amiga tenía el instinto de una pantera—, pero no quería oír su consejo: sabía lo que le diría y no pensaba hacerle caso. Cuando estaba sola en la habitación, leía los mensajes de Jack, y cuando todos se habían acostado, tenía con él largas conversaciones en las que comentaban el día y compartían sueños y pensamientos, pero sobre todo se susurraban las naderías que suelen decirse los enamorados. Y cuanto más se envolvía Angélica en su secreto, más se alejaba de su amiga, porque lo que las había mantenido unidas era que podían decirse con sinceridad todo lo que sentían.

Las fiestas de Halloween las pasó con Scarlet y el chico-canguro Ben Cannings, el simpático joven de Yorkshire contratado para enseñarles a jugar a fútbol a los niños. Alto y guapo, con espeso pelo oscuro y ojos castaños, era un chico maduro para su edad y con la caballerosidad de los hombres bien educados del norte. Se llevó a los niños a Battersea Park y los entretuvo, de modo que Scarlet y Angélica pudieron ir a Hamleys a comprarles disfraces para que aquella noche se unieran a la fiesta del truco-o-trato. Isabel quería disfrazarse de lechuza, el único disfraz que no tenían en Hamleys, pero Joe se contentaba con disfrazarse de esqueleto como los que había en todos los escaparates de la ciudad. Los hijos de Scarlet querían ir de Harry Potter y de Hermione Granger para matar a todas las brujas.

Cuando salían de la tienda, cargadas con bolsas de brillante color rojo, se dieron de bruces con Jenna Erlich, que bajaba del coche convertida en un torbellino de cueros y pieles.

—Las grandes mentes piensan de forma parecida —dijo, con la oreja pegada al teléfono móvil—. Ahora Zeus quiere ir de murciélago, y Cassandra ha pedido otro vestido de princesa. Y tiene que ser de color rosa. Gracias a Dios, los gemelos son demasiado pequeños para pedir algo más que chocolate. ¡Espero que no hayáis comprado el último murciélago!

—Son todos tuyos —replicó Scarlet mirándola con desdén de arriba abajo.

—Llevaré a los niños a la fiesta de Louis Vuitton. ¿Iréis vosotras?

—Los nuestros van a hacer el truco-o-trato.

—Oh, detesto eso de llamar a los timbres e ir de una casa a otra. Te puedes encontrar con gente muy sospechosa que viene a Chelsea para ver las casas elegantes. En vuestro lugar, tendría mucho cuidado… ¡Hola! —vociferó por el teléfono—. ¿Hablo con el encargado? —Articuló «Tengo que irme» y se metió como una bala en la tienda. Su chófer se quedó junto al Range Rover de color azul brillante, soportando el frío.

—Bueno, ella sí que no tiene que disfrazarse. Tal como va, con las cosas de esos pobres bichos colgando de su capa, ya parece una bruja —dijo Angélica, tomando del brazo a Scarlet.

—¡Es el blanco perfecto para Charlie y Jessica! A lo mejor deberíamos pasar un momento por Louis Vuitton para que practiquen antes de salir a la calle. Bueno, vamos a ver si encontramos tu lechuza.

—Pero ¿dónde?

—En Disney —dijo, haciendo señal a un taxi de que parara—. Si no tenemos suerte allí, puedes comprarle una capa de Marie Chantal.

A principios de noviembre, cuando Barack Obama se convirtió en el primer presidente negro de Estados Unidos, Kate contrató a un sanador para que limpiara su casa de las energías negativas que se habían acumulado durante amargos años de matrimonio. Candace se limitó a poner los ojos en blanco ante aquella nueva ocurrencia; ella encargó para Navidad otro bolso Birkin. Como antes de casarse había estado trabajando siete años en la oficina de prensa de Ralph Lauren en Nueva York, tenía contactos en las mejores tiendas y la ponían en el primer puesto en las listas de espera. Scarlet sobornó a Ben para que pasara las Navidades con ellos en calidad de entrenador y tutor de los niños, desoyendo las súplicas de Letizia de que se lo prestara en Año Nuevo, cuando iban a las pistas de esquí. Y justo cuando Angélica se había resignado a no ver a Jack nunca más, su agente la citó a comer en Sotheby's, en Bond Sreet, y le hizo una propuesta inesperada.

Claudia pidió champán y levantó la copa en dirección a Angélica.

—Por ti —le dijo con ojos brillantes de emoción—. Y porque se cierre la venta de *Las cuevas de Cold Konard*.

Angélica se quedó estupefacta.

—No lo dirás en serio.

—Totalmente en serio.

—¿Quién quiere comprarla?

—Los hermanos Cohen-Rosh, Stephen y Marcus. Son los nuevos productores de moda en Hollywood. Lo más actual, lo más nuevo, lo más de moda —dijo articulando las palabras en voz baja—. Toby te telefoneará para hablar de los detalles. Creo que le hace ilusión darte la noticia en persona. Hazte la tonta, como si no hubiéramos tenido esta conversación.

—Me parece bien. —La cabeza le daba vueltas. Ya veía la alfombra roja de los Oscar y le daba vértigo pensar en cómo iría vestida.

—Y cambiando de tema, ya sé que no quieres ir a Australia, pero ¿y a Sudáfrica? Quieren que vayas, y el libro tiene mucho éxito allí. Le daría un buen empujón a *La serpiente de seda*.

Angélica había palidecido. Claudia malinterpretó su palidez y se apresuró a tranquilizarla.

—Antes de que digas que no, tienes que saber que estamos hablando de una semana, ni un minuto más; unos días en Johannesburgo y otros en Ciudad del Cabo, entrevistas en la radio y charlas a grupos literarios. Allí te adoran, son un mercado muy importante. Piénsalo.

—Iré —aseguró Angélica sin dudarlo.

Claudia estuvo a punto de atragantarse con el champán. Se secó la boca con la servilleta y dejó la huella roja de su pintalabios.

—¿Qué has dicho?

—Iré.

—De acuerdo. Vale. Estupendo.

—No quería ir a Australia porque está demasiado lejos. No puedo estar a dos días de distancia de mis hijos. Pero Sudáfrica está más cerca y casi en la misma zona horaria.

—Te encantará. Los sudafricanos son muy simpáticos y cariñosos. Te tratarán como a una reina y te llevarán a los mejores hoteles.

—Quiero quedarme un par de días más al final para visitar a un amigo —dijo, disimulando apenas el temblor de su voz.

—Por supuesto. —Claudia estaba sorprendida—. Bueno, si no te parece demasiado tiempo fuera de casa. Podemos organizarlo como quieras.

—Necesito investigar un poco.

—¿Para el próximo libro?

—Sí, estoy inspirada.

—Muy bien.

—Voy a hacer algo diferente, Claudia.

—Espero que no sea demasiado diferente. Tus lectores esperan más de lo mismo, y no querrás decepcionarlos.

—Este próximo lo escribiré para mí.

—Como quieras. —Claudia parecía nerviosa, pero no se podía quejar. Al fin y al cabo, había conseguido que Angélica accediera a ir a Sudáfrica—. Desde ya me muero por leerlo.


Cuando acabaron de comer, Angélica se despidió de Claudia con un beso. Mientras bajaba hacia Piccadilly por Bond Street la cabeza le flotaba y notaba las piernas como si fueran de gelatina. Había aceptado ir a Sudáfrica. ¿Qué diría Olivier? ¿Cómo decírselo sin delatarse? No era muy buena fingiendo, y ésta sería la mentira más importante de su vida. Se sentía más nerviosa a cada paso, y cuando entró en Green Park, se sentó en un banco.

El suelo estaba cubierto de hojas secas y el cielo era de un gris plomizo, pero el corazón de Angélica estaba inundado de sol. Sacó el móvil del bolso y marcó el número de Jack. Sonaron varios tonos antes de que contestara.

—Hola, ¿qué tal estás? —dijo él con ternura.

—Voy a Sudáfrica.

—Dios mío, ¿cuándo?

Su voz sonaba tan emocionada a través del teléfono que Angélica sonrió.

—El año próximo.

—¿Tengo que esperar tanto?

—Sólo unos meses.

—¿Cómo te las has arreglado?

—Viaje promocional. Mi agente me lo acaba de comunicar. Iré para promocionar mi nuevo libro.

—Entonces, ¿de cuándo estamos hablando? ¿Febrero?

—Tal vez.

—Febrero es un mes precioso. Tienes que venir y quedarte.

—Me encantaría —pero el recuerdo de su mujer enfrió su entusiasmo.

—Ven para el fin de semana.

—He pedido un par de días libres al final del viaje.

—¿Un par de días? Es muy poco. Ven para un fin de semana largo. Cuatro días.

—No sé… ¿Qué pensará tu mujer?

—Eso no importa. Quiero estar contigo. ¿Y dónde irás antes?

—Iré a Johannesburgo y a Ciudad del Cabo.

—Iré a verte.

—Me encantaría que vinieras.

—Detestaría pensar que estás en el mismo país que yo y no puedo verte. Iré a recogerte al aeropuerto.

—Pero tendré que trabajar. —El entusiasmo de Jack la hizo reír.

—No todo será trabajo…

—Encontraremos tiempo para otras cosas.

—Se me ocurren algunas cosas que podemos hacer.

—¿Te dejarán salir del porche?

—Ya estoy fuera del porche, cariño. Salí del porche en el mismo momento en que te vi en casa de Scarlet.

—Entonces nos veremos en Johannesburgo.

—Todavía no me lo creo.

—Yo tampoco. Aún no se lo he dicho a Olivier.

—Pero no te va a prohibir un viaje de promoción, ¿verdad?

—Espero que no, pero tengo que convencerle de que es necesario.

—Cariño, es más necesario de lo que parece.

—No creo que él esté de acuerdo con eso.

—¿Cuándo se lo dirás?

—Esta noche.

—Cuéntame qué te dice.

—Te enviaré un mensaje.

—Me encantan tus mensajes. —Hizo una pausa. Cuando volvió a hablar, su voz era apenas un susurro—: Creo que me estoy desenamorando de ti, Salvia.

Angélica recordó la conversación que habían mantenido junto al Serpentine: sólo empiezas a querer de verdad a alguien cuando te desenamoras.

—No me conoces lo suficiente como para desenamorarte de mí —le respondió suavemente.

—Siento como si te conociera desde siempre.

—Pero no es así, Jack.

—Cierto, y tampoco tenemos todo el tiempo del mundo, pero estoy viviendo el momento. En este momento estás aquí conmigo, y eso es todo lo que quiero.

Cuando guardó el móvil en el bolso sonreía para sí. Seguía envuelta en el calor de su conversación, arropada por unos brazos invisibles. Un vagabundo la miraba fijamente desde el banco contiguo. Llevaba un abrigo hecho jirones y se protegía del frío cruzando los brazos sobre el pecho. Junto a él tenía una botella de algún tipo de alcohol en una bolsa de papel marrón. Un pequeño galgo famélico, también con su abriguito, temblaba de frío a sus pies. Angélica se sintió invadida de compasión. Porque estaba feliz y era consciente de su buena fortuna, buscó en su monedero un billete de cinco libras. El hombre parpadeó sorprendido.

—Eres una mujer muy guapa —le dijo, metiéndose rápidamente el dinero en el bolsillo.

—Gracias.

—Me gustaría follarte.

Se le revolvió el estómago de asco ante su sonrisa desdentada y salió corriendo, diciéndose que ojalá no le hubiera dado el dinero. Ninguna buena obra queda sin castigo, pensó mientras paraba un taxi delante del Hotel Ritz.


Aquella misma noche fue con Olivier, Joel y Chantal a ver la nueva película de James Bond en Leicester Square. Después del cine fueron a cenar al Ivy, y Angélica decidió que le hablaría a su marido del viaje a Sudáfrica delante de sus amigos. Así era menos probable que le dijera que no. Esperó a que Olivier se hubiera tomado una buena porción de langosta y hubiera bebido casi una copa de Sancerre.

—Cariño, mi editor quiere que vaya a Sudáfrica en febrero para promocionar mi libro.

—¡Es fantástico! —exclamó Chantal entusiasmada.

—No es tan fabuloso. Las giras de promoción suponen bastante trabajo —replicó Angélica mirando nerviosa a Olivier. Tomó un sorbo de vino, confiando en que a través del suéter no se notaran los brincos que le daba el corazón dentro del pecho.

—Creía que no te gustaba hacer giras —dijo su marido con expresión sombría.

—Bueno, algún día tenía que hacerlas, y ya dije que a Australia no iría.

—Estoy de acuerdo. Para una madre es un viaje demasiado largo —terció Chantal—. Pero Sudáfrica es muy bonito.

—Bonito y peligroso —intervino Joel.

—Oh, no me pasará nada.

—A un amigo mío casi lo matan en Johannesburgo.

Chantal puso los ojos en blanco.

—*Mon cher*, todos conocemos a alguien a quien por poco matan en Johannesburgo. Allí, que te encañonen con una pistola es casi tan habitual como que aquí se te acerque un sin techo intentando venderte uno de esos periódicos. Hay uno en cada esquina. Pero no te preocupes, Angélica, cuidarán de ti.

—No me hace ninguna gracia —dijo Olivier—. ¿Quién cuidará de los niños?

—Ya pensaré en alguien. Chrissie, por ejemplo, o Denise… Los niños se llevan bien con ellas. —Eran chicas que habían cuidado de sus hijos tiempo atrás. Angélica confió en que estuvieran libres.

—¿Quieres ir? —le preguntó Olivier

—Me gustaría. Sería beneficioso para mi carrera, aunque echaría terriblemente de menos a los niños.

—Y a tu marido —le recordó Chantal—. Los maridos necesitan más a sus mujeres que los niños. Sobre todo los maridos franceses —bromeó, dándole un codazo a Joel.

Éste se rió.

—No me gusta perder de vista a Chantal, pero ¿qué queréis que haga? —dijo con un encogimiento de hombros—. No me gusta verla enfurruñada.

—¡Yo no me enfurruño!

Su marido se quedó boquiabierto.

—Pero, Chantal, ¡si es lo que haces siempre! Si no consigues tu viajecito de cada año a Nueva York para ir de compras, se te pone una cara de mal humor que no arreglarían ni el colágeno ni el botox.

—¡Qué bobo eres! Bueno, Olivier. Estás ante un dilema. ¿Qué piensas hacer? De vez en cuando, las chicas necesitamos un poco de libertad. Es bueno para el matrimonio.

Olivier se quedó pensativo.

—De acuerdo. Una separación de vez en cuando va bien. ¿Cuántos días estarás fuera?

—No lo sé. Una semana y pico.

Olivier puso cara de fastidio.

—¿Más de una semana?

—Es sólo una vez —contestó Angélica, para dorar la píldora.

Joe volvió a llenarle la copa a Olivier.

—Creo que nunca has estado tanto tiempo ausente.

—Por eso se merece que la dejes ir —intervino Chantal—. Los hombres siempre estáis de viaje, pero nosotras estamos en casa, cuidando de los niños…

—Y gastando nuestro dinero —apuntó Joel.

—¡Alguna compensación tiene que haber! —protestó Chantal—. Yo dejé mi trabajo para dedicarme a los niños. Angélica tiene un buen trabajo, además de ser madre y ama de casa. Por eso necesita una pausa de vez en cuando.

—Os aseguro que no es ninguna fiesta, pero parece ser que estas giras dan un impulso a las ventas, y mi libro sale en febrero.

—No es el dinero lo que me preocupa —Olivier era demasiado orgulloso para admitir abiertamente sus problemas financieros—, siempre y cuando los niños estén bien cuidados. Supongo que no pretenderás que les ayude a hacer los deberes cuando llegue a casa. Y me preocupa tu seguridad. Quiero que vuelvas sana y salva, Angélica —añadió cogiéndola de la mano. Ella vio su cara de cansancio y sus profundas ojeras.

—Estaré bien. No voy a estar rondando por las calles de noche, ni voy a meterme en lugares peligrosos.

—¡Podrías acompañarla! —sugirió Joel.

Angélica estaba horrorizada.

—¿Y dejar a los niños sin padre ni madre? Entonces prefiero no ir —aseguró—. Olvídalo, Olivier, no importa. Además, todavía no les he dicho nada seguro.

Esperó, conteniendo el aliento. Era una apuesta. Tomó un sorbo de vino. Llegó el camarero con los primeros platos y los depositó sobre la mesa. El ánimo de Olivier subió varios puntos a la vista de su bisté. Tomó sus cubiertos.

—Puedes ir. Sobreviviré sin ti una semana. Y, mira, durante ese tiempo no tendré que ver desparramados tus productos de cosmética por el cuarto de baño.

—Ni las luces atenuadas ni las velas aromáticas. Ni escuchar a Neil Diamond ni a Leona Lewis.

Olivier enarcó las cejas.

—A lo mejor resulta que hasta los echo de menos.


Sabía que tendría que contarle a Candace lo de Sudáfrica. No tenía sentido mentirle, porque lo averiguaría de una forma u otra. Pero en lugar de decírselo de inmediato, como hubiera hecho en otra situación, esperó a contárselo más adelante. Primero confirmó la fecha con su agente: del 5 al 17 de febrero, antes de las vacaciones escolares de primavera. Los últimos tres días los pasaría en casa de Jack.


A principios de diciembre, las chicas comieron juntas en casa de Scarlet, ya decorada para la Navidad. Un gran abeto engalanado con una cinta dorada presidía la sala, y sus enormes bolas de cristal brillaban como pompas de jabón a la luz de las lámparas. En lo más alto del árbol se veía la estrella plateada de papel de estaño que había hecho Charlie en el cole. Las barandillas estaban engalanadas con guirnaldas de acebo, y encima de las puertas colgaban ramitos de muérdago. De invisibles altavoces salía el sonido de coros cantando villancicos. Bajo la repisa de la chimenea, abarrotada de tarjetas de felicitación bellamente dispuestas, ardía un alegre fuego. Y sobre la mesa había una bandeja con altas copas de color púrpura donde burbujeaba un exquisito champán.

Candace llegó con una enorme vela aromática de Jo Malone. Scarlet la colocó en la mesa de centro y la encendió. Letizia trajo para los gatos unos collares que parecían repujados en diamantes, y Kate había ido a SpaceNK y había llenado una bolsa de los productos favoritos de Scarlet. Angélica compró *La guía de la adicta a comprar por Internet* y unas galletas de Ladurée.

—Bueno, queridas, ¿no os parece que es una forma estupenda de pasar una tarde lluviosa? —Scarlet estaba sentada en el sofá con una copa de champán—. Todos los regalos me encantan. ¡Debería organizar comidas más a menudo!

Fuera, el viento azotaba las ramas de los plátanos y se llevaba consigo los últimos restos del otoño.

—Estos últimos meses han sido agotadores —comentó Kate, palmeándose la tripa que deformaba su vestidito de Ralph Lauren. Parecía que se hubiera tragado una pelota de fútbol—. Amelia quiere que lo llame Jordan. Phoebs dice que si es un chico ya lo puedo devolver. No quiere saber nada de un hermanito.

—Que lo diga la cigüeña —dijo Candace.

—Si por lo menos pudiéramos encargarlos como si se tratara de una pizza —bromeó Kate—. ¡Estoy cansada de sentirme como un horno!

—¿Qué dice Pete? —Letizia se puso a uno de los gatos sobre el regazo para colocarle el nuevo collar.

—Quiere un nombre ruso, por supuesto.

—Muy romántico. —Angélica estaba pensando en Lara, de *Doctor Zhivago*.

—Vladímir —sugirió Candace, con su mejor acento ruso.

—No, por favor —replicó Kate—. Esta vez quiero un nombre que no tenga nadie más.

—Entonces tendrás que inventártelo —dijo Candace.

—Angélica, tú eres buena con los nombres. Tus novelas están llenas de palabras extrañas.

—¿Cómo lo sabes? Nunca has leído una —protestó Candace.

—Leí en Waterstones la contraportada de ese sobre unas casuchas.

—Cuevas, no casuchas —la corrigió Letizia.

—En cualquier caso, vi un montón de nombres extraños.

—Mientras ibas de camino a la sección de revistas —añadió Candace.

—Sufro un trastorno de atención, no puedo leerme un libro entero. El caso es que Angélica es buena con los nombres. Tiene una tremenda imaginación. —Se volvió hacia ella—. ¿Qué nombre se te ocurre para mi bebé?

Angélica soltó una carcajada.

—Es demasiada responsabilidad.

—Y mejor que no te equivoques. —Candace hizo el gesto de rebanarse el cuello.

—¡No digáis tonterías! —protestó Kate—. Sólo quería alguna sugerencia.

—Que no seguirás —dijo Candace.

—Si quieres inspirarte, hojea una revista del tipo *Grazia* —sugirió Scarlet—. Todos los famosos eligen nombres raros para sus hijos.

—Como Apple, Suri o Bluebell. —Kate los conocía todos.

—Si quieres un nombre que nadie más lleve, elige Jane o Mary —dijo Candace—. Creéme, será la única de su generación.

Mientras comían en el salón estuvieron hablando de amigos en común, como siempre, lanzándose sobre ellos como buitres. Scarlet pensaba que el marido de Jenna Elrich estaba liado con Caterina Tintello, porque los había visto juntos en Annabel. Letizia estaba convencida de que Hester Berridge se había estirado la cara, pero Scarlet no estaba de acuerdo, porque decía que aquella mujer sólo invertía dinero en los caballos. Pero no eran las únicas que cotilleaban, porque en Londres las habladurías volaban.

—He oído que vas a Sudáfrica —dijo Kate, cogiendo a Angélica desprevenida.

—¿A Sudáfrica? ¿Cuándo? —preguntó Letizia.

—Es un viaje de promoción —replicó, evitando la mirada de Candace—. Todavía no hemos fijado las fechas.

—Ayer, en Michaeljohn, cuando el fabuloso Enzo me estaba cortando el pelo, descubrí que estaba sentada junto a Chantal de Claire.

—Es el karma —intervino Candace—. Lo que haces te es devuelto.

—Parece muy glamuroso —dijo Kate—. Cerca de Ciudad del Cabo hay un balneario fabuloso… ¿Cómo se llamaba?

—No es tan glamuroso. Hay que trabajar duro, conceder entrevistas, dar charlas… No paras ni un momento. No es nada divertido. Estaré unos días en Johannesburgo y otros en Ciudad del Cabo.

—El balenario se llama Wedgeview —dijo Letizia—. Está en Franschhoek. Mi madre fue el año pasado y me dijo que era fantástico. ¿Y si fuéramos contigo?

—Buena idea —intervino Scarlet. Y añadió, dirigiéndose a Angélica—: Podrías pasarte a visitar a tu antiguo admirador, Jack Meyer. —Angélica se puso como la grana y tomó un sorbo de vino—. Creo que tienen unos viñedos fabulosos que se llaman Rosenbosch.

—No creo que tenga tiempo, lamentablemente. Olivier sólo me deja ir una semana, y estaré de trabajo hasta las cejas.

La mirada de Angélica se cruzó con la de Candace. Su amiga depositó los cubiertos sobre la mesa y puso las manos sobre el regazo.

—¿Sabes qué, Angélica? Si quieres visitar esos viñedos, encontrarás el momento. Nadie desaprovecha una oportunidad así por falta de tiempo.

Angélica comprendió que su amiga se refería con esto a tener una aventura. Y tenía razón, como siempre.

# 16

Fíjate en lo bueno de tu vida y verás cómo se multiplica.

*En busca de la felicidad perfecta*

A Angélica le daba verdadero pánico hablar con Candace sobre Jack, pero era inevitable, porque su amiga no era la clase de mujer que disimulaba cuando estaba enfadada o molesta o que escondía lo que no le gustaba debajo de la alfombra. Candace le diría siempre la verdad, aunque fuera dolorosa. Sólo le consolaba saber que su amiga tenía un gran corazón, y que sus consejos siempre eran desinteresados. Candace era inmune a los celos, siendo como era una mujer con confianza en sí misma y de sólidos principios.

El momento de la sinceridad llegó un día antes de recoger a los niños el último día de cole antes de Navidad, mientras tomaban café en un Starbucks de High Street, en Kensington.

—Mira, Angélica —le dijo mientras empezaba a remover su capuchino—. Ya sé que sigues en contacto con Jack. Hace meses que lo sé. Y no me importa que no me lo hayas dicho, no tienes obligación de decírmelo todo. —Angélica abrió la boca para hablar, pero Candace la acalló con un gesto—. Déjame acabar. También sé que os vais a ver en Sudáfrica. Me lo dice mi instinto, no lo niegues. Sé que te viste con él la noche de la fiesta de Art, y sé que os enviáis mensajes, y seguramente también habláis por teléfono. El caso es que soy tu amiga y me tienes preocupada. No quiero que te metas en algo que puede destrozar a tu familia. Tengo que advertírtelo porque creo que no te das cuenta del peligro que corres.

—Conozco los riesgos.

—No, crees que los conoces. Pero si los conocieras de verdad, los evitarías. Ahora mismo estás enamorada y no ves nada más allá de tu deseo. Y lo comprendo, porque el deseo nos nubla el juicio. Pero te ruego que canceles el viaje y que interrumpas tu relación con él. Esto es mucho más peligroso de lo que te imaginas.

—Primero, no voy a tener un lío con él.

—Un lío no es sólo sexo, Angélica. Tienes una relación sentimental, y eso es mucho peor. Si fuera solamente sexo, te diría que lo hicieras, lo dieras por terminado y te olvidaras del tema. Pero una relación sentimental es adictiva, es mucho más difícil dejarla.

—Somos amigos.

—No sois amigos. Los amigos quieren lo mejor para ti. Y si él te va detrás no es tu amigo: sólo está pensando en sí mismo y en sus deseos. Si de verdad le importaras, dejaría que estuvieras con tu marido y tus hijos.

Angélica se mordisqueó una uña.

—Seguramente no le veré en Sudáfrica.

—Tonterías, habéis quedado para veros. No me digas que no le has contado que vas para allá y que no te ha invitado a su casa. ¿Qué demonios piensa su mujer? ¿Estará allí? ¿Se lo has preguntado? ¿Qué dirá Olivier cuando lo sepa? Y lo sabrá, porque siempre se sabe, de un modo u otro. ¿Eres la única a la que va detrás? Por lo que dijo Scarlet, tiene una chica en cada puerto.

—No, no es cierto —respondió rápidamente Angélica.

Candace enarcó una ceja.

—Oh, Dios mío, sí que estás mal. Escucha, tienes que plantearte estas preguntas: ¿Qué quiere de ti? ¿Hacia dónde se encamina esta relación? ¿Estás dispuesta a abandonar a Olivier y a los niños para irte con él? ¿Vas a romper dos familias por estar con él? ¿Es eso lo que quieres?

—¡Claro que no!

—Entonces déjalo estar, Angélica.

Bebieron su café en silencio mientras asimilaban estas palabras. Candace apuró su taza.

—¿Estáis teniendo problemas Olivier y tú?

—No.

—Las cosas están muy mal en la City, y probablemente Olivier está aterrado ante la posibilidad de perder su trabajo. Seguro que está muy nervioso.

—Muy nervioso y totalmente ensimismado —respondió Angélica con amargura.

—Así que no te escucha, y tú tampoco le escuchas a él. No te presta ninguna atención. Pero eso sucede a veces. El romance da paso a la vida doméstica; el matrimonio es así. Tú puedes hacer un esfuerzo para mantener el romance. A lo mejor tendríais que iros de viaje sin los niños, volver a ser un hombre y una mujer, en lugar de un padre y una madre. Debes recordar lo que te atrajo de él cuando le conociste. Si vuestras vidas transcurren en paralelo pero sin tocarse, tenéis que modificar los carriles. Olivier es un tipo excelente y te quiere. Isabel y Joe dependen de ti. Todo su mundo se apoya en ti y en Olivier; si os separáis, ese mundo se vendrá abajo. En la vida no puedes tener todo lo que deseas, ésa es la verdad, y cuando has traído a dos criaturas al mundo, lo primero es el deber. Tu responsabilidad es ofrecerles una buena base para arrancar a volar. No puedes escapar a eso.

Angélica exhaló un hondo suspiro.

—Te escucho.

—Mira, vivimos en la cultura de usar y tirar. Si queremos algo que no nos podemos permitir, tiramos de la tarjeta de crédito y lo pagamos más tarde. ¿Por qué? Porque pensamos que nos merecemos todo lo que queremos, pensamos que la felicidad es un derecho, como el derecho a la vida. Somos la generación del «yo», pensamos únicamente en ser felices. Si queremos al marido de otra mujer, nos decimos que tenemos derecho a estar con él, porque nuestra felicidad está por encima de todo, y que nadie se atreva a ponerse en nuestro camino. Ya no hay sentido del deber y de la responsabilidad, y ya sé que estoy hablando como mi abuela, pero ella vivió según unos principios. Había hecho sus promesas ante Dios y las mantenía, fuera feliz o infeliz. Entonces no se pensaba en el «yo», cada cual asumía la responsabilidad de sus acciones y ponía el deber por encima de la gratificación personal. No quiero sermonearte, pero eres feliz con Olivier. Ya sé que no es un hombre fácil, pero cuando está de buen humor te hace reír, y le quieres. ¿De verdad crees que tienes derecho al marido de otra mujer? ¿Crees que Olivier merece convertirse en un cornudo? ¿Crees que vale más tu felicidad que la de Isabel y Joe, que tienes derecho a tener una aventura a cualquier precio? —Suspiró y tomó un sorbo de café. Angélica tenía la mirada fija en el fondo de su taza—. Una de las razones de los males de este mundo es el egoísmo, esa estúpida idea de que tenemos el divino derecho a la felicidad, y si no somos felices algo no va bien..., pero la culpa no es nuestra.

—¡Increíble! ¡Deberías presentarte como candidata a presidenta!

—Soy bastante buena en retórica.

—No hace falta que lo digas.

—No quiero tener que decirte «Te lo dije» cuando ya sea demasiado tarde. Cuando los huevos se han roto dentro del cesto, ya no hay remedio.

—No me tendrás que decir nada, te lo prometo. —Pensó con amargura para sí: *Tú eres la sabia, y no yo*—. Deberías escribir un libro.

—Claro que debería escribir un maldito libro, pero no sé escribir como tú. Lamentablemente, no tengo ese don. Además, ¿por qué iba a compartir mi sabiduría con el resto del mundo? —Se colocó la capa sobre los hombros y se colgó del brazo su bolso Birkin—. El mundo no está preparado todavía.

Fueron al colegio en el coche de Candace. La acera bullía de madres zanquilargas con chaquetas forradas de piel de oveja y bolsos de Anya Hindmarch y de niños paliduchos con impecables sombreritos y abrigos verdes que decían adiós con la mano a profesores y amigos. La calle estaba abarrotada de relucientes *jeeps* Mercedes y BMW y de solemnes chóferes uniformados que hacían guardia junto a los vehículos. Isabel y Joe salieron corriendo, emocionados como cachorros, y se abalanzaron sobre su madre.

Candace le dio a Angélica un beso afectuoso.

—Que tengas una feliz Navidad —le dijo con cariño.

—Estaré bien. Las Navidades con mis horribles padres, y el Año Nuevo en Provenza con la madre y las espantosas hermanas de Olivier. Sin mensajes que me ayuden a soportarlo. Sin un cálido mar caribeño para olvidarme de todo. Pero estaré bien. Como buena británica, soy muy resistente.

—Muy bien —dijo Candace sonriendo—. Me gusta que conserves tu fantástico sentido del humor.

—Si no puedo llorar, por lo menos me reiré.

—Llámame si necesitas algo.

—Lo haré. —La miró a los ojos—. Gracias.

—De nada. ¿Para qué están las amigas?


Pero Angélica no tenía intención de renunciar a Jack. A su entender, no había hecho nada malo. Él la hacía reír, la hacía sentirse atractiva, y eso no tenía nada de malo. Cierto, se estaban enamorando, pero eran lo bastante sensatos como para saber cuándo parar, ¿no? Jugar un poco con el peligro no era ningún crimen…, la hacía feliz.

Se sentía aliviada de que hubieran llegado las vacaciones. Nunca escribía cuando sus hijos estaban en casa, así que tenía la excusa perfecta para abandonar el despacho. Claudia se asustaría cuando supiera que apenas había empezado su nuevo libro y que lo que había escrito no le convencía. Mientras tanto, el que estaba en la calle se vendía bien, y ya había recibido ejemplares de *La serpiente de seda*. En la cubierta había una fantástica serpiente de un rojo intenso, con los ojos y la lengua de color verde. Le envió un ejemplar a Jack.

Los niños estaban emocionados de encontrarse en casa; jugaban en el jardín, se subían al magnolio y daban de comer a los pájaros. Angélica se los llevó a Kew Gardens, donde recorrieron el famoso puente de la mano de su madre, que tenía miedo de las alturas. Cada día iban a Kensignton a alimentar a los patos y a escalar el barco pirata en el área de juegos de la princesa Diana. Un día pasearon alrededor del lago Serpentine, y Angélica sintió nostalgia de su paseo con Jack. Hacía mucho frío; el suelo estaba helado y los árboles se habían quedado retorcidos como ancianos lisiados. Los cielos de plomo se tornaban pronto oscuros, y sólo se oía el graznido de los cuervos que picoteaban la hierba en busca de gusanos.

Angélica pensaba a menudo en Sudáfrica. Buscaba en Internet imágenes de viñedos y soñaba con galopar con Jack por la llanura, con la cara al sol y el cabello al viento, dejando sus preocupaciones atrás. Hablaba con él a menudo.

El día de Nochebuena fueron en coche a Norfolk para pasar un par de días con los padres y la hermana de Angélica. Aunque a ella no le gustaba visitar a su familia, los iba a ver cada año, en parte por sentido del deber y en parte porque le daban lástima, aunque fuera una tontería. Pero en cuanto salieron de la ciudad empezó a ponerse nerviosa y se le hizo un nudo en el estómago. Le dolía tanto que tuvo que echar hacia atrás el respaldo del coche y tumbarse. Isabel y Joe jugaban tranquilamente con sus consolas Nintendo y Olivier escuchaba la radio.

Angie y Denny Garner vivían en una casa deprimente a orillas de un estuario igualmente deprimente. Habían comprado la casa en la década de 1960, cuando Denny —que hubiese preferido una casa grande en Gloucester— sólo podía permitirse una vivienda grande en un rincón olvidado de Norfolk. Angie se moría por formar parte del grupo de gente guapa que bailaba hasta la madrugada en el Café de París, pero hubo de conformarse con las fiestas libertinas que organizaba su marido en Fenton Hall. Acudía vestida con trajecitos de Biba y abrigos de piel sintética de Carnaby Street como una chica de alterne, con una copa de champán barato en una mano y un porro en la otra. Llevaba su rubio pelo cardado y levantado en forma de colmena, al estilo de la época, los ojos muy pintados y con pestañas postizas, la boca sin pintar. Había sido una chica muy mona, como una muñeca, pero el exceso de alcohol y de cannabis había hecho estragos. Ahora tenía la cara abotargada, se teñía el pelo de un feo color naranja parecido al de su cutis, y su cuerpo se había hinchado como un suflé.

Denny, en cambio, seguía tan flaco como de joven y llevaba el largo pelo gris recogido en una coleta. Para ellos dos, el mundo se había detenido en 1975. Angie se movía torpemente por aquella fea casa vestida con caftanes de seda y pantalones campana. Denny seguía vistiendo pantalones estrechos de cintura alta y camisas floreadas de cuellos grandes que compraba en Deborah&Clare, con los primeros botones desabrochados para mostrar su pecho estrecho y sus cadenas de oro. Todavía celebraban fiestas donde se comía pastel de cannabis, lo que disponía a todo el mundo para el sexo. Pero ahora estas reuniones libertinas no tenían nada que ver con las de antaño: eran mucho más parcas, y se hablaba sobre todo de enfermedades y de muerte.

Angélica se avergonzaba de sus padres, y antes moriría que presentárselos a sus amigos de Londres. Los mantenía ocultos como si se tratara de una mancha que se cubre con una alfombra. De niña deseaba que fueran como los otros padres, que vistieran normal, con chaquetas Barbour y botas Wellington, que condujeran un Volvo y tuvieran un perro. En cambio, Olivier los encontraba divertidos y no podía entender que a su mujer le produjeran tal horror.

—Tú no creciste con ellos —le explicaba Angélica—. Me escondía en mi habitación y ponía la música alta para no oír sus conversaciones en el piso de abajo. Lo que era aceptable cuando eran jóvenes se tornó grotesco cuando fueron adultos. No quería que mi madre tuviera relaciones con otros hombres, sólo quería que fueran normales como los demás.

—No hay nadie normal —la tranquilizó Olivier—. La gente parece normal, pero en realidad todos esconden algo raro detrás de la puerta.

—Pero hay rarezas y rarezas…, la de mis padres es única.

—Por eso resultan tan divertidos: son originales.

—Afortunadamente, Dios rompió los moldes después de crearlos. De otra forma yo sería como ellos, pero de forma milagrosa me he librado de este castigo.

—Por lo menos te querían.

—Supongo que sí. Pero todos los niños necesitan límites, y en mi casa no los había. Yo hubiera querido que nos sentáramos a comer y que hubiera una hora de acostarse. Hacíamos lo que queríamos, y vimos demasiadas cosas. Les parecía natural que los niños vieran a sus padres teniendo relaciones sexuales.

—Por eso eras tan mojigata cuando te conocí.

—Un poco más y me alejo del sexo para siempre.

Olivier sonrió con malicia.

—Yo te enseñé a apreciarlo.

—Necesitaba un hombre mayor, con experiencia, y que fuera del continente. —Le cogió de la mano y le devolvió la sonrisa—. De no ser por eso, habría seguido siendo virgen toda mi vida.

—Eres demasiado sexy para eso. Alguien te habría hecho despertar. —Le dirigió una mirada—. Estos días estás muy guapa.

—Gracias.

—Estoy contento de haberme casado contigo.

—Y yo me alegro de haberme casado contigo —dijo a su vez, intentando no pensar en Jack ni en Candace—. Somos afortunados, tenemos algo muy especial.

—Puede que a veces sea insoportable, pero te quiero, Angélica. En estos últimos tiempos, las cosas no han sido fáciles, y sé que te he descuidado, pero nunca he lamentado haberme casado contigo.

—Ya lo sé. Y hemos traído al mundo a dos niños preciosos.

Al volver la cabeza vio que se habían quedado dormidos en el asiento trasero. Le apretó la mano a Olivier y él le devolvió el apretón. En aquel instante Angélica vio con claridad su existencia, como si se encontrara flotando por encima de su cuerpo, y comprendió que Jack no tenía lugar allí. Pero el instante pasó. Estaban entrando en Fenton Hall y los niños se despertaron de la siesta. Olivier retiró la mano para colocarla en el volante, mientras Angélica incorporaba el respaldo del asiento y se preparaba para lo peor.

Las luces que bordeaban el camino de gravilla se encendieron automáticamente y los iluminaron como si fueran actores saliendo a escena. Denny apareció en el porche con un cigarro en la boca y las manos en los bolsillos de su chaleco. Varios perros peludos salieron corriendo a saludarlos y los niños empezaron a chillar asustados. A fin de convencerles de que salieran del coche, Angélica se agachó y acarició a los perros para demostrarles que no mordían. Olivier saludó a su suegro y se dirigió al maletero para ocuparse del equipaje. Angélica entró en la casa con sus hijos de la mano.

—Hola, papá.

Su padre le pasó el brazo por los hombros y depositó en su mejilla un beso que apestaba a tabaco.

—Estás preciosa, cariño. Ve a saludar a tu madre…, está en la cocina con Daisy.

Angélica entró en el salón con los niños. Había una amplia escalera frente al piano de cola y sofás de un verde pálido que chocaba con la alfombra en tonos azules. ¡Cuántas veces se había sentado al final de la escalera para contemplar las fiestas que tenían lugar en el salón! Veía a su padre al piano, con una chica sentada en la rodilla, y a su madre, con minifalda y botas de plataforma, cantando canciones de Marianne Faithfull. La espesa nube de humo que envolvía la sala ocultaba dónde tenían las manos todos los demás.

En las paredes colgaban inmensan fotos en blanco y negro de Angélica y su hermana Daisy de niñas, con trajecitos *hippies* y flores en el pelo, así como reproducciones de Andy Warhol de colores psicodélicos.

Al acercarse a la cocina oyó la voz de su madre.

—Pero ahora ya no tiene mucho, que digamos, guapa. Tendrías que haberle sacado lo que pudieras hace un año, por lo menos.

Suspiró y entró en la cocina.

—Oh, Angélica.

Angie cruzó la habitación y estrechó a los niños contra su amplio seno, dejándolos cubiertos de marcas de lápiz de labios y de olor a Opium, de Yves Saint Laurent. Los niños se debatían inútilmente.

—¡Cómo habéis crecido! Estáis los dos guapísimos.

Daisy estaba sentada a la mesa. Tenía mala cara.

—Mis hijos están en el desván, jugando con los trenes del abuelo. Podéis jugar con ellos.

El rostro de Joe se iluminó al recordar la enorme maqueta de trenes y vías del año anterior.

—Vamos, Isabel —le susurró a su hermana.

Se marcharon los dos cogidos de la mano. Angélica confiaba en que no se toparan con los perros en el salón, pero no oyó ningún grito. Olivier y su padre debían de seguir charlando fuera. Se acercó a su hermana y le dio un beso.

—Hola, Daisy.

Su hermana la miró sorprendida.

—Has adelgazado.

—¿En serio?

—Sí que has perdido peso —dijo su madre con aprobación, dándole una calada al cigarrillo.—. Estás muy guapa. Tienes que tener cuidado, porque después de todo tienes mis genes. Daisy tiene suerte: es flaca como su padre.

Angélica se sirvió una copa de Chablis.

—¿Cómo va todo, Daisy?

—Quieres decir desde la última vez que nos vimos... ¿Cuánto hará? Ah, sí, un año —dijo, pretendiendo hacer una gracia.

—Ya lo sé, es mucho, pero es que he estado muy ocupada.

—Streatham no está tan lejos.

—Ya lo sé. Deberíamos intentar vernos más a menudo.

—Ted y yo estamos ya legalmente divorciados, pero él no me pasa la pensión.

—Ya le he dicho que ha dejado escapar la oportunidad, porque ahora no dispone de dinero —le aclaró su madre.

—Ha habido una reducción de plantilla y lo han despedido.

—Lo siento mucho —dijo Angélica. Sabía que Daisy no ganaba mucho como profesora de música.

—La vida es una lata.

Angélica tomó un sorbo de vino y se preparó para el ataque. Desde que se casó con Olivier su hermana estaba molesta con ella porque las cosas les iban muy bien.

—Sé que es duro, Daisy —dijo.

Su hermana respondió con un bufido.

—No creo que tengas la menor idea, Angélica.

—He preparado un delicioso pastel de pescado. —Su madre las interrumpió abriendo la puerta del horno—. A Denny le encanta. Y esta noche vendrán unos amigos a tomar una copa. Son los de siempre: Jennifer y Alan Hancock, Marge y Tony Pilcher. Confieso que siempre he sentido debilidad por Tony. Es un viejo pícaro —añadió con una ronca carcajada.

Angélica y Daisy se miraron; las dos recordaban con horror las fiestas de sus padres. Aquellos recuerdos que sólo podía compartir con su hermana desarmaron la agresividad de Daisy.

—Estás guapa —dijo—. Me gusta la blusa que llevas. ¿De dónde es?

—Oh, supongo que de Harvey Nichols —respondió vagamente Angélica.

—Me imagino que es cara, quiero decir, demasiado cara para mí —dijo Daisy, toqueteando los botones de su blusa de Gap.

—Te la presto cuando quieras.

—No sé cómo, si no nos vemos nunca.

—Parece que tus libros están funcionando bien, ¿verdad, cariño?

—Sí. En febrero me iré de gira a Sudáfrica.

—¡Dios mío! Vuestro padre y yo fuimos a Ciudad del Cabo cuando erais pequeñas y nos alojamos en un hotelito encantador. Fue maravilloso. Yo me quedaba todo el día tomando el sol en la piscina, y Denny se dedicó a exhibirse en el trampolín. Tenía entonces un bañador rojo que era muy sexy. Me pregunto dónde habrá ido a parar.

—¿Quién cuidará de los niños cuando te vayas? —preguntó Daisy.

—Sunny, claro, pero alguien tendrá que ayudarles a hacer los deberes. Buscaré a alguien.

—Cuando tienes dinero, es fácil. Yo no podría marcharme así, porque estoy sola y tengo que hacerlo todo.

—No sé cómo te las arreglas, Daisy. Eres increíble: cocinas, limpias, cuidas de los niños y trabajas, además. Eres una diosa en el hogar y una música con talento. Eres increíble, en serio.

—Es lo que tengo que hacer, no conozco otra forma de vivir. No podría vivir como tú, ¿sabes? No podría levantarme cada mañana y… peinarme. —Se encogió de hombros y sorbió por la nariz.

Angélica se quedó mirando a su hermana. Tiempo atrás se hubiera sentido ofendida por semejante comentario; ahora se limitó a reír.

—Oh, claro. Mis libros se escriben solos, de manera que tengo todo el tiempo del mundo para peinarme.

# 17

La risa es la mejor sanadora.
*En busca de la felicidad perfecta*

A la mañana siguiente, muy pronto, Joe e Isabel entraron corriendo en el cuarto de sus padres llevando en las manos sus calcetines llenos de regalos. Eran los calcetines de lana que Olivier se ponía para ir de caza, y estaban a punto de reventar porque a Angélica le encantaba comprarles cosas. Se preguntó qué les habría comprado Daisy a sus hijos y sintió lástima al pensar que sus sobrinos tendrían que abrir sus escasos regalos en el dormitorio de los abuelos, y que su padre no estaría para compartir aquel momento.

De niñas, Daisy y ella llevaban los calcetines al dormitorio de sus padres. Se encontraban a su madre tendida sobre la cama con un camisoncito de seda que apenas le tapaba el pecho, tomando pastillas contra la resaca y fumando un cigarrillo tras otro; su padre hacía flexiones desnudo en el suelo.

Siempre había un montón de perros, y la habitación apestaba a perro mojado y a Opium. Pero tenían buenos regalos, porque a Angie le gustaba comprar a lo grande. Denny no era rico, pero no le podía negar nada a su mujer, y le gustaba que estuviera guapa. Y la verdad es que lo estaba. Llevaba siempre las uñas pintadas y el pelo recogido en un moño bajo. Y aunque la ropa que se ponía era de baratillo, sabía sacarle partido. Las cosas no habían cambiado demasiado. Su padre seguía haciendo flexiones, su madre seguía usando Opium y los perros dormían en el dormitorio, pero ahora Angie llevaba uñas postizas y el pelo mal teñido, de un color demasiado anaranjado para su tono de piel, y por supuesto su figura, antes voluptuosa, era ahora un bulto informe sobre el cual caía la ropa como una cortina. Angélica no quería ni imaginar a sus padres en el dormitorio, y dio gracias a que sus hijos no tuvieran que soportar la escena de su madre atracándose de pastillas y fumando como un carretero, con los pechos caídos sobre el vientre.

La noche anterior había sido una dura prueba para las dos hermanas. Angie apareció con un caftán de seda azul que caía sobre su pecho como una cascada. Se había pintarrajeado los párpados de azul, desde las cejas excesivamente depiladas hasta las pestañas postizas, y tenía los labios de un beis pálido que casaba muy mal con su cutis cobrizo. Denny llevaba unos pantalones estrechos que resaltaban el bulto de su entrepierna, lo que al parecer excitaba a su mujer, que le apretó el paquete con su mano gordezuela y soltó una carcajada lasciva.

—Eh, ¡guapetón! —susurró, apretándose contra él.

Denny arqueó las cejas con expresión de complicidad.

—Creo que he ligado —le dijo a su yerno.

Olivier le dirigió a Angélica una sonrisa divertida, y ella le devolvió la sonrisa con agradecimiento. Por primera vez se dio cuenta de lo excepcional que era su marido: nunca la había menospreciado por tener unos padres tan horribles.

Los primeros en llegar fueron Jennifer y Alan Hancock, tímidos y nerviosos. Parecían intimidados ante sus anfitriones. Jennifer, que se sentó en la banqueta, no podía apartar la mirada de la entrepierna de Denny, y Alan no sabía sino asentir a lo que dijera Angie, por ridículo que fuera. Cuando llegaron Marge y Tony Pilcher, Angie se transformó en una niña. Adoptó un habla infantil, reía y hacía mohines, y a pesar del bronceado, llegó a ruborizarse. Denny se colocó frente a Jennifer con un pie apoyado sobre la banqueta para ofrecerle una visión directa de lo que él consideraba su principal atractivo. Fumaba un cigarro y se había colocado la vistosa vitola en el dedo meñique, como si fuera un trofeo, dejando ver sus uñas demasiado largas para un hombre.

Olivier contemplaba divertido la escena y se limitaba a pasar las nueces y llenar las copas de champán rosado. Angélica entabló conversación con Marge, una mujer gruesa aficionada a la jardinería. Intentaba por todos los medios no mirar a su padre, con el paquete de la entrepierna tan cerca de Jennifer que resultaba indecente.

—Trudy Trowbridge murió la semana pasada. ¿Lo sabíais? —preguntó Tony. Le dio una calada al porro y se lo pasó a Angie.

—Oh, Dios mío —exclamó Angie—. ¿Qué edad tenía?

—Setenta y tres.

—Demasiado joven —dijo Marge—. Yo cumpliré setenta y siete en marzo.

—Eres tan mayor como te sientes —dijo Alan, mirando a Maggie.

—O como la mujer que tienes a tu lado —añadió Denny.

Angélica puso los ojos en blanco, pero dio un brinco cuando notó que Tony le pasaba las manos por los hombros.

—Entonces yo soy jovencísimo —dijo el hombre con una carcajada.

—Yo no he cumplido los setenta —mintió Angie—. Puedes abrazarme siempre que quieras, cariño.

A Daisy la escena le pareció insoportable, y se puso a tocar el piano. Angélica se quedó un momento escuchando en el sofá, pensando que admiraba a su hermana. Ella no había vuelto a tocar la flauta desde el colegio. No tenía ni idea de dónde estaría, o de si sabría tocarla. Intercambió una mirada con Daisy y le sonrió, y su hermana le devolvió una sonrisa cómplice, la misma que compartían cuando eran pequeñas. Tras unas cuantas piezas, Angélica se excusó —innecesariamente—, diciendo que quería ver qué hacían los niños. Olivier la siguió al piso de arriba.

—Dios bendito, no puedo creer que se comporten así todavía. ¡Son setentones! —exclamó Angélica.

—Ellos no se ven como dinosaurios —dijo Olivier sonriente—. Se han hecho mayores juntos y se siguen viendo como siempre. Y aunque ya sé que no estarás de acuerdo, se nota que tu madre fue guapa de joven.

—Cuando Tony me agarró, pensé que me vería arrastrada a una orgía.

—Yo no lo habría permitido.

—El viejo verde.

—Yo soy un joven verde. —Le hizo dar media vuelta sobre sí misma y la besó.

—¿Cómo puedes ponerte cachondo cuando están pasando esas cosas ahí abajo?

—Sólo tengo que mirarte para ponerme cachondo.

—A mí me da asco.

—¡Vaya, gracias!

—No lo digo por ti, bobo.

—Déjales con sus cosas. Tú no eres como ellos. Sólo son los que te trajeron al mundo, y los felicito por ello.

Angélica se rió.

—Es por lo único por lo que puedes felicitarles. A mí me abochornan. Gracias a Dios, nunca tendré que presentárselos a mis amigas. ¿Te imaginas lo que diría Candace?

—Seguro que su comentario sería impagable. Pero es tu amiga y lo comprendería. Nadie que te conozca puede condenarte por tener unos padres estrafalarios.

—Te agradezco que no me lo tengas en cuenta. —Angélica se había puesto seria.

Olivier le dio un beso en la frente.

—¿Estás loca? No veo en ti nada de tus padres.

—¡Espera a que cumpla los setenta!


Tendida en la cama mientras los niños vaciaban sus calcetines de regalos, Angélica disfrutó de estar en familia, lejos de Londres y del estrés que Olivier traía consigo a casa. Pensó un momento en Jack y se preguntó si estaría intentando contactar con ella. En Fenton su móvil no tenía cobertura; había que ir al estuario, y allí, en un rincón solitario de la playa, recibía la señal. Angélica le había avisado de que tal vez no podrían comunicarse, y lo cierto era que no le importaba. Después de la cena, Olivier le había hecho el amor, y ella había disfrutado de sus atenciones. Siempre había sido un amante exquisito. Luego se quedaron abrazados en la cama riéndose de los padres de Angélica y de sus horribles amigos. Se habían imaginado lo que hubiera sucedido de no haber estado ellos presentes. Esta vez Angélica había podido hablar del tema sin sentirse abochornada. Lo cierto era que la escena de intercambio de parejas que ofrecieron Angie y Denny resultaba cómica vista desde fuera; sólo era trágica cuando pensaba que eran sus padres.

A Joe y a Isabel les encantaron sus regalos. El de Joe estaba envuelto en papel rojo, y el de Isabel en papel azul claro. Ninguno de los dos alcanzaba a entender cómo Papá Noel había podido averiguar lo que querían, y aceptaron la explicación de que era por las cartas que le enviaron a través de la chimenea de la casa de Candace en Gloucestershire. A pesar del barullo, Olivier se quedó dormido sobre la cama. De vez en cuando gruñía para demostrar que estaba despierto, ponía la mano sobre la pierna de su mujer y le daba un apretón cariñoso. Angélica no recordaba la última vez que se habían quedado todos juntos en la cama. Los fines de semana Olivier solía irse al cuarto de invitados para dormir un poco más. Sonriendo para sí, recordó el consejo de Candace y se dijo que era muy sabio. Lo que tenía era precioso, y debía cuidarlo, como se cuida de una débil llama para que no se apague.

Cuando los niños fueron a vestirse, Angélica se quedó acurrucada en brazos de su marido, feliz de notar su calor y la familiaridad de su cuerpo. En la cama marital no había lugar para Jack. Consideró la posibilidad de cancelar su viaje a Sudáfrica y de borrar el teléfono de Jack de su agenda. Había sido divertido, pero no lo bastante como para arriesgarse a que su matrimonio quedara destrozado.

Al cabo de un rato se levantó y corrió las cortinas. El campo estaba cubierto de escarcha, y el sol iluminaba tímidamente la tierra desde un cielo azul pálido. Más allá del jardín las gaviotas volaban y daban chillidos sobre el estuario, donde los pajaritos picoteaban los restos dejados por la marea. Era un panorama tan solitario que resultaba bello en su desolación. Se quedó contemplándolo con el deseo de describirlo en sus libros. Le vino la imagen de unas criaturas correteando entre las rocas, cruzando los riachuelos que corrían hacia el mar. Tenían las piernas largas y sucias de limo, una barriga abultada y verde como las algas desperdigadas sobre la arena y ojos saltones con los que vigilaban la aparición de extraños. Troilers, se dijo. Son troilers malos y avariciosos. Y de repente supo que tenía el principio de una historia, la que había estado intentando escribir.

Llena de emoción, metió la mano en su bolso en busca de un bolígrafo. Mientras Olivier se duchaba, se sentó en la cama y se puso a garabatear las ideas que se le ocurrían, una detrás de otra. Era como si se hubiera roto una presa y la inspiración pudiera correr libremente.

A la hora de desayunar, vestida con unos vaqueros J Brand y una blusa de Phillip Lim, Angélica saboreó su café mientras los niños, demasiado emocionados para probar bocado, jugaban con los nuevos juguetes. Daisy la contemplaba con envidia. Sus ojos parecían más grandes y brillantes, y sus pómulos resaltaban ahora que había perdido peso. Lo que llevaba puesto costaba dinero, en especial la gargantilla con una moneda de Yves Saint Laurent que Olivier le había regalado en su último cumpleaños. Daisy agachó la cabeza y miró ceñuda su tazón de cereales. Denny y Angie seguían en la cama. Habían seguido durmiendo, a pesar de tener a cinco niños abriendo regalos encima de su cama.

—Les tuve que comprar casi todos los regalos en rebajas —dijo Daisy—. A causa de la crisis, había mucho descuento.

—Hiciste bien. A Olivier le gustaría que no gastara tanto dinero —respondió Angélica.

—Antes del divorcio yo solía gastar más, pero ahora que Ted no quiere darme dinero tengo que controlar el gasto.

—Acabará aceptando pagarte la pensión.

—Si le queda dinero.

—No se lo puede quedar todo.

—Cualquiera sabe. Yo siempre pensé que me haría millonaria como concertista, y que tú ganarías muy poco como escritora. Imagínate cómo se puede equivocar una.

Aunque era Navidad, Angélica no pudo controlar su impaciencia.

—Mira, Daisy, si dejaras de mirar el vaso medio vacío, te darías cuenta de lo afortunada que eres. Tienes tres preciosos hijos y una casa donde vivir. Si sonrieras más, podrías atraer a un buen hombre, y si eres una buena compañía para él, a lo mejor hasta se casa contigo. —Se puso de pie—. Me voy a dar una vuelta. No voy a disculparme por ser quien soy. Si tienes un problema conmigo, es tu problema, no me lo atribuyas a mí. Me he portado siempre bien contigo. Olivier puede cuidar de los niños hasta que vuelva.

—Ya me ocupo yo —se ofreció Daisy, sin saber cómo reaccionar ante la salida melodramática de su hermana. Isabel y Joe no se dieron cuenta de nada, inmersos en sus juegos con los primos.

Angélica estaba indignada. Se dirigió a la playa, a la pequeña zona donde había cobertura. Pensó en llamar a Candace para desahogarse. Se abrochó la chaqueta marinera, se tapó bien el cuello y la boca con la bufanda y se puso los guantes y un gorro de lana. Soplaba un viento frío que le sentaba bien y hacía ondular su larga melena rizada. Respiró el aire helado y notó cómo entraba el frío hasta el fondo de los pulmones. Ahora el sol estaba más alto, y cuando paraba el viento se notaba su tibieza.

Sus botas crujían a cada paso sobre la capa de escarcha. El paisaje, aparte de unos cuantos pájaros, era de desolación. Parecía imposible que bajo la escarcha durmieran los bulbos, y que las ramas desnudas fueran a cubrirse de brotes. A Angélica le gustaba el invierno, tan melancólico y triste, tan hermoso.

Le ponía furiosa Daisy y sus comentarios mezquinos para quitarle importancia a todo lo que hacía y ponerla a su misma altura. Y sólo veía lo negativo —lo que no podía hacer, lo que no tenía, lo que no podía disfrutar—, en lugar de alegrarse por su suerte.

El rincón de la playa estaba húmedo y frío. Se sentó en una roca y sacó el móvil. Por lo menos allí no soplaba el viento. Una intrépida gaviota se le acercó confiando en conseguir comida, pero Angélica no tenía nada que darle. Mientras contemplaba a la gaviota, con su largo pico amarillo y sus ojos negros, pensó en Jack. Él podría decirle los nombres de todas las aves del estuario. Buscó con la mirada más pájaros en el cielo y sobre la arena. No pudo por más que sonreír al imaginarse a Jack con unos prismáticos y los bolsillos llenos de migas de pan.

Recorrió su agenda en busca del teléfono de Candace cuando oyó que llegaba un mensaje. Vio el vaho de su respiración. Sabía que el mensaje era de Jack. «Feliz Navidad, preciosa. Te echo de menos. Intenta llamarme. Si no contesto, es porque no puedo. Estos días todos mis pensamientos son para ti…, ¿no los sientes? Los envío directamente a tu corazón. Siempre tuyo, PFP.»

Movida tal vez por la belleza de la playa y por la nostalgia que produce la soledad, Angélica se olvidó de Candace y marcó el número de Jack. Aunque sabía que era una tontería, contuvo emocionada la respiración al oír los tonos. Una pequeña parte de su ser sólo pretendía oír su voz y dejar un mensaje, y sabía que era preferible llamar a Candace. Pero una parte más importante deseaba hablar con él, que la animara en ese día gris y aburrido. Sólo quiero desearle feliz Navidad, se prometió.

Jack respondió al fin, y su voz, que ahora le resultaba a Angélica tan familiar como una querida prenda de vestir, estaba llena de sol.

—Estaba deseando que llamaras.

Angélica se sintió confortada.

—Feliz Navidad, Perro Fuera del Porche,

—¿Dónde estás? Se oye el viento.

—Estoy en una desolada playa de Norfolk, el único punto donde tengo cobertura.

—Yo estoy en el jardín. Hace mucho calor. Me alegro de que hayas llamado. Te echo de menos.

—Yo también te echo de menos —y así era, ahora que el fuego se había reavivado en su corazón—. Te oigo cerca, como si estuvieras aquí al lado.

—En mi pensamiento lo estoy.

—Si cierro los ojos, puedo sentirte.

—Quisiera que estuvieras aquí. Febrero está muy lejos.

—Llegará enseguida.

—Eso espero, porque no puedo esperar demasiado.

—¿Por qué será que el tiempo pasa tan deprisa cuando lo estás pasando bien y tan despacio cuando te sientes desgraciada?

—Porque el tiempo no existe. Es sólo una forma de medir entre dos momentos. Está todo en nuestra mente.

—Te estás convirtiendo en un filósofo.

—Estos días estoy taciturno, cariño. Necesito que estés aquí para hacerme reír.

Su voz sonaba tan apagada que a Angélica se le encogió el corazón.

—No estés triste. Te encuentras en un lugar precioso con tus guapísimas hijas. Es Navidad.

—Por eso estoy taciturno. A menudo la belleza nos torna melancólicos. Todo es efímero, nada perdura.

—Siempre queda la posibilidad de encontrar algo mejor. —Al no recibir respuesta, siguió hablando, decidida a levantarle el ánimo—. Tus hijas están creciendo, piensa en lo bonito que será verlas florecer.

—Ahora prefiero centrarme en el pasado, no en el futuro. El pasado es sólido, ha ocurrido. Eso nadie me lo puede quitar.

—Céntrate en el presente, Jack. Es lo único real. El ayer se fue y el mañana no existe, salvo en nuestra imaginación. El presente es lo único real.

—No, me centro en febrero y en lo que te haré cuando te vea.

—No digas bobadas.

—Te he hecho sonrojar —dijo, encantado. Angélica sonrió, feliz de haberle levantado el ánimo.

—Sí. Cierto.

—Nunca te he ocultado que quiero hacer el amor contigo.

—Tal vez deberías haberlo hecho.

—¿Y perderme tus sonrojos? Me encantaría poder verte ahora. Apuesto a que estás ruborizada.

—No pienso decírtelo.

—Me encanta besarte.

—Gracias.

—Estoy seguro de que me encantará besarte toda.

—¡Jack, por favor, en serio!

—Esto funciona. Me siento mucho mejor.

—De modo que es cierto: el secreto de la felicidad está en el estado de ánimo.

—Supongo que así es. Antes de que llamaras me sentía deprimido, pero ahora, sólo de pensar en desnudarte, la tristeza me ha abandonado, y estoy mucho más alegre que estos últimos días.

—No te emociones demasiado, podrías tener problemas.

—Anna y las niñas han ido a la iglesia.

—Entonces, ¿no están contigo?

—Hoy no me siento preparado para arrimarme a Dios.

—Vale. Es la primera vez que oigo una excusa así.

—Digamos que no goza de mis simpatías ahora mismo.

—¿Y por qué dices eso?

—Por muchas razones, pero no quiero perder mi buen humor hablando de Sus defectos. Volvamos a hablar de hacer el amor. ¿Dónde estaba yo? Ah, sí, te estaba desenvolviendo como un regalo de Navidad.


Angélica colgó y se quedó contemplando el estuario. Su ánimo volaba en lo alto con las gaviotas, y el corazón estaba a punto de estallarle de felicidad. Le gustaba ser así, un poco perversa, una mujer fatal que hacía lo que le venía en gana, como si el mundo girara solamente para ella. Se quitó el gorro de lana y corrió por la playa con los brazos extendidos como si fuera a volar. La sensación de dejarse llevar era deliciosa. Del mar llegaba un viento frío que coloreaba sus mejillas y le alborotaba el pelo. Le brotó la risa desde dentro y la soltó al aire para que se mezclara con los chillidos de las gaviotas, furiosas de que interrumpieran su desayuno. Angélica no se sentía culpable ni veía peligro alguno en lo que hacía. Se limitaba a dejarse llevar por el viento sin pensar en los que se quedaban en tierra.

# 18

Muévete con la corriente. Es ir en contra lo que causa problemas.

*En busca de la felicidad perfecta*

Angélica y Olivier acompañaron a la familia a la iglesia. Isabel y Joe hacían el tonto con sus primos. Ahogaron unas risitas cuando oyeron la voz retumbante del cura y comentaron en susurros la caspa que adornaba el cuello de la chaqueta del feligrés que tenían delante, hasta que hubo que separarlos. Daisy le dirigió a su hermana una mirada compungida. Estaban en la casa de Dios, donde no había lugar para el resentimiento. Aliviada de que su hermana pareciera arrepentida, Angélica le devolvió la sonrisa.

Lo que más temía era la comida y los regalos. Daisy se excusaría por sus presentes y la haría sentirse culpable de haber gastado tanto. Sus sobrinos estarían más pendientes de lo que ella les había traído que de lo que les daba su madre, un nuevo agravio en la larga lista de Daisy. A Isabel y a Joe nunca les gustaban los regalos de su tía. Le daban las gracias con la boca pequeña y luego se lamentaban a su madre. Por esta razón, Angélica siempre entregaba sus regalos y los de Olivier en último lugar.

Luego saldrían todos a pasear, menos los abuelos, y al estar fuera de la casa todo mejoraría. El aire marino disiparía las irritaciones, y la vista del horizonte les haría olvidarse de sí mismos. Las hermanas podrían hablar de lo único que tenían en común: el horror que les producían sus padres. En ocasiones —muy pocas— hasta podían reírse juntas del tema, pero Daisy no había podido escapar de ellos como Angélica, ella todavía los necesitaba.

Las maletas estaban preparadas en el salón desde la hora del desayuno. Cuando Olivier las metió en el maletero, Angélica estaba deseando marcharse. Incluso prefería estar en la Provenza con la horrible madre y las espantosas hermanas de Olivier. Por lo menos allí no se sentía implicada, no se trataba de su familia. Marie-Louise y Marie-Celeste eran derrochadoras, mimadas y rezongonas como sólo las francesas saben serlo. La madre de Olivier, Marie-Amalie, sentía adoración por su hijo y lo trataba como a un príncipe. A Angélica no la consideraba como su legítima mujer, sino como un inoportuno apéndice del que era mejor prescindir. Como Olivier quería muchísimo a su madre, era incapaz de darse cuenta de lo que pasaba. Angélica se quedaba con su suegro, Leonard, un anciano un tanto brusco, pero encantador.

Durante aquella semana, Angélica telefoneó a Jack más que nunca. Los mensajes volaban y la reconfortaban mientras Olivier charlaba con su madre junto a la chimenea y sus hermanas dejaban verdes a los amigos en el elegante y frío salón. Compartir sus vivencias con Jack ayudaba a Angélica a ver el lado divertido de la situación. Le hacía reír imitando a Marie-Louise cuando resoplaba de indignación y a Marie-

Amalie cuando la reñía por escribir libros, en lugar de dedicarse por entero a su marido.

—No está bien que una mujer trabaje cuando tiene un marido que atender —decía—. Además, esos libros, ¿quién los lee?

Jack soltó una carcajada.

—Yo los leo. Acabo de terminar *La serpiente de seda*, y me ha encantado. Es incluso mejor que *Las cuevas de Cold Konard*. Ya se lo puedes decir.

—Me parece que eres mi mejor fan.

—¡Ya sabes que lo soy! Necesitas que te rescaten, querida.

—Pronto se acabará esto y volveremos a la vida normal.

—Tendrías que poner condiciones. Basta de familias políticas. No te casaste con ellos.

—¿Estás seguro?

—No tengas miedo de decir lo que piensas. En el peor de los casos, se sentirán ofendidos, y en el mejor de los casos, se enfadarán tanto que no querrán verte nunca más.

—Mi suegro me cae muy bien. Esto es soportable gracias a él.

—No permitas que abusen de ti, Angélica. Eres demasiado buena.

—Estoy aprendiendo a ser mala.

—Tienes que poner límites. No dejes que te atropellen. Sonríe como si supieras algo que ellos desconocen. Eso siempre funciona. ¡Una sonrisita misteriosa puede conseguir muchas cosas!

—¿Cómo lo sabes?

—Porque mi madre siempre sonríe así, ¡y me pone muy nervioso!

Fue un alivio cuando los niños volvieron al colegio. Angélica se reunió una vez más con sus amigas en la mesa central de Le Caprice. Jesús, el encantador boliviano que llevaba el local, las invitó a una ronda de Bellinis. Angélica saboreó la sensación de encontrarse de nuevo en la civilización después de unas Navidades poco civilizadas.

—Gracias a Dios que esto no se repetirá hasta dentro de un año —dijo, levantando la copa en dirección a Candace, Kate, Scarlet y Letizia.

—¿Crees que tus Navidades fueron malas? Espera a oír lo que me ha regalado Pete.

—No, déjame adivinarlo —dijo Candace entrecerrando los ojos—. Una tabla de planchar.

—No, una estética de senos.

—¿Cómo?

—Dijo que podría necesitarlo después de dar a luz. O esto o un estiramiento de la tripa.

—¿Le regalaste a cambio una extensión de pene? —preguntó furiosa Candace.

—O un buen estirón de orejas —añadió Scarlet.

—Supongo que le dirías dónde puede meterse su renovación de votos, ¿no? —quiso saber Angélica.

Kate sonrió maliciosamente.

—No, la ceremonia sigue en pie. ¿Creéis que iba a dejar que se escabullera con el simple procedimiento de provocar una discusión?

—Tengo curiosidad, querida. ¿Qué le dijiste? —preguntó Letizia.

—Que mi cuerpo es un templo que aloja a su precioso hijo.

—O al hijo de otro… —añadió Candace, sin piedad.

—No, el niño es de Pete, de eso estoy segura. No entiendo por qué lo dudé un instante.

—Tal vez por el insignificante detalle de que te acostaste con otro...

—No soy tan idiota. Claro que podría ser el hijo de Mr. X. Es posible, pero ahora mismo no estoy preparada para pensar en eso. Quiero un embarazo sereno. ¿Recordáis lo que pasó cuando tuve a Phoebe? Pete y yo discutíamos continuamente, y la pobre nació hecha un manojo de nervios. Todavía es muy temperamental. Así que medito a diario y respiro profundamente por la nariz. Así —puso una mano sobre la tripa, cerró los ojos e inhaló con fuerza por la nariz.

—Dios mío, si parece la Virgen María —se mofó Scarlet.

—Pero esta concepción no ha tenido nada de inmaculado —terció Candace.

—No nos lo dirás, ¿verdad? —preguntó Angélica.

—No —respondió rotunda Kate—. Por mí, os lo diría sin problemas, pero tengo que pensar en sus sentimientos. Y mi resolución de Año Nuevo es poner siempre en primer lugar los sentimientos de los demás.

Candace enarcó una ceja.

—Va a ser un año duro.

—Os sorprenderá lo altruista que me he vuelto.

—Venga, sorpréndenos —dijo Candace.

—He visto un mensaje que Pete ha recibido de la Haggis y no he dicho ni palabra.

—¡No lo dices en serio! —exclamó Letizia.

—¿Sigue en activo? —Candace estaba asombrada—. Pensaba que había caducado.

—¡Yo también!

—¿Cómo lo descubriste? —preguntó Angélica.

—¿Espiaste un poco? —añadió Candace.

—Yo no me atrevería, desde luego —interrumpió Letizia—. Mi matrimonio se basa en la confianza. Si desconfiara por un segundo de Gaitano, todo se iría al traste.

—Cariño, el matrimonio de Kate se basa en la desconfianza. En cuanto empiecen a confiar el uno en el otro, todo se irá al traste.

—Creo que en eso tienes razón, Candace —admitió Kate, dando un último trago a su Bellini.

—Pues a mí me gustaría que William recibiera mensajes deshonestos —dijo Scarlet—. Así yo no me sentiría tan culpable cuando leo los míos.

—¿Te envían mensajes deshonestos? —Kate se volvió hacia ella, llena de envidia—. ¿Y por qué no recibo yo ese tipo de mensajes?

—¿Y quién te los envía? —preguntó Angélica.

Scarlet optó por encogerse de hombros, quitándole importancia al asunto.

—Oh, montones de hombres. Os sorprendería saber cuántos. En mi trabajo se conocen muchos hombres.

—Pero son gays —dijo Candace—. No creía que hubiera muchos heterosexuales en el negocio de la moda.

—Me refería a los técnicos, los que están entre bambalinas. ¡Son malísimos! Y tienen mi número de teléfono. Así es muy fácil ligar. Nunca llevaría el tema más allá, pero me hace sentir bien.

Candace miró a Angélica, pero como llegaba el camarero, ésta fijó la vista en el menú.

—No significa que sienta nada por ellos —continuó Scarlet, exaltada—, sino que me hacen sentir bien. Es vanidad pura y dura.

—¡Qué sorpresas escondes, Scarlet! —Letizia estaba impresionada.

—Por algo se llama Scarlet —dijo Candace—. Yo tomaré ensalada de pato crujiente para empezar y luego el pollo. Sin puré de patatas —le indicó al camarero.

—¿Queréis saber lo que decía el mensaje de la Haggis o no? Para mí, sopa de primero y ensalada de pato de segundo. Y que sea grande, porque estoy muerta de hambre.

—Vaya, veo que, además del altruismo, otra de tus resoluciones de Año Nuevo es que comerás más —comentó Candace—. Eso sí que me sorprende.

—Venga, sigue. Te escuchamos —dijo Letizia—. ¿Echaste un vistazo a hurtadillas?

—No exactamente. Confundí el móvil de Pete con el mío. Son idénticos.

—Seguro que sí —musitó Candace.

—Bueno, la verdad es que el mío tiene una pegatina, pero suena igual, y cuando él estaba en la ducha, oí el teléfono y leí el mensaje.

—¿Y? —preguntó Scarlet.

—¿Qué ponía? —preguntaron Letizia y Angélica a la vez.

—«Hola, guapo. Hace tiempo que no estamos en contacto...»

—En contacto. Ésa sí que es buena —dijo Candace. Kate la miró sin entender—. Bueno, seguro que quiere decir que hace tiempo que no se tocan.

—Dios mío, no. Es demasiado tonta para pensar en algo tan ingenioso.

—Esto no significa que Pete te haya estado engañando desde que aceptó no salir del porche —dijo Scarlet.

Angélica recordó que vería a Jack dentro de unas semanas, y su corazón se alegró. Estaba segura de que podría enseñarle mucho a Scarlet acerca de las ventajas de enviarse mensajes. A su lado, Scarlet no era más que una aficionada.

—Lo está acosando —informó Kate.

—Espero que no sea una obsesiva peligrosa, como en *Atracción fatal*.

—Nada de eso —dijo Kate sin inmutarse.

Candace la contempló con los ojos entrecerrados.

—No pareces preocupada.

—Valium —replicó. Inspiró tranquilamente, con una serena sonrisa en el rostro—. Es una maravilla lo que puede hacer una diminuta pastillita de nada con los niveles de estrés. La verdad es que me encuentro mejor que nunca. Os lo recomiendo. —Miró a sus amigas, que la contemplaban con asombro—. ¡Os lo habéis creído! —dijo riendo, pero nadie la secundó—. ¡Era broma! ¿Pensáis que soy una irresponsable?

—Pues si quieres que te diga la verdad, sí —le espetó Candace con inquietud—. A este paso, tu bebé nacerá riendo a carcajadas.

—Bueno, si se parece a su padre tendrá mucho sentido del humor.

—¿A cuál de los dos? —preguntó Candace. Y añadió riendo—: ¿O resulta que los dos son divertidos?


espués de tres Bellinis, Angélica fue a recoger a los niños de buen humor. Estaba contenta de volver a la rutina, y hasta se alegró de ver a Jenna Eldrich, bronceada y con el pelo más claro a causa del agua de mar. Normalmente eso bastaba para irritarla, pero esta vez se sentía generosa y dejó que Jenna se lamentara de la casa de la playa en Mustique y del chalet de Suiza, de lo mal que lo habían hecho los constructores y el decorador. Ni siquiera se molestó cuando comentó que la encontraba muy pálida. Norfolk y la Provenza quedaban atrás, y ahora sólo pensaba en Sudáfrica.

Al llegar a casa vio a un hombre con pantalones caqui y camisa azul sentado en el umbral. Llevaba un cinturón de herramientas, y le dirigió una sonrisa tímida.

—Hola, espero que no le importe que me quede un rato aquí.

Su acento y sus maneras afables eran del East End. No parecía peligroso. De hecho, era bastante guapo, con cara de niño y unos ojos azules que transmitían sinceridad.

—Claro que no —dijo Angélica, con una educada sonrisa.

Abrió la puerta, dejó pasar a los niños y puso las mochilas sobre la mesa del comedor. Los niños se fueron corriendo al cuarto de juegos y ella se disponía a prepararse un té cuando llamaron a la puerta. Supo inmediatamente que era el tipo de la entrada.

—Siento molestarla, señora, pero me encuentro en un apuro. Soy carpintero y trabajo en el edificio de enfrente. —Se apartó un poco para dejarle ver los andamios—. Es una obra importante.

—Desde luego.

—El caso es que Steve se ha llevado sin querer mi chaqueta con mi móvil y mi cartera. Llevo un tiempo esperando a que vuelva, pero se marchó hace una hora, y supongo que se ha ido a su casa.

—Qué mala suerte. ¿Quiere usar nuestro teléfono? Mi marido está arriba, pero seguro que no le importa —mintió Angélica. Pensó que era el tipo de respuesta que daría Candace si fuese tan tonta como para dejar entrar a un extraño en casa, cosa que nunca haría. De todas formas, el tipo no parecía peligroso.

—Muy amable de su parte. Mire, me llamo John Stoke y soy carpintero. Aquí tiene mi tarjeta —dijo, metiendo la mano en el bolsillo.

*Me será útil cuando necesite un carpintero*, se dijo Angélica. *Y algún día lo necesitaré*. Observó que tenía las manos grandes y callosas, salpicadas de pintura.

—Si no le importa, llamaré a mi móvil a ver si me contesta.

Angélica le condujo a la cocina y preparó dos tazas de té.

—¡Maldita sea! —exclamó el hombre en tono desesperado—. ¡No me coge el teléfono! Vivo en Northampton y ni siquiera tengo dinero para el tren. ¿Le importa que telefonee a mi mujer?

—No hay problema. ¿Toma el té con leche y azúcar?

El tipo la miró avergonzado.

—No es necesario que me prepare un té.

—Está usted congelado.

—Bueno, ahí fuera hace mucho frío para estar sin abrigo. Leche y dos azucarillos, gracias. —Llamó a su mujer—. Hola, cariño, soy yo… He sido un tonto. Steve se ha marchado con mi abrigo… Buena pregunta, él dejó el suyo, pero ahora la obra está cerrada. Pensé que volvería en cuanto descubriera su error… Sí, ahora voy para casa… No lo sé, pensaré algo. Sí, ya sé que es el cumpleaños de Robbie, ya llegaré, no te preocupes. Te llamaré cuando se me ocurra algo… Vive enfrente de la obra… Vale, ya se lo digo, adiós. Mi esposa le da las gracias por echarme una mano.

—De nada. ¿Por qué no llama a su jefe? —dijo, dándole la taza de té.

—No tengo su número de teléfono, está en el móvil. —Se encogió de hombros—. Soy autónomo, y cambio de jefe cada semana.

—¿Cuánto necesita? Puedo prestarle dinero para volver a casa. Me lo puede devolver mañana. Al fin y al cabo, trabaja aquí mismo.

—¡No puedo aceptarlo! No me conoce. ¿Cómo sabe que no me quedaré el dinero y me iré?

—Con el poco dinero que tengo en el bolso no creo que llegue usted muy lejos, la verdad.

—Bueno, es usted muy amable. Me da un poco de vergüenza, pero acepto su ofrecimiento, porque no sé cómo llegar a casa si no. Es el cumpleaños de mi hijo Robbie. Cumple seis.

—Los mismos que nuestra hija.

—Entonces ya sabe lo importante que es estar con ellos.

—Desde luego. —Abrió el bolso y buscó su monedero—. Tengo cincuenta libras. ¿Será suficiente?

—Es más que suficiente. Le prometo que mañana se lo devolveré.

—Confío en usted.

—Gracias por el té, justo lo que necesitaba. Ahora me siento mejor. Hace frío fuera.

—No puede marcharse así, en camisa.

—Soy fuerte. Sobreviviré.

—¡Si está helando! Yo llevaba sombrero y guantes y tenía frío.

—Pero usted es una señora, no está acostumbrada a trabajar al aire libre como yo.

—¿Quiere que le preste un abrigo? —Fue al vestíbulo y abrió el armario donde colgaban perfectamente alineados los abrigos de Olivier. Sacó una chaqueta marinera—. No hace falta que se lo diga a mi marido —dijo con una sonrisa—. Mañana me lo devuelve y ni siquiera se enterará.

—No puedo aceptarlo.

—Cójalo. Estamos a bajo cero y la temperatura seguirá bajando. —Miró por la ventana y vio que ya estaba oscuro.

—Está bien, es usted muy amable. Ya no quedan muchas personas como usted. La gente se ha vuelto muy desconfiada, y el mundo ahora es menos acogedor. —Se puso el abrigo—. Es bonito.

—Es de cachemira.

—Muy bonito.

Le entregó el dinero.

—Vaya con cuidado. Hasta mañana.

—Con esto parezco un verdadero caballero —dijo riendo—. Mañana empiezo a las siete.

—Yo ya estaré levantada. Ya sabe cómo son los niños, y tengo que prepararles para llevarlos al cole. Llame al timbre. Si yo no estoy, le da el dinero a Sunny, la criada.

—Que Dios la bendiga. —Sonrió con agradecimiento y metió las manos en los bolsillos—. Adiós.

Angélica, todavía un poco achispada, se sintió muy buena por haber ayudado a un desconocido en apuros. Pero había llegado el momento de hacer los deberes con los niños, y entre las mates y los libros del cole se olvidó del asunto. Y cuando llegó Olivier, prefirió no comentarle nada. No le hacía gracia contarle que le había prestado a un desconocido uno de sus abrigos preferidos. A la mañana siguiente estuvo tan ocupada vistiendo a los niños y dándoles el desayuno que tampoco se acordó del carpintero. Los niños se distrajeron tanto con la nieve que había caído durante la noche que llegaron tarde al colegio. Y fue de regreso a casa cuando Angélica recordó finalmente al desconocido.

Esperaba que Sunny le dijera algo de un hombre que había devuelto un abrigo y dinero, pero la mujer le aseguró que nadie había llamado a la puerta.

—Qué raro.

Sunny se encogió de hombros.

—A lo mejor está allí —dijo, señalando el edificio en obras, repleto de gentes trabajando.

Angélica empezaba a temerse lo peor, y ya se sentía mal sólo de imaginar el enfado de Olivier.

—Voy a preguntar.

Cruzó la calle arrebujada en el abrigo. La nieve del asfalto ya se había fundido, pero las aceras y las cunetas todavía estaban blancas, tan blancas como su rostro angustiado. Se acercó a un obrero con unos sucios pantalones de peto que vigilaba la entrada.

—Perdone.

El hombre la miró de arriba abajo con aprobación.

—¿Trabaja aquí un tal John Stoke?

El hombre frunció el ceño.

—No hay ningún John Stoke. John Desmond sí, pero ningún John Stoke.

—Es carpintero. Joven y de ojos azules. Muy simpático —titubeó antes de continuar, tratando de no derrumbarse—. ¿Y hay, por casualidad, alguien que se llame Steve? —Al ver la mirada inexpresiva del hombre se le hizo un nudo en el estómago—. Así que no hay ningún Steve.

—Ningún Steve —dijo amablemente el hombre—. Señora, ¿acaso la han timado?

# 19

El mundo exterior es un reflejo de tu mundo interior. Céntrate en la belleza que tienes dentro.
*En busca de la felicidad perfecta*

Cuando se lo contó a Candace por teléfono, su amiga estalló en carcajadas.

—¡Oh, Dios mío, Angélica! ¡Cómo demonios se te ocurrió dejar entrar a un desconocido en tu casa? ¿Con los niños dentro? ¿Te has vuelto loca?

—El obrero de enfrente dice que ya lo ha hecho otras veces. Lo bueno es que nunca pide dinero. A mí tampoco me lo pidió.

—Pero tú se lo ofreciste.

—Intentaba ser amable.

—¡Cómo te quiero, Angélica!

—Pues ahora mismo yo no me quiero demasiado. Y Olivier todavía me querrá menos cuando lo sepa.

—¡No se lo irás a explicar!

—Tengo que decírselo… Le di al hombre su abrigo preferido de Ralph Laurent. Me he metido en un buen lío.

—¿Sabes una cosa? Yo no le diría nada. Normalmente no soy partidaria de mentir, pero en este caso, cuando su reacción es tan predecible, creo que me inventaría algo. Dile que lo han perdido en la tintorería.

—Bueno, eso resulta creíble.

—No creo que sea bueno para vuestro matrimonio que le digas la verdad. Sobre todo ahora que estás a punto de irte a Sudáfrica.

Angélica hizo caso omiso de la insinuación.

—¿Cómo he podido ser tan crédula?

—No eres de natural desconfiado.

—Incluso le dije que mi marido estaba en casa.

—Así que no confiabas totalmente en él.

—Intenté pensar qué harías tú en mi lugar.

—Sabes perfectamente lo que haría. Lo mandaría al *pub* más cercano para que le pidiera al dueño que le dejara usar el teléfono. ¿Una mujer sola en casa con los niños? ¡No puedes decirlo en serio!

—Si sólo se hubiera quedado con mi dinero, no me importaría, pero ¿cómo se me ocurrió darle el abrigo de Olivier? ¿Por qué no le di uno de los míos?

—Por lo menos tuviste la inteligencia de no darle uno de los tuyos.

—¡Qué idiota soy!

—No te atormentes. Podía haber sido peor. Podía haber cogido a los niños.

—Ahora me estás asustando.

—Mejor, así no volverás a ser tan inocente. No puedes ir por ahí confiando en alguien simplemente porque es guapo y tiene una mirada sincera en sus ojos azules.

—¿Crees que me habrá estado espiando?

—Claro que te estuvo espiando. Te eligió a ti porque sabía que eras fácil de embaucar.

—Espero que no vuelva.

—Es demasiado inteligente para cometer semejante error. Pero deberías ir a la policía y explicarles exactamente lo que pasó. Probablemente hace lo mismo por todo Kensington y Chelsea. ¡Tienen que atraparlo antes de que llegue a casa de Kate!

Estuvo una hora en la comisaría de Earls Court Road explicándole a un joven policía lo que había ocurrido. No le consoló saber que se trataba de un ladrón que actuaba aprovechándose de las mujeres como ella, que se apiadaban de él. Para colmo, había perdido el abrigo de Olivier. De todas formas decidió no contárselo; ya se inventaría algo cuando descubriera que el abrigo no estaba. Era preferible que su marido la tildara de despistada a que supiera la verdad.

Se lo contó a Jack, sin embargo, y le sorprendió su reacción. No se rió como Candace. Sólo pensó en su seguridad.

—Podía haber sido terrible, Angélica. No puedes abrir la puerta de tu casa a un desconocido —dijo muy nervioso—. ¡Prométeme que no lo volverás a hacer!

—Desde luego que no. No puedo permitirme perder otro abrigo.

—A la porra el abrigo. Eres tú la que me preocupa.

—Eres un encanto.

—Tienes que ser más precavida. ¿Tienes buenas cerraduras en la puerta?

—Creo que sí.

—No seas tan británica y tan poco práctica en este tema. El mundo es un lugar peligroso.

—Vivimos en una zona muy segura.

—No te engañes. Ningún sitio está a salvo. Tienes que poner buenas cerraduras en la entrada y una cámara de seguridad para ver quién llama, y no abras la puerta a ningún repartidor sin pedirle que se identifique. No te fíes por el hecho de ver una camioneta y un uniforme, son muy fáciles de copiar. Tienes que estar más alerta.

—Pero esto no es Johannesburgo —protestó ella, enternecida.

—Gracias a Dios, no.


Como era de esperar, dos días más tarde Olivier descubrió que su abrigo no estaba. Angélica dijo que llamaría a la tintorería para que lo buscaran.

—Si lo han perdido, tendrán que pagarlo —dijo Olivier y, para alivio de Angélica, se olvidó del asunto.

Transcurridas dos semanas ya podía reírse de lo ocurrido y compartirlo con sus amigas. Estuvieron bromeando a su costa hasta que Kate explicó que en una ocasión le dio doscientas libras a un adivino hindú en Sloane Street porque le había dicho que no vistiera de negro los martes y adivinó el apellido de soltera de su madre y cuáles eran sus flores favoritas. Al fin y al cabo, ¿quién iba a adivinar que eran las peonías rojas? El adivino le enseñó fotos de su orfanato en Delhi. Como Kate sólo llevaba veinte libras, le informó educadamente que había un cajero automático en la esquina. La historia de Angélica cayó en el olvido y Kate volvió a ser lo que más le gustaba: el centro de la atención.

Había llegado el momento de hacer las maletas para Sudáfrica. Angélica fue colocándolo todo encima de la cama, y dobló con cuidado cada prenda para ponerla en la maleta. Estaba muy emocionada. Como el tiempo iba a ser caluroso, puso sus bonitos caftanes de Melissa Odabash, los pantalones *palazzo* blancos y las sandalias, y pidió hora en Richard Ward para hacerse reflejos y la pedicura.

A los niños no les gustaba la idea de que se fuera, pero Angélica había conseguido convencer a Denise, su antigua canguro, para que trabajara esa semana y le había dado instrucciones de que mimara a los niños todo lo posible. Separarse de ellos le rompía el corazón.

La tarde anterior a su partida, un policía llamó a la puerta cuando Olivier estaba en casa. Angélica se encontraba en la cocina con Joe, escuchándole mientras leía en voz alta *Harry Potter*, y como su marido estaba en el vestíbulo mirando el correo, fue él quien abrió la puerta. Angélica aguzó el oído. No conseguía oír cada palabra, pero sí lo suficiente como para entender que le estaban contando a su marido lo ocurrido con el carpintero y el abrigo. La tierra se abrió bajo sus pies y se maldijo por haber ido a comisaría. ¿Por qué no había mantenido la boca cerrada? Joe le reprochó que no la escuchara, y ella consiguió tragarse los nervios y asegurarle sonriendo que sí le estaba escuchando, pero en realidad estaba intentando inventarse una excusa. Sabía que su marido estaría furioso.

Cuando se cerró la puerta de entrada, una ráfaga de aire helado entró en la cocina. Angélica se estremeció. Olivier apareció en la puerta con una expresión muy seria.

—Joe, ve a jugar con tu hermana. Quiero hablar con mamá.

El niño se dio cuenta de que algo iba mal y miró asustado a su madre.

—Seguiremos leyendo más tarde —dijo Angélica, para no preocuparlo. Cuando su hijo salió de la cocina, exhaló un hondo suspiro y levantó la vista con resignación. El primer reproche de su marido no fue a causa de su seguridad, sino por el abrigo.

—Era mi abrigo favorito. Hacía veinte años que lo tenía. ¿Por qué no me lo dijiste?

—Estaba demasiado avergonzada —respondió Angélica con sinceridad. No tenía sentido ocultarlo.

—Me mentiste. Me dijiste que estaba en la tintorería.

—Sí, lo siento. Quería evitar que te enfadaras.

—Pues sólo lograste retrasarlo.

—Ya lo veo.

—¿Por qué no le enseñaste la caja fuerte y le ofreciste tus joyas? ¿Por qué le diste solamente el abrigo?

—No seas sarcástico.

Olivier se apoyó ceñudo en el aparador.

—A veces me desconciertas, Angélica. Haces algunas locuras que son enternecedoras, pero esto es preocupante. No estoy seguro de que pueda confiar en ti.

Fue como una bofetada.

—Esto no tiene nada que ver con la confianza. Mejor dicho, no tiene que ver con la confianza en mí, sino con el hecho de que confíe en un desconocido. Le pasa a mucha gente. Kate habría hecho lo mismo.

—Este ejemplo no sirve. Kate le habría entregado las llaves de su casa.

—Bueno, cometí un error. Pero no era más que un abrigo.

—Permitiste que un desconocido entrara en nuestra casa. ¡Podía haberles hecho daño a los niños! —Suspiró profundamente—. Bueno, supongo que tendría que agradecerte que no se los hayas entregado sin más.

—No digas tonterías.

—No sé si puedo confiar en ti para cuidar de los niños. Los pones en peligro.

Como movida por un resorte, Angélica se encaró con él. Apretaba los puños como si fuera a pegarle.

—¡Cómo te atreves a poner en duda mi capacidad de cuidar de nuestros hijos! No tienes ni idea. Te pasas el día en la oficina y vuelves tarde y malhumorado. ¿Quién crees que cuida de ellos? ¿Quién se ocupa de que coman y vayan al colegio? ¿Quién hace con ellos los deberes, cada día, y procura que entiendan las lecciones? ¿Quién los ayuda a levantarse cuando se caen y les da un beso para consolarlos? ¿Quién los arropa por la noche? —Por último lanzó su arma letal—. ¿A quién van a buscar cuando están asustados o cuando se han hecho daño? Nunca más digas que soy una mala madre. Soy una mala esposa, vale, lo acepto. ¿Y sabes una cosa? Ahora mismo no me importa en lo más mínimo. Regalé tu abrigo… y ojalá te hubiera regalado a ti también.

Ante la mirada asombrada de su marido, Angélica salió de la cocina, cogió el abrigo y el bolso y salió al frío de la calle. Olivier oyó el portazo de la puerta de entrada y se quedó helado, sin saber qué hacer. Cuando se tranquilizó, comprendió que había ido demasiado lejos.

Angélica bajó por Kensington Church Street y se sentó en uno de los bancos detrás de la iglesia. Era de noche, no había nadie. El viejo enlosado de York estaba húmedo y reluciente. Hacía tanto frío que ni siquiera las palomas se atrevían a salir. Envuelta en su abrigo, se puso a sollozar sin control. La injusta acusación de su marido le había dolido muchísimo, como si le hubiera cortado su orgullo y su identidad con el filo de una espada. Isabel y Joe lo eran todo para ella.

Cuando acabó de llorar, sacó el móvil y llamó a Jack. Tuvo que esperar largo rato a que contestara. Por fin, el sonido de su voz alivió su enfado y repuso el amor en su corazón. Imaginaba a Jack en lo alto de una montaña inundada de luz, y deseó encontrarse con él en aquel lugar radiante, en tanto que su marido estaba hundido en un valle de sombras.

—Olivier es de esos hombres que, en el calor del momento, dicen cosas que no piensan, No le reproches que se asustara, Angélica —le dijo, cuando ella le explicó lo que había pasado.

—Me ha hecho daño —dijo. Los ojos se le volvieron a llenar de lágrimas.

—No llores, cariño. Pasado mañana estarás aquí, y en cuanto lleguemos al hotel te tomaré en mis brazos.

—Si no fuera por mis hijos, no querría volver nunca.

—Cuando me lo explicaste, yo también me asusté.

—Pero tú fuiste comprensivo.

—Es mi forma de ser. No me enfurezco fácilmente, soy más filosófico. Además, no creo que vuelvas a dejar entrar a un desconocido en casa, y menos a darle otro de los valiosos abrigos de Olivier.

—Él está muy orgulloso de su ropa.

—No tiene sentido enfadarse con alguien que se da perfecta cuenta de que ha hecho una tontería. No hay mejor maestro que la experiencia.

—Ojalá Olivier pensara así.

—La experiencia también es su mejor maestra. Seguro que está arrepentido de haberte hablado así. Aprenderá a pensar antes de hablar.

—No quiero volver a casa.

—Tienes que hablar con él y hacer las paces antes de tomar el avión mañana.

—No sé si seré capaz.

—Vete a dar un paseo y el aire frío te calmará. Piensa en cosas positivas.

—Como tú.

—Si eso te ayuda.

Al oír su risa, Angélica se empezó a sentir mejor.

—La vida es demasiado corta para perder un solo momento enfadado. Cada segundo es precioso. Ve a casa y estrecha a tus hijos entre tus brazos, esto te hará sentir mejor. Luego estrecha a Olivier entre tus brazos y haced las paces.

—No pienso hacerlo. Primero tiene que disculparse.

—A lo mejor esta vez tienes que ser más generosa.

—No me siento generosa. Me siento herida y furiosa.

—No pareces la Salvia que yo conozco, la mujer que se pregunta sobre el secreto de la felicidad y que habla con tal seguridad sobre el amor sin condiciones y sobre la necesidad de desprendernos de nuestro ego. Si te desprendes ahora de tu ego, dejarás de sentirte dolida. Si no hay ego, no hay dolor.

—Así parece muy fácil, pero me queda un largo camino por recorrer.

—Tal vez, pero si ahora das un salto acortarás la distancia.

—¿Cómo es que te has vuelto tan sabio de repente?

—Sólo te digo lo que me dirías tú en la misma situación. Soy la voz de tu Ser Superior.

—Si mi Ser Superior dijera estas cosas, le escucharía siempre.

Soltó una carcajada y luego inspiró profundamente. El enfado se le había pasado.


Ahora Jack era el caballero de la brillante armadura en comparación con Olivier. Su marido había reaccionado con enfado y acusaciones, en tanto que Jack sólo había temido por su seguridad. Por primera vez, Angélica se preguntó cómo sería estar casada con él. No es que hiciera planes para conseguirlo, pero dejó volar su imaginación. Sentada en el banco, con los brazos cruzados y la mirada perdida en la oscuridad, imaginó su vida con él y su corazón se llenó de regocijo. ¿Amaba a Olivier, o llevaba tanto tiempo casada con él que tomaba por amor lo que era familiaridad? En aquel momento, lo que sentía por él no era amor, sino rabia y deseo de hacerle daño.

Al mirar el reloj vio que llevaba una hora fuera de casa. Tenía que regresar. Emprendió el camino de vuelta con la cabeza agachada contra el viento y la fina lluvia que había empezado a caer. Vio que las luces estaban encendidas y se dijo que los niños se preguntarían dónde estaba. La necesidad de verlos la arrastraba de vuelta como si estuviera atada a sus hijos por una cuerda invisible.

En cuanto Angélica cerró la puerta apareció Olivier con expresión de inquietud. Estaba pálido y tenía una mirada apagada. Parecía deshecho.

—¿Dónde has estado?

—Paseando. Necesitaba salir. —Se quitó el abrigo y lo colgó en el armario.

—Siento lo que te dije.

Angélica se encogió de hombros. Todavía no podía perdonarlo.

—No debería haberte acusado de ser una mala madre.

—No, desde luego.

—No lo he dicho en serio, sólo estaba enfadado. Puedo comprarme otro abrigo.

—Como quieras.

—Quiero decir que no puedo comprarme otra mujer y otros hijos. —En su rostro se dibujó una sonrisa bobalicona, esperando que ella hiciera un gesto de perdón, pero Angélica continuó impasible—. ¿Quieres saber lo que me ha dicho el policía?

—La verdad es que no.

—Han arrestado al ladrón. Tienes que ir mañana a identificarlo.

—Le preguntaré por tu abrigo.

—¡No me importa el abrigo! —exclamó Olivier impaciente—. Además, no podrá verte.

—Eso sí que es un alivio.

—Me importas mucho. Lo siento, *ma chère*.

Angélica se dejó abrazar, pero no correspondió al abrazo de su marido. Era como si estuviera presenciando la escena desde lo alto.

—¿No vas a perdonarme? —le preguntó cariñosamente. Se apartó un poco para mirarla a los ojos.

—Estoy dolida, Olivier. No puedo pasar de un estado de ánimo a otro tan fácilmente como tú.

—¿Qué más quieres que haga?

—Me dijiste una cosa horrible. No puedo pretender que no lo he oído.

Olivier se puso rojo de frustración.

—Ojalá no lo hubiera dicho. Olvidemos lo ocurrido, como si no hubiera pasado nunca.

—Tienes que pensártelo dos veces antes de lanzar esas acusaciones.

—Ya lo sé. ¡Soy un idiota! Pero no puedes marcharte enfadada a Sudáfrica. ¿Y si pasa algo? Lo último que nos habremos dicho serán palabras de enfado, y eso no me lo perdonaría nunca.

Angélica se lo quedó mirando como si lo viera por primera vez.

—Siempre se trata de ti.

—¿Qué quieres decir?

—Voy arriba a bañar a los niños. No quiero hablar más de esto. Una semana en Sudáfrica es justo lo que necesito…, lo que necesitamos. Estoy cansada de girar a tu alrededor, Olivier.

Dicho esto, subió al piso de arriba sin mirar atrás. Al quedarse solo, Olivier entró en la cocina y se sirvió una copa de whisky. Luego se apoyó en el aparador y agachó la cabeza.

Angélica se mordió el labio. Se sentía culpable. Acababa de dar un paso más hacia la inevitable cascada, acababa de traspasar una frontera, y ni siquiera había intentado coger la mano que le tendían.

# 20

A menudo uno encuentra su destino en el camino
que ha tomado para evitarlo.
*En busca de la felicidad perfecta*

Al día siguiente, Angélica ocupaba un asiento de primera clase
en el avión que la llevaba a Sudáfrica. En un intento de acallar el
dolor de su corazón, estaba tomándose una segunda copa de
Sauvignon Blanc y rememoraba una y otra vez la escena de la
despedida con insistencia masoquista. Agarrado a ella, con la cara
enterrada en su cuello y expresión desesperada, Joe había llorado
tanto y le había preguntado tantas veces por qué se iba que Angélica estuvo a punto de echarse atrás. Tuvo que reunir todas sus
fuerzas para separarse de él. Si la gira no hubiera estado tan perfectamente planificada, la habría anulado, pero había tanta gente
implicada que ya no era posible. Y sólo se trataba de una semana.
Poniendo los labios en la mejilla empapada en lágrimas de su
hijo, susurró: estaré de vuelta para el Joe Total.

Isabel también lloró, pero sólo porque veía llorar a su
hermano y no quería ser menos. Aunque apenas tenía seis

años, la niña tenía mayor resistencia. Se conformó con las promesas de su madre y con la idea de tener a su padre para ella sola. Olivier les prometió que todos los días llegaría pronto para leerles un cuento. Isabel estaba contenta de quedarse con su padre, pero para Joe la única que contaba era su madre.

Angélica se alegró de sentir un ligero mareo, le ayudaba a olvidar la herida provocada por su discusión con Olivier y la separación de los niños. Antes de irse besó a su marido con frialdad, y él la abrazó más largamente de lo necesario, esperando ablandarla. Pero ella estaba tan enfadada que por más que intentó mostrarse cariñosa no consiguió entregarse. Su corazón siguió cerrado como un puño. Ahora, las dos copas de vino tuvieron el efecto de convencerla de que no lamentaba su comportamiento. Tenía todas las razones para seguir enfadada con él. La balanza del poder nunca se había inclinado tanto de su lado, pero en realidad era una falsa victoria. Su amiga le habría dicho que quería seguir enfurruñada porque así tenía la excusa perfecta para ser infiel. Tomando otro sorbo de vino, apartó a su amiga de sus pensamientos. No le apetecía cuestionarse los motivos para no hacer las paces. Cuando apuró su copa, estaba prácticamente convencida de que, después de lo que le había dicho Olivier, ella tenía derecho a buscar cariño en otra parte.

Después de cenar mirando *Vicky Cristina Barcelona*, se tapó con una manta y se quedó dormida. No soñó con Jack ni con Olivier, sino con sus hijos. Las caritas preocupadas de Joe y de Isabel se le clavaron profundamente en el corazón y lo hicieron sangrar.

Aterrizaron por la mañana muy temprano en Johannesburgo. Ya a esas horas de la mañana, la luz era deslumbrante. Acostumbrada a los cielos grises y nublados de Inglaterra,

Angélica guiñó los ojos al contemplar el cielo azul. El sol le elevaba los ánimos.

Se olvidó momentáneamente de su familia y pensó en Jack. Le había pedido que no viniera a recogerla al aeropuerto, porque su editor se encargaría de enviar a alguien para llevarla al hotel, y allí tendría el tiempo justo de ducharse antes de asistir a una comida. Por la tarde tenía una charla en Pretoria con un grupo femenino de lectura. Sin embargo, consiguió tener la noche libre explicándole a su agente que estaría muy cansada después del vuelo y necesitaría dormir. Jack la llevaría a cenar a un sitio tranquilo, pero habían quedado en que concretarían la hora, porque no estaba segura de cuándo acabaría la charla de Pretoria.

La sola idea de encontrarse en el mismo continente que Jack ya la ponía nerviosa. Se dirigía inexorable hacia una aventura, y aunque tuviera algunas reservas ya era demasiado tarde para detenerse; sin fuerza de voluntad para cambiar el curso de los acontecimientos, se veía arrastrada hacia el abismo y estaba aterrada. Candace se encontraba muy lejos, al otro lado del mundo, y sus sensatas reflexiones se perdían en la distancia. Angélica no pensaba en su amiga ni en su familia. En Sudáfrica, lejos de todos sus conocidos, lejos de la Angélica que conocía, podría adoptar cualquier personalidad…, no importaba, porque de vuelta a Inglaterra sería la misma de antes.

Cuando salió de la sala de llegadas del aeropuerto, vio a una chica guapa y morena que levantaba un cartel con su nombre y le hizo una señal con la mano. La chica se acercó sonriente entre las muchas personas que estaban esperando.

—Hola, soy Anita. —Miró avergonzada el tosco cartel que había estado enarbolando—. Lo siento, no sabía si la reconocería. Bienvenida a Johannesburgo —le dijo, estrechándole la mano.

A Angélica le encantó su acento. Le recordó a Jack.

—Me alegro de estar aquí —dijo con sinceridad, inhalando el aire de exotismo y notando ya el sabor dulce de la fruta prohibida.

—Tienes muy buen aspecto, teniendo en cuenta la duración del vuelo.

—He dormido casi todo el rato.

—Bien, entonces, ¿no estás demasiado cansada para la comida?

—En absoluto.

—Hemos agotado todas las entradas, lo que está muy bien. Incluso algunas personas se quedaron sin entrada. Será divertido.

Entraron en el aparcamiento. Era verano, y al sol hacía un calor tremendo. Una suave brisa agitaba las hojas de los frondosos árboles, donde se escondían multitud de pájaros que entraban y salían continuamente. Anita iba muy guapa, con un vestido negro y zapatos rojos. Angélica se moría de ganas de quitarse los vaqueros para ponerse algo más ligero. El coche estaba caliente, con el asiento trasero a rebosar de papeles y carpetas. Anita puso en marcha el aire acondicionado. En el suelo del vehículo, junto al conductor, había una bolsa llena de botellas de agua.

—Por si tienes sed —le dijo, entregándole una botella—. Ahora vamos directos al Grace. Creo que te gustará, es muy bonito. En la parte de detrás tiene un jardín y una piscina, así que esta tarde puedes tumbarte allí a descansar. Nos iremos a Pretoria a las cuatro.

—¡Una agenda apretada!

—Claudia dejó muy claro que querías aprovechar al máximo estos cinco días. Imagino que tienes hijos y quieres volver con ellos.

—Y un marido furioso.

—¿No le gusta que viajes?

—No. Quiere que su rutina diaria sea siempre la misma. Es muy puntilloso en todo, desde su manera de doblar las camisas hasta mi papel de cuidadora del hogar y de los niños. Le gusta que todo esté limpio y ordenado.

—Entonces está bien que hayas hecho este viaje.

—Desde luego. —Inspiró profundamente, feliz de saborear la novedad de la libertad—. Disfrutaré de este tiempo para mí.

—Es bueno para las relaciones que cada uno tenga su espacio. Así te das cuenta de lo mucho que quieres al otro.

Angélica se puso las gafas de sol con una carcajada.

—Pues yo todavía no le echo de menos.

Anita la llevó a dar una vuelta por la ciudad con el coche, y Angélica paseó la mirada por las arboladas calles de Johannesburgo, fascinada por su aire exótico. Una de las primeras cosas que le llamó la atención fue la ausencia de gente en la calle. No había mamás empujando el cochecito ni gente haciendo *jogging* o paseando al perro. Las casas se escondían tras gruesos muros rematados por pinchos y alarmas, la entrada estaba guardada por vigilantes que miraban suspicaces a su alrededor. No parecía que mucha gente quisiera salir a disfrutar de los frescos plátanos y de las buganvillas que trepaban por todas partes.

—Hay un alto índice de delitos. A todo el mundo le ha pasado algo. Es triste, pero no parece que vaya a arreglarse. Lo único que puedes hacer es fortificar tu casa hasta que sea tan segura como un castillo. Y si eres una mujer, no sales sola de casa, no conduces sola por la noche, y desde luego no te paras en un *stop*. Ni siquiera en los robots.

—¿Robots?

—Así llamamos a los semáforos —dijo Anita riendo—. Los extranjeros siempre lo encuentran gracioso.

—Entonces, la gente hace su vida en las casas.

—Tras estos muros se encuentran algunas de las casas más bonitas que hayas visto nunca: maravillosos jardines con palmeras, piscinas, flores de todos los colores, pájaros exóticos. Viven bien, pero tienen que sacrificar su libertad.

—¿Y vale la pena? ¿Por qué los ricos no se marchan a un lugar más seguro?

—Porque aquí está su vida, sus amigos. Y el clima es perfecto. Pero no olvides que no podemos sacar mucho dinero del país, y Europa es muy cara. Si eres rico, ¿qué puedes hacer? ¿Dejarlo todo y volver a empezar?

—¿Pasa lo mismo en Ciudad del Cabo?

—No, allí no hay tanta delincuencia. Es una ciudad costera con un aire más europeo. Yo preferiría vivir allí, pero mi trabajo está aquí, así que no tengo opción.

—Pero también hay bastante delincuencia…

—Siempre que haya una gran diferencia entre ricos y pobres tendrás delincuencia.

—¿Y en el campo?

—Por todas partes. Tienes que tener siempre mucho cuidado. Nosotros ya estamos acostumbrados a ello. Y hablando de esto, no lleves aquí estos anillos.

Angélica echó un vistazo a su anillo de compromiso y a su aro de brillantes.

—¿Lo dices en serio?

—Salvo que quieras que te corten el dedo. No te asustes —dijo cuando la vio palidecer—. Puedes esperar a que lleguemos al hotel, pero mejor que los pongas a buen recaudo.

—Nunca me los he quitado.

—No es el momento de ponerse sentimental. La seguridad es lo primero de todo.

Entraron en el hotel a través de unas galerías comerciales.

—Es más seguro que andar por la calle —dijo Anita.

Tras su charla sobre delincuencia, también Angélica prefería no salir a la calle. Las galerías estaban abarrotadas. Como en un hormiguero, la actividad tenía lugar bajo tierra. Angélica recorrió con la mirada las tiendas y decidió que prefería pasar la tarde aquí que quemándose en la piscina.

—Cerca de aquí hay un mercado africano que está muy bien, con telas y joyas. Esta tarde te puedo llevar, si te apetece. Es muy turístico, pero puedes regatear para conseguir mejores precios. Hay algunas cosas realmente bonitas.

El Grace, un hotel elegante y antiguo, con cómodos sofás tapizados de rojo, espejos de marco dorado, muebles de caoba y tiradores de latón, le recordó a Londres. La registraron rápidamente. Anita se despidió cuando el botones se disponía a llevar el equipaje a la habitación.

—Tienes una hora más o menos para descansar un poco. Te llamaré desde aquí cuando haya que bajar.

Encantada de encontrarse por fin a solas, Angélica le dio una propina al botones, que sonrió agradecido y dejó las maletas en la rejilla portaequipajes. Era una habitación amplia y elegante, con altos ventanales, paredes de un verde pálido, una cama de gran tamaño y un escritorio de caoba. Se dijo que debían de valorarla mucho para alojarla en un hotel tan bueno. Deseosa de tener noticias de los niños, se acercó al teléfono para llamar a Olivier, pero en cuanto levantó el auricular, volvió a recordar su enfado. Aunque quería saber cómo estaban sus hijos, no estaba preparada para hablar con su marido. Colgó el teléfono y entró en el cuarto de baño para darse una ducha. Dejaría a Olivier en ascuas. Luego llamaría a Jack.

Su intención se vio reforzada mientras se enjabonaba el cuerpo con los ojos cerrados, pensando en Jack. En su boca se dibujó una sonrisa culpable al anticipar el placer de volver a besarle. Casi podía notar la aspereza de su barba, su aliento en el cuello y el peso de sus brazos poderosos. Cuando salió de la ducha, se sentó encima de la cama y se quitó los anillos. Le costó un poco: tuvo que girar y estirar, pero finalmente pudo guardarlos en un bolsillo interno de su neceser. Le parecía tener la mano desnuda, pero se sentía libre.

Encendió el móvil y a desgana envió un mensaje de móvil a Olivier, indicándole el teléfono del hotel, pero con instrucciones de no llamarla porque estaría dando una charla. Había tres llamadas perdidas de Jack. Pulsó rellamada y la respuesta fue inmediata.

—¡Ya estás aquí! —Sonaba tan contento que le hizo olvidar a Olivier.

—Por fin.

—¿En el Grace?

—Aquí mismo.

—No puedo creer que estés en la misma ciudad que yo.

—Yo tampoco.

—Así que ahora tienes una comida.

—Sí, en el hotel.

—¿Y después?

—Nada hasta las cuatro. Tengo que ir a Pretoria para una velada literaria.

—Cenaremos juntos. —Angélica podía verlo sonreír.

—Los dos.

—No creo que pueda esperar tanto.

—Bueno, no te queda más remedio.

—Dios mío, estás en Johannesburgo. Me parece tan extraño.

—Es precioso.

—Ahora sí, porque estás tú.

Angélica rió avergonzada.

—Qué cosas dices.

—¿En qué habitación estás?

—Doscientos siete.

—Te llamaré esta tarde.

—No puedo esperar.

—Tampoco yo.

Como Jack parecía tener prisa en ese momento, Angélica colgó el teléfono y buscó algo que ponerse. Llena de emoción, vació la maleta sobre la alfombra. Entre el batiburrillo de prendas, escogió un vestido sin mangas de Heidi Klein, de un color azul grisáceo y unas sandalias de cuña. Se aplicó un aceite corporal que dejaba su piel lustrosa, se roció con agua de colonia de rosa y ámbar de Stella McCartney y se secó bien el pelo con la toalla para que le cayera suelto y rizado sobre los hombros. Por fin, satisfecha del resultado, pese a que el vestido estaba un poco arrugado, se dispuso a esperar la llamada de Anita. Miró el reloj. Faltaban veinte minutos, así que se acercó a la ventana y se puso a observar los jardines del hotel y los pajarillos que jugaban alegres entre los árboles y los macizos de gardenias.

El timbre de la puerta la sobresaltó. Pensando que sería Anita, se acercó a abrir, y se llevó la sorpresa de ver a Jack que la esperaba con una sonrisa triunfal, alto y grande como un oso.

—No podía esperar —dijo devorándola con la mirada. Y antes de que ella pudiera responder la tomó en sus brazos y entró en la habitación, cerrando la puerta tras él—. Dios mío, qué bien hueles —dijo inhalando su cuello.

Angélica rió encantada y se abandonó al estremecimiento de placer que recorrió su cuerpo como una cálida ola de miel. Las piernas no le sostenían, y sintió vértigo como si cayera de lo más alto.

Jack la besó en los labios y la raspó con su barba. Cuando le introdujo la lengua en la boca, Angélica se olvidó de Anita y de la comida. Dejó que él le desabrochara el vestido y que le acariciara la espalda, que sus manos rodearan sus senos y rozaran suavemente sus pezones. Exhaló un hondo gemido y echó la cabeza hacia atrás. El vestido cayó a sus pies como un charco azul. Cuando ya no podía sostenerse sobre las piernas, Jack la cogió en brazos y la llevó a la cama. Por una vez, Angélica no pudo pensar con palabras, no era capaz de justificar ni de condenar su infidelidad. Con la mente en blanco, se dejó arrastrar a un momentáneo paraíso donde sólo estaban ellos dos, libres para amarse el uno al otro.

Se rió al ver que Jack se quitaba las gafas y las dejaba sobre la mesilla de noche.

—¿Me ves?

Sin gafas, se le veían los ojos más grandes y de un color más intenso, de un verde grisáceo.

—Con mi sentido del tacto tengo más que suficiente para saborearte —dijo él con ternura. Le apartó el pelo de la cara y la besó en la frente, en las sienes, en las mejillas. Le dibujó la barbilla con la lengua y las orejas, mientras le pasaba suavemente la mano por el vientre y las caderas, hacia los muslos y las medias de seda de Calvin Klein. Angélica cerró los ojos y separó las piernas invitándole a entrar con una naturalidad que le sorprendió a ella misma antes de llegar a la frontera final con un gemido de éxtasis.

El teléfono les devolvió de golpe a la realidad. Estaban tumbados sobre la cama, desnudos y entrelazados, todavía jadeantes.

—Me llaman para la comida —susurró entre risas—. ¿Qué aspecto tengo?

—Estás maravillosa. —Jack la besó en los labios—. Es una pena que tengas que marcharte. Podría volver a empezar.

—Esta tarde tenemos una hora. —Angélica se incorporó y contestó al teléfono—. Bajo en un minuto —le dijo a Anita.

—Se me ocurren un montón de cosas malas que podemos hacer en una hora.

—Esto no ha estado mal para veinte minutos.

—Esta noche me tomaré mi tiempo.

Angélica se levantó de la cama, recogió el vestido del suelo y se metió en el cuarto de baño. Se rió con ganas al verse en el espejo. Estaba despeinada y tenía las mejillas enrojecidas y el rímel corrido. Se lavó con una toallita, se retocó el maquillaje y se roció otra nube de colonia sobre el pecho. Cuando salió del baño, encontró a Jack vestido con su traje de color crema y la camisa azul.

—Estás guapo —dijo Angélica acercándose a besarle—. Estaba tan sorprendida de verte que no me di cuenta.

—Voy a una comida importante.

—¿Sí?

—Hay una conferenciante muy guapa que ha venido especialmente desde Londres para dar una charla.

Angélica entrecerró los ojos.

—No vendrás a mi charla, ¿verdad?

—Créeme, sólo hay una conferenciante guapa en toda la ciudad.

—¡No puedes venir!

—¿Por qué no?

—No tienes sitio. Han vendido todas las entradas.

—Ya lo sé. Creo que compré la última.

—¿Cómo?

Se encogió de hombros.

—Soy tu primo.

—¿Mi primo? —No podía creerlo.

—Tienen que reservar unos sitios para la familia.

—Me distraerás.

—Eso espero. Me quedaría muy decepcionado si todos mis esfuerzos no tuvieran ningún efecto.

—Ahora sí que estoy nerviosa.

—No lo estés. Soy tu mejor fan, y además he leído *La serpiente de seda*, que es más de lo que puede decirse del resto de invitados.

—Pueden comprar los ejemplares hoy.

—Y lo harán cuando les explique que es una obra de arte.

—Y, tomándola entre sus brazos, la volvió a besar.


Salieron juntos del ascensor, como si fuera lo más natural del mundo. Anita estaba esperando en el vestíbulo del hotel.

—Te presento a mi primo, Jack Meyer.

La chica le dio la mano sin apenas prestarle atención. Lo que le preocupaba era que la autora llegara a tiempo a la charla.

—Vamos, nos estaban esperando.

Angélica miró a Jack y sonrió.

—Buena suerte —dijo él—. Levantaré la mano y haré la primera pregunta.

—Eso estaría bien, porque a veces la gente es tímida —dijo Anita.

—En Johannesburgo no —aclaró Jack.

—Es cierto, aquí somos bastante más lanzados. De todas formas, está bien dar el primer paso.

La sala estaba repleta de niños ilusionados que habían ido acompañados de sus padres y abuelos. Jack y Angélica se separaron nada más entrar. A ella la dirigieron hacia su grupo de fans y él se encaminó hacia el extremo opuesto de la sala y se quedó mirándola junto a la ventana. Su mirada la iluminaba como el sol, y un par de veces se volvió hacia él, como un girasol que se volviera hacia la luz. *Así sería si tuviera otra vida*, se dijo Angélica contemplando al apuesto caballero que minutos antes le había hecho el amor. Volviendo al presente, les dirigió una sonrisa a los niños, les dio las gracias por venir a verla un sábado y les dio la mano a varios padres, que se apresuraron a decirle cuánto les había gustado *Las cuevas de Cold Konrad*. Angélica seguía emocionada porque Jack estaba con ella, en la misma habitación, respirando el mismo aire.

# 21

La alegría no está en las cosas; está en nosotros.
*En busca de la felicidad perfecta*

Aquella misma tarde volvieron a hacer el amor en el hotel. Angélica se encontró otra vez desnuda en brazos de Jack, con una pierna cómodamente colocada entre las suyas. Encajaban tan perfectamente el uno con el otro como las ramas retorcidas del árbol del caucho. No se sentía en absoluto culpable. Todo resultaba tan natural y se encontraba tan lejos de su vida londinense que no había peligro de que los sorprendieran. Imaginarse que estaba soltera era lo más sencillo del mundo.

La charla fue un éxito. Cuando, fiel a su palabra, Jack levantó la mano para hacer la primera pregunta, se hizo un silencio en la sala. Todas las miradas se posaron sobre Angélica, que tuvo que hacer un esfuerzo por mantener la compostura. Apenas se enteró de la pregunta, en realidad, porque sólo podía mirarle a él, que parecía iluminado por un carisma sobrenatural. O tal vez era la luz que entraba por los ventanales a su espalda y le dejaba la cara en sombras. Con el pelo revuelto y una altura que empequeñecía a las dos señoras que lo flanqueaban, ofrecía una figura imponente. Su voz sonaba bronca después de haber estado haciendo el amor, y Angélica se sintió afortunada al pensar que, por lo menos de momento, aquel hombre de aspecto salvaje era suyo.

Marjorie Millhaven, la organizadora del evento, aplaudió vigorosamente y anunció a todos que Jack era el primo de la conferenciante. Los asistentes se volvieron hacia él y algunas madres soltaron risitas nerviosas. Una sombra de preocupación atravesó la frente de Jack. Angélica contestó a su pregunta y pasó rápidamente a la siguiente. La comida fue tan bien que Marjorie no dejaba que Angélica se marchara; cada vez que intentaba despedirse, alargaba el evento otros diez minutos. Pero ella era consciente de que cada minuto de retraso acortaba su tiempo con Jack, de modo que se dio prisa en firmar los libros y en hablar con todos los niños que se le acercaban, hasta que pudo librarse con la promesa de regresar dentro de un año.


—Te has mostrado muy profesional —dijo Jack, peinándola con los dedos—. Me has hecho sentir muy orgulloso, como primo.

—Fuiste valiente al venir.

—Sé que Sudáfrica es pequeño. Cabía la posibilidad de que me encontrara a un conocido, pero tuve suerte.

—¿Y qué habrías hecho de habértelo encontrado?

—Fingir que era tu primo —respondió tranquilamente, como si fuera una cosa sin importancia.

—¿Sabe tu mujer que estás aquí?

—Sí, y también sabe que te llevaré a cenar.

Angélica se quedó asombrada.

—¿Y no le importa?

—Eres mi amiga.

—¿Te acuestas con todas tus amigas?

—Sólo contigo —dijo dándole un beso en la frente—. No puedo mentirle.

—Entonces, ¿le has dicho lo que sientes por mí?

—No, no me lo ha preguntado.

—Y si te lo preguntara, ¿qué le dirías?

—No lo preguntará. Respeta mis límites.

—¿No es nada posesiva?

—Llevamos casados veinte años. Me conoce lo suficiente como para darme libertad.

—Parece una mujer extraordinaria. ¿Le das la misma libertad tú a ella?

—No la necesita.

A Angélica le pareció estar oyendo a Olivier. ¿Por qué eran tan hipócritas los hombres? Se incorporó en la cama para mirar a Jack.

—Entonces, está bien que tú tengas una aventura, pero no que la tenga ella. ¿Es eso lo que piensas?

—Ella no quiere una aventura.

—¿Cómo lo sabes?

—Lo sé.

—Tenéis una relación muy peculiar.

—Lo entenderás cuando la conozcas. Es excepcional.

Pero Angélica no tenía muchas ganas de conocerla.

—¿Seguro que es una buena idea? —le preguntó con inquietud.

Jack la estrechó con fuerza entre sus brazos.

—¿Estás loca? Vendrás a Rosenbosch, quieras o no. No pienses en Anna. —Y para tranquilizarla, añadió—: Vive el momento, Angélica. Deja que yo me ocupe de mi matrimonio.

En el coche con Anita, de camino a Pretoria, Angélica trató de apartar su pensamiento de la mujer de Jack. Había mucho tráfico en la autopista. A ambos lados se extendían los barrios de chabolas con los tejados de uralita reverberando al sol. Estaban lo bastante cerca como para apreciar su miseria. Anita le habló de la historia del país, de lo que fue vivir el *apartheid*, y del brillante futuro en el que ella creía con todo su corazón. Angélica asentía casi sin hablar, pero sólo atendía a medias, porque estaba rememorando la hora que había pasado con Jack. Sabía que debería telefonear a Olivier, aunque sólo fuera para que no sufriera. Se preguntó si se habría mostrado demasiado fría con él. Pero si telefoneaba a casa, Joe insistiría en ponerse, y no quería que la voz de sus hijos la devolviera a una realidad que intentaba dejar atrás. Lejos de su familia se sentía totalmente desconectada, como si viviera la vida de otra mujer. Anita dejó el coche en el aparcamiento y le dio una propina al guardia para que lo vigilara, como era costumbre.

—¿Qué pasaría si no le dieras dinero? —preguntó Angélica de camino al restaurante.

—¡Con toda probabilidad lo robaría él mismo! —exclamó Anita riendo.

El restaurante era una cabaña de troncos. Angélica lanzó un profundo suspiro, preparándose para otra charla, pero en cuanto entró se sintió transportada al mundo de Cold Konard. La iluminación era tenue, como en una cueva, y las paredes estaban decoradas con insólitas guirnaldas que imitaban la vegetación y cristales rojos y púrpuras del tamaño de pelotas. Llena de curiosidad, echó un vistazo al comedor. Lo habían preparado para una merienda infantil, y había alrededor de quince niños disfrazados: de Mart y Wort, de Yarnies, Elrods, Mearkins y Grouchoes.

Un enorme Wort se acercó a saludarla. Angélica rió encantada.

—Esto es lo que debe sentir J.K. Rowling.

—Me llamo Heather Somerfield, o Wort. —Soltó un bufido, incapaz de contener la risa al presentarse con aquel disfraz.

—¡Estás fantástica! —dijo Angélica, aunque el Wort que había imaginado era un elfo de metro y medio, no un huevo monumental—. Me hace mucha ilusión que os hayáis tomado todo este trabajo.

—A los niños les encantas. Están muy emocionados con tu visita. Y nosotros también. Quería disfrazarme de Mearkin, pero no hay leotardos para mi talla.

—Estás estupenda como Wort.

—Ven y te presentaré a los niños. Hay por aquí algunos Worts muy convincentes. —Entró en el comedor y dio unas palmadas, igual que una profesora—. Niños y niñas, tengo el placer de presentaros a Angélica Garner, la autora de *Las cuevas de Cold Konard*.

Hubo una serie de chillidos. Los niños dejaron sus juegos y la miraron tímidamente. Angélica pensó que debería haber ido disfrazada. Era evidente que la charla que había preparado para el grupo femenino de lectura no sería apropiada aquí. Perdería la concentración desde la primera palabra y resultaría muy embarazoso.

Heather la miró con aire expectante.

—Bueno, Angélica, ¿qué te gustaría hacer?

*Buena pregunta…, ¿qué hacemos ahora?*, se dijo preocupada. Al contemplar los cincuenta pares de ojos pintados que la miraban llenos de ilusión, esperando que hablara, titubeó un instante. No podía hablarles de inspiración a aquellos críos que se habían tomado el trabajo de disfrazarse. Necesitaban magia. Intentó dispersar la niebla de su mente, buscando por dónde empezar. Finalmente, como por arte de magia, todo se aclaró.

—Quiero que os sentéis a mi alrededor —dijo emocionada—. Os voy a contar una historia.

—Trae una silla, Megan, deprisa —le ordenó Heather a una Mearkin flaca como un palillo.

Megan volvió enseguida con una silla y la colocó en el centro de la sala. Entre las dos empujaron suavemente a los niños para que se acercaran. Finalmente se sentaron en semicírculo alrededor de Angélica entre murmullos y codazos. Inclinándose hacia delante, ella les habló en voz baja y teatral.

—¿Habéis oído hablar de los Troilers? —Los niños negaron con la cabeza. Los murmullos cesaron—. Los Troilers son gordos, feos y sucios, están siempre manchados de barro. Viven en el estuario, donde un río de aguas negras y sucias desemboca en el mar. Y estos Troilers, que viven en los agujeros que hay en las orillas de los ríos, comen unas criaturas de luz que se llaman Dazzlings. Los Dazzlings son etéreos, hermosos y ligeros; sin ellos el mundo acabaría en manos de los malvados Troilers. Cuantos más Dazzlings comen los Troilers, más fuertes y poderosos se vuelven y más se oscurece el cielo a medida que se va quedando sin luz. De manera que los Dazzlings necesitan ayuda. ¿Y quién mejor para ayudarlos que Conner y Tory Threadfellow que viven en Londres? Os preguntaréis: ¿y por qué ellos? Pues porque son humanos, y la única manera que tienen los humanos de alcanzar este plano de existencia que se encuentra siempre a nuestro alrededor, es a través de los sueños. Bueno, dejad que os explique lo que pasó y por qué dos niños (porque tienen que ser niños) son los únicos capaces de devolver el poder y la luz a los Dazzlings…

Los niños escucharon sin pestañear el cuento que Angélica se había inventado en Norfolk. Le sorprendió lo fácilmente que le fluían las ideas, la claridad con que las veía. Era como contemplar un lago de aguas cristalinas y ver el mundo mágico que había en el fondo, un mundo que siempre estaba allí, pero que no se adivinaba cuando el agua estaba turbulenta.

Heather y Megan estaban sentadas tomando el té, y escuchaban tan embelesadas como los niños. Anita la miraba atónita, sin poder creer que hubiera podido inventarse aquella historia sobre la marcha. Angélica sintió que por fin su imaginación se había puesto en marcha. Ahora vibraba de color y de entusiasmo, y cuanto más crecía la atención de los niños, más ideas acudían a su mente. Ya tenía su historia. Había estado allí mucho tiempo, y únicamente su propia apatía le había impedido verla.

Al acabar la historia, los niños se quedaron sentados, confiando en que hubiera más. La Mearkin flaca como un palillo y el Wort con forma de huevo le dieron las gracias, y todo el mundo estalló en aplausos. Angélica echó un vistazo a su alrededor. Muchos padres y camareros del restaurante habían estado escuchando de pie en la entrada. Heather se le acercó con las mejillas sonrosadas por el calor.

—¡Qué historia tan fantástica! El próximo libro no tardará en salir, ¿no? —preguntó enarcando una ceja. Angélica asintió—. Oh, qué bien.

Volvió a dar unas palmadas para dirigirse al público.

—Por fortuna, tenemos muchos ejemplares del nuevo libro de Angélica, *La serpiente de seda*. Y hay algunos padres que quieren comprarlo. —Condujo a Angélica a una mesa que le habían preparado en la esquina para firmar libros—. ¿Te apetece una taza de té?

—Me encantaría, gracias —contestó mientras rebuscaba un bolígrafo en su bolso.

—Megan, tráele una taza de té a nuestra autora ahora mismo.

Megan volvió con el té y un bolígrafo. Angélica se puso a firmar libros y a charlar con los niños, que ya habían perdido su timidez y tenían muchas cosas que decir. La fiesta continuó, trajeron bandejas de pastelillos y sándwiches y ella se tomó el té, un poco aturdida por las felicitaciones. La perspectiva de pasar luego la noche con Jack contribuía a que todo le pareciera irreal, de tan maravilloso.

—Bien, ¿qué vas a hacer esta noche? —le preguntó Anita.


Estaban de vuelta en la ciudad. La luz del atardecer, de un suave color ambarino, se posaba como un velo sobre los edificios.

—Mi primo me llevará a algún sitio a cenar.

—¿Jack? Es muy guapo. ¿Está casado?

—Sí. Tiene tres hijos. Vive en unos viñedos en Franschhoek. Me quedaré allí unos días al final de la gira.

—Oh, es allí a donde vas. Sabía que te ibas a alguna parte. Te encantará Franschhoek. Es precioso.

—Tengo muchas ganas de ir —de nuevo empujó a Anna al último rincón de su mente.

—¿Sabes montar a caballo?

—Hace mucho tiempo que no monto, pero espero que sea como ir en bici, que nunca te olvidas.

—Está bien que tengas tiempo de ver algo del país mientras estás aquí.

—Oh, no podía venir y marcharme así como así. La familia es la familia. No podía irme sin pasar un tiempo con Jack.

Cuando Anita la dejó a la puerta del hotel, Angélica subió las escaleras de dos en dos. Dos porteros uniformados abrieron la puerta principal. En el vestíbulo, Jack se puso de pie con una amplia sonrisa y dejó los periódicos que estaba leyendo. Sin preocuparse de quién podía estar mirando, Angélica corrió a sus brazos para recibir un beso apasionado.

—¿Qué tal ha ido?

—Ha sido increíble. Los niños se disfrazaron de personajes de mis cuentos, y decoraron el restaurante como una enorme cueva tenebrosa. Se tomaron muchísimas molestias.

—¡Vaya! Has triunfado.

—Soy cabeza de ratón.

—Mejor eso que no cola de león.

—Ahora soy un ratón hambriento. ¿Dónde vas a dormir? —le preguntó cuando vio que se había cambiado de ropa y llevaba vaqueros y un polo verde.

—Aquí.

—No, quiero decir, ¿dónde has puesto tus cosas?

—Aquí —respondió con un encogimiento de hombros—. Me alojo en otra habitación.

—Lo tenías todo planeado, ¿no?

—Un perro necesita saber dónde apoyará su cabeza por la noche.

—Pero ya sabías que la apoyarías en mi cama.

—No estaba seguro de que quisieras.

—¿Después de lo que pasó en Londres?

—Bueno, no quería darlo por supuesto.

—Esto es muy caballeroso de tu parte.

—Desde luego. Ahora que he conseguido convencerte de que vinieras, lo último que desearía es que salieras corriendo asustada.

Un taxi les estaba esperando en la calle, y el chófer negro se bajó para abrirles la puerta. El sol estaba oculto tras los edificios, y la temperatura era agradable. Jack cogió a Angélica de la mano y le dirigió una mirada que era casi vergonzosa.

—Me hace muy feliz tenerte aquí, Angélica Garner.

—A mí también me hace feliz, Jack.

—Pensaba que nunca vendrías.

—Ha sido una casualidad.

—O el destino.

—Tal vez.

—No creí que fueras a conseguirlo. A veces soñaba con ello, pero no pensé que el sueño se fuera a hacer realidad.

—Pocos sueños se cumplen.

—¿Has hecho las paces con Olivier?

—No, sigo enfadada con él. —Se arrimó a él—. Pero no hablemos de Olivier, ni de Anna, ni de hijos. Disfrutemos del tiempo que estamos juntos. Me gusta ser la mujer fabulosa en que me convierto cuando estoy contigo.

—¿Te hago sentir fabulosa?

—Sí, me siento sensual, liberada, ingeniosa, sexy… Me siento viva, mejor y más grande de lo que soy cuando estoy conmigo misma.

Jack rió ante su derroche de entusiasmo.

—Pero sigues siendo tú misma, cariño. Tú eres todas esas cosas, siempre lo has sido. Cuando sólo te concentras en tu brazo derecho, te olvidas de tu brazo izquierdo, eso es todo. Te esfuerzas tanto por ser Angélica que te olvidas de la Salvia que llevas dentro.

—Pero tú la has descubierto. Imagínate la cantidad de personas que pasan por la vida sin descubrir todo lo que pueden ser.

—Todos tenemos potencial para ser muchas cosas, pero no siempre la vida nos ofrece la oportunidad de desarrollar nuestras posibilidades.

—Pues me alegro de que la vida me haya dado la oportunidad de descubrir estas facetas, aunque sea sólo por una semana.

—El secreto de la felicidad está en vivir el momento.

—Ya lo sé —bromeó ella con los ojos en blanco—. Todo se reduce a eso.


Jack la llevó a un agradable restaurante en el centro. No importaba que se encontraran con alguien, porque ya le había dicho a su mujer que salía a cenar con una amiga. Angélica no entendía su relación matrimonial. Ninguna esposa que se precie deja que su marido viaje a otra ciudad para comer con una mujer. Se preguntó qué le había contado Jack a su esposa y hasta qué punto ella se lo había tragado.

Se sentaron en un rincón. El restaurante estaba a rebosar de personas llenas de colorido. En Londres las mujeres vestían de oscuro, pero en Johannesburgo, con sus turquesas, naranjas y rojos, parecían aves del paraíso.

Bebió un trago de vino y se quedó mirando fijamente a Jack a la luz de la vela. Él le devolvió una mirada llena de ternura.

—¿Eres feliz?

Suspiró profundamente.

—Mucho.

—Porque por fin estás viviendo el momento.

—No quiero que esto se acabe.

—Esto es muy propio de las mujeres.

—¿El qué? ¿Desear que un momento dure para siempre? ¿No te pasa a ti?

—Sí, me gusta la vida. Quisiera vivir para siempre. Mi faceta femenina tiene mucho peso.

—Sí, recuerdo que me dijiste: «Una vida sin amor es como un desierto sin flores».

—Tienes buena memoria.

—Para las cosas que considero importantes.

—Me siento halagado.

—Pero mi felicidad siempre está mezclada con pena. Anticipo el final, el momento en que se acabará. Ojalá pudiera disfrutar del momento sin ese miedo.

—¿Qué tal si abandonaras esos temores? Al fin y al cabo, será lo que tenga que ser, y tus pensamientos negativos no cambiarán eso. Puedes elegir entre disfrutar de la cena conmigo o preocuparte porque tendrás que marcharte. El caso es que cenarás conmigo, y que la cena se acabará y nos iremos a casa. Tú eliges si quieres disfrutar del momento o no.

—Pero es humano desear continuidad y seguridad. Si supiera que mis hijos van a llegar a viejos con buena salud, disfrutaría más de ellos sin ese continuo temor de que les pase algo.

—Mira, la vida te reparte unas cartas. No sabes cuáles son, pero determinan lo que ha de pasarte; si te vas a poner enfermo, si te va a atropellar un coche o si te enfrentarás a alguna desgracia. Esas cosas están aquí para enseñarnos algo acerca de nosotros mismos, para enseñarnos a sentir amor y compasión; son pruebas para convertirnos en mejores personas. ¿Y cómo mantienes el control? Pues decidiendo cómo reaccionas. Un ejemplo: el cartero te trae una carta. No sabes si contiene noticias buenas o malas. Dependerá de cómo las mires.

—¿Y si la carta me comunica que mi madre ha muerto?

—Entonces sentirás pena…

—Depende de la idea que tenga de mi madre.

—Tú misma te has respondido. Dependerá de lo que sientas por tu madre. La noticia no es buena ni mala en sí misma. Lo que te pondrá triste o contenta es la relación con tu madre. El caso es que la felicidad de nuestra vida depende de la cualidad de nuestros pensamientos. Si piensas en positivo, tu vida será positiva.

—Deberías escribir un libro sobre eso. Eres mucho más filosófico que yo. De estas cosas no sé nada —dijo Angélica apurando su copa—. Yo pensé que sabía cómo vivir, pero luego descubrí que el dinero es una trampa. Te hace la vida más fácil y te permite lujos y caprichos, que me encantan, desde luego, pero no te hace feliz. Lo que te da felicidad son los árboles, las flores, el sol, la música, abrazar a tus seres queridos…; son las cosas que te llenan de algo mágico, intangible.

—Lo que te hace feliz es amarte y dar amor. —Extendió el brazo encima de la mesa y le cogió la mano—. Si le preguntas a un hombre que ha visto la muerte de cerca, te dirá que la felicidad consiste en amar la vida, el hecho de estar vivo. Muchos dan la vida por sentada y sólo aspiran a poseer más. Creen que una casa más grande o un coche mejor les llenará. Pero pregúntale a una madre que haya perdido a su hijo y te dirá que lo único que la haría feliz es abrazarlo de nuevo. No podemos vivir siempre así, desde luego, pero debemos aprender de esas personas. El amor es lo único que nos hará felices, es una llama que quema el miedo, el odio, el resentimiento, la soledad. La vida es un don, y lo trágico es que la mayoría de la gente sólo lo aprecia cuando está a punto de perderlo.

Angélica lo miró con el corazón encogido. Jack tenía una expresión de inmensa tristeza y parecía a punto de hacer una importante confesión, pero no se decidió.

—Su pescado, señora.

El momento de la confesión pasó. Jack se reclinó en el asiento para que el camarero pudiera servirle su plato.

—Tiene muy buena pinta —dijo con una sonrisa. La expresión apenada había pasado como una nube de verano, y ahora volvía a salir el sol. A Angélica le invadió un sentimiento de aprensión, pero no supo por qué.

# 22

La curva en el camino no es el final del camino, a menos que no quieras tomarla.

*En busca de la felicidad perfecta*

Aquella noche volvieron a hacer el amor. La suave brisa que se colaba por la ventana entreabierta era como una caricia de seda que traía el aroma de las gardenias del jardín. A la pálida luz de la luna, Angélica olvidó sus temores para gozar de Jack con todos los sentidos. Perdida en el placer de sus caricias, olvidó aquella expresión de tristeza que había cruzado su rostro. Se sumergió en el presente porque era todo lo que tenían, pero llegó el nuevo día cargado de posibilidades y de acontecimientos que no iban a poder detener. Vio renacer sus miedos y se sintió perdida.

—No quiero que te vayas —le susurró adormilada, apoyada contra su cuerpo—. Acabo de encontrarte.

—Yo tampoco quiero irme, pero tienes trabajo, y no puedo estar todo el día contigo. —Le apartó el pelo de la cara y le dio un beso en la sien—. Yo también tengo cosas que hacer.

—No puedo vivir el presente, Jack, no puedo. Cuando pienso en el futuro, siento tanto miedo que me quedo paralizada.

—Tienes que intentarlo. No sabemos qué nos depara el futuro. A veces creemos que sí, pero el destino tiene las cartas, y no nos las enseña.

—Yo sé lo que hay en las cartas. El domingo vuelvo a Londres y tú te quedas aquí. No puedo soportarlo.

—Pasaremos unos días maravillosos en Rosenbosch.

—Quiero toda una vida de días maravillosos.

—Todos queremos eso.

—¿Por qué tienes que vivir tan lejos?

—No lo analices todo, Salvia, déjalo estar.

Jack se levantó y abrió las cortinas. La luz inundó la habitación. La ropa de Angélica estaba tirada por el suelo y sobre la silla, salía de la maleta abierta. Desde su llegada a Sudáfrica no había tenido tiempo ni de respirar, ni siquiera había podido deshacer el equipaje. Jack estaba de pie ante la ventana, mirando el jardín y aspirando profundamente, como si quisiera inhalar los árboles, las flores y los cantos de los pájaros. Ella contempló sus anchas espaldas bronceadas, a excepción de la marca del bañador. Deseando que la volviera a estrechar entre sus brazos, se estiró sobre la cama. Pero Jack se volvió y se limitó a sonreírle.

—Vendrás a Rosenbosch, eso es todo lo que quiero pensar. Un paso detrás de otro. Si miras más allá, te pierdes el ahora, y llevo demasiado tiempo esperando este momento. Vamos a disfrutarlo.

—Enséñame cómo.

Jack subió a la cama como un león juguetón y enterró la cara en su vientre. Angélica soltó una carcajada.

Al cabo de un rato estaba sola en la ducha, preguntándose cómo soportaría pasar los siguientes días sin él. La habitación parecía más grande sin su corpachón, y el silencio llenaba todos los rincones. Angélica se alegró de tener cosas que hacer. Cuanto antes empezara, antes acabaría y volvería a estar con Jack. Al final de la semana le esperaba Rosenbosch, rodeado de un aura luminosa, como un castillo de Disney al final del túnel. Era cuestión de acercarse poco a poco, sin perder la concentración.

Anita la esperaba abajo. Tenían un almuerzo a las once, una comida literaria a la una y un té a las cuatro en un club de lectura. Pensar que tendría que mostrarse graciosa y llena de entusiasmo cuando todo lo que deseaba era acurrucarse bajo la manta y esperar el regreso de Jack le resultaba deprimente. Se dijo que si aguantaba lunes y martes en Johannesburgo, el miércoles en Ciudad del Cabo sería un gran paso hacia el jueves por la tarde, cuando Jack iría a buscarla al Hotel Mount Nelson para llevarla a Franschhoek. Había hecho justamente lo que juró que no haría nunca: enamorarse.

Subió al coche de Anita y abrió una botella de agua. Cuando tenía la mirada perdida en el aparcamiento, le llegó un mensaje al móvil. Lo leyó rápidamente mientras Anita organizaba sus papeles en el asiento trasero. «Me gusta todo en ti, Salvia. Te llamo esta noche a las once. Bsos. Perro Feliz en tu Porche.» Sonrió agradecida de que Jack hubiera entrado en su vida, llenándola de magia. Con los mensajes y las llamadas de teléfono podría aguantar hasta el jueves. Pero esperar más le resultaría impensable.

Hubo una llamada de teléfono de la que no pudo zafarse. Al mediodía, cuando estaban en el coche de camino a Pretoria, Olivier telefoneó. Angélica contestó con frialdad.

—Hola.

Su marido parecía nervioso.

—¿Estás bien? No has llamado. Estaba preocupado.

—Estoy bien. Voy de camino a un evento. Hasta ahora todo ha ido bien.

—*Bon*. ¿Sigues enfadada conmigo?

—Es que es un mal momento.

—No, sigues enfadada. Lo entiendo. ¿Aceptarás mis disculpas, ahora que estás al otro lado del mundo?

—No estoy enfadada, y acepto tus disculpas. Todos decimos cosas que no pensamos. Olvidémoslo. ¿Cómo están los niños?

Olivier le dio una respuesta detallada, lo que resultaba poco habitual en él.

—Están muy bien. Joe ha tenido una mención de honor por lo mucho que trabaja. Me la enseñó muy contento. Te echa de menos, como todos, pero no está triste, así que no te preocupes. Cuenta los días que faltan para que vuelvas. Isabel se ha peleado con Delfine, pero eso no es novedad. Se pelean y se reconcilian diez veces al día. Ella y Joe han hecho una oruga de papel con tantos anillos como días estás fuera, y cada día le arrancan un anillo. Cada día hacemos algo especial. Ayer les llevé a tomar el té a la Patisserie Valerie. Les encantó. Tomaron una de esas tartas de frambuesas y se pusieron perdidos. Pero qué más da, lo pasaron muy bien.

—Habrás llegado pronto a casa, ¿no?

—Ahora mismo estoy encantado de salir pronto del trabajo. No hay mucho que hacer, salvo calcular los daños, lo que no resulta agradable. Y me gusta estar con los niños. Me lo paso bien con ellos. Candace nos ha invitado a su casa este fin de semana. Es muy amable de su parte y me resulta de gran ayuda, porque como sabes no me las arreglo demasiado bien solo.

Estaba haciendo un esfuerzo para implicarse como padre. Angélica se enterneció.

—Dale recuerdos a Candace. Le agradezco mucho que te eche una mano, y los niños lo pasarán bien en el campo.

—El lunes me tomaré el día libre para ir al aeropuerto a recogerte.

—No hace falta que vengas.

—Ya lo sé, pero quiero ir. He tenido tiempo para reflexionar. No soy tan orgulloso como para no reconocer mis errores. Puedo rectificar. A veces la distancia nos ayuda a ver qué es importante.

—Dejemos ese incidente atrás.

—Sí, por favor —dijo Olivier con alivio—. Cuéntame, ¿cómo ha ido todo?

Mientras Angélica hablaba, Anita, al volante, simulaba que no estaba escuchando. Cuando hubo colgado, sin embargo, le pareció que debía explicarse un poco.

—Antes de venir tuve una pelea con mi marido. Es un hombre muy temperamental, pero se ha disculpado.

—¡Qué lástima!

—Nada de lástima. Mi marido es francés y muy orgulloso. Que se disculpe es un paso importante.

—Aquí decimos «qué lástima» cuando algo es muy tierno.

Angélica soltó una carcajada.

—Así que «lástima» y «robots». Tengo que empezar un pequeño diccionario.

—¿Y tus hijos?

—Han hecho una oruga de papel con tantos anillos como días estoy fuera. Cada día le quitan un anillo.

Anita sonrió.

—¡Qué lástima!

—Si hubieras visto a mi marido cuando se enfada, no dirías tan fácilmente lo de lástima.

—Parece que te echa de menos.

—Así es.

—Todos hacen lo mismo. Cuando te vas y tienen que ponerse a llevar la casa y a cuidar de los niños, entonces se dan cuenta de que te echan de menos.

—Ahora me valora mucho.

—Por lo menos tu primo cuida de ti.

Angélica abrió el móvil para ocultar su regocijo. Le enviaría un mensaje a Candace.

—Desde luego. Si Jack no estuviera aquí, no podría haber venido.

No sabía qué escribir. La próxima vez que Olivier telefoneara, tal vez debería mencionarle que la habían invitado a Rosenbosch, y que estaría Anna. Así se cubriría las espaldas. Tal como funcionaban los cotilleos en Londres, todo se sabría.

«Querida Candace, gracias por invitar a mi familia. Eres un cielo. Olivier encantado. Te echo de menos. Aquí todo bien. El tiempo es espléndido. Te explico cuando vuelva. Bsos.»

Unos minutos más tarde llegó la respuesta de Candace.

«Me alegro de que todo vaya bien. Espero oír tus noticias. Te echamos de menos. ¡Verás cuando sepas la última crisis de Kate! Bsos.» Y no había podido resistirse a una última advertencia: «Ten cuidado».

Angélica sintió curiosidad por conocer el último drama de Kate, pero no quería pensar en ello hasta el lunes. No estaba preparada para volver a su personalidad anterior, y por supuesto no estaba preparada para ver a Candace y el espejo que ella sostenía, donde vería reflejada su mala conciencia.

Gracias a los mensajes de Jack y a que hablaba con él por teléfono cada noche, la semana pasó más rápida de lo que había imaginado, y por fin llegó el momento de despedirse de Anita y tomar un vuelo para Ciudad del Cabo, donde debía encontrarse con una representante llamada Joanna. Ya de camino a la ciudad desde el aeropuerto, se quedó horrorizada al comprobar los extensos barrios de chabolas que rodeaban la gran urbe. Los tejados de uralita que reverberaban al sol no parecían proteger del calor lo que parecían cajas de cerillas multicolores, y los postes de teléfono se alzaban aquí y allá como mástiles de barcos que hubieran sido capturados tras una terrible batalla. Angélica se dijo que no estaba segura de poder vivir en un país donde la pobreza estaba tan a la vista. ¿Cómo podía uno ser feliz ante tanta miseria?

Se alegró cuando dejaron atrás los barrios de chabolas y tomaron la avenida bordeada de palmeras que llevaba a Mount Nelson, justo frente a la maravillosa Table Mountain. La ciudad le gustó desde el primer momento. Después del miedo y la claustrofobia de Johannesburgo, Ciudad del Cabo olía a libertad. Yates blancos y coloridas barcas de pesca se balanceaban en el mar bajo un inmenso cielo azul. Y sólo algunos cruceros y cargueros que transportaban mercancías procedentes de todos los puntos del globo rompían la línea del horizonte. La abrupta costa le recordaba a Angélica la Riviera francesa. La principal diferencia estaba en la mezcla de casas de estilo holandés, mercados africanos y calles empedradas donde resonaba el canto del muecín llamando a la oración. Y esa deliciosa mescolanza de influencias europeas, islámicas y africanas era lo que confería a la urbe su carácter excepcional. Costaba imaginar que alrededor de la ciudad vivían negros pobres y airados que podían resultar tan peligrosos como los de Johannesburgo.

Se sentó al sol en la terraza del hotel con una Coca-Cola, entre el césped recién cortado y los parterres de flores de brillantes colores. Las abejas zumbaban entre las rosas y la lavanda. Angélica se recostó en la silla llena de optimismo. Estaba a punto de terminar su gira. Sólo le quedaba un día y medio de entrevistas para acabar con sus obligaciones y ser libre para ver a Jack.

Comieron con una periodista de *Mail & Guardian*, una mujer peculiar que poseía la mirada severa y penetrante de una exótica ave de presa. Angélica habló sin parar de lo que le había parecido Sudáfrica y de las ganas que tenía de volver algún día, y el ave de presa, aunque concentrada en la comida, parecía encantada con el delicioso parloteo de su entrevistada. Con el corazón tan rebosante de amor hacia Jack, no había lugar para el temor; Angélica irradiaba amor y felicidad hacia todo y hacia todos. En aquella atmósfera llena de luz, resultó difícil poner fin a la entrevista.

Por la tarde, como tenían un rato libre, Joanna la llevó a las preciosas playas de arena blanca de Camps Bay. Recorrieron en coche la larga avenida bordeada de palmeras que corre paralela al mar y compraron helado de fruta de la pasión a un simpático vendedor africano que voceaba: «Un polo de fruta de la pasión pondrá amor en tu corazón». Angélica metió el pie en el agua y lo sacó inmediatamente con un alarido. Estaba helada.

A última hora de la tarde, después de la entrevista, Joanna la llevó a Table Mountain. El espléndido panorama que se ofrecía a sus ojos dejó a Angélica sin habla. Todo se veía en miniatura a sus pies, desde los barcos desperdigados por la bahía hasta las lujosas casas de los barrios ricos. Las inmensas playas de arena, las rocosas pendientes, los rascacielos y los tristes barrios de chabolas…; todo titilaba bajo una nube de polvo. Azotada por el viento, Angélica miraba embobada aquella belleza mientras el sol bajaba en el horizonte. Se sentía pequeña e insignificante, y al mismo tiempo parte de todo, como si estuviera hecha de aire. Deseó ser un pájaro para abrir las alas y echarse a volar a lomos de la brisa, dejando sus preocupaciones atrás.

Al día siguiente las entrevistas la obligaron a quedarse en el hotel, pero después de comer dispusieron de un par de horas para ir de compras. Joanna la llevó a un gran mercado africano. Angélica paseó encantada entre las telas multicolores, las tallas de madera y los abalorios, y estuvo charlando con los vendedores. Compró unos pijamas blancos con bordados para sus hijos y un precioso juego de mesa con base de madera tallada y bolas hechas de distintos tipos de cristal. Al imaginarse el tablero ocupando un lugar preferente en el salón y a sus hijos jugando y perdiendo las bolas bajo los sofás, se le llenó el corazón de nostalgia.

La última entrevista acabó a las cuatro. La maleta estaba tan llena que tuvo que sentarse encima para cerrar la cremallera. Finalmente, todo estuvo listo y se dispuso a esperar a Jack en el vestíbulo. Todavía no le había contado nada a Olivier, y se apercibió de que debía decírselo antes de que fuera demasiado tarde. Lo llamó al móvil, y mientras esperaba respuesta fue repasando mentalmente lo que quería decirle. Se sintió aliviada de que saltara el contestador:

«Hola, cariño. Soy yo. Llamo para decirte que me he encontrado con Jack Meyer y con su mujer Anna en Ciudad del Cabo. Él estaba en la fiesta de Scarlet, ¿recuerdas? Seguramente no. Pero bueno, me han invitado a su casa este fin de semana. Es una suerte, porque el evento del sábado se ha cancelado, y hubiera tenido que quedarme aquí sola sin hacer nada. Llámame al móvil si quieres. Dales un beso a los niños de mi parte. Pasadlo bien en casa de Candace y dale recuerdos. Mi avión llega el lunes por la mañana a las siete y media, por si todavía quieres venir a buscarme. Si no puedes, no pasa nada. Ya sé que es un rollo ir al aeropuerto. Un beso grande. Adiós.» Hizo una mueca al colgar. ¿No habría explicado demasiado? ¿La creería Olivier? Repasó palabra a palabra lo que le había dicho, intentando encontrar un desliz. Daba igual, se dijo al fin. Lo dicho, dicho está. Confiaba en que su marido no detectara que le estaba mintiendo.

Mientras esperaba, se puso a pensar en Anna. No tenía deseo alguno de conocer a la esposa de Jack. Le gustaría pasar el fin de semana con él sin sufrir las miradas recelosas de otra mujer con más derechos que ella. Sería más fácil si él se quejara de su mujer, pensó, pero no había hecho un solo comentario negativo sobre ella. Dejó claro que quería a su esposa, y hasta sugirió que ellas dos se llevarían bien. Pero Angélica no pensaba tenerle simpatía. Lo que le preocupaba era que tuvieran que esconder sus sentimientos y esperar a que Anna estuviera ocupada en el jardín o en la otra punta de la casa para estar juntos. Confiaba en que Jack hubiera organizado las cosas de tal manera que ella no tuviera que pasar tiempo con su mujer.

Sus temores se disiparon en cuanto Jack apareció con el rostro iluminado por una sonrisa. No se lanzó a sus brazos porque ahora estaban en su ciudad, pero el corazón le brincó de alegría. Él se inclinó y la abrazó, no sin antes dirigir una mirada alrededor por encima de las gafas.

—¿Estás bien, Salvia? —le dijo mirándola con ternura—. Estás preciosa.

—Me encanta Ciudad del Cabo.

—Sabía que te encantaría.

—La gente es muy simpática.

—El sol nos hace sonreír.

—¿Crees que los londinenses sonreirían más si tuvieran buen tiempo todos los días?

—Tú no necesitas sol, Salvia, lo llevas dentro.

Jack cogió la maleta para llevarla al coche.

—¿Qué llevas aquí? ¿Has comprado todo el mercado africano?

—He comprado cosas muy bonitas.

—Ya veo —dijo mirando el collar que colgaba entre sus pechos.

—¿A que es bonito? —preguntó sonriente—. ¿Cuánto se tarda en llegar a Rosenbusch?

—Poco más de una hora.

—Te tendré sólo para mí.

Jack le dirigió una mirada llena de picardía.

—A lo mejor hemos de parar por el camino. No creo que sea capaz de conducir hasta Franschhoek sin tocarte.

En el coche, antes de arrancar, la tomó entre sus brazos y la besó.

—Estás más guapa que en Johannesburgo —dijo, acariciándola con la mirada—. Sólo de verte ya me siento mucho mejor de ánimos.

—¿Estabas desanimado?

—Pues sí. Me muero de ganas de que veas mi casa. Y llegaremos justo a tiempo para una puesta de sol en el desfiladero de Sir Lowry.

—Suena muy apetecible.

—Te aseguro que lo es. He traído un picnic. Hoy la puesta de sol será más hermosa que nunca.

# 23

Vuelve la cara hacia el sol y no podrás ver las sombras.

*En busca de la felicidad perfecta*

Al salir de Ciudad del Cabo pasaron ante Los Doce Apóstoles, esas inmensas rocas que parecen tocar el cielo, y tomaron la autovía de dos carriles que atraviesa la llanura. Unas nubecillas vaporosas flotaban en el cielo de un azul intenso, y en el horizonte se divisaban colinas cubiertas de verde terciopelo. Era un valle de suelo rojizo, fértil para el cultivo, y pasaron junto a los altos tallos dorados de los cereales y los ordenados viñedos, con las vides puestas en fila como gruesas acanaladuras de pana. Jack sostenía la mano de Angélica y la miraba de reojo de vez en cuando, sonriendo. El paisaje era tan espectacular que ella sintió deseos de formar parte de él. ¡Qué romántico sería vivir siempre rodeada de tanta belleza!

Finalmente llegaron a Franschhoek. El nombre estaba escrito en piedras grisáceas sobre la colina. La puesta de sol teñía el cielo de un rosa flamenco. Angélica sintió una punzada en el estómago al pensar que iba a conocer a Anna. Jack le apretó la mano.

—Antes de enseñarte Rosenbosch, quiero llevarte a lo alto para contemplar la puesta de sol.

Angélica le dedicó una sonrisa de agradecimiento.

—Me encantaría.

El aire cálido y la luz suave del atardecer la llenaron de nostalgia.

A través de la ventanilla entraba un aroma a tierra fértil y a árboles de alcanfor. Al ver las casas pintadas de un blanco inmaculado, con sus bonitas verandas, sus vallas adornadas con rosas blancas y rosadas y el césped recién cortado, le pareció que quería a Jack todavía más por formar parte de un entorno tan hermoso.

—No podemos contemplar la puesta de sol sin tomar una copa. Sígueme, tengo el lugar perfecto. Corre, antes de que se ponga el sol.

Se sentaron en la ladera de la colina, acompañados únicamente por los cantos de los pájaros y el chirrido de los grillos entre la hierba. Jack sacó una botella.

—Es uno de nuestros vinos —dijo enseñándole orgulloso la etiqueta—. Es un Chardonnay de 1984 especialmente bueno.

Angélica dispuso las copas y él descorchó la botella y sirvió el vino. Se quedaron un momento en silencio, saboreándolo. Angélica sintió cómo bajaba el vino hasta su estómago. Al momento se notó más relajada, como si se hubieran deshecho las tensiones, y suspiró satisfecha.

—¿Qué te parece, Salvia?

—Es magnífico, tal y como me imaginaba —dijo con sinceridad.

Jack sonrió satisfecho y alzó la copa con gesto triunfal.

—No está mal, nada mal.

La luz dorada del horizonte se había oscurecido hasta convertirse en un rojo intenso, como un horno que ardiera detrás de las colinas. En el cielo blanquecino flotaban espesas nubes, y una manta de un gris rosado se tendía sobre el valle.

—Este lugar me encanta, Salvia. Alimenta mi espíritu. Me siento cerca de la naturaleza, supongo, cerca del cielo.

Llena de melancolía, Angélica le tomó de la mano.

—¿Por qué será que la belleza nos hace pensar en el cielo?

—A lo mejor nos recuerda que la belleza de la naturaleza es muy superior a cualquier creación del ser humano. Nos hace sentir pequeños e insignificantes ante un Poder Superior.

—O tal vez nos conecta con nuestra parte divina, de forma que nos sentimos parte del todo a un nivel inconsciente. O quizás es que despierta el recuerdo largamente olvidado de nuestro origen, y el deseo de volver a casa.

—El caso es que nos entristece.

—Porque es tan efímera.

—Como la vida.

Angélica recordó de repente el cáncer que había llevado a Jack a las puertas de la muerte.

—Por eso tenemos que vivir el momento —le dijo sonriendo—. Estoy viviendo este momento, Jack. No pienso en el ayer ni sueño con el mañana. Estoy contigo en la colina, entre los pájaros y los grillos. No podría sentirme más feliz.

Él depositó las dos copas de vino sobre la hierba, estrechó a Angélica entre sus brazos y la besó. Ella se apoyó contra él con los ojos cerrados, sintiendo el calor de sus labios, el roce áspero de su barba, el olor ya familiar de su piel mezclado con el aroma cítrico de la colonia. Se imaginó que estaban casados y vivían en ese hermoso país, bebiendo su propio vino y contemplando cada tarde la puesta de sol, sin cansarse nunca el uno del otro.

Finalmente el rojo encendido se fue apagando. Las nubes colgaban sobre las colinas como mantas grises. Cuando bajaron de la colina ya estaba cayendo la noche, y la magia había desaparecido. Angélica volvió a sentirse incómoda ante la perspectiva de conocer a Anna.

Volvieron en coche a Franschhoek. A la luz de los faros se veían multitud de pequeños insectos.

—Bueno, ¿y qué me espera ahora? —preguntó Angélica.

—Le gustarás. Eres su tipo.

—Creo que te equivocas —dijo, pero él no respondió—. ¿Estarán también vuestras hijas?

—No, sólo Lucy, la más joven. Sophie y Elizabeth están en Ciudad del Cabo con unos amigos.

Angélica empezó a mordisquearse una uña.

—Me siento muy mal, presentándome aquí como una intrusa. Jack le estrechó la mano.

—No te sientas culpable, Salvia.

—No puedo evitarlo. Quiero decir que conoceré a tu hija de quince años y me dará la mano sonriendo, sin saber que me he acostado con su padre. Es una situación engañosa. No es lo que quería.

—A mí tampoco me gusta. Hay muchas otras cosas en mi vida que cambiaría, pero no puedo.

Al mirarle de reojo vio que tenía una expresión tensa, y eso hizo que se sintiera mejor. Era la primera vez que Jack daba a entender que la relación no era del todo buena con Anna. ¿Y cómo iba a ser de otra manera?, se dijo. Si estuvieran felizmente casados, él no podría enamorarse de otra mujer. ¿Acaso se hubiera enamorado ella de Jack si fuera feliz con

Olivier? Fijó la vista en la oscuridad al otro lado de la ventanilla, intentando librarse de sus miedos.

—Hemos llegado.

El coche recorrió un camino largo y polvoriento, bordeado de árboles de alcanfor. Ante ellos brillaban las luces encendidas de la mansión.

—Hogar, dulce hogar —dijo Angélica, preparándose.

Se trataba de una bonita edificación de estilo holandés construida a mediados del siglo XVII. Estaba encalada de blanco y tenía postigos verdes y un tejado a dos aguas. Sobre la puerta principal destacaba una primorosa ventana con un tejadillo, y junto a la pared de la entrada había lo que parecían árboles frutales en grandes tiestos de terracota. Apenas se acercó el coche a la entrada, los perros se pusieron a ladrar.

Angélica notó que el estómago se le ponía tenso como una pelota de baloncesto.

—Tenéis muchos perros.

—Nos encantan los perros. Algunos son comprados, otros los hemos rescatado, y hay uno o dos que simplemente se han unido a los nuestros porque les gustaba la comida. —Apagó el motor—. Bueno, ¿qué te parece?

—Es precioso, Jack. Me encantará verlo de día.

—Mañana te llevaré a ver toda la finca. Cogeremos los caballos y nos iremos de picnic a la colina. Te parecerá tan bonito que no querrás volver a casa.

Angélica inhaló el exótico perfume del alcanfor.

—Me parece que ya no quiero volver —dijo.

En aquel momento se abrió la puerta principal y apareció una mujer menuda, de pelo castaño recogido en una coleta. Llevaba unos pantalones sueltos de color blanco y una camisa de hombre. Pero lo más destacable de ella no era su elegancia, sino la calidez de su sonrisa. Era la sonrisa de una esposa que no sabía nada de las infidelidades de su marido y se había tragado sus explicaciones sin la más mínima sombra de una duda. Al ver a Angélica casi saltó a sus brazos.

—¡Bienvenida! —De su misma altura, era sin embargo mucho más delgada, de rasgos delicados, con una nariz aguileña, una barbilla enérgica y vivos ojos grises del mismo tono que las nubes que acababan de ver en el desfiladero de Sir Lowry—. Jack me ha hablado tanto de ti que es como si ya te conociera.

Esto tomó a Angélica por sorpresa. Dejó que Anna la abrazara y le dirigió una sonrisa de disculpa.

—Es estupendo estar aquí por fin. Llevo toda la semana esperando este momento.

—Ven, entra.

Mientras Jack se hacía cargo de los perros y el equipaje, Angélica entró con Anna en la casa. El suelo era de madera pulida, las paredes, de un blanco roto, estaban casi desnudas, salvo por un par de bodegones de frutas enmarcados en gruesos marcos de madera, y sobre la mesa redonda, unas gardenias en un pesado recipiente de bronce perfumaban toda la habitación.

—¿Qué tal la puesta de sol? —preguntó Anna.

Angélica intentaba actuar con naturalidad, pero no podía parar de plantearse preguntas,

—Es el lugar más bonito que he visto en mi vida.

—Ese desfiladero es uno de los sitios que más me gustan del mundo. Le dije a Jack que tenía que llevarte, si estabais a tiempo. La puesta de sol siempre es diferente. A veces el cielo se pone rosa, pero también puede estar naranja o dorado, incluso púrpura. ¿De qué color era hoy?

—Como oro molido.

Anna le dirigió una sonrisa triunfal.

—Bien, lo has visto en todo su esplendor. Estupendo.
—No había en su voz ni el más mínimo rastro de amargura o ironía.

En el segundo piso, pasaron por un rellano decorado con una librería y entraron en una habitación de ventanas altas divididas en paneles cuadrados de vidrio, como las casas tradicionales de la época Tudor. Una cama de la misma madera rojiza que el suelo, con cuatro columnas de madera, ocupaba el centro de la habitación. Angélica se quedó entusiasmada.

—¡Qué habitación tan maravillosa! —dijo inhalando los aromas típicos de una casa después de un día de calor.

—Qué bien que te guste. La cama es muy confortable. He tenido invitados que llegaban tarde al desayuno porque eran incapaces de levantarse. Si prefieres que te traigan el desayuno a la cama, no tienes más que decirlo.

Anna no era guapa, pero tenía tanta personalidad que resultaba muy atractiva, a pesar de las líneas de expresión que rodeaban sus ojos y su boca. Angélica sintió una gran simpatía por ella y se dijo que no podía por menos que resultar simpática a todo el mundo. Al oír que Jack subía la maleta por las escaleras, se volvieron hacia él.

—Aquí llega todo el contenido del mercado africano —dijo riendo. Depositó la maleta sobre un antiguo arcón de madera a los pies de la cama.

—Espero que hayas venido con la maleta vacía —dijo Anna.

—Eso debería haber hecho, pero no contaba con ir de compras. Se suponía que venía solamente a trabajar. No pensé que tendría tiempo de nada más.

—Por lo menos has traído una maleta grande.

—Y hay en la casa un hombre lo bastante fuerte para acarrearla.

—No tan fuerte —dijo Jack—. ¿Os apetece que tomemos algo en la terraza?

Se sentaron fuera sobre cojines de cuadros, alrededor de una mesa que daba al jardín y un pequeño lago artificial con una pagoda en el centro. La luna iluminaba los lirios que flotaban sobre el agua y las rosas blancas trepadoras. La cordillera se recortaba contra el cielo en el horizonte. Soplaba una suave brisa que olía a jazmín y traía el croar de las ranas y el chirrido de los grillos. Anna había puesto la mesa bajo la marquesina, con un jarro de rosas recién cortadas en el centro. Angélica reconoció en todos los detalles el buen gusto de su anfitriona: desde el suelo de la terraza de baldosas negras y blancas hasta la rústica loza decorada con elefantes. Era una de esas pocas mujeres con un estilo innato: todo lo que hacía resultaba atractivo, ya fuera decorar la casa, vestirse o envolver un regalito para una amiga, con una mariposa bajo la cinta. Angélica conocía y admiraba ese tipo de mujer.

—Me encanta tu pagoda —dijo.

—Es mi pequeño espacio privado, el lugar donde medito. Mi familia ya sabe que nadie debe molestarme cuando estoy allí.

—¿Haces meditación?

—Todas las mañanas y todas las tardes, durante una hora, en la salida y en la puesta de sol.

—Tienes una admirable autodisciplina. Yo sólo consigo hacerlo una vez por semana. Nunca encuentro el momento.

—Vives en Londres y estás muy ocupada: escribes libros, tienes niños pequeños, un marido y una casa que llevar. Cuando nuestras hijas eran pequeñas, yo tampoco meditaba dos horas diarias; más bien unos veinte minutos al final de la jornada, y aun así siempre pendiente de si una de las niñas se despertaba. Intenta encontrar diez minutos por la mañana, justo antes de empezar a trabajar. Es reconstituyente y ayuda a mantenerte joven.

—Bueno, eso es un incentivo.

—No te creerás que tengo casi cincuenta años, ¿verdad?

—¡No lo dices en serio!

—Es cierto, y el conservar un aspecto joven lo atribuyo a que a diario medito y busco la serenidad.

Angélica dirigió una mirada a Jack, que estaba sirviendo el vino.

—Anna tendría que escribir el libro sobre la búsqueda de la felicidad —dijo.

Anna rió y arrugó la nariz de forma encantadora.

—¡Cuántos libros han escrito sobre este tema tan difícil! Si conociera el secreto de la felicidad, me habría liberado y habría encontrado el nirvana, pero estoy aquí, soy totalmente humana y tengo muchos defectos.

En aquel momento llegó Lucy con un perrito en los brazos. Era una chica alta y guapa, con el pelo rizado, castaño claro, y grandes ojos marrones, como su padre.

—Ah, Lucy —dijo Jack—. Te presento a Angélica Garner, una amiga de Londres.

La cara de la muchacha se iluminó.

—Me encantan sus libros —dijo, extendiendo la mano.

—¿Cómo se llama? —preguntó Angélica indicando el perro con un gesto de la cabeza.

—Se llama *Dominó*. Se coló en nuestro jardín…

—Y en el corazón de Lucy —concluyó su madre.

—Siéntate con nosotros —propuso Jack.

—¿Os importa si no me quedo? En realidad, ya he comido, y quiero seguir trabajando en mi proyecto.

—¿De qué se trata? —preguntó Angélica.

—Estoy haciendo un trabajo para el cole sobre los zares de Rusia.

—Parece interesante.

—Da mucho trabajo.

—¿Tienes que hablar de todos?

—Sólo de los más importantes.

—Hay que elegir los mejores.

—Sí. Y preferiría estar leyendo su libro. Apuesto a que papá ya lo ha acabado. —Con una sonrisa, alzó la mirada hacia su padre—. ¿Cuándo me lo pasarás?

—Si te lo doy ahora, no acabarás el trabajo para el cole —dijo Jack mirándola con ternura—. *La serpiente de seda* es tu recompensa.

Lucy se encogió de hombros.

—Será mejor que vuelva a mi ordenador. ¿Se quedará todo el fin de semana?

—Me voy el domingo.

—De acuerdo, entonces nos vemos mañana. —Dio un beso a sus padres y volvió a la casa.

—Tienes una hija preciosa —le dijo Angélica a Anna.

—No se parece mucho a mí. Ha salido a su padre.

—Tiene suerte de ser tan alta.

—Sí. Las tres son altas, como Jack. Puede decirse que mi marido ha mejorado mi acervo genético.

Dirigió a Jack una mirada teñida de tristeza o de melancolía, que Angélica no supo interpretar. Él apartó los ojos, como si no quisiera verla.


Bebiendo vino, comiendo de las ensaladas, el pollo y los diversos panes que tenían sobre la mesa y charlando sobre la vida, Angélica se olvidó de los celos que Anna despertaba en ella. Fue como si la mujer de Jack la hubiera hechizado para que olvidara sus miedos y sus resentimientos. Con su camisa blanca de lino, su piel morena y radiante a la luz de los faroles y sus ojos llenos de ternura, Anna sonreía serenamente como si nada malo o desagradable pudiera afectarla. Angélica hubiera deseado sentir antipatía hacia aquella mujer que se interponía entre ella y su amor, pero sólo podía encontrar gratitud en su corazón, y el deseo de seguir hablando con ella.

Cuando Anna retiró los platos y entró en la casa, Angélica se inclinó hacia Jack y le susurró:

—Es una mujer muy especial.

No estaba segura de si lo decía como pregunta provocativa o como afirmación, pero él sonrió triunfal.

—Te dije que te gustaría.

—Es muy sabia.

—Igual que tú.

—Yo no soy sabia, Jack. Si lo fuera, me iría de aquí ahora mismo y volvería con mi marido y mis hijos. —Osó cogerle la mano por encima de la mesa—. ¿Qué quieres de mí, cuando estás casado con una mujer tan maravillosa?

—No te compares con Anna. Yo no lo hago.

—¿Qué cree que hago aquí? ¿No sospecha nada?

—No hay en toda ella ni un gramo de posesividad.

—Así que lo sabe.

Jack se encogió de hombros.

—No sé lo que sabe, pero le caes bien.

—No me imagino que pueda mostrar antipatía hacia nadie.

—Oh, créeme, puede volverse muy implacable.

—Creo que sólo ve lo bueno de cada persona.

—Si piensa que sus hijas están en peligro, por ejemplo, puede ser terrible. No creas que es toda luz y dulzura.

—Lo peor de todo es que deseo caerle bien. Y, sin embargo, me acuesto con su marido. Es horrible. Soy una persona horrible. Candace tiene razón, sólo pienso en mí y en mi derecho a ser feliz.

—No digas estas cosas. Ya te dije que mi matrimonio no es cosa tuya, déjalo en mis manos. Si quieres sentirte culpable, hazlo por Olivier, pero Anna es mi mujer, mi responsabilidad. ¿Acaso te parece desgraciada?

—No.

—Entonces no te preocupes por ella.

—No pensé en tu mujer cuando empecé esta relación. Sólo pensaba en nosotros, pero si hubiera conocido a Anna, nunca hubiera tenido un lío contigo, nunca.

Anna estaría ya a punto de regresar de la cocina. Jack soltó la mano de Angélica.

—Entonces he tenido la suerte de que sólo la hayas conocido ahora —dijo con una mirada maliciosa—. Y es demasiado tarde para echarse atrás.

Después de la cena se sentaron en el salón y Jack tomó asiento ante el piano. Por las puertas acristaladas que daban al jardín entraba una brisa fresca, cargada de olor a jazmín y a hierba húmeda. Anna y Angélica escuchaban la música y tomaban el café sentadas en el sofá, con los perros durmiendo a sus pies. Jack tocaba como un hombre atormentado, de memoria, con los ojos cerrados, dejándose llevar por la música. Eran melodías tan tristes que Angélica se estremeció. Embelesada por la música, no se dio cuenta hasta el final de que Anna había estado llorando.

—Ahora tocaré algo alegre —anunció Jack, evitando mirar a su mujer.

Angélica disimuló y fingió que no pasaba nada.

—Lo que quieras, mientras no me pidas que cante.


Más tarde, cuando Angélica estaba en la cama, volvió a oír el melancólico sonido del piano. No se atrevió a ir a ver a Jack por si Anna estaba con él, y se quedó escuchando aquella música que la transportaba a un lugar triste y oscuro donde los sueños no se cumplían y los deseos permanecían por siempre insatisfechos. Ahogada por la pena, vio que las lágrimas habían mojado su almohada. Por mucho que quisiera soñar, ella y Jack nunca galoparían hacia el horizonte para vivir felices y comer perdices. Entonces pensó en sus hijos y se sintió fatal. ¿Por qué estaba Jack tan triste? Finalmente se durmió y le vio en sueños como un rostro distante y envuelto en la neblina que aparecía en lo alto del cielo. Ella intentaba alcanzarlo, pero cuanto más corría, más se alejaba él, hasta que despertó llorando y gritando asustada.

# 24

Intenta ver más allá del ego.

*En busca de la felicidad perfecta*

A la mañana siguiente, el alboroto de los pájaros en los plátanos bajo su ventana despertó a Angélica. Se quedó un rato echada, disfrutando de los sonidos. A lo lejos ladró un perro, y se oyó la queja indignada de una pintada. Apenas podía creer que estaba en Rosenbosch. Se levantó para acercarse a la ventana, y cada paso hacía crujir el suelo de madera. Cuando corrió las cortinas tuvo que taparse la cara con el antebrazo y entrecerrar los ojos ante el potente chorro de luz. Se quedó tan deslumbrada que tuvo que apoyarse un instante en la pared para no caerse. Luego abrió los ojos con cuidado.

La vista era espectacular. A la primera luz de la mañana, los jardines relucían cubiertos de rocío bajo un cielo totalmente azul. Unos pinos inmensos y unos eucaliptos de exóticas flores rojas arrojaban su sombra sobre el césped perfectamente cortado y los arriates de hortensias azules y blancas y nomeolvides. Más allá del jardín, hasta las colinas del horizonte, se extendían los viñedos, y una fina capa de bruma formaba misteriosas volutas sobre los campos. En lo alto del cielo, un ave de presa planeaba en busca de su desayuno, y en el centro del lago artificial se alzaba solitaria la pagoda. Todo estaba tranquilo, y la superficie del lago brillaba como un espejo reflejando la belleza del cielo, mientras unos pajaritos volaban sin parar entre los rosales. Angélica se preguntó si Anna estaría en la pagoda meditando. Le pareció que no había en todo el mundo un lugar más lleno de paz.

Como no quería perderse ni un momento, y para no tener tiempo de echar de menos a sus hijos, se puso unos pantalones blancos, zapatillas de lona y una blusa floreada de tela muy fina. Se dejó el pelo suelto sobre los hombros y se roció de perfume. Había notado que Anna no se maquillaba, y sin embargo su aspecto era glamuroso, aunque dudaba que ella misma se hubiera descrito así. Decidió imitarla y se saltó los habituales rituales del maquillaje.

Con la cara lavada, bajó a la cocina. Una mujer africana de semblante alegre, con un tocado amarillo en la cabeza, estaba colocando en una bandeja el pan y las tazas de café.

—Buenos días. —Al sonreír mostraba unos dientes blanquísimos que contrastaban con su piel oscura.

—Buenos días. Me llamo Angélica.

—Buenos días, señorita Angélica. Me llamo Anxious. El señor está en la terraza, si quiere reunirse con él.

—Muchas gracias, eso haré.

—¿Quiere café?

—Me encantaría tomar un té.

—He preparado una tetera. A la señora le gusta el té de jazmín, pero también tengo Earl Grey.

La bandeja parecía pesada, pero Anxious la levantó sin esfuerzo y se encaminó con paso rápido a la terraza. Angélica la siguió.

Jack estaba leyendo el periódico en la terraza, rodeado de sus perros.

Cuando la vio, se puso de pie.

—Buenos días, Salvia. —Pasándole el brazo por la cintura, le dio un beso en la mejilla.

Olía a espuma de afeitar y a colonia de cítricos. El pelo húmedo, peinado hacia atrás, le formaba en la nuca una mata de rizos desordenados. Estaba más guapo que nunca, con un brillo de entusiasmo en la mirada y una sonrisa que formaba profundas arrugas junto a sus ojos.

Angélica se apartó un poco de él para que nadie percibiera su intimidad y tomó asiento.

—¿Dónde está Anna?

—Ha ido con Lucy a ayudar en la vendimia.

—Pensé que estaría meditando en su pagoda.

—Esto ya lo ha hecho a las seis de la mañana.

—¿Tú no ayudas en la vendimia?

—Normalmente sí, pero ahora tengo que encargarme de entretenerte.

—No me importaría nada coger uvas.

—Ya lo sé, pero quiero que estés conmigo. Además, hace horas que han empezado y acabarán sobre las diez y media. Si las uvas se cogen demasiado calientes, no hacen un buen vino. Podrás contemplar la vendimia montada en una bonita yegua castaña. Faezel y Nazaar la traerán a las nueve y media.

—Me parece fantástico. He estado soñando con cabalgar contigo por las colinas.

—Anxious nos preparará un picnic. ¿Verdad, Anxious?

La mujer levantó la mirada de la tetera y le dirigió una mirada de afecto.

—Sí, señor. —Le sirvió el té a Angélica.

—Voy a mostrarle la finca a Angélica.

—Dígale que se ponga crema protectora. Está pálida y el sol es muy fuerte.

—Será mejor que hagas lo que ella te diga —bromeó Jack. Anxious ahogó una carcajada—. En los últimos treinta y cinco años yo la he obedecido siempre, ¿no es cierto, Anxious?

Ella se encogió de hombros.

—A veces, no siempre.

—¿Cuándo estará listo el picnic?

—Ahora mismo, señor. —Dejó la tetera sobre la mesa y se encaminó a la cocina.

—Es todo un personaje. La quiero como si fuera mi madre.

Angélica dio un sorbo al té y se sirvió una tostada. Al otro lado del jardín, en los arriates, trabajaban dos hombres de piel oscura. Llevaban sombrero para protegerse del sol. El murmullo de su charla llegaba hasta la terraza entremezclado con el piar de los pájaros.

—Qué bonito es esto, Jack. No quiero marcharme. Me desconsuela pensar en volver al invierno inglés, con sus días cortos y grises, su aire húmedo y frío, con los árboles desnudos y los jardines sin flores. Aquí todo es tan lozano y fragante. La luz es tan intensa, el cielo tan azul, y el verde es el más verde que he visto jamás. Incluso tú pareces más moreno y más lustroso.

Jack le cogió la mano.

—Me encanta que te emocione tanto como a mí. Este lugar me gusta más que ningún otro. Cuando me muera, quiero que esparzan mis cenizas por estas colinas.

—Un hermoso lugar para descansar.

—No me iré nunca de aquí.

—Pero volverás pronto a Londres, supongo —dijo Angélica con preocupación.

—Si tú estás allí, buscaré una buena excusa. —Su mirada era cariñosa, pero había algo triste en su sonrisa.

—Me hace mucha ilusión montar a caballo. Hace años que no monto.

—No te preocupes. *Fennella* es muy tranquila. Cuidará de ti, y yo también.


A las nueve y media llegaron dos hombres con los caballos. El de Jack era una bonita yegua gris de patas tan altas como un caballo de carreras, mientras que la yegua de Angélica era más pequeña y robusta, con suaves ojos marrones y expresión bondadosa. Se acercó a ella y le acarició la mancha blanca que tenía en el centro de la nariz. La yegua cabeceó contenta y relinchó ensanchando los ollares.

—Le gusto —dijo Angélica dándole unas palmaditas en el cuello.

—Es una buena chica —dijo Faezel.

—El tipo de montura que necesito.

Jack le cogió el pie para ayudarla a subir a la silla.

—¿Qué tal aquí arriba?

—Oh, ya empiezo a recordar.

—¿Estás bien?

—Sí. Qué vista más bonita.

Mientras ella sujetaba las riendas, intentando recordar qué hacer con ellas, Jack saltó sobre la silla con la desenvoltura de quien se ha pasado media vida a caballo. Tras dar las gracias a los chicos, se dirigió trotando a la terraza, donde

Anxious le estaba esperando, colocó la cesta del picnic detrás de la silla y la sujetó con unos arneses especiales.

—Gracias, Anxious, ya estamos listos. Hasta más tarde.

—Me alegro de que su amiga lleve un sombrero. Tiene la piel delicada como una orquídea.

—Anxious quiere asegurarse de que te pondrás crema protectora.

—¡Desde luego! —exclamó Angélica.

—¿Sabe montar? —le preguntó Anxious a Jack.

—Si no sabe, aprenderá hoy —respondió él con una risotada, haciendo que la mujer moviera la cabeza con desaprobación. Luego volvió trotando a donde estaba Angélica, que no se había atrevido a moverse todavía—. Vámonos.

Apretó tímidamente los flancos de la montura, pero no era necesario, porque *Fennella* estaba acostumbrada a caminar junto a *Artemis*, la yegua de Jack.

—¿Sabes? Franschhoek se llamaba antes Olifanshoek, el rincón de los elefantes, porque al estar rodeado de montañas por tres lados, era un valle ideal para que los elefantes educaran a sus crías. Les gusta la soledad.

—¿Hay elefantes ahora?

—No, pero tenemos otros muchos animales salvajes. Puede que veamos antílopes, y allá donde vamos hay muchísimas aves.

Subieron por un sendero polvoriento junto a un espeso bosquecillo de pinos. Abajo se extendían las vides cargadas de frutos. Vieron a los vendimiadores, afanándose como laboriosas abejas, y el viento les trajo el murmullo de su charla.

—¿Todo esto es tuyo?

—Todo es mío —respondió con orgullo—. Antes perteneció a mi padre, y antes a mi abuelo, que lo compró siendo muy joven.

—¿Vive todavía tu padre?

—No, murió cuando yo era un adolescente.

—No debe de ser fácil crecer sin un padre.

—Todavía le echo de menos. Era un hombre estupendo.

—¿Y tu madre?

—Vive en Dinamarca. Quería que nos fuéramos con ella, pero yo no tengo tanto miedo como ella de este lugar.

—¿Tiene miedo? ¿Por qué?

—Sudáfrica tiene muchos conflictos, ya lo sabes. La tasa de crímenes es muy alta. Ya no es un país seguro para vivir. Pero hemos tenido suerte.

—Tu madre se ha ido muy lejos.

—Es danesa, volvió a su casa. Vive en el campo, en una vieja granja destartalada, con mi hermano, su mujer y sus hijos. Vienen a vernos una vez al año. Al volver de Londres me desvié para hacerles una visita, pero no viviría allí ni loco. El correo electrónico hace que la distancia no sea tan grande, y hablamos mucho por teléfono.

—De manera que, aparte de Anna y las niñas, no tienes más familia aquí.

—Así es.

—Es triste que la delincuencia estropee un lugar tan hermoso.

—No es tan extraño cuando ves el abismo que hay entre ricos y pobres. Es el precio que pagamos por vivir en este lugar maravilloso.

Se acercaban a los viñedos, donde reinaba una actividad febril.

—Este año hemos retrasado la vendimia dos semanas debido a las lluvias, que se han alargado más de lo previsto.

En los extremos de las hileras de viñedos había un rosal. Así las enfermedades se detectaban antes de que afectaran a las viñas. Un sinfín de mariposas aleteaba entre las rosas, atraídas por el aroma.

—Mira, ahí viene Lucy.

La hija de Jack les saludaba con la mano por encima de las vides. Detrás de ella, Anna recogía la uva y charlaba amistosamente con las africanas que habían venido a ayudar desde los pueblos vecinos. A lo largo de los estrechos caminos que se abrían entre las vides se oían canciones y el grito de la pintada.

—¿Y qué pasa cuando se ha recogido la uva?

—¿En serio te interesa?

—Desde luego, nunca había pensado en ello al tomar mi copa de Sauvignon.

—Daremos una vuelta antes de subir a las colinas.

Angélica se quedó encantada con todo lo que vio en Rosenbosch, desde la hermosura del paisaje hasta el encanto pragmático de la bodega. Dejaron los caballos atados en el patio frente a las dependencias de la granja, del mismo estilo holandés que la casa principal, y Jack la llevó adentro para presentarle al viticultor. Por el camino se fueron deteniendo a charlar con los trabajadores, pero finalmente se quedaron solos en la oscura humedad de la bodega.

Jack tomó a Angélica en sus brazos y la besó con avidez, como si llevara toda la mañana esperando la oportunidad. Abrazándola con fuerza, inhaló su perfume.

—Hueles bien —dijo con la cara enterrada en su cuello. Ella se estremeció al notar su cálido aliento—. Te quiero, Salvia.

Alzó la cabeza, le apartó el pelo de la cara y la miró fijamente como si quisiera aprender sus rasgos de memoria. Ella se sentía feliz envuelta en aquel corpachón, con el eco de sus palabras resonando todavía en sus oídos.

Los caballos iban a un paso reposado, y Angélica ya se sentía bien sobre la montura. Subieron colinas arriba, donde crecía el fynbos, la vegetación baja endémica de esa zona, que polinizan los pájaros. Jack le fue mostrando algunas aves, como las nectarinas de pecho naranja y los abejarrucos, de alas amarillas y pecho rojo. Se había levantado la neblina y el sol empezaba a calentar con fuerza. Angélica lo notaba en los antebrazos y a través de la camisa. Afortunadamente, cuando subieron un poco más, empezó a soplar una fresca brisa. Finalmente llegaron a una pequeña planicie rodeada de pinos que arrojaban sombra. Allí desmontaron.

Jack bajó la cesta del caballo

—Tomaremos el picnic aquí. Vamos a ver qué nos ha preparado la buena de Anxious.

Extendió una manta escocesa y depositó la cesta en el centro. Angélica se sentó en el suelo, se apartó de la cara el pelo húmedo de sudor y se abanicó con el sombrero. Jack sacó de la cesta una botella de vino en un enfriador. Anxious les había preparado un cubilete para hielo, salmón ahumado, limón, pan, paté y ensalada, todo perfectamente envuelto y aislado con cubitos de hielo.

Empezaron a comer con gran apetito. El vino, aligerado con un poco de hielo, era refrescante, y había zumo de maracuyá para apagar la sed.

—Bueno, ¿qué tal con tu libro?

—Se me ha ocurrido una idea muy buena.

—¿Sobre el secreto de la felicidad?

—No, sobre unos Troilers verdes y cochinos. —Puso cara de circunstancias—. No creo que yo esté cualificada para escribir de la felicidad.

—Claro que puedes.

—Me gusta pensar sobre el tema, pero no consigo poner las ideas en un orden coherente. Son más bien pensamientos e ideas sueltas, como lo que nos escribimos por Internet. Todavía estoy buscando.

—Escribe un diario, y a lo mejor un día puedes convertir esos pensamientos en un libro.

Angélica rió.

—¿Y arriesgarme a que alguien lo lea?

—¿Olivier leería tu diario?

—No, no lo creo. Pero últimamente las cosas no han ido demasiado bien entre nosotros, así que podría sentirse tentado a echarle un vistazo. —Mordió el bocadillo—. Esto está buenísimo.

—Es paté de hígado de pato hecho en casa.

—Deberías venderlo.

—Lo vendemos, pero sólo aquí, a pequeña escala.

—Sois muy hacendosos, ¿verdad?

—Tenemos que ser emprendedores. Las cosas no son fáciles ahora mismo.

—A lo mejor eres tú el que tiene que escribir el libro. Eres mucho más sabio que yo.

—Deberíamos escribirlo juntos.

—Es una buena idea. Tú te encargas de la parte seria y yo pongo las cursiladas.

—Tú no eres cursi, Salvia.

—Ya sabes a qué me refiero. Eres mucho más intelectual que yo.

—Yo no diría eso, pero seríamos un buen equipo. Estaríamos continuamente lanzándonos ideas el uno al otro.

—De acuerdo. Si escribiéramos un libro, ¿cómo nos llamaríamos?

Jack masticó pensativo su bocadillo de salmón ahumado.

—D.O. Porche.

Angélica rió.

—¡Qué divertido! ¿Y qué tal Fido Porche?

—No suena tan bien.

—No, es cierto.

—Pensemos con creatividad.

—Yo estoy un poco achispada. No creo que pueda pensar.

—Venga, el vino libera la imaginación.

—¿Tú crees? —preguntó dudosa—. A mí sólo me atonta.

—Cuanto más tonta, mejor. Queremos algo que llame la atención.

—¿Cómo Picnic Mermelada?

—Esto ya suena mejor.

—Mermelado Cardonardo, Tentempié Cantabilé, Bollo Repollo.

—Ahora entiendo de dónde sacas esos nombres absurdos para tus libros. Unas copas de vino y estás de lo más creativa. —Se sirvió otra rebanada de pan con paté—. Mañana hemos invitado a unos amigos de la finca cercana a venir para un *braai*.

—¿Qué es un *braai*?

—Una barbacoa.

El rostro de Angélica se iluminó.

—¡Ya está! Un nombre que acabe en *braai*.

Jack asintió pensativo.

—*Braai* me gusta. Tiene un toque excéntrico, ¿no?

—Los *braai* simbolizan la felicidad, porque a todo el mundo le gusta comer.

—¿Y cuál será la otra palabra?

—Yo ya he pensado en *braai*. Tú tienes que pensar en la otra palabra.

—De acuerdo. Déjalo en mis manos, y ya se me ocurrirá algo.

Después de comer y apurar el vino, se tumbaron sobre la manta cogidos de la mano y contemplaron a través de las ramas de los pinos un caleidoscopio de pedacitos de cielo azul. Se levantó un viento llamado del sudeste o Cape Doctor que refrescó el ambiente. Abajo en el valle, Anna, Lucy y el resto de los vendimiadores estarían comiendo. Angélica se sintió feliz de estar a solas con Jack en aquel lugar, tan plácido que el tiempo parecía detenido. Vivían una preciosa tarde sin compromisos ni preocupaciones, donde lo único importante era estar juntos. Tumbados a la sombra podían hablar de la vida y del amor, como si aquel momento fuera a durar para siempre.

A las cinco se incorporaron y contemplaron el atardecer. Angélica recordó cómo le gustaban a Anna aquellos cambios de luces y colores al finalizar el día. Sorprendentemente, fue la propia Anna la que le sugirió a Jack que la llevara al desfiladero de Sir Lowry la noche anterior. Parecía como si los empujara a estar juntos. No los miraba de reojo para comprobar si había algo entre ellos, si los pillaba en un encuentro romántico, para así poder acusarlos, como hubiera estado en su derecho de hacer. Los dejaba campar a sus anchas como si no le importara lo que hicieran.

El ocaso tiñó el cielo de rosa y dorado. Angélica se abrazó las rodillas, invadida por una súbita melancolía.

—¿Has tenido muchas amantes?

Jack la miró ceñudo.

—¿Qué clase de pregunta es ésta?

—¿No le importa a Anna que las tengas?

—Pero, cariño, ¿cómo te ha dado por pensar en eso?

—No lo sé. La puesta de sol me hace pensar en ella.

—Se lo está pasando bien abajo con los vendimiadores.

—Deberías estar con ella.

—Hemos disfrutado juntos de muchos atardeceres, pero contigo sólo me queda éste.

Angélica se llenó los pulmones del aire fragante de la tarde antes de decir:

—Anna sabe que somos amantes, ¿verdad?

—Si lo sabe, no ha dicho nada.

—Pero ayer noche sugirió que fuéramos a ver la puesta de sol. ¿No es un poco raro que una esposa se comporte así?

—Anna no es como las demás esposas. Tenemos nuestras propias reglas.

—¿Ha habido otras como yo?

Jack le pasó el brazo sobre los hombros y la atrajo hacia él.

—No seas tonta. No hay nadie como tú.

—¿En serio? Scarlet me insinuó que tenías una amante en Clapham.

Jack la miró alarmado.

—¿Qué dijo?

—Te había visto con una mujer en Clapham.

La expresión de alarma desapareció de su rostro.

—Ah, la encantadora señora Homer.

—¿Quién es la señora Homer?

—Una anciana de ochenta años. Scarlet tiene que ir al oculista. No tienes por qué estar celosa de la señora Homer. —La besó en la sien y dejó ahí sus labios largo rato—. No tienes por qué estar celosa de nadie.

—Ni siquiera de Anna.

Jack suspiró. Parecía estar meditando qué respuesta dar. Finalmente, se separó de ella y volvió la cabeza hacia las colinas al otro lado del valle.

—Mira, ella es ella. Es un espíritu libre. No le pertenezco y ella no me pertenece. Nos queremos, pero es una elección que hacemos, no un amor impuesto por poder institucional, y nuestra forma de querernos es asunto nuestro y de nadie más. Nos respetamos el uno al otro. Ella no me juzga a mí y yo no la juzgo a ella. Somos amigos, almas gemelas. Pero por ti siento algo diferente a lo que siento por cualquier otra persona en el mundo. Tienes que confiar en mí.

Angélica apoyó la cabeza en su hombro y dejó que la ambarina luz del sol iluminara su rostro.

—Confío en ti, Jack —dijo. Pero había algo que no estaba bien, algo que él no le contaba.

# 25

Cuando amas incondicionalmente, no hay nada que perdonar.

*En busca de la felicidad perfecta*

Aquella noche cenaron en la terraza con Anna, Lucy y una amiga suya llamada Fiona. A pesar de haber vendimiado toda la mañana, Anna estaba muy animada, con una luminosa mirada en los ojos y una sonrisa sincera en los labios. Angélica la observaba de cerca, intentando analizarla, pero no encontró doblez en ella, ni le pareció que estuviera ocultando nada.

A mitad de la cena sonó el teléfono. Anxious salió a la terraza y le anunció a Angélica que tenía una llamada de su marido. Volvió a la realidad de golpe. Lo primero que pensó fue que algo les había pasado a sus hijos, y se le encogió el corazón. ¿Por qué demonios iba a llamarla Olivier a Rosenbosch? ¿De dónde había sacado el número de teléfono? Sólo podía tratarse de una emergencia. Llena de angustia, se precipitó al salón.

—¿Olivier?

—Hola, querida. ¿Cómo estás? —Su tono tranquilo disipó los miedos de Angélica.

—¿Va todo bien?

—Perfectamente. He intentado llamarte al móvil, pero siempre está apagado, y como no me llamabas le pedí a Scarlet el teléfono de los Meyer.

—Me has dado un susto. Pensé que les había pasado algo horrible a los niños.

Olivier rió.

—Están aquí y quieren saludarte. —A Angélica se le llenaron los ojos de lágrimas—. Ahora te los paso. Te echan mucho de menos.

Sintió una opresión en el pecho y tragó saliva, aguardando con impaciencia a que Olivier le pasara a Isabel.

—Hola, mami,

—Hola, cariño. ¿Te lo estás pasando bien con papi?

—Te echo de menos —dijo con una vocecita que hizo que a Angélica se le saltaran las lágrimas.

—Yo también te echo de menos, cielo. Pero volveré el lunes a casa. Podemos cenar juntos. ¿Quieres que al volver del cole compremos un pastel en la Pastisserie Valerie?

—¿El de frambuesas con crema? —Pensar en el pastel le levantó el ánimo.

—El que tú quieras.

—Te he hecho un dibujo.

—Me muero de ganas de verlo.

—¿Has visto animales?

—Muchísimos.

—¿Elefantes y leones?

—Muchos pájaros.

—¿Me traerás un pájaro?

—Hay uno muy bonito que se llama nectarina, con el pecho naranja. A veces vuelan en bandadas de cientos de pájaros.

—¿Me comprarás uno para mi cumpleaños?

—Está prohibido sacarlos de Sudáfrica, pero te he comprado unas cosas muy bonitas.

—¿Quieres hablar con Joe?

—Pásamelo. Te quiero, cariño.

—Yo también te quiero, mami.

Se secó las lágrimas con el dorso de la mano mientras oía cómo a su hija se le caía el teléfono, lo recogía del suelo y se lo pasaba a Joe.

—Quiero que vengas a casa, mamá. —La voz de Joe sonó todavía más patética que la de su hermana.

—Volveré el lunes.

—¿Por qué no vienes ahora?

—Porque tengo que tomar un avión, cariño.

—¿Dormirás en el avión?

—Sí, toda la noche. ¿Os está cuidando bien papá?

—Nos lleva a la Pastisserie Valerie.

—Qué bien.

—Pero quiero que vuelvas a casa porque eres mi mejor amiga en todo el mundo.

—Echo de menos el Joe Total.

—Estoy triste.

—El lunes estaré en casa para darte un fuerte abrazo y verás cómo te pones bien. Ya sólo te quedan tres segmentos en la oruga, ¿no?

—Esta noche antes de acostarnos le quitaremos uno más.

—Entonces sólo quedarán dos.

—Sí, uno más y estarás en casa.

—Y te daré el Mamá Total.

—Sí.

—Te quiero, cariño. ¿Me pasas otra vez a papi?

Joe dio un beso al teléfono. Angélica oyó su respiración tan cerca del aparato que casi pudo tocarlo.

—Te quiero con todo mi corazón —dijo su hijo antes de pasarle a Olivier.

Ante tal cúmulo de emociones, Angélica apenas lograba articular palabra. Sentía el deseo visceral de abrazar a sus hijos, y por un instante recobró la sensatez. ¿Qué estaba haciendo aquí con Jack, cuando sus hijos estaban en Londres y la necesitaban?

—¿Y qué tal va por ahí? —La voz de Olivier la devolvió a la antigua vida que ya no deseaba.

—Ha sido un auténtico torbellino —dijo con voz ronca.

—Supongo que los viñedos de los Meyer son preciosos.

—Sí, es el sitio más bonito que he visto en toda mi vida. Las puestas de sol son prodigiosas.

—Te echamos de menos, Angélica. Yo te echo de menos.

Un dardo de temor se le clavó en las entrañas. Alcanzaba a oír jugar a sus hijos, y sintió deseos de volver corriendo a casa con el rabo entre las piernas, como un perro avergonzado.

—También yo te echo de menos —respondió automáticamente. Pero no era cierto; en realidad, se estaba imaginando a sus hijos en Sudáfrica, donde podrían correr libres por la pradera, como los antílopes.

Colgó el teléfono y se sentó en el sofá. Veía en su imaginación a los niños jugando en los viñedos. Allí la encontró Jack.

—¿Todo va bien? —dijo sentándose a su lado. Al ver que Angélica había llorado, su rostro se ensombreció—. ¿Ha ocurrido algo?

—Nada, pero estaba preocupada.

—¿Los niños están bien?

—Sí, va todo bien, pero no esperaba que Olivier me telefoneara aquí. Le pidió el número a Scarlet. Me ha dado un susto de muerte, Pensé que había pasado algo terrible. —Se colocó la mano sobre el corazón, que latía apresuradamente.

—¿Quieres una copa?

—O dos.

Le pasó la mano sobre los hombros y la abrazó.

—El lunes estarás con ellos.

—Ya lo sé, Jack, y esto es lo que me aterroriza —dijo bajando la voz—. Quiero ver a mis hijos, pero no quiero que llegue el lunes, quiero quedarme aquí contigo.

—No pienses en el lunes, cariño. Todavía tenemos por delante muchas horas juntos.

Se levantó y le ofreció la mano para ayudarla a ponerse de pie.

Angélica se levantó dándole la mano.

—Te quiero a ti y a mis hijos, Jack.

—Ya lo sé. —Le apretó la mano para tranquilizarla—. Venga, acabemos de cenar y nos sentaremos en la pagoda a contemplar las estrellas.

Para explicar a los demás la razón de su rostro manchado de lágrimas, Angélica volvió a hablar de sus hijos y de lo mucho que los echaba de menos.

—Espero preocuparme menos cuando sean mayores.

En el rostro de Anna se dibujó una serena sonrisa.

—Cuando crecen, te preocupas más, porque los peligros a los que se exponen son mayores a medida que se independizan.

—Oh, mamá —protestó Lucy—. Vamos, Fiona, creo que es momento de que nos vayamos.

Las chicas se excusaron y entraron en la casa.

Anna soltó una carcajada.

—El truco está en preocuparse por cosas sobre las que tienes un cierto control, no por las que no puedes controlar en absoluto.

—Yo me preocupo por todo —se lamentó Angélica.

—La preocupación es una emoción negativa. Sólo sirve para deprimirte. Si la preocupación lo único que cambia es tu estado de ánimo, es preferible dejarla a un lado. ¿Rezas?

—Sí, sobre todo cuando las cosas van mal.

—De acuerdo, pero ¿rezas por tus hijos?

—Por supuesto.

—Pues la preocupación es como rezar en negativo, como envolverlos en pensamientos oscuros. Enviándoles amor, los inundas de luz. No les envíes tus miedos, envíales tu amor, sé constructiva.

—¿De verdad crees en el poder de la plegaria?

Anna y Jack se miraron en silencio. Angélica se sintió de más. No cabía duda de que compartían cosas en las que ella no podría entrar.

—Yo creo en los milagros —siguió diciendo Anna—. Pero también creo que hay cosas en nuestra vida que están grabadas en piedra, cosas que no podemos cambiar, ni tan sólo con el poder de la plegaria.

—¿Cómo qué?

—Como la muerte. Cuando ya hemos cumplido nuestra misión llega el momento de volver a casa, tengamos la edad que tengamos.

—A mí siempre me preocupa perder a mis hijos —confesó Angélica.

—También a mí. Pero la vida siempre nos manda pruebas para enseñarnos una valiosa lección. No podemos controlar lo que nos ocurre, pero sí cómo reaccionamos. La mayor libertad del ser humano es la libertad de elección. Como dijo Nietzsche: «Aquel que tiene una razón para vivir, podrá soportar casi cualquier cosa».

—¿Tienes tú una razón?

—Sí. Mi vida tiene un sentido. Veo un sentido en todo lo que la vida me pone delante, sea positivo o negativo. Pero nadie te puede decir cuál es tu propósito. Cada uno lo tiene que encontrar por sí mismo.

Angélica se preguntó qué pensaría Scarlet de esta conversación, y sonrió para sí al imaginar su expresión irónica y sus ojos en blanco.

Jack apuró su copa.

—Vamos a contemplar las estrellas —dijo.

—Id vosotros. Yo estoy cansada después de vendimiar toda la mañana, y mañana será igual, de manera que me voy a la cama. Espero que no os importe.

Angélica se alegró ante la perspectiva de estar a solas con Jack, y se sintió culpable.

—¿Puedo ir contigo mañana? —preguntó.

Anna pareció complacida.

—Desde luego, cuanta más ayuda, mejor.

—Entonces quedamos así —dijo Jack, levantándose de la silla—. Nos levantaremos al alba y vendremos al mediodía para la *braai*. Luego quiero llevar a Angélica a Stellenbosch.

—Buena idea —dijo Anna.

—A la vuelta podemos pararnos a tomar una copa en Warwick.

—¿Qué es Warwick?

—Un precioso viñedo a una media hora de aquí.

—No olvidéis que mañana llevo a Lucy a Ciudad del Cabo. Volveremos tarde. —Le dio a Angélica un cariñoso abrazo—. No te preocupes tanto, ¿vale?

—Lo intentaré.

—Piensa en positivo. No ayudarás a tus hijos preocupándote, sino enviándoles pensamientos de amor y de luz.

—Eso procuraré hacer.

—Buenas noches. Mañana hay que levantarse al amanecer. ¿Te importa que llame a tu puerta para despertarte?

—Claro que no, quiero ir. Nunca he recogido uva.

—Entonces, que duermas bien. Y que disfrutéis de las estrellas desde mi pequeña pagoda.

Le dirigió a su marido una mirada tan tierna y cariñosa que Angélica se quedó más confundida que nunca.

Siguió a Jack y a los perros llevando en la mano la infusión de menta que le había preparado Anxious. La luz de la luna arrojaba sobre el césped las alargadas sombras de los árboles. Oían croar a las ranas que estaban en los nenúfares sobre el lago, y el canto de los grillos entre la hierba. En el aire flotaba un olor a hierba húmeda y el pesado aroma a rosas y a gardenias. Subieron los escalones que llevaban a la bonita pagoda blanca. El cojín donde meditaba Anna se encontraba en el centro, y junto a las paredes había un sofá y cuatro confortables butacas de cutí blanco y azul marino. Se sentaron en el sofá. Angélica se quitó los zapatos y recogió las piernas bajo el cuerpo. Jack se tumbó cuan largo era y pasó un brazo por encima de Angélica para atraerla hacia él.

—Tus ideas provienen de Anna, ¿no?

Él fingió que no entendía.

—¿Qué ideas?

—No simules que no sabes de qué hablo. Me refiero a las ideas existenciales. O las has copiado de Anna o ella las copia de ti.

—Vale. Ella me ha enseñado mucho sobre la vida.

—Yo creía que era algo especial entre nosotros.

—Y lo es.

—Pero no en exclusiva.

—¿Y eso tiene importancia?

—Supongo que no.

—Sigo siendo igual de sabio.

Angélica suspiró.

—Ninguno de nosotros es tan sabio como Anna.

—Tiene diez años más que tú. Cuando tengas su edad, serás tan sabia como ella.

—No lo sé. Sospecho que ella nació sabia. Les pasa a algunas personas. Yo sólo estoy buscando.

—Los dos estamos buscando. No te olvides del libro *En busca de la felicidad perfecta* que firmaremos como Braai y Algo Más. Es un proyecto que dará mucho que hablar.

—¿De qué tratará nuestro primer capítulo?

—La felicidad de tu vida depende de la calidad de tus pensamientos. —La besó en la frente—. Yo soy feliz cuando pienso en ti.

Angélica le cogió de la mano.

—Yo también soy feliz cuando pienso en ti.

Siguieron hablando con pasión de su libro mientras contemplaban el titilar de las estrellas sobre las colinas. Acunados por el murmullo de la charla, los perros se quedaron dormidos sobre la alfombrilla de Anna. Cuando por fin entraron en casa para acostarse, subieron sigilosamente las escaleras como niños que volvieran de una aventura nocturna. Jack entró con Angélica en el dormitorio y la apoyó en la pared para besarla, pero se detuvo ahí.

—Tienes que dormir. Mañana nos espera un día muy largo.

—Me gustaría que pudiéramos acurrucarnos en la cama —susurró ella.

—También a mí, pero entonces no dormirías mucho.

—Quiero que me hagas otra vez el amor.

—Y lo haremos —dijo besándola en la nariz—, pero no esta noche.

—Debería bastarme con estar a tu lado, pero no me basta.

Jack le dirigió una sonrisa tan tierna que a Angélica le dio un vuelco el corazón.

—Otro beso y tendré que marcharme.

Cuando Jack se marchó, Angélica se desvistió y se cepilló los dientes sin dejar de canturrear alegremente. Decidió no pensar en el lunes. Después de todo, no era el final de la relación, sólo el final de su estancia allí. Pero habría más ocasiones. Su amor iría creciendo y serían capaces de ir al otro lado del mundo para estar juntos.

Al ponerse el camisón sintió la caricia de la seda sobre su piel y deseó que Jack estuviera esperándola en la cama con los brazos abiertos. Una suave brisa cargada de aromas entraba por la ventana entreabierta. Corrió un poco la cortina y se apoyo en el alféizar para contemplar el valle, tan romántico bajo el cielo azul oscuro tachonado de estrellas. Oyó cantar a los grillos y croar las ranas a lo lejos, y de vez en cuando oía corretear los topos. De repente contuvo el aliento al ver a Jack cruzando el césped. ¿Adónde se dirigía a aquellas horas de la noche, y por qué no le había pedido que le acompañara? Estaba solo, acompañado únicamente por uno de sus perros. Pero era una hora muy extraña para pasear al perro. Cuando volvió a la cama, sentía un extraño malestar.

La parecía que no había pasado más que un momento cuando oyó que Anna llamaba a su puerta con los nudillos. Todavía era de noche y hacía fresco. Balbuceó algo incoherente y logró abrir los ojos. Haciendo un esfuerzo, se levantó y abrió la ventana. Al ver el césped recordó el paseo nocturno de Jack y se sintió preocupada. Ya no quedaban estrellas, y una fina capa de bruma flotaba sobre el valle. El mundo empezaba a despertar: se oía el ladrido de los perros en la distancia y la cháchara de las pintadas, y de las casas de los trabajadores se elevaban las primeras columnas de humo. Rápidamente, se vistió y bajó a la terraza, donde Anxious les había preparado un almuerzo ligero. Jack estaba desayunando, pero como no mencionó su paseo nocturno, ella tampoco dijo nada. Estaba contenta de verlo de buen humor y dejó atrás sus miedos; al fin y al cabo, un hombre era muy dueño de pasear de noche por sus propiedades. A lo mejor simplemente tenía insomnio.

Desayunaron rápido y con los primeros rayos del sol se dirigieron a la granja, donde reinaba un ambiente de actividad. Mientras el capataz, un fornido *afrikaans*, daba instrucciones a los trabajadores, llegó una furgoneta cargada de mujeres y niños del pueblo para ayudar en la vendimia del Sauvignon blanco. Su canto se oía desde lejos en medio de la bruma. Jack iba de un lado a otro, charlando con los trabajadores, haciéndole una observación al capataz, feliz de estar ocupado. Angélica se quedó con Anna, Lucy y Fiona, disfrutando de la escena.

Por fin se pusieron en marcha los tractores y se dirigieron todos a los campos. Le dieron a Angélica unos guantes, y Anna le explicó cómo usar las tijeras y la caja para poner la uva. Trabajaban codo con codo, charlando. Las pintadas caminaban torpemente entre los viñedos, picoteando el suelo, y la luz del sol iba inundando el valle. Era un trabajo duro, pero a Angélica le resultó estimulante estar rodeada de tanta belleza.

Una vez que las cajas estaban llenas, las llevaban a los tractores, que las transportaban traqueteando hasta el lagar. Hacia las diez, la bruma se había desvanecido y el sol era implacable. Media hora más tarde hubo que parar, porque el sol calentaba demasiado para seguir vendimiando. Acabado el trabajo, ya podían comer algo. Volvieron a la granja, donde habían dispuesto una mesa a la sombra con la comida tradicional de la región: *bobotie*, un guiso de cordero; *beryani*, un plato de arroz; curry y unos pastelitos denominados *koeksisters*, todo regado con vino. Angélica se mezcló con los trabajadores y estuvo charlando y riendo con ellos, haciéndoles preguntas y escuchando con atención sus historias.

Volvieron a casa para refrescarse en la piscina, que estaba escondida tras un seto y contaba con una bonita cabaña para cambiarse. Habían dispuesto tumbonas para tomar el sol, y Anxious les trajo zumo de maracuyá con hielo. Angélica se sumergió agradecida en el agua fresca, entre los árboles frutales y las rosas, mientras oía la charla de las chicas y el piar de los pájaros. Tenía agujetas del paseo a caballo y los brazos doloridos de su primer día de vendimia.

Poco antes de la hora de comer llegaron Kat y Dan Scott, de la granja vecina. Kat era rubia y atlética, de ojos azul claro y una sonrisa contagiosa en sus labios llenos. Llevaba una minifalda que dejaba ver sus inacabables piernas morenas y las uñas pintadas de un rosa chicle. Su guapo marido la seguía con la mirada a todas partes y sonreía con indulgencia a todo lo que ella decía. Rodeado de los perros, que confiaban en recibir unas migajas, Jack preparaba el *braai* a la sombra de un árbol, mientras Anna charlaba en la pagoda con los invitados, que explicaron su luna de miel en Brasil. Dan sabía burlarse de sí mismo y las hizo reír a carcajadas contándoles cosas que le habían pasado. La escena hizo que Angélica recordara la época en que ella y Olivier habían sido tan felices como aquella joven pareja. Miró a Jack y se dijo que ellos dos podrían ser así de felices si tuvieran la oportunidad. ¿Acaso era tan imposible que acabaran juntos un día y pudieran cogerse de la mano y exhibir su amor, como Kat y Dan?

Kat se volvió hacia ella.

—Jack nos ha dicho que esta tarde vais a Warwick.

—Sí, creo que es precioso.

—Desde luego. Tiene una vista espectacular de Table Mountain. Hay que ir al atardecer.

—Hacen un vino excelente —añadió Dan—. Su Sauvignon blanco es único gracias a un híbrido especial de melocotonero que plantó un horticultor llamado profesor Black. Fue la primera variedad capaz de soportar el viento del sudeste. Cuando sacaron los melocotoneros del profesor, plantaron las primeras cepas de Sauvignon Blanc. Desde luego se nota el sabor del melocotón. Es un *bouquet* muy especial.

—Ah, y tienen esa copa dorada de la que pueden beber dos personas a un tiempo.

—Cuéntale la historia —la animó Dan.

Kat tomó la mano de su marido y le miró con ternura, como recordando algo que compartían los dos.

—Es una historia preciosa. Había una vez una hermosa muchacha llamada Kunigunde que se enamoró de un orfebre joven y ambicioso. Kunigunde rechazaba a todos sus pretendientes, uno tras otro, hasta que finalmente confesó su amor secreto a su padre, un noble rico y poderoso. El padre montó en cólera y encerró al orfebre en la mazmorra. A Kunigunde se le rompió el corazón, y tanto amaba a aquel hombre que enfermó de pena, hasta que el padre le dijo al joven que podría casarse con su hija si era capaz de fabricar una copa de la que pudieran beber dos personas a la vez sin derramar ni una gota. Por supuesto, estaba convencido de que era imposible, pero el orfebre estaba enamorado, y no hay nada imposible para el amor. Fabricó una copa en forma de falda, tan exquisita como nadie había visto jamás, y en lo alto de la copa colocó una estatuilla de Kunigunde que sostenía entre sus brazos extendidos una pequeña copa movible. Era muy sencillo y muy ingenioso. Dos personas podían beber de aquella copa al mismo tiempo y sin derramar una gota. El padre mantuvo su promesa, y los enamorados pudieron hacer realidad su sueño y fueron felices para siempre. —Le dirigió a su marido una mirada soñadora—. Nosotros hemos bebido de esa copa, ¿verdad, Danny?

—Sin derramar ni una gota —dijo él.

—¡Gracias a Dios! Supongo que derramar una gota trae mala suerte.

—Me encantará verla. —La historia animó a Angélica. Venía a demostrar que nada era imposible.

—Es una pena que tu marido no se encuentre aquí contigo.

Anna rió alegremente.

—No os preocupéis, le prestaré el mío.

Todos estallaron en risas, salvo Angélica, que no sabía qué decir. Bajó la cabeza e intentó esconder su rubor tras el vaso de zumo.

—¡Y no olvidéis brindar por el profesor Black! —añadió Dan.

# 26

La mejor manera de predecir el futuro es inventarlo.

*En busca de la felicidad perfecta*

Aquella tarde Jack y Angélica fueron a Stellenbosch. Aparcaron el coche y pasearon por amplias avenidas bordeadas de plátanos, admirando las bonitas mansiones de estilo holandés. Sus blancas paredes brillaban al sol bajo un limpio cielo azul. Se detuvieron para tomar un café frente a una mesita dispuesta en la acera, a la sombra de una sombrilla de rayas blancas y verdes. Después de pasar toda la mañana en los campos se sentían muy animados y charlaron sobre el libro que pensaban escribir. Angélica compró unos regalos para sus hijos, pero no pensó en comprar nada para Olivier. A las cuatro de la tarde emprendieron camino hacia la hacienda de Warwick, una encantadora finca de viñedos de estilo tradicional holandés que se encontraba enclavada al pie de una montaña.

Los recibió James Dare, un simpático británico de risa contagiosa y gran sentido del humor, y estuvieron bebiendo en la terraza el famoso Sauvignon blanco del profesor Black. Jack y James hablaron sobre la calidad de la uva mientras el sol pintaba Simonsberg con una brillante paleta de rojos y dorados y las águilas pescadoras planeaban sobre la presa. Cuando ya se marchaban, Angélica pidió que les dejaran beber de la famosa copa.

—¿Así que conoces la historia? —preguntó James.

—Kat Scott me la ha contado hoy. Es un cuento muy bonito.

—Le pediré a Belle que la traiga.

—¿Da mala suerte beber con un hombre que no es mi marido?

—Para nada. No sólo es un símbolo de amor y fidelidad, sino también de buena suerte.

—Estupendo, necesitamos un poco de buena suerte.

—¿Cuánto tiempo piensas quedarte?

—Me voy mañana por la tarde —dijo con cara compungida—. Me entristece mucho. He pasado unos días maravillosos. Sudáfrica es el país más bonito que he visto jamás. El campo es maravilloso, y nunca he visto puestas de sol tan espectaculares. Si no fuera por mis hijos, creo que me quedaría aquí para siempre. —No quiso mirar a Jack, pero sintió que él la miraba.

Belle les trajo la copa matrimonial, y era tan preciosa y reluciente como Kat había dicho.

—¡Qué ingenioso! —exclamó Angélica. Tomó la copa en sus manos para verla de cerca.

El metal estaba finamente labrado y muy bruñido. Le entregó la copa a James, que la puso hacia arriba y anunció el vino que les iba a servir.

—Sauvignon blanco Professor Black, cosecha de 2008. Bien, Jack, ahora sostén la copa ladeada. Angélica, esto es para ti —dijo, sirviendo un poco de vino en la copa movible. Ella, ya un poco achispada, empezó a reír nerviosamente. Miró a Jack y acercó los labios a la copa, y bebieron los dos sin dejar de mirarse, pero ya fuera por el alcohol, los nervios y lo que leía en la mirada de Jack, empezó a reír sin poder parar, de manera que su copa se ladeó y el vino le resbaló por la barbilla. Esto le hizo reír más, y su risa contagió a Jack y a James. Con las manos en las caderas, Belle les dirigió una mirada de reproche.

—Espero que no seas supersticiosa —dijo.

—Lo que haya de ser, será —dijo Jack cuando consiguió controlar su ataque de risa—. Que se derrame el vino no supone la más mínima diferencia.

—¡Cómo lo siento! —exclamó Angélica limpiándose la barbilla—. ¿Había sucedido alguna vez?

—No —replicó James con humor—. La mayor parte de la gente se lo toma muy en serio.

—Es una suerte que no estéis casados —dijo Belle.

Esto provocó otro ataque de risa de Angélica. *Si supieran*, se dijo. *Estoy riendo para no llorar*.

Todavía les duraba la risa cuando emprendieron el camino de vuelta a Rosenbosch. Ya se había puesto el sol, el cielo tenía un color púrpura y una luna llena iluminaba el valle. Las estrellas brillaban como cristales pulidos. Era su última noche, y se habían cogido de la mano.

—Anna no volverá hasta tarde.

—¿Qué quieres decir?

—Que hagamos el amor en la pagoda.

—¿En la pagoda de Anna?

—No es suya, es de los dos.

—No creo que sea el lugar adecuado para cometer adulterio.

Jack la miró molesto.

—Mañana te vas y no sé cuándo volveré a verte. Quiero hacer el amor contigo.

Angélica le apretó la mano con una sonrisa.

—Ya pensaremos algo.

Al entrar por la avenida de eucaliptus vieron que había luz dentro de la casa. Jack miró la hora. Eran las siete y media.

—Esperaba que Anxious se hubiera marchado —dijo.

—Puedes decirle que se vaya, ¿no?

—Claro. Quiero estar a solas contigo.

Llegaron a la puerta principal y bajaron del coche, pero Jack se quedó frente a la puerta con cara de preocupación.

—¿Qué pasa?

—No lo sé. Nada —dijo encogiéndose de hombros. Abrió la puerta principal—. ¡Anxious! —La casa estaba en silencio. Jack se volvió hacia Angélica con la angustia pintada en el rostro.

—¿Estás bien?

—No lo sé. Sube al coche.

—No te voy a dejar solo.

—Haz lo que te digo.

Pero Angélica no se separó de él. Jack abrió la puerta de la cocina y lo primero que vieron fueron las baldosas manchadas de sangre. Angélica ahogó un grito al ver los cadáveres de los perros.

De repente, como salidos de la nada, unos hombres negros se abalanzaron sobre ellos como aves de presa, les taparon la boca con manos mugrientas y les pusieron una pistola en la sien. Consciente de que no tendrían problema en disparar, Jack no opuso resistencia. Los hombres se susurraron algo en un idioma que Angélica no entendía y los condujeron al comedor. A ella tuvieron que arrastrarla porque estaba paralizada de terror. En un rincón vieron a Anxious, que los miró con los ojos inyectados en sangre y una mueca de tristeza en su rostro siempre jovial.

—Lo siento, señor —dijo, y rompió a llorar.

—No es culpa tuya, Anxious. Haz lo que te dicen, Angélica, no opongas resistencia. Y por el amor de Dios, no les mires a la cara.

Jack se dirigió a los hombres en su lengua, seguramente pidiendo clemencia, diciéndoles que se llevaran lo que quisieran sin hacer daño a nadie. Incluso en aquel momento de terror, Angélica se sintió impresionada.

Les ataron las manos a la espalda y los pies juntos con unas corbatas que debían haber encontrado en la habitación de Jack. Luego les ordenaron que se sentaran en el suelo, espalda contra espalda.

—Eran mis corbatas favoritas —le susurró él.

—Dios mío, Jack, ¿cómo puedes bromear en un momento así?

—El miedo, supongo.

—Los perros…

—Déjalo.

—¿Nos van a matar?

—No, si hacemos lo que nos dicen y conservamos la calma.

—Estoy muy asustada.

—Estamos en esto juntos, Angélica, y saldremos juntos. No permitiré que te hagan daño. —Lo dijo con tal convicción que ella le creyó.

Un miembro de la banda con ojos saltones se arrodilló junto a Jack.

—¿Dónde está tu móvil? —le preguntó en inglés. El aliento le apestaba a alcohol.

—En el bolsillo de mi camisa —respondió tranquilo Jack. El hombre le metió la mano en el bolsillo y cogió el móvil.

—¿Dónde está la caja fuerte?

—No tenemos caja fuerte.

—Mentira.

—Hay dinero en efectivo en el estudio, en el primer cajón. No tenemos nada que esconder.

—Todo el mundo tiene una caja fuerte.

—Nos robaron hace diez años, y después de eso decidimos no tener caja fuerte. Coged lo que queráis y marchaos.

El tipo de ojos saltones llamó con un silbido a otro miembro de la banda que estaba junto a la puerta y le dijo que subiera al estudio a por el dinero. Angélica estaba petrificada. Pensó en sus hijos y en lo mucho que la necesitaban todavía. *Calma, no llores. Conserva la calma por Joe y por Isabel. No nos matarán. Cogerán las cosas de valor y se irán.*

El de los ojos saltones se inclinó sobre Jack.

—Buscaremos por toda la casa, y como encontremos una caja fuerte, yo mismo te rebanaré el pescuezo como a un animal.

Angélica tuvo tanto miedo que ni siquiera pudo gritar. Se sentía pequeña, indefensa como un pajarito. ¿Sería infantil rezar para que vinieran en su ayuda? ¿Cabía la posibilidad de que alguien hubiera visto entrar a los ladrones y llamara a la policía? Cerró los ojos y empezó a rezar.

—No hay ninguna caja fuerte —repitió Jack.

Angélica abrió los ojos y miró a Anxious que, convertida en la encarnación de su curioso nombre, que significa «preocupada», parecía haberse encogido, como si se hubiera desinflado, y le estaba saliendo un morado en la mejilla. Angélica elevó al cielo una rápida oración, pidiendo solamente que les permitieran salir con vida. *No estoy prepa-*

*rada para dejar a mis hijos, y tampoco a Olivier. Oh, Olivier, ¿qué he hecho? Perdóname, Dios mío. Te prometo que en adelante me portaré bien, pero no me separes de mis hijos.*

Un miembro de la banda apareció con una caja metálica para el dinero y le dijo algo a Ojos Saltones, que se puso rojo de furia.

—¿Es todo lo que tenéis? ¿Unos cuantos miles de dólares?

—Tenemos el resto en el banco. No guardamos mucho efectivo en casa. Hay algunos objetos de plata en el aparador.

Otro apareció con el joyero de Anna.

—Tiene que haber algo más.

—Mi esposa no lleva joyas.

Ojos Saltones miró a Angélica, que tenía las manos atadas a la espalda, y le tiró del brazo con tal fuerza que ella creyó que se lo dislocaba. Estaba claro que la tomaba por la esposa de Jack.

—A todas las mujeres les gustan las joyas.

Al abrirle los dedos comprobó que no llevaba nada. Angélica dio gracias mentalmente a Anita por aconsejarle que guardara sus anillos de brillantes en el neceser, aunque los hubiera entregado gustosamente a cambio de que les dejaran con vida.

—Le preguntaré a tu mujer dónde está la caja fuerte. Y si no me lo dice, haré con ella lo que me apetezca —dijo acariciándole el muslo con el cañón de la pistola. En su rostro se dibujó una sonrisa tan lasciva que Angélica entendió que lo decía en serio.

Casi se le para el corazón, pero notar a Jack contra su espalda le dio ánimos para hablar.

—No hay ninguna caja fuerte —repitió con aplomo.

Ojos Saltones se estaba impacientando.

—¡Alguien! —gritó. Al momento apareció un africano larguirucho con los pómulos tallados en granito y Ojos Saltones le ordenó que vigilara a los prisioneros mientras él comprobaba una cosa. El compinche de Ojos Saltones se quedó apuntando a Jack con la pistola, pasando el peso del cuerpo de un pie a otro.

—No encontrará la caja fuerte porque no hay ninguna —dijo Jack—. Y pronto llegará ayuda. ¿Por qué no cogéis todo lo que podáis y os marcháis antes de que sea demasiado tarde?

—Siento lo de los perros —dijo el larguirucho—. Me gustan los perros.

—Mira, Alguien. No me importa el dinero ni los objetos. Son reemplazables. Sólo me preocupa mi familia. Si tuviera una caja fuerte, la abriría y os daría todo lo que hubiera dentro, créeme.

—El jefe oyó decir que había una caja fuerte.

—Está mal informado.

Alguien se encogió de hombros.

—Te matará. Ha matado a muchos. Le gusta matar.

Angélica cerró los ojos. Se sentía perdida.

Ojos Saltones regresó más furioso que antes, con un hervidor de agua en la mano. Se agachó y le dijo a Jack con voz sibilante:

—Si no me dices dónde escondes el dinero, te quemaré el pene. Y luego mataré a tu mujer como se mata a un cerdo. —Dicho esto, enchufó el aparato.

Estaban impotentes ante el abismo que se abría a sus pies. Angélica tenía ganas de vomitar.

—Dios mío.

—Mantén la calma —le dijo Jack a Ojos Saltones—. Eres un hombre sensato. ¿Por qué iba yo a arriesgar mi vida, además de la de mi esposa y mi criada, por algo tan poco importante como el dinero y las joyas? Ya te he dicho que no hay ninguna caja fuerte. —Pasó a hablar en la lengua africana y se inició una viva discusión mientras el hervidor empezaba a silbar.

De repente apareció otro hombre en la puerta y se oyó un alarido al otro lado de la casa. Ojos Saltones se levantó de un salto, corrió al recibidor y regresó con una expresión de pánico en el rostro.

—¿Dónde están las llaves de tu coche?

—Sobre la mesa del recibidor, junto a la puerta. —La voz de Jack tenía un tono de esperanza. Angélica se agarró a esa esperanza con todas sus fuerzas.

—¡Eres un mentiroso, estoy seguro! —exclamó Ojos Saltones, y disparó a Jack.

Angélica no se dio cuenta de que los ladrones salían de la casa, montaban en el coche y se marchaban a toda velocidad. Aterrada, oyó el grito de Jack y vio que se formaba un charco de sangre junto a ellos. Se debatió con desespero para liberar las manos de la corbata.

—¡Jack, dime algo! —Jack empezó a reír—. No te mueras, Jack, por favor. —Sin dejar de luchar por liberar las manos, se contoneó para darse la vuelta y verle.

—Me han dado en el hombro.

—¿Te duele?

—No mucho. —Contempló el charco de sangre—. Estoy estropeando la alfombra.

—Te pondrás bien.

Anxious gimoteaba en el rincón.

—Han cortado los cables de teléfono. Nadie nos encontrará.

Angélica consiguió finalmente soltarse las manos. Ni siquiera sintió dolor. Desató la corbata que le sujetaba las piernas y se dispuso a soltar a Jack.

—Aguanta. Pronto te pondrás bien. Estoy contigo —dijo, con una fortaleza que nunca había sospechado que tuviera—. Saldremos de esta, cariño. Te pondrás bien. —Se quitó la blusa y la ató con fuerza alrededor de la herida para detener la hemorragia—. No dejaré que estos cabrones acaben contigo. Ahora que te he encontrado, pienso conservarte.

Se acercó tambaleante a Anxious para desatarla.

—Vaya a buscar ayuda lo más rápido que pueda —le ordenó. Anxious se levantó como pudo, más tranquila ahora que podía ser de utilidad, y se fue corriendo a dar la alarma.

Angélica entró en la cocina, donde estaban apilados los perros muertos, y comprobó que no había línea de teléfono, tal como le había dicho Anxious. Por un momento desfalleció y se apoyó en el aparador. Los cadáveres de los perros, como un montón de abrigos viejos, le recordaban lo cerca que habían estado de la muerte. *Esto no es real*, se dijo cerrando los ojos. Pero sí era real, y tenía que ser fuerte por Jack, tenía que sobreponerse. Cogió unos trapos de cocina, volvió al comedor y los apretó contra la herida. Estaba muy pálido, demasiado.

—Aguanta, Jack. Te pondrás bien. Pronto vendrán a ayudarnos.

—Tengo que decirte una cosa, Salvia.

—Ahora no importa, Jack. No gastes energías.

—Me estoy muriendo.

—No, no te mueres. Te pondrás bien.

—Escúchame, Angélica. —Habló en un tono tan serio que ella se quedó callada. Jack le tocó el brazo con la mano ensangrentada y la miró a los ojos—. Hace años que me estoy muriendo.

Su insistencia en la muerte resultaba angustiosa.

—¿De qué estás hablando?

—Tengo cáncer de pulmón.

A Angélica empezaron a temblarle las manos.

—Ya lo sé. Scarlet me lo dijo. Pero ahora estás mucho mejor.

—No, no es cierto. —Hizo una mueca de dolor cuando Angélica le apretó los trapos contra la herida—. Se ha reproducido, y los médicos ya no pueden hacer nada más por mí. Me estoy muriendo, Angélica, ya sea de una bala en el hombro o de un cáncer de pulmón. La única verdad es que me queda muy poco tiempo de vida. Por eso quería vivirla a fondo.

—¡No es cierto! No voy a seguir escuchándote —dijo con voz temblorosa, presa de la ira—. ¡Buscaremos ayuda! No voy a dejar que te mueras.

—No importa, en cierto modo. Lo hemos pasado muy bien, ¿verdad?

—Y seguiremos pasándolo bien. Tomaremos más copas, cabalgaremos por la llanura. Estamos empezando a vivir.

Pero Jack movió la cabeza con pesar.

—No, querida Salvia. Mi vida se está acabando.

—¡No te creo! He soñado que envejecíamos juntos, dejaba a Olivier por ti y me traía a los niños, que empezaba de nuevo con el hombre al que amaba. No me digas que te estás muriendo porque no te creo.

—Tienes que creerme. No quería decírtelo para no estropearlo todo, pero por el tamaño de este charco de sangre, es probable que me muera en cualquier momento, y quiero que sepas la verdad, que estos últimos meses me has ayudado a vivir, que sin tu amor y tu risa me habría hundido en la depresión mientras mi vida se apagaba lentamente.

Angélica dejó de curarle la herida y se sentó en el suelo junto a él.

—¿Me estás diciendo que durante este tiempo en que estábamos juntos ya lo sabías?

—Sí. Debería habértelo dicho, pero no pude por razones egoístas. Al principio sólo fuiste otra mujer hermosa que me llamó la atención, pero eres distinta de las demás —dijo, apoyando la cabeza contra ella—. Me gusta tu risa, y cómo sabes reírte de ti misma. Me gusta cuando te muestras vulnerable, y cómo brilla tu inteligencia por debajo de tu capa de inseguridad. Me gustan los retos que te pones y tu forma de escribir, derramando tu ser en cada página. Me gusta que te ruborices cuando te piropeo y sin embargo sepas entregarte totalmente al hacer el amor. No hay nadie como tú, Salvia. Cuando me di cuenta, te tenía tan adentro que no podía vivir sin ti. Tú pensabas que yo sabía lo que era el amor, pero lo cierto es que no tenía ni idea hasta que te conocí. Me diste la voluntad de vivir, hiciste que me sintiera con fuerzas para vencer cualquier obstáculo, incluido el cáncer. Pero ni siquiera tu espíritu indomable ha podido vencerlo. —El dolor volvió a torcer su cara en una mueca—. No fui a Londres a hacer negocios, sino a ver a una sanadora. Esperaba que pudiera hacer algo por mí.

—La señora Homer.

—La mujer fatal de Scarlet —dijo él con una débil carcajada.

—Oh, Jack.

—Me agarraba a un clavo ardiendo. Tengo tantas ganas de vivir…, todavía no he hecho ni la mitad de las cosas que quería.

—Las harás, y muchas cosas más.

—No, no podré. No podré llevar a mis hijas al altar, no estaré cuando se conviertan en madres, no estaré para apoyarlas si lo necesitan, para darles su merecido a sus novios si las tratan mal. No podré cabalgar contigo por la llanura hasta el desfiladero de Sir Lowry para comer allí contigo y hacerte el amor. No podré porque ya no estaré en este mundo, y eso es difícil de aceptar.

—¿Y Anna?

—Mi querida Anna… Cada vez que la miro a los ojos veo mi muerte reflejada en ellos, veo su pena y su compasión. Si me miro en tus ojos, veo al hombre que siempre fui, me veo como me ves tú. De haberte contado la verdad, tú me habrías mirado igual que Anna, y eso no podría soportarlo.

—Así que es cierto.

—Ojalá no lo fuera.

Se tragó las lágrimas porque no quería que Jack la viera llorar.

—No quiero que me dejes. Acabo de encontrarte.

—Es mejor haber amado y perdido que no haber amado en absoluto —dijo sonriendo. En otras circunstancias, este tópico les haría reír.

—¿Mejor para quién?

—Lo siento, Salvia.

—¿Has pensado por un momento en mí?

—Pensaba en ti continuamente. Quería contártelo.

—¿Y por qué no lo hiciste? ¿No encontrabas las palabras?

—Las únicas palabras que importan son las que dicen que te quiero.

—No sé, Jack. Es importante decir la verdad si quieres una relación de confianza. —Como él no le respondió, le miró a la cara y vio que tenía los ojos cerrados—. ¿Jack?

De repente la casa se llenó de personas que iban de un lado a otro: trabajadores de la finca, policía, enfermeros de la ambulancia… Anna se quedó pálida de terror cuando vio que se llevaban a Jack en camilla. Anxious, ya repuesta y deseosa de ser útil, se esforzó por consolar a Lucy, que lloraba junto a los perros. Las esposas de los granjeros repartieron galletas y tazas de té. Angélica se sentó en el sofá con el comisario de policía y le contó lo ocurrido mientras daba cuenta de una buena bandeja de galletas. Ahora que todo había pasado temblaba por el *shock*, a pesar de la manta que le echaron sobre los hombros para cubrir su torso semidesnudo. De repente tenía unas ganas inmensas de hablar con Olivier. Tenía tantas ganas de volver a casa que casi no podía soportarlo.

Después de dejar a Jack en las competentes manos del equipo de la ambulancia, Anna entró en la casa ya mucho más serena.

—¿Se pondrá bien? —preguntó temerosa Angélica. El jefe de policía fue en busca de más galletas.

—Ha perdido mucha sangre, pero vivirá.

Angélica se mordió el labio inferior y se puso a llorar. Anna se sentó junto a ella y le pasó el brazo sobre los hombros. Tenía un aspecto frágil, pero Angélica se arrimó a ella como un náufrago a una balsa.

—Pero ¿se morirá, a pesar de todo? —le preguntó en susurros.

—Sí. Se morirá.

Aquellas palabras ahondaron en su corazón herido.

—No lo sabía.

—Lo siento.

—Me siento tan idiota.

Anna le dirigió una mirada compasiva.

—Si eres tonta por querer a Jack, yo también lo soy.

—No, tú eres una buena persona, Anna. Yo soy mala.

—Mi querida Angélica, no sabes la felicidad que le has dado. En eso no hay nada malo, desde mi punto de vista.

—¿No te hace infeliz que yo le quiera?

—¿Por qué? Hay muchas formas de amar y el corazón humano tiene una capacidad de amor ilimitada. Si no fuera así, tu corazón no podría albergar amor hacia tus hijos, hacia Olivier y hacia Jack al mismo tiempo. Pero así es, los quieres a todos. Tampoco le reprocho a Jack que te quiera. Y no le retendría, incluso aunque no estuviera enfermo. No nos pertenecemos, solamente hemos elegido vivir juntos nuestra vida en este mundo. Pero yo no soy la dueña de su corazón. Se está muriendo y sabe que cuenta con mi apoyo para vivir como quiera sus últimos meses, semanas, días…

—Eres una mujer excepcional, Anna.

—No me siento excepcional en absoluto, pero sé que amar a Jack me ha convertido en una mejor persona. Reconforta saber que lo quiero lo suficiente como para alegrarme de que sea feliz.

—Olivier no es un espíritu tan generoso como tú. Si lo supiera…, bueno, se pondría furioso.

—El bien y el mal no se pueden medir siempre igual, son distintos en cada cultura. La mejor forma de calcular si lo que haces está bien es considerar si hieres a alguien. En mi matrimonio, el adulterio no es pecado, pero en el tuyo sí, porque Olivier se sentiría profundamente dolido.

—Debería llamarle —dijo Angélica compungida.

—Deberías.

—Subiré a comprobar si mi pasaporte sigue ahí. Lo escondí en el neceser con los anillos.

Al levantarse notó que le temblaban las piernas. Anna la acompañó al vestíbulo. Ahora que se habían sincerado, Angélica sentía que le podía preguntar cualquier cosa.

—Vi a Jack paseando por el jardín en mitad de la noche. ¿Adónde iba?

—No le gusta dormir. Tiene miedo de no despertarse. Se siente mejor si camina.

—Me parecía que había algo extraño, pero no sabía lo que era.

—Cada vez que le miro veo el miedo en sus ojos —dijo Anna con expresión grave—. Veo su miedo a morir, y eso me rompe el corazón.

—No esperaba enamorarme de él, Anna.

—Ya lo sé, pero tienes una familia que te necesita. Tienes que volver con ellos.

Angélica asintió, y se disponía a subir a la habitación cuando Anna le tomó de la mano.

—Una cosa más.

—¿Qué?

—Como puedes imaginarte, Jack ha tenido muchas amantes en estos años, pero todas eran aves de paso. Pero tú no eres un ave de paso, Angélica, tú estás arriba de todo, como el sol.

# TERCERA PARTE

# Sabiduría

# 27

La vida es una celebración.

*En busca de la felicidad perfecta*

Sentada frente a la mesa de su cocina en Brunswick Gardens, Angélica cogía con ambas manos una taza de té. Llovía, unas nubes espesas encapotaban el cielo y los árboles mostraban sus ramas nudosas y retorcidas como sarmientos. Hacía frío, y la calle estaba casi desierta; sólo un par de personas se dirigían apresuradamente a High Street, protegiéndose de la lluvia con un paraguas. Olivier se sirvió una taza de café.

Sunny se apresuró a subir a las habitaciones de los niños para que pudieran estar solos. Tras conocer lo que había ocurrido en Sudáfrica, acompañó a los niños al colegio para que Olivier pudiera ir al aeropuerto a recoger a su mujer.

Él nunca había visto a Angélica tan pálida y tan delgada, como si no hubiera probado bocado en toda la semana. No era un hombre que se alterara fácilmente, pero esta vez estaba tan preocupado que no pudo dormir y se quedó toda la noche delante del televisor.

Angélica, que había estado temiendo la vuelta al invierno frío y gris, ahora estaba encantada. Los nubarrones, la persistente llovizna, la cruda luz invernal..., todo le resultaba familiar. Llegar al aeropuerto de Heathrow fue como llegar a casa, y hasta los agentes de aduanas le parecieron amistosos. Se arrojó a los brazos de Olivier y le abrazó con fuerza como si así pudiera expulsar el adulterio. No quería que se enterara nunca, porque ahora nada podría separarles.

Mientras se dirigían al coche, Olivier le preguntó por Jack.

—Sobrevivirá —dijo ella, y rompió a sollozar inconsolablemente.

¿Cómo explicarle que, aunque su herida curara, el cáncer le mataría? ¿Cómo podía hacerle entender lo mucho que le quería, aunque le hubiera traicionado? ¿Le hubiera querido, de haber sabido que le quedaban meses de vida? ¿Se habría acercado tanto a él solamente para acabar perdiéndole? ¿La había amado él de verdad?

Ahora que estaba en casa, tomándose un té, empezaba a sentirse mejor. Llena de remordimientos, había vuelto a su personalidad anterior y había descubierto que no estaba tan mal. No le importaba. Era su personalidad de antes, y se sintió bien poniéndose de nuevo los anillos. Se moría de ganas de abrazar a sus hijos, pero por lo menos ahora sabía que estaban cerca. Su vida anterior no había cambiado, todo seguía igual, excepto su corazón; pero eso nadie lo veía.

Olivier se sirvió un café. Mirándolo, Angélica se dijo que al estar tan pendiente de Jack no había reparado en que Olivier no era sólo su marido, sino también su mejor amigo. Había pasado por alto sus buenas cualidades; para justificar su aventura, se había fijado únicamente en lo que le resultaba irritante de él. Olivier se disculpó por el asunto del abrigo, y ella no le perdonó: así justificaba su infidelidad. Pero Olivier era divertido y cariñoso, a pesar de sus momentos de impaciencia. Trabajaba en el centro de la crisis que sacudía el mundo financiero, y aunque lo estaba pasando mal, hacía lo posible para que su mundo —el de ella y los niños— siguiera intacto. Sin embargo, ella no le había apoyado, había eludido toda responsabilidad familiar para entregarse a un lío amoroso sin futuro. Se sintió tan abrumada por la culpa que apenas se atrevía a levantar la mirada de su taza de té.

Olivier se sentó a la mesa.

—Necesitarás hablar con Candace, supongo. —Angélica lo miró. Había olvidado lo hermosos que eran sus ojos azules.

—Todavía no, Olivier. Primero quiero hablar contigo. —Pareció sorprendido, pero contento—. ¿Sabes en qué pensaba cuando estaba atada en el comedor, sin saber si saldría con vida?

—En Joe y en Isabel.

—Y en ti, Olivier. —Se le humedecieron los ojos—. Sentí remordimientos. Pensé que ojalá no te hubiese dicho una palabra hiriente en todos nuestros años juntos, que ojalá te hubiera apreciado en lugar de protestar por tus defectos. Al fin y al cabo, me casé contigo por tus defectos.

—¿En serio? —Olivier sonreía de oreja a oreja. Angélica recordó que aquella sonrisa fue lo que le cautivó años atrás en París. La sonrisa no había cambiado, sólo que ya se había acostumbrado a ella.

—Claro, porque son tus defectos los que te hacen diferente de todos los demás. Sin ellos, tú no serías tú.

—Es muy amable de tu parte, pero no estoy seguro de que sea cierto.

Olivier le cogió la mano por encima de la mesa. Era una mano más suave y más pequeña que la de Jack, y por un momento Angélica echó de menos la mano encallecida y curtida del sudafricano, pero ahora tenía que dejar de pensar en él. Su lugar estaba junto a Olivier. Si se concentraba en él, tal vez llegaría a olvidar que Jack existía…

—Mientras has estado fuera he tenido tiempo de pensar, y la pasada noche pensé más que nunca, desde luego. Cuando te fuiste a Sudáfrica después de que nos peleáramos, me preocupaba perderte. Pero la noche pasada supe que había estado a punto de perderte de verdad, y sólo quería que volvieras a casa sana y salva. Te quiero, Angélica, pero también te necesito. Sin ti no soy nada más que medio hombre. Sé que puedo ser difícil, exigente y egoísta, pero voy a esforzarme por ser un marido mejor y un mejor amigo.

—Los dos nos esforzaremos.

Avergonzada, Angélica inclinó la cabeza. Ni siquiera había recordado el cumpleaños de su marido el pasado octubre. De no haber sido porque la madre de Olivier telefoneó a las siete de la mañana, hubiera sido un día como los demás. Había tenido que correr a Gucci para comprar una chaqueta y un par de zapatos marrones, y Kate consiguió reservar una mesa para dos en Ivy.

Olivier se llevó la mano de Angélica a los labios y depositó un beso.

—Antes de llamar a Candace tendrías que llamar a tu madre.

Ella le miró horrorizada.

—¿Se lo has contado?

—Por supuesto. Podrían haberte matado, Angélica. Es tu madre y tiene derecho a saberlo. Además, no sabía en qué estado volverías a casa. No te enfades, por lo menos he conseguido frenarla, porque amenazaba con presentarse aquí. Estaba muerta de preocupación.

—Seguro que sí —dijo Angélica con ironía.

—Tú llámala.

Angélica marcó el teléfono de Fenton Hall con el corazón encogido. Lo último que necesitaba era tener a su madre lloriqueando y dándole consejos. A los dos timbrazos, Angie cogió el teléfono y respondió con una voz de niña-que-se-siente-perdida.

—¿Eres tú, cariño?

—Sí, soy yo.

—Gracias a Dios que has llegado a casa sana y salva. ¡Hemos estado tan preocupados! Ahora mismo voy a verte.

—No hace falta que vengas.

—Soy tu madre y quiero ir a verte.

—Estoy bien, mamá. Ha sido horrible, pero ya ha pasado.

—Voy a verte y punto. No me convencerás de lo contrario. Tu padre y yo hemos estado muertos de preocupación. Esto ha sido un toque de atención clarísimo.

—Te prometo que estoy bien —protestó Angélica.

—Pero yo no estoy bien y necesito verte, cariño. Supongo que tú entenderás la necesidad de una madre.

Y Angélica entendía la necesidad de una madre, así que accedió a regañadientes.

—Está bien. Te veo más tarde.

Las noticias corren muy rápido de boca en boca por la red que cruza los océanos. Anna había llamado a Scarlet, que a su vez llamó a Kate, quien llamó a Letizia, que a su vez llamó a Candace, y esta última esperó diplomáticamente a que Angélica la llamara.

—Oh, Dios mío, Angélica, ¿estás bien? —exclamó por teléfono—. No sabes lo contenta que estoy de oírte.

—Oh, Candace, ahora me dirás que ya me habías avisado.

—Te prometo que no. Voy a verte ahora mismo, y las chicas vendrán para comer, pero no te preocupes porque traeremos la comida.

—¡Oh, era de esperar!

En cuanto colgó el teléfono corrió escaleras arriba para darse una ducha rápida. No valía la pena demorar la vuelta a la vida normal; cuanto antes, mejor. Al pensar en sus amigas experimentó un extraño sentimiento de nostalgia, un deseo de volver a todo lo que le resultaba cotidiano y familiar.

Olivier se fue al trabajo. En la ducha, Angélica lloraba al pensar que Jack estaría en el hospital y que iba a morir. Recordó las últimas palabras que le había dicho, que lo único importante era que la quería. ¿Por qué no acababa de creerle? Lloró de rabia al pensar que le había ocultado la verdad, que se lo había pasado bien sin pensar en el daño que le haría. ¿Pensó por un momento en el golpe que supondría su muerte para Angélica? No, sólo buscaba satisfacer su necesidad de reconocimiento, y luego ella se quedaría sola y abandonada. Como él ya no estaría, no se sentía responsable de los destrozos que quedaran atrás.

Cuando Candace llamó a la puerta, Sunny le abrió. Angélica estaba todavía en bata. Se asomó al rellano, y cuando vio la cara de preocupación de su amiga, rompió a llorar otra vez. Candace le abrió los brazos.

—Cariño, ya ha pasado todo. Los corazones se rompen, pero se pueden curar.

Era tan alta que la abrazó como a una niña pequeña. En la habitación, Angélica se acurrucó en la cama y Candace se quitó la chaqueta de *tweed* Ralph Lauren y la dejó con cuidado sobre la butaca del rincón. Flotaba un aroma a higos que provenía de la vela Dyptique que Angélica había encendido en el baño. En la tele sonaban los vídeos del Top 40. Candace tomó el mando y apagó el televisor, se quitó los zapatos dando una patada al aire y se tumbó junto a ella.

—Cuéntame qué pasó.

—Te mentí, Candace. Fui a Sudáfrica con la intención de tener una aventura, y la pelea con Olivier me ayudó a sentir que estaba justificada. Nos acostamos en cuanto llegué al hotel. —Se puso a acariciar el cordón de su bata.

—Bueno, eso ya lo sabía —dijo Candace riendo afectuosamente—. Ya te conozco. Pero ¿sabes qué? Es posible transmitir un conocimiento, pero no la sabiduría, esto sólo se adquiere con la experiencia.

—Ahora soy tan sabia como una anciana.

—Y después de tanto llorar lo pareces.

—¡No puede ser!

—No importa, te arreglaremos antes de que lleguen las chicas.

—Me alegro de que vengan.

—Pensé que te gustaría.

—Quiero que las cosas vuelvan a ser como antes —suspiró Angélica.

—Eso no es posible, pero puedes aprender a vivir con esa experiencia.

—Estaba muy asustada.

—No adelantemos acontecimientos. Así que os visteis en Johannesburgo.

—Estaba en mi hotel. Hicimos el amor y fue maravilloso. Me olvidé de Olivier y de los niños. —Alzó la vista, avergonzada—. Te sorprendería lo fácil que es olvidarse de todo.

—Continúa.

—Él volvió a su finca y yo continué con mi gira. Nos volvimos a encontrar en Ciudad del Cabo, y me llevó a Rosenbosch.

—¿Su finca?

—Sí, los viñedos más hermosos que hayas visto jamás. Oh, Candace, es un paraíso.

—Me lo imagino.

—Primero me llevó a un desfiladero para contemplar la puesta de sol. Había traído una botella de vino, y bebimos y reímos mientras el cielo se teñía de rojo y dorado. Fue increíble. Luego fuimos a su casa y conocí a Anna, su mujer, quien me preguntó por la puesta de sol. Ella le había sugerido a Jack que me llevara al desfiladero.

—Es un poco raro, ¿no te parece?

—Y se vuelve más raro todavía. Yo tenía la sensación de que nos dejaba a solas a propósito, de que sabía que teníamos una aventura y lo aprobaba.

—¿Cómo es?

—Increíble. Me gustó desde el momento en que la vi. No quería tenerle simpatía, pero no lo pude evitar. Tiene un carisma extraordinario. Era como si ella fuera una bombilla y yo la mosca.

—Cariño, tú nunca serías una mosca.

—Pues una polilla.

—Una mariposa.

Angélica sonrió y se sorbió las lágrimas.

—En todo caso, un animalito muy pequeño. Anna no tiene dobleces. Es toda bondad, generosidad y cariño, y no hay nada que no sepa.

—¿Dónde está la trampa?

—Sí, hay una trampa. —Parpadeó para controlar las lágrimas—. Pero espera, pasamos dos maravillosos días juntos y Anna nos dejó en total libertad. El sábado por la tarde volvíamos de una finca vecina y Jack tuvo la sensación de que había algo extraño en la casa. Pero estábamos tan deseosos de pasar nuestra última noche juntos que entramos, y Anxious no estaba.

—¿Anxious?

—La criada.

—¿De verdad se llama así?

—En serio.

—¡Me encanta!

—Pobre Anxious, estaba atada y tirada en el suelo en el comedor. Habían matado a los perros y los habían apilado en la cocina. Era horrible. Cuando se nos echaron encima los negros de la banda, pensé que ya no lo contábamos. Estaba muy asustada. Pero Jack conservó la calma. Querían saber dónde estaba la caja fuerte, y él les decía que no había ninguna, pero no le creían. Uno de ellos se llamaba Alguien.

—¡Vaya! Menudo nombre. Es una lástima que ya no vaya a tener más hijos.

—Aquel hombre no quería estar allí, se le notaba. El jefe de la banda disparó a Jack sin razón alguna. Estaba atado, era inofensivo, pero le disparó de todas maneras.

—¿Se pondrá bien?

—Sí. Perdió mucha sangre. Parece imposible que una persona pueda sangrar tanto y sobreviva, pero Jack está estable. En cuanto a la trampa…

—Voy a buscar un pañuelo.

—Ya no me quedan.

—Entonces tendrás que contentarte con papel higiénico.

Candace entró descalza en el lavabo y volvió con un rollo de papel. Angélica se secó los ojos y la miró con agradecimiento.

—Bueno, ¿dónde está la trampa?

—Jack se está muriendo de cáncer de pulmón.

Candace se quedó con la boca abierta. Ni siquiera ella podía haberlo previsto.

—¿Está muriendo de cáncer?

—Sí. Me lo dijo cuando se estaba desangrando. Me dijo que no importaba cómo muriera, porque iba a morir de todas formas.

—¡Mierda! —dijo Candace moviendo la cabeza—. Esto sí que es fuerte.

—Sí. Al principio no le creía, pero insistió. Admitió que sentía mucho no habérmelo dicho antes, pero que no quería estropear lo nuestro.

—Un momento, ¿dices que empezó una aventura contigo cuando ya sabía que tenía los días contados? —Candace empezaba a enfadarse.

—Sí, dijo que yo le hacía sentir como el hombre que había sido, mientras que su mujer le miraba con compasión.

—Oh, estupendo. Así que te utilizó para olvidar su enfermedad.

—Me imagino que sí.

—¿No te parece egoísta? Te dije que era un egoísta. Si hubiera pensado en ti y en tu familia, nunca se habría liado contigo. Desde un principio supe que era un egoísta.

—Creo que me quiere.

—Pues claro que sí. ¿Cómo no te va a querer? Pero no debía haber dejado que te enamoraras de él.

—Si te hubiese escuchado aquel día en Starbucks, nada de esto habría ocurrido.

—¡Y las chicas no tendrían nada de qué hablar! —rió Candace.

—No es cierto, seguro que Kate os ha tenido ocupadas toda la semana.

—¡Ya lo creo!

—Dios mío.

—Mejor que te lo cuente ella. No quisiera arrebatarle el protagonismo, y además todavía me tienes que contar cosas.

—Bueno, pues antes de perder el conocimiento me dijo que lo único importante era que me quería.

—¿Y no has vuelto a hablar con él?

—No, pero mira. Anna me dijo que lo quería lo bastante como para alegrarse de que fuera feliz.

—¿Y de que se fuera acostando con otras?

—Yo no lo diría así. Anna no es posesiva, en serio.

—Desde luego no es de este mundo.

—Creo que tienes razón. Dijo que Jack había tenido muchas amantes, pero que no se había enamorado de ninguna hasta que me conoció.

—Es muy generoso de su parte decírtelo. —Candace levantó intrigada una ceja.

—Pero yo no estoy segura de que sea cierto. Me siento traicionada y dolida. Ayer tomé mi avión sin despedirme de él. Había escondido mi anillo y mis pasaportes dentro del neceser —dijo tocando amorosamente sus anillos.

—Fuiste muy lista.

—Me lo aconsejó la chica de la editorial de Johannesburgo. ¡Gracias a Dios que le hice caso!

—No me gustaría nada que esos brutos se hubieran quedado con tus diamantes.

—Ni a mí. No sé qué se llevaron, supongo que no mucho. Los sudafricanos no suelen guardar mucho dinero ni joyas en casa, precisamente por eso.

—No sé si sentir admiración por Anna o desconfiar de ella.

—Si la conocieras, no desconfiarías. Te aseguro que es muy sincera.

—¿Y qué vas a hacer ahora?

—Esperaba que tú me lo dijeras.

—¿Quieres un consejo? —Candace rió—. Después de lo que has pasado, no me atrevo a decirte nada.

—No, quiero que me digas qué piensas. Ahora puedo escucharte.

—De acuerdo, si así lo quieres.

—Estoy segura. Debería haberte escuchado hace meses.

—Es evidente que le quieres.

—Sí, le quiero, pero me siento herida, y no quiero arriesgarme a perder a Olivier y a los niños. Sé que he sido egoísta y alocada, no cabe duda de que formo parte de la «generación yo». Tengo muchísimas ganas de llamarle, quiero que se sienta mejor. Pero también sé que lo nuestro se ha terminado.

—Bueno, pues esto es lo que te aconsejo: le escribes una carta diciéndole que se ha acabado. No sería sensato que hablaras con él ahora que está en el hospital recuperándose de una herida de bala. Te resultaría muy duro oír su voz. Luego subes a tu despacho, lo pones en la lista de correo no deseado y borras su dirección del ordenador y su número de teléfono, y devuelves todas las cartas y los mensajes que te lleguen de él. Porque te aseguro que intentará contactar contigo.

—No será fácil.

—Claro que no, pero podría ser mucho peor. Piensa en lo desastroso que sería que Olivier lo descubriera.

—De acuerdo, lo haré.

—Has salido indemne de esto. No pensé que lo lograras.

—Me he quemado los dedos.

—Pero, cariño, podía haber sido un incendio que destruyera toda tu vida. Ahora será mejor que te arregles un poco. ¡Si las chicas te ven con este aspecto, pensarán que ya no quieres seguir viviendo!

Angélica se puso unos pantalones acampanados de Gap y un suéter de cachemira de Paul & Joe. Se secó el pelo y se maquilló un poco mientras Candace la observaba sentada en el inodoro.

—Uf, ahora sí que eres tú misma. No estaba segura de quién eras.

Las dos se rieron.

—Eres una buena amiga, Candace.

—Bueno, eso espero.

—Bromas aparte, quiero decir que me has hecho sentir mucho mejor.

—Necesitabas entender lo que te ha pasado… y resolverlo.

—Estaba muy confusa. Le quiero, pero me siento muy dolida.

—Y enfadada.

—Un poco.

—Si me hubiera pasado a mí… —Suspiró y resopló con fuerza—. Bueno, esto no me habría pasado.


A la una de la tarde llegaron las tres chicas juntas. Incluso Kate fue puntual esta vez. Entraron cargadas de regalos y de bolsas de comida y abrazaron a Angélica con tanta fuerza como si acabara de resucitar de entre los muertos.

—¡Qué pálida estás!— exclamó Kate. La contempló atentamente como si quisiera asegurarse de que todo estaba en su sitio—. Quiero que me lo cuentes todo, y luego te contaré lo que me ocurre a mí, que es de lo más raro.

Scarlet depositó su bolsa sobre la mesa del comedor.

—Hemos traído *sushi*.

—Me muero de hambre —dijo Letizia—. Abramos la bolsa y empecemos a comer.

—Primero tomaremos una copa de vino. No sé a vosotras, pero a mí me ha asustado ver a Angélica tan pálida. —Kate abrió la nevera y sacó una botella de Chardonnay.

—Creo que Angélica necesita una copa más que nadie. —Scarlet sacó unas copas del aparador. Los vaqueros que llevaba eran tan estrechos que parecían pintados, y a pesar de sus botas negras de tacón se puso de puntillas, de modo que parecía unos centímetros más alta.

—Muchas gracias a todas por venir —dijo Angélica.

—¿Estás loca? Me moría de ganas de verte —replicó Candace.

—Estábamos tan angustiadas, cariño —comentó Letizia—. Cuando Kate me llamó y me contó lo que sabía a través de Scarlet, tuve que sentarme. Quiero decir, ¡que tuvieras encima a esos horribles tipos!

—¿Encima?

Kate puso cara de circunstancias.

—Bueno, exageré un poquito —admitió.

—No los tenía encima. Me ataron y me dejaron tirada en el comedor, pero aparte de eso no me pusieron las manos encima.

—¡Oh, cómo podían ignorarte así! —bromeó Kate—. Es broma. Yo me habría muerto de miedo si se me hubieran acercado siquiera.

—No te habrías muerto, estarías planeando contárselo a tus amigas —dijo Candace.

—Tiene que haber sido una pesadilla —dijo Scarlet. Estaba colocando en la bandeja los rollitos *maki*.

Letizia colocó sus tulipanes en un jarrón en el centro de la mesa y dio un paso atrás para admirar el efecto.

—Oh, qué bonito queda. La primavera está a punto de llegar —dijo apartando con un gesto su preciosa cabellera—. Pero ahora tienes la primavera en el salón, querida.

Angélica le dio las gracias.

—Supongo que Franschhoek es una maravilla —dijo Scarlet.

—Así es.

—Es una lástima que haya tanta pobreza y tanta gente sin hogar —observó pensativa Letizia—. Quiero decir que sería un lugar perfecto para vivir, si no fuera por el índice de criminalidad, mucho más alto que el de aquí.

—Es muy fácil olvidarse de eso cuando estás allí en casa de otra persona. Con el coche pasábamos por delante de horribles barrios de chabolas, pero en cuanto estábamos en la finca, era como si toda aquella pobreza perteneciera a otro país. Luego entraron en casa y comprendí por qué la gente se va a otro continente en busca de una nueva vida.

—Me gustaría vivir en Italia en un *palazzo* magnífico —dijo de repente Kate.

—Ya lo sabemos —rió Letizia.

Candace puso los ojos en blanco.

—Tendrás tu ocasión, Kate, pero ahora mismo es el turno de Angélica, y ¿sabes qué? Creo que se lo merece.

# 28

La vulnerabilidad es tu fuerza.

*En busca de la felicidad perfecta*

Se sentaron alrededor de la mesa del comedor para escuchar la aventura de Angélica. Esta vez la explicó con más serenidad porque había procesado la experiencia con Candace, y aparte de ella, ninguna conocía su aventura. Se acabaron la botella de vino, y si no abrieron otra fue porque tenían que recoger a sus hijos del colegio. Kate insistía en que a su bebé le gustaba el alcohol, por más que Candace intentaba convencerla de lo contrario. Por fin, cuando se acabaron el *sushi* y todos los detalles escabrosos de perros muertos y heridas de bala, llegó el momento de Kate.

—Vamos, cuéntaselo —dijo Candace.

—¿No le habéis dicho nada?

—Claro que no. Es tu historia.

—Como si importara mucho de quién es —dijo Scarlet.

—¿Qué ha pasado? —Angélica miró el vientre de Kate. Por lo menos el bebé seguía allí.

—He dejado a Pete, esta vez para siempre —dijo en tono melodramático.

—¡No puede ser!

—En serio. Me ha costado mucho esfuerzo…

—Y algunas copas —intervino Candace.

—Pero ya estaba harta de que me engañara.

—¿La Haggis forma parte del panorama?

—Cariño, ella es el panorama.

—¿Y el bebé?

—Es posible que no sea de Pete —admitió Kate.

Candace se encogió de hombros y le dirigió una mirada a Angélica.

—Seguimos sin saber de quién es.

—Eso no importa. Pete es el padre de todos mis hijos.

—Salvo que tengas más —añadió Scarlet.

—Nunca se sabe —dijo Kate con una sonrisita.

—¿Dónde estás viviendo?

—Cuando dije que había dejado a Pete no me refería a que me hubiera marchado de casa. Él está acampando en casa de un amigo.

—¿Y qué pasa con Betsy Pog?

—¡Esa bruja! —exclamó Candace en broma.

—Por lo menos podemos decir que lo hemos intentado.

—Para ser sinceros, creo que tú lo intentaste más que él —terció Scarlet.

—Querida, él no hizo el más mínimo esfuerzo —dijo Letizia.

—Ahora quiere recuperarme, pero yo ya estoy en otra historia —continuó Kate con una sonrisita misteriosa.

—Vamos, Angélica, pregúntale —le animó Candace.

—¿Quién es él? —preguntó Angélica.

La sonrisita de Kate se convirtió en una sonrisa de oreja a oreja.

—Agárrate fuerte… Es el conde Edmondo Agustino Silviano di Napoli. Tiene un bonito *palazzo* frente al mar.

—¿Seguro que no se lo ha inventado? —preguntó Angélica.

—Parece como si fuera el dueño de Nápoles —rió Scarlet.

—En Italia hay un conde en cada esquina —dijo Candace.

—Es un conde de verdad —insistió Letizia—. Os lo prometo.

—En realidad, no importa. Es guapísimo —insistió Kate.

—¿Qué piensas hacer con el vestido de novia de Vera Wang?

—Te lo puedes poner en el *palazzo* —sugirió Candace.

Kate se quedó horrorizada.

—Si crees que voy a ir al altar con otro hombre después de todo lo que he pasado, es que no me conoces.

—¡Lástima! Un vestido tan bonito —suspiró Letizia.

—Celebraré un baile de disfraces de boda. Todos vendrán vestidos de boda.

—Cariño, la mayoría de los invitados no podrán ponerse lo que llevaron en su boda —intervino Candace.

—Pueden agrandar las costuras —replicó Kate.

—¿Y por qué no lo guardas en una caja? Eres joven. No puedo creerme que vayas a pasar el resto de tu vida como una mujer soltera.

—Soltera no, pero no volveré a confiar en los hombres.

—Todas dicen lo mismo —comentó Candace.

—Me lo estoy pasando bien. Pete intenta reconquistarme. Edmondo me lleva a Roma y me susurra cosas dulces en italiano, aparte de todas las flores y las joyas que me regala. Me encanta que me presten tanta atención.

—Ya me lo imagino —dijo Candace.

—Tengo muchas ganas de presentároslo.

—¿Qué has hecho con los billetes a Isla Mauricio?

—Se los he regalado a Art y Tod. Están encantados: dos semanas en el hotel Saint Géran, billetes de primera clase con Virgin, y todo a costa de Pete.

—¡Han tenido mucha suerte!

—Art se lo merece. Me ha apoyado en los momentos difíciles.

—Y Tod se lo merece porque ha aguantado que su novio se pasara las noches hablando contigo por teléfono —añadió Candace.

—Eso es —dijo Kate—. Y para el nuevo año me hice el propósito de mostrarme generosa. Es mi nueva personalidad —dijo con una sonrisa angelical.

—¡Qué fácil es ser generosa con el dinero de otro!

Kate se volvió a Candace con rostro compungido.

—Tengo que empezar por alguna parte. ¡Un paso pequeño para mí, pero un paso gigantesco para la humanidad!


Angélica recogió a los niños a las tres y media. La vuelta a la rutina le hizo olvidar todo lo relativo al atraco en Rosenbosch. Isabel y Joe salieron corriendo a su encuentro y se colgaron como monitos de su abrigo, hablándole los dos a un tiempo. Entraron los tres de la mano en Kensington Gardens y tomaron el camino que llevaba al palacio. Los pálidos rayos del sol se colaban por entre las nubes. Los niños tenían muchas cosas que contarle. Angélica les prestó toda su atención y su corazón revivió de amor por ellos.

Lo primero que hicieron al llegar a casa fue subir a la habitación para ver lo que les había traído su madre. Esperaron saltando sobre la cama a que Angélica deshiciera las maletas. Sacar los regalos le devolvió recuerdos del pasado. Los niños rompieron nerviosos los papeles, pero lo que más le gustó a Isabel fueron las botellitas de champú y crema hidratante de los hoteles, y se apresuró a llevárselas a su cuarto y a meterlas en un cajón de su cómoda, bien ordenadas. A Joe le gustaron los regalos, pero no se sintió bien hasta que su madre le dio su abrazo Total. Abrazada a Joe, que le acariciaba el cuello, Angélica dio gracias a Dios por estar viva y poder disfrutar de sus hijos.

Luego los niños se pusieron a jugar. Ella subió a su despacho, encendió el ordenador y miró el buzón de correo. Era increíble lo rápido que todo volvía a la normalidad. Rosenbosch ya era un sueño. Miró los mensajes con el corazón en vilo, conteniendo la respiración, y echó un vistazo a la lista. En parte deseaba encontrar un mensaje de Jack, aunque sabía que no habría ninguno. Sólo le quedaba una cosa por hacer: escribirle una carta y borrar su dirección de correo electrónico y su número de teléfono. Hacía meses que hubiera debido hacerlo, antes de llegar tan lejos, antes de que su vanidad venciera su resistencia. Puso en su iPod la banda sonora de Ennio Morricone para *Érase una vez en el Oeste* y sacó una hoja de papel con sus iniciales. Escribió con tinta turquesa, del mismo color que la dirección impresa en la cabecera de la página, y eligió con cuidado lo que quería decir.

Mi querido PAP, ésta es la carta más difícil que tendré que escribir jamás, pero por el bien de mis hijos y de mi marido siento que no puede haber otro final para nosotros. Por más que lo he intentado, no he conseguido encontrar un final feliz. Como me dijiste cuando estabas sangrando junto a mí: «Lo hemos pasado muy bien, ¿verdad?» Ha sido más que eso, Jack. Hemos compartido algo muy especial, mágico. Tú me has mostrado mis alas, me has enseñado a usarlas.

Estoy intentando entender por qué no fuiste sincero conmigo, para perdonarte, pero yo no soy como Anna. Ella ha sido tocada por los ángeles, mientras que yo tengo flaquezas muy humanas. Se me rompe el corazón cuando pienso en ti y en nosotros y te dejo en los brazos amorosos de tu mujer y tus hijas. Pero no es posible. Tuvimos un atisbo del paraíso, pero ahora el cielo se ha nublado y ese atisbo ha desaparecido para siempre. Sé que no volveré a verte, salvo en sueños.

Descansa, amor mío. Nadie puede acompañarte mejor en ese trecho final que Anna, aunque yo estaré contigo en pensamiento. No intentes contactar conmigo, te lo ruego, o harás que esto sea más difícil para los dos. Te querré siempre.

Salvia

Lloraba mientras escribía, y se limpiaba las lágrimas con la manga para no emborronar la página. Era una despedida. Escribió la dirección en el sobre y lo cerró. Al mirar la dirección recordó aquellos árboles inmensos, el pabellón sobre el lago, recordó a Jack con el pelo alborotado alrededor de su rostro ancho y sus amables ojos castaños. Al pensar en que pronto moriría, rompió a llorar de nuevo.

Borró todos sus datos del ordenador y el móvil y le entregó a Sunny la carta para que la echara al correo. Estaba cortando el cable invisible que los unía a través del océano.

Para su corazón dolorido, la mejor medicina era abrazar a sus hijos. Entró en la habitación de Isabel y la encontró aplicándose maquillaje frente al espejo.

—¡Cómo te has puesto, cariño! —dijo riendo y abrazando a su hija por detrás—. Es el pintalabios más rojo que he visto nunca.

—Kate se lo olvidó —dijo Isabel, tan tranquila—. Y lo robé —añadió con una sonrisa maliciosa.

—¿En serio? ¿Lo has robado hoy?

—No, cuando te fuiste de viaje. Kate vino a ver a papá.

A Angélica se le encogió el corazón.

—¿En serio?

—Sí.

—¿Vino a saludaros?

—No, ya teníamos que estar en la cama. Pero Joe y yo nos asomamos desde lo alto de la escalera.

—¡O sea que espiáis! —Intentaba quitarle hierro al asunto, pero aquello no le había gustado nada—. ¿Y de qué hablaron?

—No lo sé. Estuvieron bebiendo vino.

Angélica sintió náuseas. ¿Por qué Olivier no le había dicho nada? Y tampoco Kate. Siempre creyó que a su marido no le caía simpática Kate. Salió del cuarto de su hija y se metió en el baño. Se apoyó contra el mármol y vio en el espejo su expresión de susto. Poco a poco, algunos comentarios sueltos de Kate iban cobrando un sentido siniestro. El hecho de que supiera la fecha del cumpleaños de Olivier, aquella ocasión en que dijo que le gustaría despertarse cada mañana en su cama… y otras cosas. ¿Tenían una aventura? ¿Y si Olivier era el padre del bebé de Kate? ¿Sería por eso que ella no desvelaba el nombre de su amante? Sentada en el inodoro, escondió el rostro entre las manos. De repente todo encajaba, y ella había sido tan pagada de sí misma como para pensar que su marido sería la última persona en el mundo a quien Kate podía seducir.

Ayudó a los niños a hacer los deberes sumida en un torbellino de pensamientos, hasta que el timbre de la puerta la sacó de su ensimismamiento. Abrió con cautela, pero en cuanto vio a su madre retorciéndose las manos en el umbral se lanzó sollozando a sus brazos. Angie se sintió importante y respondió mostrándose eficiente y segura. Entró en la cocina, mandó a los niños arriba a mirar la tele, puso agua a hervir y sacó dos tazas y una tetera de la alacena. Hacía muchos años que no entraba en casa de Angélica, había olvidado lo bonita que era.

—Mi vida es un lío —sollozó tomando asiento.

—Ahora estoy aquí, cariño. Todo se arreglará, ya verás. —Abrió la nevera y sacó una botella de leche—. Quiero que me expliques todo lo que pasó. Sácalo todo, llora todo lo que quieras. Luego te sentirás mejor. Un problema entre dos es medio problema.

Angélica no tuvo el valor de decirle que ya lo había compartido con Candace, de manera que el problema se dividiría en cuatro, en todo caso, pero se sintió llena de gratitud al ver a su madre afanándose en la cocina.

—Gracias por venir.

Angie colocó las tazas sobre la mesa.

—Quería asegurarme de que estabas bien. —Estudió a su hija con ojos entrecerrados, como sólo lo hace una madre—. Y no hay duda de que no estás bien. Pero te recuperarás. Hablaremos del tema hasta que te sientas de nuevo con fuerzas. —Puso la tetera sobre la mesa y se sentó—. No hay como una taza de té para elevar el ánimo.

—Eres tan inglesa, mamá.

—¿Y qué esperabas? —rió con ganas—. Cuéntame lo que pasó.

Angélica tomó un sorbo de té caliente que le hizo sentirse mejor. Le explicó a su madre el atraco. Para su sorpresa, Angie escuchó atentamente sin interrumpir ni una sola vez. Su rostro mostraba el horror que sentía. A Angélica le gustó ser el centro de atención de su madre, y en un arrebato de confianza, le confesó su adulterio, se lo contó todo. Al fin y al cabo, nadie podía entenderla mejor que ella, que lo había probado casi todo.

—Siento muchísimo que hayas sufrido tanto, cariño —dijo, llena de compasión. Puso su mano gordezuela encima de la de Angélica y se la apretó—. Cuando te casas, piensas que no volverán a romperte el corazón, que el mal de amores se acaba con los años alocados de juventud, pero lo cierto es que nunca eres demasiado mayor para eso. Supongo que Olivier no sabe nada, ¿no?

Angélica asintió en silencio, con lágrimas en los ojos.

—Bien, no le digas nada. La sinceridad no es siempre lo mejor.

—¿Debería perdonar a Jack por traicionarme?

—No te traicionó, cariño. Te entregó su corazón y luego hizo lo posible por protegerlo. No hay nada malo en eso, no te sientas ofendida. Perdónale por ser débil, no le culpes por no haberte dicho la verdad. Has vivido un amor como mucha gente no llega a vivir en toda una vida. Haber amado así es un privilegio. Denny y yo tuvimos que acostarnos con otras personas para experimentar una sensación de aventura.

Angélica se secó las lágrimas con la manga.

—¿No os queréis lo suficiente?

—Nos queremos lo bastante como para confiar el uno en el otro, si te refieres a eso.

—Cuando era niña, odiaba vuestros intercambios de parejas. Me parecía que eran más importantes para vosotros que vuestras hijas.

—Lo sé, cariño. Por eso he querido venir hoy a verte. Casi te pierdo en Sudáfrica y eso habría significado no poder decirte nunca cuánto lamento haberos hecho esto. Hace años que lo lamento, pero he sido demasiado orgullosa para confesarlo. El atraco me ha ayudado a tomar una decisión. La vida es demasiado corta para pasarla con la cabeza escondida debajo de la alfombra, eludiendo las cosas importantes. La verdad es que Denny y yo fuimos muy egoístas. Os dejamos de lado cuando más nos necesitabais. Hoy he querido venir, porque nunca eres demasiado mayor para necesitar a tu madre, y nunca es demasiado tarde para que una madre venga en tu ayuda.

Angélica cogió la mano de su madre.

—Nunca es demasiado tarde, mami.

Cuando sonó el timbre, no se le ocurrió quién podía ser.

—Es tu hermana. Ha venido a buscarme. También quería verte.

—Puedes quedarte a dormir, si quieres —sugirió Angélica.

—Ahora necesitas estar con tu marido. No puedo consentir que mis dos yernos se queden por el camino. Abre la puerta, cariño. Daisy también estaba preocupada por ti.

Cuando Angélica abrió la puerta, encontró a Daisy pálida y avergonzada en el umbral. En sus ojos inmensos se leía el pesar por haber dejado que durante años se hubiera instalado la amargura entre ellas. Se abrazaron sin pronunciar palabra, no les hacía falta decir nada para saber lo que había en sus corazones. Angie sacó, otra taza del aparador.

Cuando su madre y su hermana se marcharon, Angélica bañó a los niños y los metió en la cama. Les contó cuentos y los cubrió de besos. Disfrutaba de cada momento con ellos. Cuando los abrazó, notó el sabor de su piel y el calor de sus cuerpos contra el suyo. Los niños se enroscaron alrededor de ella y le rogaron que se quedara un rato más. Angélica decidió no pensar en el tema de Kate para vivir a fondo el presente.

Dejó a los niños dormidos y se sirvió una copa de vino. Sentada a la mesa de la cocina, meditó acerca de qué decirle a Olivier. Si era inocente, a lo mejor sus sospechas le llevaban a recelar de ella. No se atrevía a mencionar la palabra adulterio por miedo a que le preguntara cómo se le ocurría algo así. Olivier era muy astuto y se daba cuenta de todo. No sería tan descabellado que empezara a sumar dos y dos.

Mientras preparaba la cena, se acordó de Anna y decidió intentar imitar su sabiduría y su tolerancia. Pongamos que Olivier y Kate se habían acostado... Kate dijo que había sido una sola noche sin ninguna importancia, y que ambos lamentaban lo sucedido. No se iba a repetir, lo que significaba que no era una aventura, sino un desliz. Además, ¿cómo podía juzgarlos cuando ella se había enamorado de Jack y había tenido una relación durante meses? Por lo menos Kate y Olivier no estaban enamorados. Eso podía perdonarlo. Pero ¿y el bebé de Kate? *Oh, por favor, que el niño sea de Pete.*

Finalmente llegó Olivier. Abrió la puerta de par en par y llamó a Angélica para mostrarle el enorme ramo de lilas que le había traído.

—Pensé que te harían sentir mejor —dijo. Ella intentó comportarse con normalidad y cogió el ramo, pero se preguntó si el gesto indicaba un sentimiento de culpabilidad.

—Son preciosas, muchas gracias.

Olivier la besó.

—¿Cómo estás?

—Mucho mejor. Vino mi madre y estuvimos hablando. Luego se nos unió Daisy. Estuvo muy bien, deberíamos haberlo hecho hace años.

—A veces nos hace falta un buen susto para darnos cuenta de lo que importa de verdad —dijo mirándola fijamente.

Angélica le devolvió la mirada, buscando en sus ojos una señal de que había cometido adulterio.

—Tienes mucha razón.

—Los niños estarían encantados de verte.

—Muy felices.

—Te echaban de menos.

—Y yo a ellos.

—¿Y a mí no me echaste de menos? —dijo con cara compungida.

—Claro que sí.

Olivier se quitó el abrigo y lo colgó en el armario. Angélica se dijo mientras lo contemplaba que en todos sus años de noviazgo nunca había temido que su marido la abandonara. Pero ahora ya no estaba tan segura de él.

—¿Quieres una copa de vino?

—Me encantaría. —Entró con ella en la cocina—. Bueno, cuéntame las últimas noticias.

—Kate ha dejado a Pete. —Angélica quería ver su reacción.

—Lo que me sorprende es que él no se marchara antes. —Se encogió de hombros—. Siempre han estado al borde de la ruptura.

—No sé. Yo pensé que intentaban salvar el matrimonio.

—Nadie puede aguantar casado con Kate.

Angélica estaba frente al fogón, removiendo la salsa de tomate para la pasta.

—Pensé que la llegada del bebé les ayudaría.

—Yo también.

—Puede que Pete no sea el padre.

Olivier pareció interesado.

—¿En serio? ¿Y quién puede ser?

—Uno con quien tuvo una aventura de una noche a finales de verano.

Olivier no se inmutó.

—¿Lo sabe Pete?

—No, Pete cree que es suyo, y es posible que lo sea, desde luego.

Olivier movió la cabeza y chasqueó la lengua.

—Es una mujer muy descuidada.

—No creo que el hombre con el que se acostó sepa siquiera que ella está embarazada.

—Confiemos en que el niño sea de Pete, o alguien se llevará un susto cuando nazca.

Angélica no supo qué pensar. Si Olivier se hubiera acostado con Kate, ¿no estaría un poco nervioso ante la idea de que pudiera ser el padre del niño? Salvo que ya lo supiera, en cuyo caso habría tenido tiempo suficiente de trazar un plan. Podía ser la razón por la que Kate había venido a verle; a lo mejor había aprovechado que ella no estaba para decirle a Olivier la verdad sobre el niño. Si así fuera, resultaba sorprendente que pudiera mostrarse tan sereno.


Durante la semana siguiente, Angélica evitó en todo lo posible a Kate. Cada vez que miraba su vientre imaginaba a un hijo de Olivier, un bebé que se parecería a Isabel y a Joe. Esos temores alejaban sus pensamientos de Jack, pero bloqueaban su creatividad. A pesar de la fuente de inspiración que había recibido en Sudáfrica, era incapaz de escribir, así que reanudó sus clases de Pilates tres veces por semana y pasaba todo el tiempo que podía con Candace. Su amiga le confirmaba una y otra vez que había hecho lo correcto cortando todo contacto con Jack, pero seguía doliéndole no encontrar un mensaje suyo en el buzón.

A principios de marzo, Kate invitó a Olivier y a Angélica a cenar para presentarles a Edmondo, el ahora tristemente célebre conde. Asistían también Art y Tod, Letizia y Gaitano, Candace y Harry y Scarlet y William. Olivier no dio la más mínima muestra de tener un vínculo especial con Kate, y esta última, muy pendiente de Edmondo, no le dedicó ni una mirada. Si compartían un secreto, merecían un Oscar por su actuación.

Edmondo era el típico conde de película: moreno y guapo, con pelo lustroso, piel oscura y suave y una boca grande, sensual, casi magullada de tanto beso. Hablaba con un fuerte acento italiano —Angélica lo encontró casi tan atractivo como el acento francés de Olivier— y gesticulaba mucho. Parecía loco por Kate, y se mostraba animado y seguro de sí mismo. Habían ido a la cena pensando que tendrían que simular simpatía por el novio de Kate, pero descubrieron que les caía bien de verdad.

Después de la cena, Kate se llevó a las chicas al dormitorio para hablar sobre Edmondo.

—Estoy tan contenta de gustarle, con mi tripa y todo. Quiero decir que él no tiene hijos, y está dispuesto a aguantar a mis dos niños, más el que está en camino. Es un héroe.

Y parecía tan sinceramente agradecida que esta vez ni siquiera Candace pudo hacer un comentario irónico.

Una semana más tarde, Kate les envió a todas un mensaje tan urgente que Angélica olvidó sus sospechas, dejó a los niños con Sunny y corrió en su ayuda. Cuando llegó a su casa, Kate la cogió de la muñeca.

—Tienes que oír esto. No te lo creerás.

Pero no estaba llorosa y desaliñada como la noche en que se hizo el test del embarazo, sino que parecía pasarlo bien. Volvieron a llamar a la puerta y aparecieron Candace y Letizia. Vestida con unos preciosos pantalones de terciopelo negro, Scarlet tomaba una taza de té frente a la chimenea. Saludó a Angélica con la mano, haciendo tintinear todas las pulseras.

—Hola, guapa. ¡Esto es divertidísimo! —dijo, sacudiendo su rubia melena.

—Pero no habrá roto con Edmondo.

—No, al contrario, parece que están mejor que nunca.

—Entonces, ¿qué ocurre ahora?

—No puedo decir nada. Os lo tiene que contar ella.

—¿Teníamos que venir hasta aquí para oírlo?

—Sí. Y vale la pena, créeme.

Letizia y Candace entraron en el salón.

—¿Os apetece una taza de té? —preguntó Kate muy animada.

—Sí, por favor —dijo Candace—. Y puedes añadirle algo más fuerte si crees que vamos a necesitarlo.

—Yo soy la que necesitaría algo más fuerte, pero ya no bebo.

—¿En serio? —Letizia se sentó en el sofá.

—En serio. La verdad es que tenía un problema, y me he hecho de Alcohólicos Anónimos. Edmondo me está apoyando mucho.

—Estoy impresionada con este hombre —dijo Candace—. Es generoso y sensato.

Kate se arrodilló frente a la mesa de centro y les sirvió el té.

—¿Alguien quiere una galleta?

—No, cuéntanos de que va todo esto —dijo Angélica, intentando no fijar la mirada en su abultado vientre.

—Vale, aquí tienes tu taza.

—¿No vas a contarnos quién es el hombre misterioso? —En la voz de Angélica había un punto de irritación.

—Quisiera poder decir que es de Edmondo. Me encantaría tener un niño italiano.

—Yo te los recomiendo —aseguró encantada Letizia.

—Bueno, ¿qué nos tenías que contar? —preguntó Candace.

—Pues que la señora Moncrieff me llamó.

—¿Te llamó ella? —preguntó Letizia.

—Me llamó la secretaria. Lo primero que pensé fue que me había metido en un lío. Tengo más de cuarenta años y me sentí otra vez como una alumna que tiene que ir al despacho del director. Así que me presento allí y la señora Moncrieff me pide que me siente. Parece tan nerviosa que me inspira un poco de lástima, la verdad. Apoya los codos sobre la mesa y entrelaza los dedos. «Lamento mucho tener que mencionar este tema, señora Fox, pero creo que se lo tengo que explicar personalmente antes de que vaya a ver a la profesora de Amelia. Mire, esta mañana su hija ha traído a clase un objeto realmente inapropiado.» Como comprenderéis, repasé rápidamente toda suerte de posibilidades, ¡pero nunca pensé que podría tratarse de mi vibrador! —Contempló satisfecha sus expresiones de sorpresa.

Candace fue la primera en reaccionar. Movió la cabeza y sonrió.

—No entiendo cómo te las arreglas, pero cuando pienso que has agotado todos los posibles dramas, sales con otro todavía más entretenido.

Kate soltó una risita.

—Abre el cajón y me entrega el objeto envuelto en papel, dentro de una bolsa. ¿Os imagináis? Fue terriblemente incómodo. ¡Lo habían envuelto!

—Entonces, ¿Amelia lo llevó y se lo enseñó a toda la clase?

—Gracias a Dios que su profesora se lo quitó de las manos antes de que lo enseñara a más gente. Pero ya así me costará superarlo.

—¿Y para qué dijo que servía? —preguntó Letizia.

—Oh, supongo que pensó que era un artilugio para el masaje —dijo Candace con una carcajada.

—¿Crees que la señora Moncrieff sabía lo que era? —preguntó Angélica.

—Oh, sí. Sabía exactamente lo que era, y me sugirió que buscara un lugar más adecuado para guardarlo. Yo quería morirme. No podía mirar a la profesora de Amelia a la cara, no podía mirar a nadie. Supongo que ahora todo el mundo en el cole conoce la historia.

—¡Es muy divertida! —dijo Scarlet.

—Para vosotras, para mí es una pesadilla.

—¿Qué le dirás a Amelia? —preguntó Angélica.

—Le diré que no tiene que llevar al cole las cosas de mamá.

—Dinos, ¿cómo es el vibrador? —preguntó Candace.

—Tiene forma de conejito.

Candace se encogió de hombros.

—Es normal que se haya confundido —dijo tomándose el té.

Scarlet sonrió con malicia.

—¿Dime, ese vibrador tiene movimiento?

# 29

Déjate llevar por la vida.

*En busca de la felicidad perfecta*

Angélica no podía quitarse de encima la sospecha de que Olivier tenía una aventura con Kate. Y aunque resultara irónico, la idea de que su marido pudiera engañarla con una de sus mejores amigas le dolía como una daga clavada en el corazón. Por las noches se dormía abrazada a él, y se despertaba de madrugada para comprobar que seguía ahí. Olivier imaginó que esa necesidad de tenerle cerca era consecuencia del atraco, no del miedo de Angélica a perderle. En cuanto a ella, lamentaba cada vez más su aventura, y cada vez se daba más cuenta de lo mucho que quería a su marido.

Olivier empezó a llegar a casa más temprano, de modo que podían bañar juntos a los niños y se turnaban para leerles cuentos. Él le contaba sus problemas y ella intentaba dar consejos, o por lo menos ofrecer apoyo. Un día Olivier cogió un ejemplar de *Las cuevas de Cold Konard* y empezó a leerlo. Al principio leía unas pocas páginas cada noche —Angélica le agradeció el esfuerzo—, pero a medida que se sumergía en la historia fue leyendo cada vez más.

—¡Quiero saber qué le pasa a Mart! —exclamó una noche, incapaz de cerrar el libro. Ella sonrió para sí.

La noche del 5 de marzo, mientras cenaban, Olivier comentó que al día siguiente era el cumpleaños de Angélica.

—Creí que te habías olvidado —dijo, satisfecha de que se acordara.

—Podríamos ir a cenar a Mr. Wing.

—Vale —accedió, aunque habría esperado algo más emocionante.

—He estado tan ocupado que no he tenido tiempo de preparar nada mejor. ¿Por qué no nos vamos un fin de semana a París en primavera? Sería una especie de cumpleaños atrasado.

—Me encantaría.

—Podemos ir de compras y eliges algo que te guste…

—No necesito regalos —dijo Angélica con humildad. Sabía que no era un buen momento para gastos, pero de todas formas se sentía decepcionada.

—Lo escogeremos juntos. ¿Han planeado algo las chicas?

—No les he dicho nada. La verdad es que yo también he estado muy ocupada. —Pensó en el libro que tenía que escribir y en las horas muertas que pasaba mirando sus mensajes electrónicos, deseando que Jack encontrara la manera de contactar con ella, que hiciera un esfuerzo, a pesar de las barreras que ella misma había levantado para impedirlo—. No creo que se acuerden.

—Bueno, pues yo me he acordado, y los niños tienen un regalo para ti.

Angélica sonrió al pensar en los regalos de sus hijos, y se dijo que serían más valiosos para ella que cualquier artículo comprado en una tienda.

A la mañana siguiente los niños la despertaron gritando «Feliz cumpleaños, mami». Habían decorado postales y platos en el Pottery Café de Fulham. El de Isabel era en colores rosas y azules, con una cenefa de mariposas y flores y una preciosa abeja en el centro. El de Joe era un batiburrillo, pero Angélica distinguió un tren rojo que sacaba humo por la chimenea. Abrazó a los niños largamente contra su pecho, hasta que se cansaron y se deshicieron del abrazo. Eran unos platos preciosos, los colgaría en la pared de su estudio.

Olivier, ya preparado para ir al trabajo, la besó con ternura.

—Tienes que estar preparada a las siete y media. Yo vendré pronto para cambiarme. He reservado en Mr. Wing a las ocho.

En la puerta del colegio se tropezó con Candace, que luchaba por impedir que *Ralph* se fuera detrás de una perrita.

—¡Feliz cumpleaños!

—Vaya, muchas gracias —dijo Angélica, sorprendida.

—¿Qué te ha regalado Olivier?

—Oh, nada todavía. Iremos a París en primavera, pero ahora mismo está muy ocupado.

Candace puso cara de incredulidad.

—¿Demasiado ocupado para comprarte un regalo? Cariño, hay un Tiffany en la City.

—¿En serio?

—¿Te lleva a algún sitio bonito esta noche?

—A Mr. Wing.

—¿A un restaurante chino? —Candace arrugó la nariz—. Creo que podría esforzarse un poco más.

—A mí me gusta Mr. Wing.

—Mr. Wing nos gusta a todos, pero no para el día de nuestro cumpleaños.

—Oh, no pasa nada —dijo Angélica, quitándole importancia—. Ahora estamos mucho mejor, no debería quejarme. Por lo menos no se le ha olvidado.

—Me gustaría comer contigo, pero tengo una reunión.

—De todas formas debería escribir un poco.

—Ve a darte un masaje.

—Hoy no me apetece.

—Te veré por la tarde. —Candace tiró de la correa y *Ralph* la siguió a regañadientes.

Al llegar a casa, subió al estudio con una taza de té. A las nueve la llamó Claudia para saber cómo progresaba el libro. Estaba impaciente por leer algo. Angélica le mintió y le dijo que iba por la mitad. Su madre la llamó para felicitarla, y luego Daisy sugirió que podrían comer juntas. Angélica la invitó a comer en Le Caprice; le emocionaba poder hacer algo especial el día de su cumpleaños.

Repasó su lista de mensajes y se sintió decepcionada al comprobar que no había ninguno de Jack. No recordaba si le había dicho la fecha de su cumpleaños, pero le había pedido que no contactara con ella y estaba claro que él respetaba su decisión. Tuvo que hacer acopio de todas sus fuerzas para no escribirle, porque le hubiera gustado saber dónde estaba. Pero Jack iba a morir y tendría a su lado a Anna, que le acompañaría en el último tramo del camino. Allí no había lugar para ella. Su relación había terminado definitivamente.

Abrió el documento de su novela sobre los sucios Troilers que viven en el estuario y puso música. Estaba triste, así que canalizó el sentimiento hacia su novela. Con la tristeza dibujó los feos y cochinos Troilers, y con su amor, los Dazzlings, hechos de luz y de ligereza. La historia sería una alegoría de su amor por Jack, y nadie podría adivinarlo. La música la transportó a un mundo de fantasía donde podía dar rienda suelta a sus emociones y crear una historia cautivadora en la que el amor lucha contra el mal. El tema no era original, desde luego, pero nadie lo contaba exactamente igual que ella.

La comida con Daisy fue muy agradable. Se rieron de los absurdos nombres florales que les habían puesto sus padres, y de sus vanos esfuerzos por aferrarse a la juventud. Luego fue a recoger a los niños al cole y los llevó a casa para cenar. Sorprendentemente, no se encontró con ninguna de sus amigas, y tampoco recibió ninguna llamada, ni siquiera de Kate, que se jactaba de saber las fechas de los cumpleaños de todo el mundo, y que incluso recordaba el de Olivier. Angélica se dijo que también podía haberse acordado del suyo. Se duchó y se puso un vestido negro de Prada mientras Sunny bañaba a los niños. Mientras se maquillaba, recordó que la felicidad es un estado de ánimo, y que la calidad de su vida dependía de la calidad de sus pensamientos. Si se recreaba en los aspectos negativos del día, acabaría por deprimirse, así que decidió centrarse en los positivos: los niños se habían tomado mucho trabajo para hacerle los regalos; Candace había recordado su cumpleaños; había hecho las paces con Daisy; tenía una mejor relación con su madre; Olivier no había descubierto su aventura; tenía buenos amigos, sus hijos y su marido estaban sanos...; tenía mucho que agradecer. Al cabo de un rato empezó a sentirse mejor. Encendió las velas aromáticas y puso «Back to Black», de Amy Winehouse.

Cuando el perfume inundó la habitación, Angélica ya estaba muy animada. Olivier la encontró cantando en el baño. Se acercó por detrás, le levantó la mata de pelo y le besó en la nuca. Ella le sonrió desde el espejo. A la luz dorada de las velas se le veía muy guapo. Para su sorpresa, Olivier le puso en el cuello una cadena de oro de la que pendía un corazón de brillantitos con las letras O.J.

—Has ido a Chopard —dijo con asombro.

—Claro. No hay nada que le guste más a una mujer que los diamantes.

—Tienes toda la razón —dijo, volviéndose a él para besarle con ternura—. Muchas gracias.

—Nunca te había visto tan guapa, cariño.

—Estoy preparada para ir a Mr. Wing.

Olivier ahogó una risotada.

—¡Como si fuera a llevarte a Mr. Wing!

Angélica se quedó mirándolo.

—¿Adónde piensas llevarme?

—Es una sorpresa.

—Dios mío. ¡Ya estoy sorprendida!

—Ésta te encantará. —Se quitó la chaqueta y la corbata—. Dame unos minutos para ducharme y cambiarme, y nos vamos. Hay un coche esperándonos. Hoy pienso tirar la casa por la ventana.

De manera que nunca había pensado llevarla a Mr. Wing. Todo había sido una treta. Se moría de ganas de contárselo a Candace.

Olivier apareció con vaqueros, camisa blanca y su chaqueta preferida, una Gucci azul metálico. La camisa resaltaba su piel morena, y llevaba el pelo húmedo y peinado hacia atrás. Tomó a Angélica de la mano y bajaron juntos las escaleras. Ella se dijo que olvidaría de momento la supuesta aventura con Kate y disfrutaría de la velada. Mañana le preguntaría abiertamente y disiparía sus dudas de una vez por todas. Y si era cierto, sabría soportarlo sin dejar que eso destrozara su matrimonio o dañara su amistad con Kate. Anna le había demostrado que se podía hacer así.

Entraron en el coche que les estaba esperando y se pusieron en marcha. Los árboles todavía estaban desnudos, pero el aire era más suave y el parque estaba lleno de azafranes y narcisos. Los días eran más largos y más luminosos. Angélica estaba tan emocionada que no podía dejar de sonreír. Intentaba adivinar a dónde se dirigían, pero cuando giraron hacia Thurloe Square se dio cuenta de que iban a casa de Kate.

—¿Qué pasa aquí? —dijo con los ojos entrecerrados.

—Le prometí a Kate que pasaríamos por su casa. Tiene un regalo para ti.

—Esto me huele a chamusquina.

—Me ha llamado al móvil y me ha dicho que te había comprado algo especial y que no te había visto en el cole.

—Podía haberme llamado a mí.

—Ya sabes cómo es Kate. —Angélica se preguntó si él la conocía más que todas ellas.

Bajaron del coche delante de la casa. Kate había cambiado las flores bajo la ventana, y ahora la maceta estaba repleta de geranios rojos artísticamente dispuestos. Olivier iba a llamar al timbre cuando se abrió la puerta y apareció un mayordomo muy formal.

—Buenas tardes, señor. ¿Quiere que me ocupe de su abrigo? —Angélica entendía cada vez menos. Se quitó su chaqueta y se la entregó al mayordomo—. La señora Fox está en el salón.

La casa estaba extrañamente silenciosa. Era el silencio de una habitación llena de gente que esperaba. El mayordomo se adelantó y abrió la puerta, y allí estaban todos sonriendo en el salón en penumbra. Pero la más feliz y radiante era Kate.

—¡Feliz cumpleaños, querida! —dijo acercándose con andares de pato para darle un beso, con su vestidito de Miu Miu y su vientre hinchado como un balón.

Estaban todos sus amigos, incluso sus padres, Daisy y la terrible Jenna Elrich, que de alguna manera se había colado en la fiesta. Kate había logrado incluso encontrar a amigos de los que Angélica había perdido la pista.

—¿Estás sorprendida?

Asintió, muda de emoción.

—Estoy tan contenta de que todo el mundo haya guardado el secreto. Llevaba semanas planeándolo con Olivier, buscando a viejos amigos tuyos. Tenía miedo de que a Joe y a Isabel se les escapara algo. Hubiera jurado que el día de la reunión secreta con Olivier estuvieron espiando en lo alto de la escalera.

Angélica abrazó de nuevo a Kate. Se sentía culpable por haber dudado de ella, y también tremendamente aliviada.

—Pensaba que os habíais olvidado.

—¡Bien!

—Además no es un cumpleaños especial.

—Todos los cumpleaños son especiales, y éste es mi año de ser generosa. El lema es: aprovéchalo mientras puedas. El año próximo volveré a mi personalidad egoísta.

Angélica abrazó a Olivier y le dio las gracias. Él no podía imaginarse cuánto se lo agradecía.

Candace se le acercó acompañada de Letizia, Scarlet y Tod y le tendió una copa de champán.

—¡Te lo has creído!

—¡Cómo sois!

—Como si pudiéramos olvidarnos de tu cumpleaños —dijo Letizia.

—Tenía que habérmelo imaginado —dijo Angélica tomando un sorbo de champán.

—Cariño, ¿son nuevos estos diamantes?

—Un regalo de Olivier.

—Esto sí que es un regalo —dijo Scarlet.

—Son maravillosos —dijo Tod—. Pensaba que nos encontrábamos en plena crisis económica.

—Ya lo sé. No entiendo qué arrebato le ha dado. —Angélica jugueteó riendo con las brillantes letras de su collar.

—La ausencia nos hace apreciar más a nuestros seres queridos —dijo Letizia.

—Y yo que pensaba que tenía una aventura con Kate.

—¿Cómo?

—Isabel me dijo que Kate había venido a casa cuando yo no estaba. No entendía por qué habían quedado y no me habían dicho nada.

Candace le pasó un brazo por los hombros.

—Eso es llevar la imaginación demasiado lejos.

—Kate nunca traicionaría a una amiga —dijo Letizia.

—Sólo a su marido —añadió Scarlet.

—Llegué a pensar que el bebé podía ser de Olivier. —Angélica estaba tan aliviada que estallaba de dicha.

—¿Y por qué no iba a ser de Pete? —preguntó Tod sin entender.

Angélica se llevó la mano a la boca.

—¿No lo sabías?

Las tres amigas se miraron con expresión culpable.

—Imaginaba que a ti te lo habría dicho —replicó Angélica perpleja.

—¿Qué me tenía que decir? —Tod seguía sin entender nada.

—De acuerdo, te lo contamos si no dices una palabra —propuso Candace, mirándole muy seria—. Kate tuvo una aventura de una noche, y el bebé que está esperando podría no ser de su marido. Ya está, ya he soltado el gran secreto. ¡Si pasa algo, será culpa tuya!

Tod se rascó la cabeza.

—¡Dios mío! Esto sí que es fuerte.

—No creo que puedas sonsacarle nada. No se lo ha dicho a nadie. Pero por lo menos podemos descartar a Olivier —dijo riendo Scarlet.

—No diré ni una palabra —aseguró Tod—. Por el amor de Dios, no le digáis que lo sé.

—No seas tonto.

—Bueno, cariño, feliz cumpleaños —dijo. Pero se notaba que tenía la cabeza en otra parte—. Tengo que ir a contárselo a Art.

—Tenemos un serio problema —comentó Letizia nerviosa.

—¿Sabrá Art guardar un secreto? —preguntó Angélica.

—No es Art quien me preocupa. Lo que está claro es que Tod no puede —observó Candace.


Después de la cena, Kate se subió a una silla y dio unas palmadas pidiendo silencio. El ruido disminuyó y todo el mundo esperó a que hablara. Kate, con un ajustado vestidito de punto que apenas le llegaba a medio muslo, dio unas palmaditas en su abultada tripa.

—Amigos, viejos amigos, nuevos amigos, amigas especiales como Angélica, Scarlet, Letizia y Candace, y amigos familiares, como Daisy y Angie, bienvenidos a mi humilde morada. Os doy las gracias por haber guardado la fiesta en secreto y por adornarla con vuestra presencia. Angélica, te quiero mucho, eres una auténtica amiga y por eso quería devolverte el cariño con una fiesta en tu honor. Tu cumpleaños es una buena excusa, pero en realidad lo habría hecho cualquier día por el simple placer de hacerte un regalo. Eres leal y sabia, y aunque eres un tanto despistada, nunca te olvidas de las amigas. ¡Brindemos todos por Angélica!

Todos levantaron sus copas diciendo: «Por Angélica», y ésta se ruborizó de placer.

Kate se inclinó y tomó de la mano a Edmondo.

—Y si acaso pensáis que yo no soy la protagonista, os equivocáis, porque no podía dejar pasar una oportunidad así. Brindad conmigo por Edmondo y por mí, la futura *contessa* Edmondo Agustino Silvano di Napoli. Sí, Edmondo y yo nos casamos —añadió. Por un momento pareció avergonzada y se rió—. Bueno, en cuanto esté divorciada, claro.

—¡Por mi futura mujer! —dijo Edmondo levantando la copa, y los demás no pudieron por más que imitarle.

En cuanto acabaron los discursos, empezó el baile. Kate se quedó bailando con su conde en la pista de baile instalada en el cuarto de jugar de los niños. Angélica bebió demasiados cócteles, en un intento de olvidar la última fiesta en casa de Kate, cuando Jack la había estado esperando en un taxi. Cuando Olivier la sacó a bailar, se encontraba en un feliz estado de ebriedad. A la una de la madrugada, cuando muchos invitados se habían marchado ya, Art tomó el micro del karaoke para interpretar «Crazy», pero en esta ocasión por lo menos no se bajó los pantalones para mostrar su mancha de nacimiento de color rosa.

Eran las tres de la mañana cuando Olivier llevó a Angélica a casa.

—Es la mejor fiesta a la que he asistido. ¡Y era en mi honor! —dijo mientras intentaba torpemente subir al coche.

—Me alegro de que lo hayas pasado bien.

—No sabía que te gustara Kate.

—No es que no me guste, es que encuentro agotadoras sus historias.

—Es muy amiga de sus amigas.

—Es evidente.

—Pero te pusiste de acuerdo con ella para organizar esto.

—Lo hice por ti.

—Eres un encanto, Olivier.

La besó mientras el coche tomaba Kensington Gore.

—Te quiero, Angélica.

—Yo también, Olivier. —Suspiró profundamente. Le quería mucho.

De repente vieron una figura encorvada que caminaba tambaleándose por la calle, sujetándose con la mano el cuello del abrigo para protegerse del frío.

—Oh, Dios mío. Es Pete —dijo Angélica. Se quedaron mirando cómo se dirigía a casa de Kate—. Suerte que no estamos allí para presenciar la escena.

—Quiere volver con ella.

—Si no hubiese sido tan idiota, ella nunca lo hubiera sacado de casa.

—Creo que llega demasiado tarde. Ha perdido el tren.

—La gente se complica mucho la vida.

Olivier le tomó la mano.

—Suerte que estoy casado contigo. Veo muchos naufragios, y doy gracias de que nuestro barco sigue a flote y navegando a toda vela.

Angélica se acurrucó contra él.

—A toda vela —repitió. Cerró los ojos, visualizó la grieta en el casco y la reparó mentalmente. Si quedaba por debajo de la línea de flotación, probablemente su marido no la vería nunca.

# 30

Todo sucede en el momento más adecuado.
*En busca de la felicidad perfecta*

Al día siguiente, Kate telefoneó a primera hora de la mañana para explicar que Pete había aporreado su puerta exigiendo ver a los niños, suplicándole que le dejara volver. El tono de su voz dejaba bien a las claras lo mucho que le había gustado comprobar que él quería volver, lo contenta que estaba de verlo suplicar.

—¿Por qué iba a querer que volviera cuando tengo a Edmondo, que me adora? —preguntaba—. ¿Quién me iba a decir que yo volvería a casarme por la Iglesia? El vestido de Vera Wang es demasiado bonito para dejar que se pudra en un armario.

Angélica la escuchó sin decir nada. Le entristecía pensar en los niños, y en el bebé que iba a nacer en medio de la caótica vida sentimental de Kate. No importaba quién fuera el padre, porque Pete lo acogería y le daría su apellido, sin sospechar siquiera que pudiera no ser su hijo. En cuanto a Edmondo, si realmente llegaba hasta el altar, se encontraría con que Pete le impediría acercarse. Angélica sospechaba que Kate seguía queriendo a su marido, y que probablemente nunca dejaría de quererle. Pete no renunciaría a ella sin luchar.

A finales de marzo llegaron las vacaciones de Pascua. Los niños dejaron el colegio y los amigos se dispersaron por toda Europa. Olivier alquiló un chalet en Klosters, en Suiza, donde Letizia y Gaitano tenían un apartamento con una espléndida vista sobre el valle.

Letizia había logrado convencer a Ben, el chico-canguro de Scarlet, para que pasara los quince días con ellos. Así, mientras los niños esquiaban con Ben y con un monitor, Angélica y ella podían comer tranquilamente al sol en la terraza del Chesa y esquiar por las pistas más suaves. Olivier era un esquiador experimentado, pero esta vez, en lugar de desaparecer con los esquís y la mochila en busca de nieve virgen, esquiaba con su mujer y sus hijos. Para su sorpresa, descubrió que disfrutaba más viendo cómo se deslizaban por la pista Joe e Isabel que esquiando solo y procurando una perfecta ejecución.

De noche cenaban en el hotel a base de caracoles y *fondues*, y comentaban el asunto de Kate y el conde. Como Letizia y Gaitano tenían muchas amistades en la zona, Angélica y Olivier se vieron inmersos en su agitada vida social: cenas en casas de amigos y bailes hasta el amanecer en la discoteca. Angélica se sentía reanimada y su matrimonio recuperó la pasión de la juventud. El recuerdo del atraco se debilitó y quedó relegado al subconsciente, pero cada día cuando se despertaba pensaba en Jack.

A menudo soñaba con él, y siempre sentía el mismo dolor de la pérdida. Despierta en la cama se acordaba de él y de la ternura con que la miraba en el desfiladero de Sir Lowry, cuando contemplaban la puesta de sol. Sobre todo recordaba cómo se sentía con él. Pero aquello se había desvanecido, lo mismo que aquel futuro tejido con los hilos del autoengaño. Las estrellas no les habían concedido un futuro. Aunque su vida había vuelto a la normalidad, Angélica llevaba en su corazón un pedazo de Jack, una piedrecita que resultaba a un tiempo reconfortante y dolorosa.

A finales de abril, los niños volvieron al colegio y las chicas reanudaron sus comidas. Angélica recuperó la inspiración, sus Troilers y Dazzlings adquirieron una vida más allá de las páginas y se adueñaron de sus pensamientos. Este revivir de la fantasía le hizo olvidar su libro sobre la felicidad. En realidad, seguía sin saber cuál era el secreto; su relación con Jack, en todo caso, la había dejado más confundida que antes. De lo que estaba segura era de que con un trabajo que le gustaba, su marido, sus hijos y sus amigos, se sentía cómoda y satisfecha. Y se habría considerado la más feliz del mundo a no ser por esa piedrecita que en ocasiones le causaba dolor.

Y un día Anna le dio la temida noticia.

Los niños estaban en el colegio y Olivier en la oficina. Angélica estaba trabajando en su despacho. Llevaba toda la mañana inquieta, con los nervios de punta, sin poder escribir ni una línea y sin saber por qué se sentía así. En cuanto sonó el teléfono, lo supo. Se le hizo un nudo en la garganta incluso antes de oír la voz de Anna.

—Hola, Angélica. Soy Anna. —Su voz llegó desde Rosenbosch cargada de dolor y derribó todas sus defensas. Las lágrimas se deslizaron por sus mejillas—. Jack ha fallecido esta mañana.

—Oh, Dios mío. —Se llevó la mano al pecho.

—Estaba calmado, muy sereno. Yo le cogía una mano y las niñas la otra. Le dijimos cuánto le queríamos, y que aunque no volviéramos a verle sentiríamos su espíritu aquí entre los viñedos y las puestas de sol que tanto amaba. Sonrió. Ya no le quedaban fuerzas, pero por un momento vi en su sonrisa al Jack de siempre. Luego exhaló su último suspiro, en paz, sin dolor.

—Lo siento muchísimo.

—Quería decírtelo. Es peor para las niñas. Querían muchísimo a su padre.

—Tenía que haberle llamado…

—No digas eso. Pon la energía en cosas positivas. Mándale tu amor como si no se hubiera ido muy lejos, como si sólo estuviera ausente.

—Le abandoné cuando más me necesitaba.

—Lo entendió.

—Pienso cada día en él, Anna.

—Y él pensaba en ti. Hablaba de ti a menudo, siempre sin amargura.

Tú debes hacer lo mismo. Tienes los recuerdos. Un día el amor y el anhelo os volverán a reunir. No te preocupes por eso, porque volveréis a encontraros. —Se rió con su risa leve y feliz—. Y espero que también nosotras nos volvamos a ver, Angélica. Serás bienvenida aquí en Rosenbosch siempre que quieras. Jack hubiera querido que volvieras.

Angélica tragó saliva.

—¿Cuándo es el funeral?

—Mañana. Lo enterraremos en la colina encima de Rosenbosch.

Era imposible que asistiera.

—¿Querrás hacer una cosa por mí, Anna?

—Desde luego.

—Pon en su ataúd unas hojas de salvia —dijo, cerrando los ojos—. Será mi manera de decirle adiós.

Pasó el resto de la tarde llorando sobre la almohada. Le había acusado de ser egoísta, pero su propio egoísmo era peor. ¿Tanto le habría costado llamarle de vez en cuando, o enviarle un correo electrónico para decirle que le quería? Los deseos de un hombre moribundo tenían que ser más importantes que su propio bienestar, ¿no? Ella contaba con toda una vida para entregarse a Olivier y a los niños, pero Jack sólo había tenido unos meses de vida.

A las tres fue a recoger a los niños y vio a Candace charlando con Scarlet y Letizia delante de las puertas del colegio. En unos minutos se abrirían para dejar salir a sus retoños al sol primaveral. Candace se dio cuenta enseguida de que le pasaba algo y corrió hacia ella.

—¿Qué ha pasado? ¿Quién se ha muerto?

—Jack… —Angélica apenas podía hablar.

—Oh, Dios mío. ¿Ha muerto? ¿En serio?

Asintió y se abrazo a su amiga sollozando.

Letizia y Scarlet se acercaron llenas de preocupación.

—¿Qué ha ocurrido?

—Jack Meyer ha muerto —dijo Candace, envolviendo a Angélica en un abrazo.

—¡Mierda! —maldijo Scarlet—. No me lo creo.

—¿Quién es Jack Meyer? —susurró Letizia.

—Un amigo nuestro sudafricano —dijo Scarlet—. Son los que invitaron a Angélica a su casa cuando estuvo en Sudáfrica. Sabía que tenía cáncer, pero pensé que estaba remitiendo.

—El cáncer se le reprodujo —dijo Angélica secándose los ojos—. Ha muerto esta mañana.

—Era aquel que sentía tanta atracción por Angélica, ¿te acuerdas? —dijo Scarlet a Letizia.

—Oh, claro. —Apoyó la mano sobre el hombro de Angélica—. ¿Quieres que me lleve esta tarde a Isabel y a Joe?

—Vamos todos a merendar a tu casa. Mientras los niños juegan abajo le damos a Angélica una copa —sugirió Candace.

Asintió agradecida y se dejó envolver por el calor de la amistad como si fuera una vieja manta.

Angélica y los niños montaron en el coche de Candace, que llamó a su casa para avisar de que los niños no irían a merendar. Cuando llegaron a casa de Letizia, Isabel y Joe corrieron encantados a reunirse con sus amigos en el cuarto de jugar. Angélica se quitó los zapatos y se acomodó en el sofá con las piernas dobladas bajo el cuerpo y en las manos una taza de té a la que Letizia añadió un chorrito de whisky. Cuando ya tenían preparada la bandeja de té y galletas, sonó el timbre de la puerta.

—Seguro que es Kate —dijo Letizia, levantándose para abrir.

Las chicas se miraron en silencio mientras Letizia y Kate hablaban en voz baja en la entrada. Candace levantó la mano.

—¡Yo no he sido!

—Ha sido Letizia, claro —rió Scarlet—. He visto que mandaba un mensaje mientras estábamos en el coche.

—Bueno, si voy a abrir mi corazón, será mejor que estéis todas —dijo Angélica sonriendo débilmente—. Así os ahorraréis muchos chismorreos más tarde.

—¡No lo creas, cariño! Lo que vas a contar nos dará para meses de charlas.

—¡Cómo siento lo de Jack!

Kate entró envuelta en una nube de perfume, con su voluminosa tripa deformando la tela de su minivestido *vintage* de Mary Quant. Desde que se había liado con el conde, sus vestidos eran más caros, sus joyas más vistosas y su perfume más intenso. Tomó asiento y cruzó las largas piernas de modo que las hebillas doradas de sus zapatos Roger Vivier resplandecieran con el sol que entraba por las altas ventanas.

—Bueno, ¿y quién era?

Angélica sonrió a través de las lágrimas.

—Era mi amante —dijo sencillamente. Y esta vez Kate no pudo decir nada para que la conversación girara en torno a su persona.

Les confesó su relación con Jack mientras sus amigas la miraban atónitas. Les explicó cómo empezó todo, desde la cena en casa de Scarlet, cuando se sintió atraída por él, hasta la llamada de teléfono que le comunicó su muerte. Las chicas le hicieron preguntas, sondearon sus sentimientos, quisieron saber qué pensaba. Angélica descubrió que cuantas más cosas contaba, menos dolor sentía, como si compartir el dolor redujera la inflamación. Disfrutó explicándoles los buenos momentos que había pasado con Jack, lo mucho que se habían querido. Confiaba totalmente en que guardaran su secreto: al fin y al cabo, sólo chismorreaban entre ellas.

—Lo más irónico es que mi aventura con Jack me ha llevado a apreciar más a Olivier. Nuestro matrimonio se ha fortalecido, y le doy las gracias a Jack por ello. Me enseñó a vivir el presente, y eso es lo que intento hacer. Ninguna de nosotras sabe lo que le espera al doblar la esquina.

Al contemplar a sus mejores amigas escuchándola sin juzgarla y apoyándola con su comprensión y su sentido del humor, se dio cuenta de que no hay en el mundo nada tan curativo como la amistad.

—¡Oh, Dios mío! —exclamó Kate, levantando la taza y mirándose el regazo—. He roto aguas.

—¿En serio? ¿Estás segura? —preguntó horrorizada Letizia.

—No sé de dónde si no saldría semejante cantidad de líquido.

—Espero que no hayan dejado de fabricar esta tela —dijo Candace echando un vistazo a la butaca William Yeoward que estaba ahora empapada de los fluidos de Kate.

Angélica se rió. No cabía duda de que Kate tenía el sentido de la oportunidad.

—No pensé que nadie podría superar mi historia.

—Eres una ingenua, deberías haberlo adivinado —dijo Candace—. Somos nosotras las que tenemos que hacer los cálculos.

—Cariño, ¿quieres que llame a Pete? —preguntó Letizia.

—¿Es necesario?

—Creo que deberíamos. Es su hijo, ¿no?

Kate puso cara de preocupación.

—La verdad es que no estoy segura.

Letizia se encogió de hombros.

—¿Quieres que llame al otro padre?

—No —dijo Kate, categórica—. Llamaré a Edmondo.

—¡No pueden estar los dos en el parto! —exclamó Candace—. Habría una pelea terrible.

Kate palideció de miedo.

—¿Qué voy a hacer? —Cogió a Letizia del brazo—. Ven conmigo. No quiero dar a luz yo sola. ¡Tenéis que venir conmigo!

Letizia la ayudó a levantarse. Cuando Kate se puso de pie, le temblaban las piernas, y se agarró a su amiga como si fuera su única salvación.

—Te llevaré al hospital —se ofreció Letizia—. Alguien se tiene que quedar con los niños.

Candace levantó la mano.

—¡Yo me quedo! No soy muy buena en los partos. No soporto el dolor.

—¿Dolor? Por el amor de Dios, llevadme pronto al hospital. Si llego demasiado tarde para una epidural, me muero. —Kate empezó a bajar temblorosa las escaleras.

—¿Dónde está tu neceser para el hospital?

—En mi dormitorio. Coge las llaves y entra tú misma. Gracias a Dios que no he roto aguas en la tienda de Chanel, en Selfridges.

Letizia acompañó a Kate al hospital de Portland y le cogió la mano durante el parto. Kate dio a luz un varón. Cuando Candace, Angélica y Scarlet fueron a verla cargadas de flores y bolsas de regalos de White Company, encontraron a Letizia un poco pálida.

—Ahora entiendo por qué los maridos prefieren quedarse fuera pateando el pasillo arriba y abajo —dijo—. ¡Es como una auténtica batalla!

En la estrecha habitación del hospital, Kate presentaba un aspecto sereno con su pequeño Hércules en los brazos. Parecían la Virgen y el Niño. Las chicas miraron con curiosidad la carita sonrosada del bebé, buscando rasgos que recordaran a Pete.

—Se parece a ti —dijo Candace decepcionada.

—Es igual que Pete —dijo alegre Kate.

—Yo no le veo ningún parecido. Es igual que tú.

—He llamado a Pete. Está en camino.

—¿Y Edmondo?

—Como Hércules es de Pete, lo correcto es que sea el primero en cogerlo en brazos. Un varón. ¡Imaginaos! Le he dado un varón a Pete.

—Pareces Ana Bolena —dijo Angélica. En ese momento se abrió la puerta.

—Y aquí llega Enrique Octavo —dijo Candace, haciéndose a un lado.

Pete se acercó a la cama sin dedicarles ni un saludo. Sólo tenía ojos para su hijo.

—¡Un hijo! —exclamó con emoción.

Kate le entregó el niño.

—Se llama Hércules.

—¿Hércules? —Pete no parecía convencido.

—Un nombre heroico, muy adecuado.

—El pobrecito no ha hecho nada todavía —protestó él.

—Oh, sí que lo ha hecho —murmuró Candace, dándole un codazo a Angélica—. Creo que será mejor que nos vayamos.

Ya estaban en el ascensor cuando Angélica preguntó lo que todas pensaban.

—¿Creéis que es de Pete?

—En absoluto —respondió Candace.

—No se le parece en nada.

—Pero no se parece a nadie más —les recordó Scarlet.

—Es porque no sabemos a quién buscar. Dale tiempo. La verdad siempre acaba saliendo a la luz.


El nacimiento de Hércules no cambió nada con respecto al divorcio de Pete y Kate. Los abogados siguieron adelante con el proceso mientras Edmondo distraía a Kate hablándole de fiestas y palacios y prometiéndole una boda por todo lo alto en las playas de Isla Mauricio, lo que siempre había soñado. Así pasó un año. Angélica acabó su libro y lo entregó. Claudia la llamó nada más leerlo para decirle que era todavía mejor que *La serpiente de seda*. Olivier, que había leído el manuscrito, la llevó a cenar fuera para celebrarlo y brindó muy orgulloso por su hermosa y talentosa mujer. Angélica se dijo que las heridas emocionales podían sanar con tiempo y amor. La vida seguía, como un tren que sigue su trayecto sin esperar a nadie, y ella no podía alterar su curso; sólo podía cambiar su forma de viajar.

Una tarde de primavera, Angélica estaba sentada en el jardín contemplando los herrerillos azules que entraban y salían de la casita para pájaros que habían colgado del magnolio. Olivier, que acababa de llegar del trabajo, se acercó a ella con dos copas de vino.

Los niños estaban jugando en la casita de madera: saltaban del tejado para asustar a las ardillas que se acercaban demasiado a la comida de los pájaros.

—Hoy llegas pronto —dijo complacida Angélica.

—Quiero pasar más tiempo con mi familia. —Le entregó la copa de vino y un librito azul.

—¿Qué es esto?

—He ido a Waterstone para comprar un libro de emperadores romanos para Joe, y este librito me ha llamado la atención. La cubierta es bonita y el autor tiene un nombre curioso. Había un montón junto a la caja registradora. Por el título, he pensado que podía gustarte.

Angélica se quedó mirando la cubierta, y los recuerdos que asaltaron su memoria le humedecieron los ojos.

—Gracias, cariño. Eres un encanto.

—¡Mira lo que hago, papá!

Joe se balanceaba de una rama y Olivier se acercó a ayudarle a bajar.

Angélica leyó el título escrito en letras doradas:

## En busca de la felicidad perfecta
### por J. A. Braai

Acarició la cubierta y le pareció oler el perfume del alcanforero. El corazón le latía apresuradamente en el pecho. Abrió la primera página y encontró una dedicatoria:

A Salvia
Las únicas palabras que importan son:
te quiero

No lloró. Se sentía demasiado feliz para llantos. Comprendió que Jack había escrito el libro antes de morir, para ella. La había querido, después de todo. Abrió el primer capítulo y rió para sus adentros:

La calidad de nuestra vida depende de la calidad
de nuestros pensamientos.

El susurro del viento le trajo la carcajada y la inolvidable voz de Jack. Él también se reía.

# Epílogo

*Dos años más tarde*

Un pequeño grupo de amigos y familiares se había reunido en la playa de fina arena frente al Hotel Saint Géran, en Isla Mauricio. Estaban sentados en sillas blancas. La brisa procedente de un mar turquesa agitaba suavemente las hojas de las palmeras, y las flores rojas y amarillas mezclaban su aroma con el intenso perfume de ylang-ylang característico de la isla. El sol se había escondido tras las montañas y ya no quemaba la piel, pero seguía haciendo calor. Los invitados sudaban pese a sus camisas y vestidos de verano, y los niños, vestidos de pajes y damas de honor, se agitaban incómodos. El mar bramaba a lo lejos contra la escollera, y unas vistosas nubes color púrpura reposaban sobre la línea del horizonte. De repente apareció Kate montada en un precioso caballo blanco, con su vestido de Vera Wang y un velo.

Candace, Scarlet, Letizia y Angélica, vestidas con trajes de color marfil, escotados y sin tirantes, la esperaban con ramos de flores blancas.

—No entiendo cómo he llegado hasta aquí, vestida de esta manera y asistiendo a esta comedia —susurró Candace.

—No puedo creer que hayan llegado hasta aquí —dijo Angélica.

—Todavía no se ha acabado —le recordó su amiga con ironía.

—Ahora no habrá quien la detenga.

—Está guapísima. —Letizia tenía lágrimas en los ojos.

Scarlet la miró horrorizada.

—¿No estarás llorando, verdad?

Pero lo que de verdad horrorizaba a Scarlet era tener que estar de pie en la entrada, con un vestido convencional que le llegaba a los tobillos.

—Yo también tengo ganas de llorar —dijo moviéndose incómoda—, pero por una razón muy distinta.

—Y yo —dijo Candace—. ¿Cómo se nos ocurrió aceptar convertirnos en damas de honor? Sonreíd, que ya llega, y parece un anuncio de Estée Lauder.

Kate llegaba sonriente, con los ojos chispeantes de felicidad. Desmontó sonriendo y esperó a que un encargado del hotel se ocupara del caballo. Las chicas se alisaron las arrugas del vestido y se prepararon. Los niños ocuparon sus puestos detrás de la novia con cestitas repletas de pétalos y conchas que debían ir arrojando sobre ella cuando recorriera el pasillo de la iglesia con su marido. Las chicas irían detrás. Como Letizia tenía los ojos llenos de lágrimas, fue la única que no vio el elaborado adorno que tenía en la espalda el vestido de Kate. Las sillas estaban adornadas con guirnaldas de flores blancas y frescas hojas verdes. Del brazo de Art, Kate se dirigió hacia el altar, donde la esperaba su conde, orgulloso como un pavo real. Tod estaba sentado en la primera fila con la madre y los hermanos de Kate, y el pequeño Hércules se agitaba en sus rodillas, embutido en una camisa y pantaloncitos blancos de Marie Chantal. Art entregó la novia a Edmondo. Los novios se miraron llenos de amor y se volvieron hacia el cura para pronunciar sus votos.

De repente se abrió la puerta. Entró una ráfaga de aire y se oyó un grito. Kate miró a Edmondo y éste miró hacia la puerta y puso cara de circunstancias. Quien había proferido el grito era Pete, que se acercaba al altar gritando «¡Kate, te quiero!»

—Ya te dije que esto no había acabado —le susurró Candace a Angélica.

—¿Qué hará ahora?

Kate rompió a llorar. Levantó las puntas de su bonito vestido, se desprendió de una patada de sus elegantes zapatos Loubotin y corrió por el pasillo con un melodramático sollozo.

—¡Bueno, lo que me quedaba por ver! —exclamó Candace, arrojando su ramo sobre la arena.

—Es muy emotivo —dijo Letizia entre hipidos—. Siempre ha querido a Pete.

—Es un buen momento para que se reconcilien —dijo Candace con ironía.

—¿Y si nos quedamos? A lo mejor se casa con Pete en lugar de con el conde —sugirió Angélica.

—¡Esto no es *Mamma mia*! —replicó Candace.

Art se puso de pie con los brazos en jarras.

—¿Cómo es que no lo vimos venir? —Se volvió hacia las chicas—. Creo que Tod y yo estamos preparados para otra luna de miel.

Hércules consiguió bajarse de las rodillas de Tod, y sin que nadie se diera cuenta, se quitó la camisa y los pantalones y corrió desnudo hacia la playa.

—¡Dios mío! —exclamó Candace al verlo.

—¿Qué? —Angélica siguió la mirada de su amiga. —Oh, Dios mío —repitió asombrada—. Es igual que...

Una por una, las chicas apartaron los ojos de la estampa de Pete y Kate en un arrebato de pasión y miraron al pequeño que corría desnudo por la arena.

Art se quedó boquiabierto.

—¡Dios del cielo! Bueno, eso sí que no me lo esperaba.

En la nalga derecha de Hércules había una marca de nacimiento rosada, en forma de fresa.

\* \* \*

No llores por los muertos. Conserva todo tu amor por los vivos. A medida que te haces mayor deberías abandonar la prisión del mundo físico, porque todo lo que tenemos es prestado: las posesiones, los amigos, los amores…, incluso el tiempo que vivimos.

*En busca de la felicidad perfecta,*
por J. A. Braai

# Agradecimientos

Esta novela me la inspiró una gira de promoción que hice por Sudáfrica hace unos años. Me enamoré del paisaje, que me recordaba curiosamente a Argentina, tal vez por sus cielos inmensos y sus maravillosos horizontes. Conocí a gente estupenda y visité unos viñedos preciosos en Constantia. Puesto que mis dos novelas anteriores estaban localizadas en América Latina y en Europa, decidí cambiar de continente. Desde aquí doy las gracias a mis queridos amigos sudafricanos por contestar con paciencia a mis innumerables preguntas y enseñarme con tanto entusiasmo y generosidad su bonito país: Cyril y Beryl Burniston, Julia Twigg, Gary Searle y Leighton McDonald. ¡También doy las gracias a Pippa Clarke, que es en sí misma una inspiración!

Me aproveché de mi prima Katherine Palmer-Tomkinson, que hizo un viaje a Ciudad del Cabo. Le escribí preguntándole un montón de cosas sobre viñedos, y tuvo la amabilidad de traerme fotografías y un informe sobre la vendimia escrito por James Dare, el director de *marketing* y ventas de la Hacienda Warwick. Agradezco a James Dare el trabajo que se tomó. Si he conseguido describir la vendimia en Sudáfrica, es solamente gracias a él.

A mi padre le agradezco que haya sido siempre un ejemplo para mí —todos los personajes sabios de mis novelas tienen algo de él— y a mi madre sus consejos y sus buenas ideas.

Gracias también a mi agente, Sheila Crowley, de Curtis Brown, y a mi editora de Touchstone Fireside, Trish Todd. Es un lujo ver mis libros publicados en Estados Unidos. Trish Todd y su estupendo equipo están llenos de entusiasmo e iniciativa, y publican mis libros con unas portadas preciosas. Se lo agradezco mucho.

Pero sobre todo quiero dar las gracias a mi marido Sebag, que no sólo me ayuda a dibujar las tramas de mis novelas, sino que me hace reír más que nadie en el mundo.

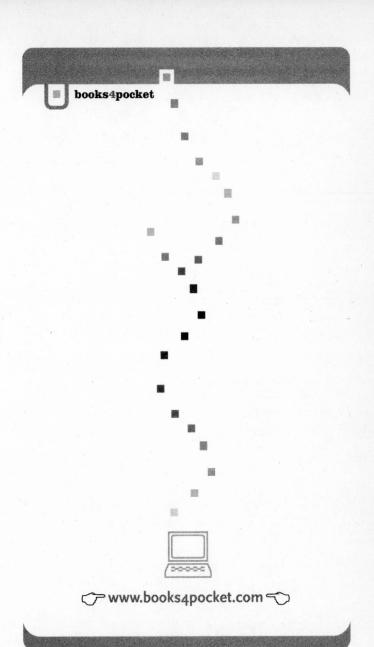

books4pocket

www.books4pocket.com